エリア・スタディーズ 167

イギリス文学を旅する60章

石原孝哉
市川 仁（編著）

明石書店

まえがき

英語と観光はイギリスの隠れた大きな財産であるといわれている。確かに、英語は世界の共通語としての地位を高めており、イギリス各地に開校する英語学校の多さを見れば領ける話である。しかし、英語学校に世界中から集まる学生たちは英語だけを目的にこの国に集まるわけではない。最大の理由はこの国が歴史を積み重ねた成熟した文化国家だからであろう。観光でこの国を訪れる人も理由は同じだと思われる。彼らはこの国に景色を見るためにやってくるのではない。ここには万年雪を頂いて聳える高い山もなければ、大地を切り裂いて流れる大瀑布《ばくふ》もないからである。

この意味で、歴史や芸術や文学などの広い意味の文化に興味を持っている人は、他の誰にもましてイギリス旅行を心から満喫できるであろう。イギリスは名にし負う文化遺産大国だからである。文学を愛するお国柄を反映して、文学関係の遺産は驚くほど大切に保存されている。作家の生まれた家はもちろん、住んだ家から短期間滞在しただけの場所に至るまで、ブルー・プラークという青い銘板が掲げられ、大切に保存されている。

この銘板は著名な人物が住んだ家、もしくは歴史的な出来事があった場所に、その人物と建物の歴史的なつながりを伝えるために設置されるもので、通例建物の外壁に掛けられる。大きさは直径48センチメートルの円盤で、陶器または樹脂でつくられている。

歴史を遡れば、１８６７年、当時の芸術協会が詩人のバイロン卿の業績をたたえるために、ロンドンのキャベンディッシュ・スクエアのホールズ・ストリートにあった詩人の生まれた家に掲げたのが最初である。残念ながらこの建物は１８８９年に取り壊されてしまった。最初に詩人のバイロン卿の家に功績を顕彰して始まったことから、文学関係の銘板は非常に多い。例えば、ジョン・キーツ、ウィリアム・メイクピース・サッカレィなどは最古のグループに属し、銘板の色もチョコレート色であった。設置団体は芸術協会、ロンドン市議会などを経て、現在ではイングリッシュ・ヘリテッジに変わっている。色は青色に統一されて、文字通りブルー・プラークとなった。設置の対象となるのは、生後１００年、あるいは没後20年を経過した人物で、国民的理解を得られる有名人であることなどの条件が整理された。設置場所もかつてのロンドンから、イギリス全土に拡大され、他にもこの運動を進める団体もあって、現在ではイギリスを旅行する人たちにとって不可欠な案内板となっている。

この例を見るまでもなく、イギリス人は文化的な遺産を保存することに熱心である。しかし、一口に保存というが、古い家を保存するには多額の資金が必要であり、何より気の遠くなるほどの労力が必要である。人々の理解と情熱がなければ長続きはしない。

シェイクスピアのような世界的文豪はもとより、生きているときは世間から隔絶された隠者のような生活をおくっていた小説家エミリー・ブロンテや、彗星のように登場して、ほどなく戦病死したルパート・ブルックのような詩人に至るまで、その遺産は驚くほどきちんと保存されている。面白いところでは、ベーカー街２２１bには架空の天才探偵シャーロック・ホームズの銘板がある。イギリス人のユーモア精神のなせる業であると言ってしまえばそれまでであるが、文学をこよなく愛するイギリス人ならではの心温まる配慮である。世界中に同好者の団体があるシャーロック・ホームズの人気を当て込んだ抜け目のないイギリス人の商魂だなどとやっかむなかれ。作家ゆかりの地や物語の舞台を訪ねる文学旅行が大人気を博し、ゴースト・ツアーに長蛇の列ができるお国柄であってみれば、これはむしろ当然の配慮なのである。

文学の旅を実践して実際に現地に立ってみると、時に、作品を何度熟読しても見えなかった部分が、突然、目から鱗が落ちたように見えることがある。例えば、ワーズワスがなぜ自然詩人となったかの100の論文を読むよりも、湖水地方に足を運ぶ方がはるかに有益である。ダヴ・コテッジと呼ばれる彼の家は、詩人としての最盛期に住んだ家で、ここで多くの名作が書かれた。しかし、日記を見ると、来る日も来る日も山歩きと魚釣りばかりで、詩作にいそしんだ形跡はない。ある時、彼が好んだという山道を歩いてその謎が解けた。ダヴ・コテッジの裏口から出て尾根に登ると眼下に湖が広がり、山には白い雲が浮かんで、大パノラマの中に身を置く形になる。そのとき突然「自然には本当にスピリットが存在する」という実感が筆者の身体全体を貫いたのである。まさに「百聞は一見に如かず」を実感した瞬間であった。このような体験は、文学の旅をした人なら誰しも経験している。

本書は、イギリス文学に造詣の深い気鋭の筆者たちに、文学や作家にちなんだ名所旧跡を訪ねてもらい、そこから見えてくる新しい文学観、作家観といったものを読者に紹介してもらうことによって、ややもすれば難解で取っ付きにくいといわれるイギリス文学に、親しんでいただくことを願ったものである。

2018年7月

編　者

イギリス文学を旅する60章

目次

第Ⅲ部 18世紀

第Ⅳ部　19世紀前半・ロマン派の時代

第Ⅴ部　19世紀後半・ヴィクトリア女王の時代

第Ⅵ部　世紀末から20世紀初頭

第Ⅶ部　20世紀後半・現代

イギリス・アイルランド全図

第Ⅰ部

古代・中世

1 今なお語り継がれる伝説

――アーサー王①

「アーサー王とは？」と百人に問いかければ、伝説の王、騎士道、宮廷恋愛、魔法使い、聖杯探求など百通りの答えが返ってくるであろう。それはアーサー王伝説が、ブリトン人の語り部や吟遊詩人によって、イギリスばかりでなく、ヨーロッパのケルト人居住地に広がり、フランス語やドイツ語圏などに伝承されて、発展・拡充していったからである。*1

アーサー王のモデルとなったのは、5世紀から6世紀にかけてのブリタニア（イギリス）で、アングロ・サクソンなど外敵の侵略に対して一矢を報い、敗戦続きのブ

01 九偉人の一人としてのアーサー王のタペストリー（1385年頃）

*1　アーサー王の物語は伝説上のイギリス王アーサーにまつわる一連の話で、作者も何人かおり、物語も王自身の話のほか、円卓の騎士、聖杯探求、ランスロットとグィネヴィアの恋など多数の逸話からなる。

リトン人に束の間の平和をもたらした人物である。この人物像を追ってゆくと、6世紀末のウェールズの僧ギルダスの「アンブロシウス・アウレリアヌスがベイドン山の戦いで勝利した」という証言にたどり着く。ここではまだアーサー王の名前は出てこない。次に言及されるのはそれから300年もたってからである。ネンニウス[*2]が「アーサーは王ではなく戦闘隊長といった身分で、ブリトン人の諸王と協力して侵略者と12度戦い、最後のベイドン山の戦いでは、一人で960人もの敵を倒す大勝利を挙げた」と述べ、この辺りで輪郭がかなりはっきりしてくる。

12世紀になるとジェフリー・オヴ・モンマス[*3]が『ブリタニア列王史』でさらに発展したアーサー王の記録を残している。彼はこの本をヒストリーとして史実のごとく書いているが、その実はストーリーそのもので、イギリスでもっとも偉大な創作文学といっても過言ではない。アーサー王の話をたどると、文学、伝説、歴史の混交した霧の中に迷い込むのは、この辺りにその原因がある。このころからドイツ語やフランス語による作品も増えたが、特にフランスのクレティアン・ド・トロワ[*4]による一連の作品は影響力が大きい。イギリスではラヤモン[*5]の『ブルート』が有名だが、なんといってもこれらを集大成したトマス・マロリー[*6]の功績を忘れることはできない。彼が散文で書いた『アーサー王の死』は文学として不朽の名作との評価を確立し、ウィリアム・キャクストンによって印刷されて、本として広く愛読されるようになったからである。

＊2 Nennius ウェールズの僧で829年に『ブリトン人の歴史』を著した。

＊3 Geoffrey of Monmouth (c. 1100-c. 55) 中世の聖職者、歴史家。アーサー王伝説の語り手の一人として知られ、『ブリタニア列王史』のほか『マーリンの預言』、『マーリンの生涯』などを書いた。

＊4 Chrétien de Troyes 12世紀後半のフランスの詩人で、騎士道物語（ロマンス）をうたった吟遊詩人。多くの作品の中で『ランスロまたは荷車の騎士』が有名。

＊5 Layamon 1188～1207年頃活躍の詩人、聖職者。『ブルート』はトロイの末裔ブルートによるブリテン建国から689年まで

アーサー王伝説の宝庫コーンウォール

コーンウォールはアングロ・サクソンの侵略に耐え抜いてブリトン人が生き残った地であるが、ウェールズと違ってその後はイングランドに飲み込まれてしまった。一時絶滅したとされていたコーンウォール語が、保存活動によって復活していることからも分かるように、ケルト的なものに対する住民の共感は限りなく深い。こういった土地柄もあって、アーサー王にまつわる伝説や遺跡はとても多く、この地域がアーサー王カントリーの別名を持つのもうなずける。

ランズ・エンドはイングランドの最西端で、この先ははるかアメリカまで大海原が続く。文字通り地の果てで、岬の先端に立って沈む夕日など眺めれば、ブリトン人の吟遊詩人でなくとも、想像力をかきたてられる。沖にはシリー島の島影が黒く尾を引いているが、伝説によれば、ここは「トリスタンとイゾルデ」の物語の主人公トリスタンの国リオネスであったという。かつては陸続きであったが、突然の津波で海底に沈み、山だけが島として海面に顔を出している。中にはグレイト・アーサー、ミドル・アーサーという名前がついている島もある。

ティンタジェルはアーサー王の誕生の地とされる。

を描く。

＊6　Sir Thomas Malory (c.1399-1471)　ウォーリック伯ビーチャムに仕えたとされる騎士で『アーサー王の死』の作者とされる。

02 アーサー王誕生の地
ティンタジェル城跡

大西洋のしぶきがかかる岩場にそびえる古い城跡、青い海原を飲み込むような洞窟など、ここを訪れる人は誰しもこれぞアーサー王誕生の地と信じて疑わない。駐車場は岬のかなり手前に限定され、そこから相当の距離を歩く。岬の突端の急階段を上るたびに、このような要害に誰がどのような経緯で城を築いたのかという疑問が生じる。

この疑問が偶然解けることになった。コッツウォルズの村を回った際、カースル・クームのマナー・ハウスに宿泊したのだが、そこに歴代の領主に関する記事があり、「かつての領主レジナルド・ド・ダンスタヴィルはティンタジェル城を築いた」と書かれていた。彼はヘンリー1世の庶子で、コーンウォール伯に任ぜられたことから、難攻不落のこの地に城を築いたとのことである。その後ヘンリー3世の弟のコーンウォール伯リチャードや黒太子エドワードによって本格的な城郭となったことが分かった。このような資料はありがたいが、これを読む限り城とアーサー王は直接の関係がないようで、ロマンティックな空想はたちまちしぼんでしまった。考えてみれば、ティンタジェルをアーサー王と関連させたのはジェフリー・オヴ・モンマスで、すべては彼の想像の産物と割り切れば、それはそれとして楽しむことができる。

コーンウォールには、ティンタジェルの頂上付近のアーサー王の足跡、生まれたばかりのアーサーを抱いて

03アーサー王の墓碑とされる石柱

魔法使いマーリンが消えたというマーリンの洞窟、アーサー王の円卓を埋めたというボッシーニー・マウンド、[*7]マルク王の城跡カースル・ドアー、[*8]キャメロットのモデルとされるキャメルフォード、宝剣エクスカリバーを投げ入れた湖ドーズマリー・プール、[*9]狩猟場だったアーサー王の丘陵、アーサー王の石舞台など、アーサー王ゆかりの地は挙げ出すときりがない。

04 セント・マイケルズ・マウント

　こうした場所を巡るのは楽しいが、時には失敗もある。ある時アーサー王がモードレッドと戦い、致命傷を負ったと伝えられるスローター・ブリッジを訪れた。そのすぐ近くにはアーサー王の墓碑とされる長さ2メートル余りの石柱があるというので見に行くことにした。牧場を横切ってキャメル川に向かうと、途中に巨大な円盤があった。さてはここにもボッシーニー・マウンドのような円卓が見つかったのかと胸が高鳴った。しかし、近づいてみると伝説のような金の円卓ではなく、石でできており、細い溝が彫られていた。あとでわかったのだが、これはリンゴをすりつぶしてリンゴ酒《サイダー》を作るための巨大な石臼の下の部分で、アーサー王とは何の関係もなかった。

＊7　ティンタジェルの隣町で、夏至前夜に黄金の円卓が地上に現れ、その光で空が輝くという。

＊8　トリスタンの叔父で、イゾルデの夫に当たるマルク王の城がカースル・ドアーにあったとされる。

＊9　ボドミン・ムーアの中にある湖で、宝剣を投げ入れると湖の中から妖精の手が現れて、これを受け取ったという。

アーサー王の墓石は洪水で上流から流され、川の中にあった。藪の中の急斜面を降りるのは気が引けたが、ここまで来たからには引き返すわけにはいかないと頑張ったら、ズボンを泥だらけにしてしまった。ロマンを訪ねる旅とはいえ、時には泥をかぶらねばならないこともある。

フランスのモン・サン・ミッシェルのイギリス版であるセント・マイケルズ・マウントもアーサー王ゆかりの地である。「トリスタンとイゾルデ」の物語の中でイゾルデがサン・サンプソン教会に納める緑の絹、白のリネン、フェニキアの布を買いに来たという言い伝えがある。ここは古来よりコーンウォールの特産品である錫や銅と地中海の絹や宝石を交易する貿易港として栄えたといわれる。以前に、マラザイアンの町からセント・マイケルズ・マウントに渡り、城や礼拝堂を見学してゆっくりと過ごしたことがある。この島へは海の中に歩行者用の石畳の桟道が作られており、干潮時には歩いて渡ることができる。ところが、イゾルデの伝説などに夢中になっているうちに時間が過ぎて、桟道に潮が満ちてきた。慌てて石畳の上を走ったが、靴もズボンもびしょ濡れになってしまった。ロマンを訪ねる旅とはいえ、時には水をかぶることもある。

（石原千登世）

2 キャメロット伝説を訪ねて

――アーサー王②

古都ウィンチェスター[*1]

アーサー王にゆかりのあるロンドンから最も身近な地といえば先ずウィンチェスターが挙げられるだろう。この町はノルマンの征服以前のアングロ・サクソン時代はイングランドの首都で、アーサー王の都キャメロットの有力候補地である。ここがキャメロットだと最初に言い出したのはクレティアン・ド・トロワであるが、後にトマス・マロリーが『アーサー王の死』でこれを踏襲したことで、キャメロットはウィンチェスターであるとのイメージが確立された。

これを巧みに利用したのはヘンリー7世であった。彼はボズワースの戦いで幸運にもヨーク家のリチャード3世を倒し、テューダー王朝を興したが、この王家は甚だ不人気であった。それまで王侯貴族はノルマン人がほぼ独占し、アングロ・サクソン系の貴族さえ稀であった時代に、それより下に見られていたケルト系のウェールズ人のテュー

＊1　アーサー王伝説は各地にあるが、主な舞台は1章で扱っているコーンウォールを中心とする南部と、2章で扱っている西部の他に、ケルト伝説の宝庫ウェールズ、さらにハドリアヌスの長城のある北部にも見られる。

ダー家が天下を取ったわけである。国民が不信の念を抱くのも理解できる。

ヘンリー7世は妻のエリザベスが身ごもったと知ると、一計を案じて居住するウェールズからウィンチェスターへ向かわせた。この抜け目のない王は、伝説的ケルト人の英雄アーサー王の威光によって民心を掌握することを目論んだのだ。ウィンチェスターに移った王妃は期待通り男の子を産んで、王は予定通りこの子をアーサーと名付け、アーサー王の生まれ変わりであると吹聴した。ウィンチェスターをキャメロットであると信じている民衆とブリトン人の英雄アーサー王を巧妙に利用したヘンリー7世の巧みなプロパガンダであった。

このアーサー王子は15歳で死んだが、そのころにはすでに政権も安定していた。この伝統は弟のヘンリー8世にも継承された。彼も王妃キャサリンとの間に生まれた息子にアーサーという名前を付けたが、この王子も生後間もなく死亡した。というわけで、アーサー王が君臨する国を作るという野望は実現しなかったが、ウィンチェスターの円卓の赤ばらと白ばらを組み合わせたテューダー・ローズや、王の座に描かれたヘンリー8世の似姿からは、アーサー王とテューダー家を結びつけようとする執念を感じることができよう。

難攻不落の要塞カドベリー・カースル

ウィンチェスターが多分に政治的な理由からキャメロットであるとされるのに対して、考古学的な意味でキャメロットのモデルとされるのがカドベリー・カースルである。サ

ウス・カドベリーにある台形の小高い丘には、今では牛が放牧されているが、頂部だけで18エーカー（約7・3ヘクタール）もある巨大な要塞跡地である。自然を巧みに利用した天然の要害である上に、急斜面を利用して深い溝を掘っているために、難攻不落の要塞といえよう。この地を最初にアーサーと結びつけたのはヘンリー8世に仕えた好古家ジョン・リーランドである。彼はこの近くにキャメル川が流れ、クイーン・キャメル、ウェスト・キャメルの地名が残ることから、ここがキャメロットだと信じた。後に、エリザベス1世時代の歴史を書いたウィリアム・カムデン[*2]は、地元民がここを「アーサー王の宮殿」と呼んでいることから、さらに確信を強めた。20世紀になると、本格的な考古学調査が行われ、要塞は鉄器時代のもので、アーサー王が活躍したとされる5～6世紀に大規模な改修工事が行われたことが分かった。さらに木造の館や、南西側には堅固な城門があったことも判明した。広々とした草地に乳牛を連れて籠城すれば、何カ月でも持ちこたえることができた。水も地元民が「アーサーの泉」と呼ぶ豊かな水源に恵まれ、守るには理想的な要塞である。

01 カドベリー・カースル

＊2　William Camden（1551-1623）歴史家、好古家。『ブリタニア』『エリザベス治世年代記』の著者でオックスフォード大学に古代史講座を開いた。

先日この地を巡り、古代のロマンに思いを馳せながら丘を下っていると、牛に追いかけられた。[*3] 牛の群は「アーサーの泉」に水飲みに行くのだが、その中の一頭が筆者を気に入ったようで、泉を過ぎてもしっかり後を追ってきた。

ふもとで地元の女性に聞くと、ここにはアーサー王の幽霊伝説があるという。「馬に水を飲ませて帰る」「馬の足音だけが聞こえる」「夏至の晩だけに現れる」などと言い伝えは何通りかあるようである。牛が追いかけてきた経験から類推すると、もし昔のように馬を放牧していたらなら泉に向かう馬の蹄の音がアーサー王の騎馬隊と結びついて伝説化した可能性は十分あると思った。

聖杯とアーサー王が眠るグラストンベリー

サウス・カドベリーから車で30分ほどのところにグラストンベリーがある。ここはアリマタヤのヨゼフ[*4]と聖杯伝説の町である。聖杯を持ったヨゼフが長旅で疲れ、腰を下ろした丘にサンザシの杖を突き刺すと、翌日にはそれに花が咲いたという。このサンザシは今でも残っているが、今にも枯れそうで、そばには若木が植えられて、万一の場合に備えている。この聖杯を探求する話はアーサー王物語の後半の主題である。

この町にはアーサー王の眠るアヴァロン島であるとの

*3　ここは私有地で牛が放牧されており、見学は自由だが、家畜止めの中に入らねばならない。

*4　イエスの遺体を引き取って埋葬したイエスの弟子。キリストの血を受けた聖杯をもってイギリスに渡ったとの伝説がある。

02 ヨゼフのサンザシ

伝説もある。この伝説が生まれたのは、自らをアーサー王の再来であると喧伝したヘンリー2世の時代とされる。当時はこの辺り一帯は湿地であったために、グラストンベリー・トーのある小高い丘があたかも島のように見えたという。このような地形と聖杯に絡めてアヴァロン伝説も生まれたのであろう。この伝説は息子のリチャード獅子心王の時代になって実証されることになる。その経緯は次のようなものである。

　グラストンベリー修道院は12世紀に大火事で燃え、その再建中に中が空洞になったオークの木が発掘された。驚いたことに、その中から男女二体の遺骸と金髪が発見され、さらに一緒に発掘された十字架にはアーサー王とグィネヴィアの墓であるとの文字すらあった。これを証拠に、まさにこれこそがアーサー王の墓であると認定され、1191年に遺骸は大理石の棺に納めて安置された。その後約100年が過ぎ、やはり熱心なアーサー王信者であったエドワード1世とエリナー王妃の立会いの下に遺骸は主祭壇の前の地下に再埋葬されたが、ヘンリー8世による修道院解体で在りかはわからなくなった。現在はかつてあった場所が立札で示されている。

　今日の歴史家は、このあまりに出来過ぎた逸話に懐疑的で、火事で焼けた修道院を立て直すために、都合の良い話を作り

03 グラストンベリー・トー

04 アーサー王の墓

上げたのだろうとみている。修道院は奇蹟を示すことによって巡礼を集めることに躍起であった。巡礼の喜捨は貴重な収入源であったからである。

聖杯の泉チャリス・ウェルズ

さて、ヨゼフがこの地にもたらした聖杯はその後どうなったのであろうか。ヨゼフがグラストンベリー・トーの麓の「異界への入り口」に聖杯を埋めるとそこから赤い水が流れ出したという。聖杯はキリストが最後の晩餐で使い、キリストの血を受けたために、血の色をあらわす赤い水が噴き出したのだ。確かに、聖杯の泉チャリス・ウェルズから流れ出る水は赤茶色で、伝説通りであるが、現代のパンフレットには「鉄分が酸化して赤くなった」と実に無粋な解説がしてある。地元で昔から言われている「血の泉」の方がロマンティックである。もっとも現在ここに詣でるのは、聖杯探求の騎士ではなく、心の安らぎを求めて瞑想をする人々である。現在ではイギリスで最も有名なパワー・スポットの一つなのである。

（石原千登世）

05 瞑想の地チャリス・ウェルズ

3 英詩の草分け的存在
――ジョン・ガワー

仰臥像から読み解くその特徴

　イギリス文学の黎明期にジェフリー・チョーサー[*1]と名を連ねる詩人ジョン・ガワーは、著作の量、詩の文体、技法、内容のいずれをとっても当代一流の詩人と言える。また、ジョン・ミルトン[*2]同様、本格的に執筆に入る時期に失明したため、彼は結婚して身の回りの世話をしてもらいながら筆を進めた盲目詩人でもあった。しかし、今では彼の名はそこまで知れ渡っているわけではなく、ウィリアム・シェイクスピア作『ペリクリーズ』[*3]に登場する語り手「老いたるガワー」と言った方がわかる人が多いかもしれない。ガワーがその死後200年の時を超え、この舞台に上がっているのは、彼の代表的著作『恋する男の告解』をシェイクスピアが種本の一つとして用いたためである。

　このガワーの生涯について現在確認できるものとしては、その著作を除くと、結婚許可証、遺書、そして墓の三つがせいぜいである。その彼が人生後半を過ごした土地は、

John Gower (c.1330-1408) ジェフリー・チョーサーの友人であり、中世後期の有名な詩人。英語で詩を編むことが困難と考えられていた時代に、大作『恋する男の告解』を著したことで有名。

＊1　Geoffrey Chaucer 33ページ参照。
＊2　John Milton 76ページ参照。
＊3　William Shakespeare (1564-1616)のロマンス劇作品の一つ。ガワーの『恋する男の告解』第八巻に含まれる「タイアのアポローニアスの物語」を基にしている。

01 ガワーの墓　サザック大聖堂

ロンドン・ブリッジをはさんでシティーの対岸にあるサザック地区である。当時のこの地区は、チョーサーの『カンタベリー物語』で巡礼者たちが出発した宿屋「陣羽織亭《タバード・イン》」があった地区でもあり、その当時から、様々な人が行き交っていた。現在でもバラ・マーケットやグローブ座を目当てにしている多くの観光客で賑わっている。このような地区のサザック大聖堂に、生前自身でデザインしたというガワーの墓がある。この場所に墓があるのは、現在の大聖堂の前身であるセント・メアリー・オーヴァリー教会の境内にあった彼の家と国王によって与えられた礼拝堂を寄進したためと言われている。当時のものから場所も形も異なる現在の彼の墓所には、鮮明に着色された棺が置かれ、その上にはガワーの特徴を示す墓像がある。ここでは、この像の特徴を読み解きながら彼について見ていきたい。

仰臥像の枕——三つの言語で書かれた三つの代表的著作

仰臥像のガワーが頭を乗せている枕は、上から『叫ぶ者の声』『瞑想者の鏡』そして、先の『恋する男の告解』という彼の三つの代表的著作で形作られている。これら三作品

02 3冊の本を枕にした墓像

だけで約7万6000行という膨大な量を著しているだけでも驚きに値するが、それに加え、ガワーはこれらの作品をそれぞれ当時のラテン語・フランス語・英語という異なる言語で書いているのである。[4]ガワーの生きた時代のイングランドの言語状況を考えれば、彼がラテン語とフランス語で作品を執筆することは自然なことであった。この当時、ラテン語は聖職者の間だけでなく公的な言語としても用いられていた。そして、フランス語はノルマン・コンクエスト[5]以降、イングランドの公用語となり、この時代、ラテン語と共に、いわゆる「上流」言語と考えられていた。そのため、知識人ガワーが、「上流」言語で作品を著したのはごく自然なことであった。一方で、この時代の英語は、庶民の話す「下流」言語と見做されていたため、英語で文学作品などを執筆するのは困難と考えられていた。しかし、ガワーは、ラテン語の詩の技法に基づきながらも、この被征服民の言語をあえて用いて文学作品としての詩を見事に編み、英語が決して「劣った」言語ではないことを証明したのである。このため墓には「最初の英語詩人と呼ばれている」との説明がある。

＊4　ガワーは、『叫ぶ者の声』（1万265行）を、アングロ・ラテンと呼ばれる、当時イギリスで用いられた中世ラテン語で執筆した。『瞑想者の鏡』（2万8603行）は、ノルマン・コンクエスト（注5参照）以降イギリスで用いられたアングロ・フレンチというフランス語で書かれている。『恋する男の告解』（3万3444行）は、フランス語の影響を受けた当時の英語である中英語で著されている。

＊5　1066年ノルマンディー公ウィリアムがヘイスティングズでの戦いに勝利を収め、イングランドを征服した出来事。

言語こそ異なっているが、これらの三作品では説教や寓話《アレゴリー》が中心に据えられている。『叫ぶ者の声』は、聖書の「イザヤ書」にある「荒野に呼ばわる者の声がする」という有名な句に基づき、当時、精神的に荒れていたイギリスに警鐘を鳴らしており、『瞑想者の鏡』も寓話を多用した説教作品となっている。『恋する男の告解』は、七つの大罪[*6]の説教を、恋愛という舞台を用いて展開する教訓詩である。このように、説教や寓話が多用されていることもあり、チョーサーは彼を「道徳家《モラリスト》」と評した。もっとも、この言葉もチョーサー独特のユーモアから発せられたものと考えられるので、ガワーが本当に「道徳家」であったかは別の話である。

仰臥像の冠と襟——著作に垣間見られるガワーの見解

仰臥像に目を戻すと、ランカスター家の赤ばらの冠をかぶり、国王から信を得ていたことを示す襟を身に着けている。彼はリチャード2世、そして、像の赤ばらの冠が示すようにヘンリー4世と、二代にわたってその宮廷で重用されていたのである。このことは、ガワーが政治と関わりを持っていたことを示しており、それは著作にも垣間見ることができる。ある研究者などは、当時、フランス語で作品を著すこと自体、国王や上流社会に自らの政治的な見解を訴えようとする明白な意思表示であるとさえ指摘している。そこまでではなくとも、元来、リチャード2世から依頼を受け執筆した『恋する男の告解』の序文と結論には、この王への献辞を載せていたが、作品完成後、この王の政策に対する反発から、ガワーはその献辞を新王ヘンリー4世へのものへと改訂している。王

*6 キリスト教において人間を罪に導く可能性のある「暴食」「色欲」「強欲」「憤怒」「怠惰」「傲慢」「嫉妬」のこと。

朝が変わるという激動の中で、巧みに牛を馬に乗り替えるなどは「道徳家？」ガワーの政治的反応を端的に示すもので興味深い。この改訂に喜んだヘンリー4世からランカスター家の飾り襟を贈られたので、現在の仰臥像はこの襟を身に着けているのである。

また、著作に多用される説教や寓話等を通して、自身の政治や社会に対する見解を巧みに示していると受け取れる箇所も少なくない。1381年に起きた農民一揆であるワット・タイラーの乱について寓話を用いて描いていることもあれば、当時堕落の一途を辿る社会の各層に対して説教を通して批判的な見解を展開していることもある。『恋する男の告解』では、羊毛に関する詩の中に、イタリア人の羊毛商人がロンドン市の課税を巧みに免れていることを黙認するリチャード2世への批判を暗示している。

このように、著作に巧みな技を駆使し、さらに、当時「下流」の言語と蔑視されていた英語で大作を著したガワーは現在ロンドン南部のサザックに眠っている。この詩人の墓を訪れることをこの地区の散策に加えることも、ロンドンの新たな側面を見るきっかけとなるかもしれない。

（福田一貴）

4 英詩の父

——ジェフリー・チョーサー

敬虔で、信仰心の篤い人々が多かった中世時代には、キリスト伝説にまつわる聖遺物が納められている聖所や霊験あらたかな聖人たちが祀られている霊廟を詣でる聖地巡礼が盛んに行われていた。当時の人気の聖地巡礼地としては、イングランド東部の州ノーフォークにある聖母マリア崇拝の「ナザレの家」として知られていたウォルシンガム、そしてイングランド南東部の州ケントに所在し、多くの聖人が葬られている大聖堂のあるカンタベリーであった。特に、カンタベリーがイングランド最大の巡礼地として有名になったのは、大司教トマス・ア・ベケット（1119~70）が、時の国王であるヘンリー2世と教会権を巡って対立することになり、国王によって差し向けられた4人の刺客によって、聖堂内で殺害されるという悲劇に見舞われたからである。トマスは死後3年後には、ローマ教皇によって聖者に列せられた。それ以来、カンタベリーがセント・トマス・ア・ベケットの殉教地として有名になっていった。そして、イングランド各地

Geoffrey Chaucer (c.1342—1400) 詩人、ロンドンの葡萄酒商人の子として生まれる。国王エドワード3世の宮廷人として活躍し、外交使節として、何度かスペイン、イタリアを歴訪した。畢生の大作の長編物語詩『カンタベリー物語』（未完）を執筆した。ウェストミンスター寺院に埋葬された最初の詩人である。

より多くの巡礼者たちが彼の墓所へ参詣に訪れるようになり、その名声はヨーロッパの全土に鳴り響いていった。このカンタベリー大聖堂に参詣する巡礼という構想に基づいて、14世紀の詩人ジェフリー・チョーサーは、中世期の傑作『カンタベリー物語』の長編物語詩を書いたのである。

　カンタベリーを目指す巡礼者たちの出発地は、シティーのウェストミンスターからロンドン橋を渡り、テムズ川の南岸に位置しているサザック地区であった。この一帯は、カンタベリーへ通じる街道筋にあたり、郊外には住宅地が広がり、宿屋街、商店街、売春宿、それに教会などが雑多に寄せ集まっていた。それに多くの飲み屋も軒を連ねていて、熊苛めの見世物小屋などのある歓楽街でもあった。活気ある繁昌した界隈であったが、当時からあまり芳しい場所とは言えなかった。このバラ・ハイ・ストリートには、多くの宿屋が軒を並べて賑わっていた。例えば、「拍車」「クリストファー」「牡牛」「白い牡鹿」「猪の頭」「女王の頭」「陣羽織《タバード》」「ジョージ[*1]」「心臓」「国王の頭」などの看板を掲げている宿屋群が並んで建てられていた。中でも、チョーサーは、「陣羽織亭」をよく知っていて、巡礼たちが巡礼の旅を開始するのに、先ずは、ここに集まることを描いている。また、チョーサーの友人で、同時代の優れた詩人であったジョン・ガワーは、このサザック地区に住んでいた。彼の墓は、サザック地区のセント・メアリー・オーヴァリー小修道院、現サザック大聖堂の中にある。回廊を巡らせた立派な構えの「陣羽織亭」は、当時から有名であったが、１６７６年には焼失してしまっている。

　チョーサーの『カンタベリー物語』に登場する巡礼たちは、「陣羽織亭」に各地より

＊1　「ジョージ」は現在でもナショナル・トラストによって保存されている。

01

01 チョーサーと「陣羽織亭」の銘板

集まって、ロンドンからカンタベリー、港町ドーヴァーまでのケント街道に沿って田園風景の中を巡礼の集団となってゆっくりと進んで行くことになる。「陣羽織亭」から、カンタベリー大聖堂までは、約57マイル、約91キロの道程を、馬に乗って、2泊3日と半日位の行程であった。デットフォード、グリニッジ、ダートフォード、ロチェスター、シッティングボーン、オスプリング、ボートン・アンダー・ブリーンを経てカンタベリーへと向かうのである。

チョーサーの『カンタベリー物語』は、カンタベリー大聖堂に参詣する巡礼という虚構の動的舞台を設けて、長編物語詩が創作されている。そこには、14世紀イングランド社会のほとんどあらゆる階層と職業を代表する30人余の巡礼たちを語り手として登場させて、道中にそれぞれの「話」を繰り広げるように考案されている。『カンタベリー物語』の巡礼が、春という新しい生命が芽吹き、新しい冒険が始まる季節に設定されたことも、実に適切で、それは、巡礼の動機が過去に患った病気の治癒へのお礼参りというのと同じくらい自然なことである。この巡礼の一行は、騎士、騎士見習い、騎士の従者、女子修道院長、第二の修道女、3人の女子修道院付司祭、修院修道士、托鉢修道士、貿易商人、神学生、高等弁護士、地主、小間物屋、大工、織物師、染物屋、家具職人、料理人、船長、医学博士、バースの女房、教区司祭、農夫、粉屋、法曹協会の賄い方、荘園管理人、教会裁判の召

02「ジョージ」の現在の姿

喚吏、免償説教家といった面々である。実に多種多彩な人間群像である。作者チョーサーも巡礼の一員となっている。彼らは、巡礼一行の引率者となる「陣羽織亭」の主人によって持ち出された提案に乗ることになる。その提案とは、カンタベリーへの巡礼の往復の道すがら、退屈しのぎに一人が各二つずつの「話」をして、その中で一番すぐれた「話」をした話し手には、宿に帰り着いた後に、参加者全員で出し合った費用で、褒美のご馳走をしようというのである。その話の順番は籤引きで決めるという、これも実に公平な提案である。この提案に全員からの賛同を受けて、『カンタベリー物語』が始まる仕組みとなる。作者チョーサーの最初の構想では、全部で１２０の「話」が予定されていたといわれるが、実際には24の「話」しか物語られずに、未完で終わっている。この『カンタベリー物語』に集められている「話」のタイプは、宮廷風恋愛のロマンスから説教物語、聖者伝、動物寓話、奇跡物語、おとぎ話、中世に広く普及していた滑稽譚《ファブリオー》、民間伝承といった多種多様なジャンルにわたっている。

この人間喜劇的な性格をもつ『カンタベリー物語』は、同様の物語構成をもつ中世の

＊2　Giovanni Boccaccio（1313-75）イタリアの物語作家・詩人。大作『デカメロン』（十日物語）を執筆した。

物語作家であるイタリアのボッカチオの*2『デカメロン』（十日物語）が、語り手たちが物語る様々な「話」を、次々に機械的に並べて、いたって平板で静的な物語集であるに対して、巡礼という実に動的な枠組みを設けて、その語り手として、それぞれの「話」を繰り広げるように考案されている。そこには、現実に生きた多様な人間が躍動している世界がある。彼らの語る「話」は、話し手と、そこに登場している人物・性格とが密接に関連し合っており、「話」を取り巻く背景も、その内容と劇的に結合し、融合している。また更に、「話」と「話」との「つなぎ」と、「話」の「プロローグ」での話し手同士の口論や応酬を含む心理劇も展開されている。「話」と「話」の「つなぎ」には、巡礼の道中に起こりそうないろいろな出来事を入れて、巡礼者たちが議論したり、お互いに話の腰を折ったり、批評したりしながら、14世紀イングランドの田園の中を一緒に共通の目標であるカンタベリー大聖堂に向かって進んで行く趣向である。この移動舞台劇は、ボッカチオの静的で、閉鎖的な舞台とは対照的に、まさにチョーサーが独創性を発揮したものといえる。

（藤本昌司）

03 ワシントンの議会図書館にあるエズラ・ウィンターによる壁画の一部

コラム 1

イギリス人が英語で文学を書けるようになるまで

英語は現在、世界の共通語として国際語の地位を確立しているが、約1500年の歴史を遡ると、中世までは、それぞれの地方のお国訛りのことばが使われ、標準語はまだ存在していなかった。古英語、中英語の時代、学問・宗教の言語はラテン語であった。フランスのノルマンディ公ウィリアムがイングランドを征服した11世紀のノルマン・コンクエストからの約300年間、宮廷や議会ではフランス語が使われ、英語はその間、被征服民の下層階級のことばになってしまった。英語が公式の言語として再び表舞台に登場し、さらに文学の言語としても確立したのは、14世紀になってからであった。

英語の歴史は5世紀初頭、北海沿岸に定住していたゲルマン系民族のアングル人、サクソン人、ジュート人がブリテン島へ侵入したことからはじまる。アングル人はイングランド中央部と北部の広大な地域、サクソン人は南西部、ジュート人は南東部を支配し、それぞれアングリア方言、ウェスト・サクソン方言、ケント方言を使っていたために、古英語（500〜1100）は統一を欠く言語であった。英語で書かれた文献の多くは、学問を奨励したアルフレッド大王が統治していたウェスト・サクソン方言で書かれたものである。ラテン語から翻訳されたベーダの『イングランド教会史』、主な事件を英語で記録した『アングロ・サクソン年代記』などの歴史書はあるが、8世紀に書かれた英雄叙事詩『ベオウルフ』を除けば目立った文学作品はなかった。

ノルマン・コンクエストにより、イングランドはフランス語と英語の二言語併用の国家になった。『ベオウルフ』のような古英語の武勲詩は廃れ、文学の言語としての洗練された英語はまだ確立していなかった。中世のイングランド（中英語1100〜1500）には北部、東中部、西中部、南部、ケントを含む南東部のおおまかに五つの方言があった。

当時の文学作品はそれぞれの地方語で書かれていた。

13世紀になり、アーサー王伝説などを題材とした北フランスの韻文で書かれた物語詩《ロマンス》が入ってくると、脚韻の詩形を用いた翻訳や物語詩の翻案が現れるようになり、英語は次第に文学表現に使われる言語へと高められていくことになる。そのような中で、西中部方言でアーサー王伝説を扱った『サー・ガウェインと緑の騎士』（１３５０？）、ウィリアム・ラングランドの『農夫ピアズの夢』（14世紀末）、南部方言で書かれた『梟とナイティンゲール』（13世紀初頭）など、古英語時代の頭韻を踏んだ物語詩が再び現れたが、それぞれの作品の方言によることばの違いは大きかった。14世紀の詩人ジェフリー・チョーサーは『トロイルスとクリセイデ』（１３８５？）の中で、「英語とわれわれの言語の書き方にはあまりにも大きな多様性がある」と述べ、方言の違いが大きいために、写字生が文字を写し間違えたり、韻律を間違えたりすることがないよう説いている。しかし、こうした言語状況は徐々に変化を迎えることになる。

１３３７年に始まったフランスとの百年戦争はイングランド人の愛国心を高め、フランス語は影が薄くなり始める。14世紀後半にはフランスに対する敵愾心が高まり、英語は一気に支配階級のフランス語にとって代わることになる。１３６２年には議会が英語で開催され、裁判においても英語が使われるようになった。ロンドンは経済、政治の中心となり、人口が増加し、ロンドン方言が次第に優勢になっていく。ロンドンで活躍した詩人ジョン・ガワーは、フランスから学んだ文学の伝統としてのフランス語と、当時学問の言語であったラテン語で作品を書いていたが、晩年になると、フランスの宮廷恋愛の文学技法を生かしながら、英語を用いて『恋する男の告解』を書くことによって、英語が文学の言語として立派に通用することを証明した。

同時代の詩人チョーサーは、ロンドンで貿易商をしながらロンドン方言で作品を書いた。また、フランスやイタリアに滞在して当時の洗練された文学的伝統を受け継ぐとともに、それまでいくつかの方言の一つに過ぎなかった南東部ロンドンの英語を、文学の言語として、さらには標準語として高めることに大きく貢献した。代表作である『カンタベリー物語』は、ロンドンからカンタベリー大聖堂に詣でる道すがら、巡礼者が退屈しのぎに語る話を集めた物語集である。チョーサーは、ロマンス、笑話、聖人伝、動物寓話、説教など中世文学のあらゆるスタイルを取り入れて、それぞれの人物にふさわしい話を風刺、滑稽、諧謔などを自在に操り、独自の文学を確立した。

14世紀における英語の社会的な復活とともに、ロンドンの英語が標準英語として確立し、ガワーやチョーサーによって、それまで受容してきたフランス文学の伝統が英文学へと継承され、英語は文学の言語としても開花したのである。その後、「文学の言語としての英語」は、キャクストンの印刷やシェイクスピアの時代へと受け継がれていくことになった。

（塚本倫久）

第Ⅱ部

ルネサンス期

5 暴君に翻弄された人生
——トマス・モア

ロンドン塔

トマス・モアを訪ねる旅の始まりがロンドン塔から始まるのは、実は順序が逆である。というのは、ロンドン塔は彼が死の直前までを過ごした、言ってみれば、怨念のこもった地であるからだ。モアは1534年4月、ヘンリー8世とアン・ブーリンの結婚を正当とし、二人の間に生まれる子供は正統な王位継承者であると定めた「王位継承法」に反対してロンドン塔に収監された。厳密に言えば「王位継承法」は承認したが、それに伴う宣誓文はローマ教皇の首位権を否定し、継承法の枠を超えたものであるとして、宣誓を拒否して投獄されたのである。以後約1年余り、彼は厳しい尋問を受けながらも、自らの信念を曲げることなく、1535年7月6日に処刑された。

処刑はロンドン塔の外のタワー・ヒルで行われた。ロンドン塔に収監された囚人は、原則としてタワー・ヒルに設営された処刑台の上で公開処刑された。王族など一部の処

Thomas More（1478-1535）ヘンリー8世に仕えた法律家、思想家。王の離婚に反対して処刑された。政治・社会を風刺した寓意作品『ユートピア』の著述で知られる。

刑はロンドン塔内のタワー・グリーンで行われることもあったが、ほとんどはタワー・ヒルで行われた。その場所は、塔の入り口から道路を挟んだ反対側の、現在は公園になっている一角で、そこだけ石畳になっており、周囲にそこで処刑された人々の名が刻まれている。ロンドン塔は観光の目玉で長蛇の列の人気であるが、目と鼻の先にあるタワー・ヒルを訪れる人は少ない。

　モアは、投獄される前に既に決心を固め、妻子とも十分話し合ったのちに、神に背くよりは財産や命を失うことを選んだ。処刑の当日さえ、その信念は揺るぐことなく、自分の死をユーモアで笑い飛ばすほどの余裕があった。処刑台に上がろうとしたときに梯子が揺れると「お願いだから私の体をうまく上げてくださいよ。降りるときは自分で何とかしますから」と、ジョークを飛ばした。生きて帰ることなどない処刑台で、自分の死を笑い飛ばしたのである。さらに、断頭台に首を乗せてから、おもむろに死刑執行人の方を向き、「これは切らないでください。髭には罪はないのだから」と言って、長く伸びた鬚を台の外に出した。これぞ究極のブラック・ジョークである。「王の良きしもべとして、しかし、その前に神の良きしもべとして死んでゆきます」というのが、最後の言葉であったという。

01 処刑された人の名を刻むタワー・ヒルの銅板

チェルシー・オールド教会

　テムズ川に沿って少し上流に歩くとチェルシーに至る。チェルシー・オールド教会の前にはモアの像が建てられている。この教会はかつてモアが通った教会で、ここから少し西側にモアの広大な屋敷があった。モアがここに住んだのは、彼が権力の絶頂にあった1524年から34年の間であった。

若きモアは下院議員時代にヘンリー7世の上納金要求を拒否して、王の逆鱗に触れ、事実上の隠遁生活を余儀なくされた。この時に彼が翻訳したのがイタリアの天才的なヒューマニストであるピコ・デラ・ミランドラ[*1]の伝記『ピコ伝』であった。ヘンリー8世が即位すると、ヘンリーと王妃キャサリンの戴冠式を祝した『警句集《エピグラム》』を献じていたこともあって、次第に国王の寵愛を受けるようになっていった。1517年に王の要請で諮問会議の委員となり王の良きしもべとしての一歩を踏み出した。財務次官《アンダー・トレジャラー》となり、ナイトに叙爵されるなど出世は目覚ましかった。

モアはルターの宗教改革に反対する『反ルター論』を執筆し、王はルターの著書を焼いて教皇から「信仰の擁護者」の称号を与えられるなど教皇との関係も良好であった。

王は兄アーサーの妻であったキャサリンを妻としていたが、彼女は死産、流産を繰り返し、生きているのはメアリー一人であった。彼女が新たな後継者を産むことができないと知った王は、ついに離婚を考えるようになった。その役目を命じられたのがウルジー枢機卿であったが、彼は教皇を説得することに失敗した。王は大法官の後任として、俗人で法律家のモアを抜擢した。1529年には大法官の職務上、上院議長ともなった。この間にも王の離婚工作は進み、オックスフォード、ケンブリッジの両大学を始

*1　Pico della Mirandola（1463-94）イタリア・ルネサンス期の哲学者で人文主義の先駆者。

02 チェルシー・オールド教会のモアの像

めヨーロッパのいくつかの大学が離婚を可とする回答を出した。

当時のカトリック教会は、巨大な修道院が膨大な領地を有して貴族を凌ぐ力を持っていたが、末端では綱紀が緩み、多くの人々がその旧態依然たる腐敗体質に不満を抱えていた。こうした不満を巧みに利用した王は、教会の立法権を剝奪にかかった。このような流れの中でモアは大法官を辞任した。この頃アン・ブーリンのお腹には既に王の子供が宿っていることが分かり、離婚手続きは一気に加速した。モアのいなくなった議会は矢継ぎ早に法案を可決した。王の肝いりでカンタベリー大司教になったトマス・クランマーの手でキャサリンとの結婚を無効とし、アンとの結婚が有効と宣言された。

16世紀のヨーロッパでは、君主を統合の要とする主権国家が誕生すると、教皇との対立が顕在化し、信仰心篤い人々はいずれへの忠誠を優先させるべきかという問題に悩むことになった。そうした中でモアは信仰に殉ずる道を選んだのである。

03 屋敷跡にある記念碑。モアはここからロンドン塔にひかれていった。

文人トマス・モア

以上は政治家・法律家としてのモアであるが、彼にはもう一つの顔がある。イギリスルネサンス文学の先駆者という顔である。その代表作は『ユートピア』である。この作品は当時のヨーロッパの共通語であったラテン語で出版され、１５５１年に英訳された。その後フランス語、ドイツ語、イタリア語、スペイン語に翻訳されて、文筆家モアの名を不動のものとした。架空の理想郷ユートピアの制度、風俗を伝聞したという体裁で、現実のヨーロッパ社会、とりわけイングランド社会の不正義を風刺している。なお、モアには『警句集』『ピコ伝』のほかに有名な『リチャード3世史』もある。この作品は後にシェイクスピアに多大な影響を与え、彼が極悪非道のリチャード3世像を作り出す原動力となった。モアが、リチャード3世を悪魔的な怪物として描いたのは、少年時代にモアが書生として住み込んだカンタベリー大司教ジョン・モートンの影響によるものとされる。モートンはばら戦争時代はイーリーの司教としてリッチモンド伯ヘンリー（後のヘンリー7世）の参謀を務め、リチャード3世と死闘を繰り広げた人物である。カンタベリー大司教であり、王の後見人たるモートンの語るリチャード3世像は、少年モアばかりでなく、当時のイングランドのあらゆる階層に信頼され、ひとたびシェイクスピアの筆によって舞台に上がると、歴史の真実として定着してしまった。

1535年、処刑されたモアの首は、一足先に処刑された友人でロチェスター司教のジョン・フィッシャー[*2]とともにロンドン橋に晒された。イングランド国教会は彼を反逆者として許さなかったが、カトリック教会はモアとフィッシャーの死を殉教と認め、1935年になって列聖した。

（石原孝哉）

＊2　John Fisher（1469-1535）聖職者・人文主義者。ヘンリー8世のキャサリン・オヴ・アラゴンとの離婚に反対した。またヘンリー8世がイングランド国教会の首長であることを拒否して処刑された。

6

詩人の王
——エドマンド・スペンサー

『妖精の女王』を書いたスペンサーはエリザベス朝を代表する詩人で「詩人の王《プリンス》」と称されるようになった。彼が『妖精の女王』を書くにあたって創案した詩形はスペンサー連[*1]と呼ばれ、英詩において最も重要な詩形である。

彼の『プロサレイミオン』の1行「麗しいテムズよ、静かに流れよ、わが歌の尽きるまで[*2]」は有名である。この詩には「婚約の歌」と副題がついていて、これは、ウスター伯サマセットの二人の令嬢が、それぞれ正式の婚約を同じ日に同時に結んだことを寿ぐためと述べられている。この慶事はエセックス伯の館で執り行われた。スペンサーの時代のテムズ川は白鳥で有名で、『プロサレイミオン』では、二人の令嬢は2羽の白鳥にたとえられている。白鳥はその白さから純潔を象徴する。

T・S・エリオットが『荒地』第3部「火の説教」において、スペンサーのこの1行を借用したので、この詩は甦った。エリオットは『荒地』で牧歌的なテムズ川と、現代

Edmund Spenser (1552-99) シェイクスピアと肩を並べていたイギリス・ルネサンスの代表的詩人。技法においてスペンサー連を創案し多彩な韻律と形象の織りなす佳麗な言語世界を創り出し、後世の詩人たちに大きな影響を与えた。

＊1　弱強五歩格 (iambic pentermeter) 8行に弱強六歩格 (Alexandrine) 1行を結びとして加え、ababbcbccと韻を踏んだもの。

＊2　"Sweet Thames, run softly, till I end my song."

の汚濁のテムズ川を対比させ、純潔な令嬢と「細いカヌー」で犯されるあばずれ女を対比している。スペンサーを引用することで、20世紀のテムズ川は決して「麗しい」川でないことを読者に伝えている。

スペンサーは1552年、ロンドンのイースト・スミスフィールドで洋服の仕立屋をしていた両親のもとに生まれた。母親の名前がエリザベスであったこと以外、何も分かっていない。父親はイングランド北部にあるランカシャーの人で、ランカシャーにはスペンサーの父の実家と伝えられる建物が残っている。スペンサーは、1504年に貴族に叙せられたオールソープのスペンサー家[*3]の遠い縁者であるという伝説があるが、貴族の縁者の家とはとても思えない。

彼は1595年刊の『コリン・クラウト故郷に帰る』では「高貴な家門」と書いているが、翌1596年刊のこの詩では「由緒正しい旧家」とした。もし、これが本当であったら、スペンサー家出身の故ダイアナ妃と遠い先祖でつながることになる。ロンドンのグ

01 スペンサー・ハウス（ロンドン）

*3　Spencer of Althorp故ダイアナ妃の実家

リーン・パークに接する「スペンサー・ハウス」は見学できるので、覗いてみるのもいいだろう。

1558年11月17日、女王エリザベス1世が即位、この時スペンサーは6歳であった。彼の家は豊かではなかったが、ケンブリッジではペンブルック・コレッジに入った。なおコレッジでは現在でも彼の肖像画を食堂の壁に飾り、功績を称えている。

在学中、ヨーロッパ大陸の文芸思潮に影響を受け、イタリアのペトラルカの翻訳などをしている。卒業後は、友人のゲイブリエル・ハーヴェイの紹介でエリザベス女王の寵臣レスター伯[*4]に仕え、彼の庇護を受け、レスター・ハウスの邸内に居住していた。レスター・ハウスは、セント・クレメント・デインズ教会の近くで、ストランドから南に入るエセックス・ストリートにあった。彼はここで、レスター伯の甥のシドニー[*5]に会った。

華麗な交友関係から宮廷に仕える夢を持ったが、レスター伯の失脚によって、彼の廷臣への夢は一瞬にして消えた。グレイ卿がアイルランド総督になると、秘書として任地に同行し、以後その生涯のほとんどをアイルランドの役人として過ごした。

1579年、『羊飼いの暦』を発表し、彼の文名は増した。『羊飼いの暦』は、1年の各月に応じて様々な主題を、当時としては驚嘆に値する新鮮で典雅な文体で牧歌的に歌ったものである。宗教や恋愛などを扱うとともに、エリザベス女王への讃歌をも

＊4　Robert Dudley, 1st Earl of Leicester (1532-88) スペイン無敵艦隊来襲の際、スペインの侵入を阻止するためにティルベリに招集された軍隊の総司令官に任命された。

＊5　Sir Philip Sidney (1554-86) 詩人、典型的なルネサンス宮廷人で、その深い教養を行動力によってエリザベス朝宮廷の華といわれた。

02 ペンブルック・コレッジの肖像画

忘れてはいない。

　1594年夏至の日、すでに40歳を過ぎていたスペンサーは、エリザベス・ボイルと再婚した。詩人はこの恋を題材としてソネットと祝婚の詩を書き、『アモレッティと結婚歌』が翌年出版された。

　スペンサーはアイルランドのマンスターで、近くに住んだサー・ウォルター・ローリー*6と親交を結ぶようになり、彼のつてで再び宮廷人としての栄達を求めたが、スペンサーの意のごとくにはならなかった。

　1595年『コリン・クラウト故郷に帰る』をローリーへの献辞つきで出版、ここにはシドニーの死を悼む「アストロフェル」や、「クロリンダの歌」などが収録されている。翌年には、相反する二つの愛と二つの美について歌った、プラトン的な思索詩『四つの讃歌』を出した。

　スペンサーはアイルランドではダブリン、キルデアに住んだ。1588年ごろから生涯の最後の10年間を過ごしたのが、キルコールマンの村である。アイルランドの人々にとって、スペンサーはイギリス政府の役人で、アイルランドを搾取した側である。1598年、アイルランド住民の蜂起によって、彼の家も焼かれてしまう。イギリス政府はエセックス伯を総督に任命し、アイルランド鎮圧に乗り出す。

　詩人が20年の歳月を捧げたが未完に終わった『妖精の女王』は3万4000行を超えるイギリス文学史上の最大の寓意詩《アレゴリー》*7である。全編の意図は、作者自身の言葉を借りれば、「紳士、即ち身分のある人に立派な道徳的訓育を施すこと」で、基本的主題は、善と悪

*6　Sir Walter Raleigh (c.1552-1618)　シドニーとともに、ルネサンス精神を体現した行動人。エリザベス女王の寵を受け、アメリカ大陸へ探検隊を出すが、失敗。

*7　特定の抽象的な観念が具体的な人物などに形象化されている時、この関係を寓意という。

の戦い、罪と救いの相剋ということになる。全12巻にわたり12の騎士の行動を通じて、理想的な人間像を描こうとするものであったが、7巻の中途で未完のまま終わってしまった。

『妖精の女王』の出版でスペンサーの文名はますます上がった。『妖精の女王』でグロリアーナ女王と呼ばれているエリザベス女王もこの作品を喜び、彼に終身年金50ポンドを与えた。彼がグレイ総督の秘書の時は年20ポンドであったのだから、かなりの高額であった。

スペンサーは1599年1月13日、滞在していたウェストミンスターの宿で突然の死をむかえた。ロンドンのウェストミンスター寺院のポエッツ・コーナーには、チョーサーの墓の近くにスペンサーの墓碑があり、「当代詩人の王」と刻まれている。

（松島正一）

7 数奇な運命をたどった劇作家
――クリストファー・マーロウ

カンタベリー

　クリストファー・マーロウは、エリザベス朝演劇においてシェイクスピアの最も重要な先駆者となった劇作家。彼はイングランド南東部の州ケントのカンタベリーに生まれた。そこは中世の大司教トマス・ア・ベケットの殉教の地であるカンタベリー大聖堂で知られる街。その荘厳なゴシック様式の歴史的建造物を中心にイギリスの代表的な巡礼地として栄えてきた街並みは、現在でも中世の雰囲気が残る。現在、マーロウ生誕の地として、その名を冠した劇場マーロウ・シアターが大聖堂とは対照的に近代的な外観で建っている。

　1564年2月26日、マーロウはカンタベリーの小さな教区教会、セント・ジョージ教会で洗礼を受けた。この教会は第二次世界大戦で破壊され、時計塔だけが残っているが、そこに「マーロウがここで洗礼を受けた」との銘板がある。そして、1579年に

Christopher Marlowe（1564-93）劇作家、詩人。エリザベス朝演劇の基礎を築いた作家の一人で「大学才人」の代表的人物。力強い詩句を駆使して7編の悲劇を残した。

01 マーロウが洗礼を受けた教会

は奨学生としてカンタベリーのキングズ・スクールに入学。大聖堂に隣接するこの学校はイギリスでも有数の歴史ある学校で、当時は紳士階級の子弟の教育のためのものであったが、9歳から15歳の貧しい家庭の少年を50人選び、奨学金を与えて入学を許可していた。1579年1月14日、15歳に達する少し前にこの奨学生に選ばれたことは、マーローウの運命に大きな影響を及ぼすことになる。

ケンブリッジ

1581年、ケンブリッジのコーパス・クリスティ・コレッジ[*1]に入学。将来聖職に就く学生に与えられるパーカー奨学金を得てのことである。奨学生は3名、そのうちカンタベリーのキングズ・スクールの割り当てが1名あった。その1名に選ばれたマーロウはケンブリッジに在学した6年間この奨学金を受けたが、結局、聖職に就くことはなかった。なお、コレッジの中庭に面した壁には、マーロウと友人のジョン・フレッチャー[*2]が住んだ部屋を示す文章が刻まれている。

＊1 1352年に創立されたケンブリッジで6番目に古いコレッジ

＊2 John Fletcher (1579-1625) シェイクスピアの後を受けて国王一座の座付き作家となった。

１５８７年、修士号の授与にあたって大学当局はそれを躊躇した。出席の悪化に加えて、フランスのカトリック教徒の集まりに参加していたという噂や女王打倒の陰謀に参加しているという噂があったからである。これに対して女王の枢密院が大学当局へ彼の学位授与を要請する書簡を送り、これによって彼は修士号を得ることができた。この書簡の意味するところは定かではないが、在学中からフランシス・ウォルシンガム[*3]の下で諜報活動に携わっていたことと関係していると思われる。ウォルシンガムは国内外に情報網を張り巡らせ、エリザベス女王の宮廷における諜報活動の中心人物であった。

ロンドン

修士号を取得した後にロンドンへ移ると、シティー北側のショーディッチに暮らした。そこは１５７６年にイギリス最初の常設劇場シアター座が建設された場所。現在のリヴァプール・ストリート駅から北に向かった地区である。今はカーテン・ロードにシアター座の跡地を示す銘板がある程度で当時の面影は見られないが、ショーディッチ・ハイストリート駅とオールド・ストリート駅を結ぶ通りには煉瓦の壁に描かれたストリート・アートが数多く並び、さながら野外ギャラリーといったおもむきで、マーロウやシェイクスピアゆかりの街に相応しいとも感じられる。

ロンドンへ移ったマーロウは、ウォルター・ローリー卿を中心とする進歩的な、ほとんど無神論ともいえる文人や科学者と親交を結んだようである。また、殺人事件との関わりで投獄されたり、警官に対する暴行で告発されたりと、ロンドンでの生活は波乱に

＊3　Sir Francis Walsingham (c.1530-90) エリザベス1世に仕えた政治家。諜報機関を駆使して反女王の陰謀を摘発した。

富んだものであった。

マーロウの作品とバンクサイド

悲劇『タンバレイン大王』がロンドンで上演されると、彼の作家としての名声は確立された。この作品でマーロウが用いた無韻詩は、シェイクスピア劇も含め、その後のエリザベス朝民衆劇を席捲する詩形式となる。初演は1587年、マーロウが23歳のときと推測される。その圧倒的好評に応えて、すぐに同じ芝居の第2部が書かれた。

タンバレインとは、羊飼いから身を起こして世界の王となった蒙古の英雄チムールのことであり、そこに描かれるのはタンバレインの飽くなき征服欲、そして自己を無限に拡大したいという願望である。

ロンドンの劇壇で人気を博したマーロウは7編の劇作品を残している。ヴィーナスの子イニーアスを愛したダイドーの悲劇『カルタゴの女王ダイドー』。この作品はトマス・ナッシュ[*4]との共作とされる。上述の『タンバレイン大王』2部作。富を追求し残虐な行為を重ねるユダヤ人バラバスの悲劇『マルタ島のユダヤ人』。ファウスト伝説に材を採り、無限の知を求めて悪魔と契約を結んだ主人公を描く『フォースタス博士』。悪政によって内乱を招き、残忍な権謀家モーティマーによって殺される王を描くイギリス史劇『エドワード2世』。セント・バーソロミューの日に起こったユグノー教徒大虐殺を描く『パリの虐殺』。これらの作品には、常軌を逸した欲望を追求し挫折しながらも人間の限界に真っ向から挑戦するルネサンス的人間像が、強烈で力強い台詞で描かれて

＊4 Thomas Nashe (1567-c.1601) ケンブリッジ大学出身の劇作家、風刺作家でパンフレット作者としても有名。

いる。また、劇作品以外に、運命に翻弄される恋人たちの悲恋を描く未完の物語詩『ヒアローとリアンダー』もエリザベス朝の重要な作品である。

　こうしたマーロウの劇作品が多く上演されたのはローズ座という劇場で、それは1587年にテムズ川南岸のバンクサイドに建てられた。対岸にシティー地区の建物群やセント・ポール大聖堂を望むこの地区は、現在でこそ綺麗な遊歩道が敷かれた観光名所であるが、当時は見世物小屋や売春宿が立ち並ぶいかがわしい盛り場だった。ローズ座に続いてシェイクスピアが活躍したグローブ座もこの地に建てられた。

　1989年に発掘調査が行われたローズ座の遺跡は、現在も保存され一般に公開されている。その近くには400余年前と同じ場所と同じ建築様式で再現されたグローブ座が建てられ、多くの観光客で賑わっている。

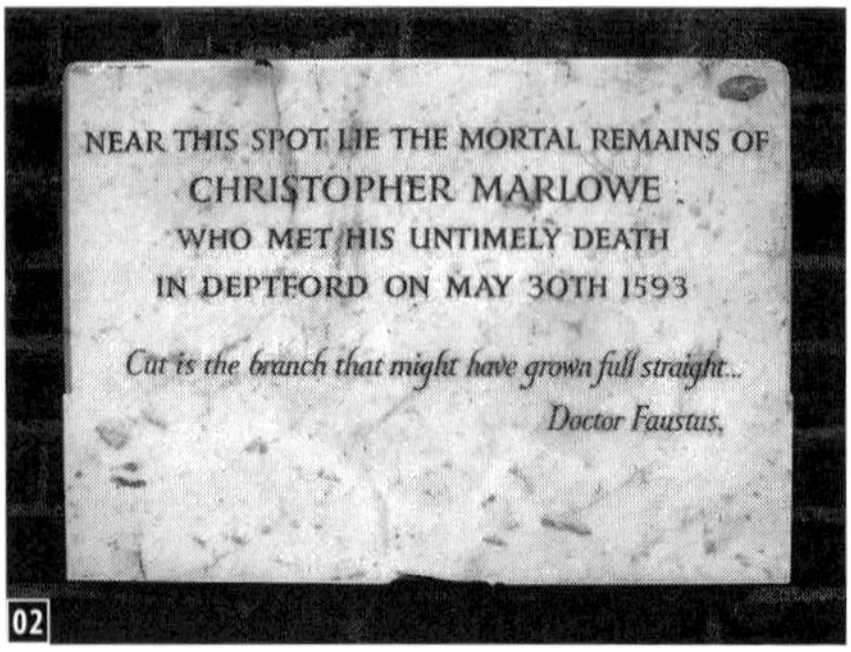

02 マーロウの墓を示す表示板

マーロウの晩年とデットフォード

　1592年5月、ペストの流行に伴ってロンドンの劇場が閉鎖されていた時期に、マーロウはケントのウォルシンガムの若い従弟トマスの邸に身を寄せているところを逮捕される。この年の春頃からロンドンに反プロテスタントのビラが貼られる騒動が起こり、そうした中、以前マーロウと同居していた劇作家トマス・キッド*5の住居から瀆神的な文書が発見される。キッドがそれをマーロウのものであると供述したことで、5月18日に当局はマーロウに逮捕状を出した。しかし、投獄はされず、枢密院への出頭を命じられることになる。

5月30日、枢密院の喚問から約10日後、ロンドン東部のグリニッチに隣接するテムズ南岸沿いの町デットフォードで旧知の3人と会食中に喧嘩となり、そのうちの1人に短剣で右目の上を刺され命を落とす。マーロウが29歳のときである。

墓はデッドフォードのセント・ニコラス教会にあるが、所在は不明で塀に「この近くにマーロウの遺骸が埋葬されている」と刻まれている。

（須田篤也）

＊5　Thomas Kyd（1558-94）エリザベス朝の劇作家で『スペインの悲劇』はその代表作。

8

文豪が暮らした二つの家
――ウィリアム・シェイクスピア①

シェイクスピアの生家

　ウォリックシャーのストラットフォード・アポン・エイヴォンのヘンリー・ストリートにはシェイクスピアの生家があり、毎年多くの観光客がこの町を訪れる。手袋職人として成功した父親ジョンがこのテューダー様式の木造家屋を購入し、もともと2軒続きだったものを1軒へと改修した家である。ジョンは町会議員、収入役、参事会員、町長などの要職も歴任するなど、町の有力者の一人であった。この生家では、シェイクスピアが10歳であった1574年頃の室内の様子が再現されていて、中流階級の家庭で一般的に使用されていた家具、織物、寝具、食器類の複製が展示されている。ここでは、父親が商才に長け、公務でも活躍していた一家の豊かな暮らしぶりを見学することができる。

　1階は、入り口のある西側から、妹ジョウンが生涯暮らした部屋、高価だったベッド

William Shakespeare（1564-1616）エリザベス朝のイギリスが生んだ世界最高の劇作家との評判がある。『ハムレット』、『リア王』などの悲劇のみならず、喜劇、歴史劇などでも多くの傑作を残した。

と暖炉のある居間、当時の食卓が再現された食堂へと続く。1番奥の東側には、ジョンの作業場があり、16世紀の衣装に身を包んだガイドから、羊、鹿などの獣皮から手袋を製造する工程について詳しく話を聞くことができる。

2階には寝室が三つあり、東側の「女の子の寝室」は現在、資料の展示室となっている。真ん中の「男の子の寝室」では、壁一面に白黒の壁布の複製が張り巡らされ、昔の男児用玩具も紹介されている。西側の「両親の寝室」は「誕生の部屋」とも呼ばれ、1564年4月23日頃シェイクスピアはここで生まれたと言われている。室内には天蓋付きのベッド、ゆりかご、桶、玩具などの複製が並んでいる。北側には、のちに増築されて宿屋として使用された奥の間があり、1階部分には台所と食料の貯蔵所がある。

シェイクスピアはこの家で家族と暮らしながら、近くのグラマー・スクールに通ってラテン語の文法と修辞学、古典劇などを学び、18歳で8歳年上のアン・ハサウェイと結婚して3人の子供の父親となり、20代の頃、新たな活躍の場を求めてロンドンへ向かったのであった。

01 シェイクスピアの生家の裏庭

「新」ニュー・プレイス

ロンドンで成功を収めたシェイクスピアは、1597年頃、チャペル・ストリートとチャペル・レーンの交差点の角にあるニュー・プレイスを購入した。[*1] これは当時のストラットフォードで2番目に大きな屋敷で、五つの切妻があり、室内には暖炉が10基以上もある豪邸であった。広大な敷地内には、家屋のほかに二つの納屋と二つの庭園もあった。シェイクスピアの死後しばらくして人手に渡り、１７０２年には18世紀のアン女王様式の屋敷に建て直されたが、その後１７５９年に所有者のフランシス・ギャストレルという牧師によって建物は取り壊され、大庭園にあったシェイクスピアが植えたとされる桑の木も切り倒されてしまった。現在は、これを親木としてそこから育ったと伝わる大きな桑の木と、シェイクスピア記念祭の２００周年を記念して１９６９年に植樹された桑の木が大庭園に残っているが、屋敷自体は再建されていない。

２０１０年から、考古学の専門家と多くのヴォランティアによってニュー・プレイスの発掘調査が行われ、その後、大規模な改築工事のため1年間閉鎖されていたが、シェイクスピア没後４００年にあたる２０１６年8月20日、「新」ニュー・プレイスは一般公開された。

チャペル・ストリート側のかつて屋敷の玄関があった場所に大きな入場門が新設され、その上部にシェイクスピア家の紋章が掲げられている。そこをくぐり中へ入ると、以前はただ芝生が広がるだけの庭園だった屋敷の跡地が、今回の改築によって大きく様変わりしているのに驚く。足元にはブロンズ・プレートが帯状に伸びていて、それに囲まれた場所がもとの屋敷の敷地を示している。正面には「ゴールデン・ガーデン」と呼ばれる細長いスペースがまっすぐ続いていて、そこには草花とともに38個の金属製ペナント

＊1　ニュー・プレイスの隣には、シェイクスピアの孫娘エリザベスとその夫トマス・ナッシュの家があり、今回の発掘の出土品やシェイクスピアに関する様々な資料が室内に展示されている。

が飾られ、その1枚1枚にシェイクスピア劇の作品名と推定創作年代が刻まれている。また中央には、シェイクスピアの頃にも使われていたと言われている井戸が残っている。その周辺には、ストラットフォードが地軸の極点になっている金属製の地球儀や、地球が中心に置かれたプトレマイオス型の天球儀、嵐に遭遇する船の像、富と地位を象徴する金庫の彫刻など、シェイクスピアの世界を表現しようとする意欲的な作品が展示されている。さらに足元に目を向けると、リボン型の金属プレートが地面に埋め込まれていて、154篇のソネットの冒頭の2行が番号とともにプレートの1枚1枚に記されている。

中でも特に目を引くのが、この先にある「心の目の木*2」という巨大なブロンズ作品である。彫刻家ジル・ベレロウィッツが、モリス・シンガー鋳造所の協力を得て制作したもので、嵐で枝が大きく横に靡いたようなサンザシの木と、その枝の真下に置かれた大きな球体からなる。この球体は木に面した部分が輝き、反対側のもう半分は暗闇に包まれていて、シェイクスピアの想像の世界を象徴的に表しているという。また、近くには劇作家・詩人としての人生を表す椅子

02 心の目の木

＊2　ハムレットは亡くなった父親のことを思い浮かべ、その姿が「心の目に」見えるとホレイショーに語る（1幕2場）。

と書き物用テーブルのブロンズも置かれている。

さらに奥には、20世紀初期に造られ、今回の発掘後にも復元されたテューダー様式のノット・ガーデンがあり、その脇には東屋もある。東側には大庭園が広がり、中央にそびえ立つ2本の桑の木のほかに、作品に登場する花を植えた花壇もある。また、アメリカの彫刻家グレッグ・ワイアットによるブロンズの彫像が9体並ぶ彫刻歩道もあり、各像がシェイクスピア劇を表していて、裏側にはその作品の台詞が載ったプレートが付いている。

このように、ニュー・プレイスでは、至る所に散りばめられたシェイクスピアの言葉を探し出してその作品の場面を思い浮かべてみたり、劇作家の非凡な才能と想像力を象徴的に表すブロンズ作品をじっくり眺めてその意味を読み解いてみたり、劇場とは違った角度からシェイクスピアの世界を楽しむことができるように、様々な創意工夫が施されている。当時の屋敷が現存していないからこそ心眼で楽しめるこの世界を、十分に時間をかけて味わってみることをぜひお勧めしたい。

（今野史昭）

9 文豪の家族が暮らした家

――ウィリアム・シェイクスピア②

母メアリーの家

ストラットフォード・アポン・エイヴォンの北西3マイルほどのところにウィルムコートという農村がある。いまでも長閑《のどか》な田園風景が広がるこの村には、シェイクスピアの母メアリー・アーデンの実家がある。アーデン一族はウォリックシャーの由緒ある家系で、メアリーの実家もその流れを汲む裕福な農家だった。父ロバートはこの他にもスニッターフィールドという村に土地と家屋を所有していて、シェイクスピアの父方の祖父リチャードにその農地と2軒の農家を貸していた。メアリーは8人姉妹の末子であったが、父親の死後、遺産のほとんどを相続し、小作人リチャードの息子ジョンと結婚してストラットフォードへ移り住んだ。町長まで出世したジョンであったが、1570年代後半から経済的に困窮して多額の負債を抱えたために、結局メアリーはアーデン家の不動産を全て失うことになった。

01 メアリー・アーデンの家

現在、この農場ではテューダー朝の衣装を着たスタッフが、当時の人々が暮らしていた通りに生活し、16世紀の富農の暮らしを再現している。彼らは昔の農具を使って農園の手入れを行いながら、広大な園内で鶏、鵞鳥などの家禽や、羊、山羊、牛、豚、馬、ロバなどの家畜とその希少種を飼育している。また、鷹狩り、鍛冶、弓矢の射的の実演も行っていて、詳しく解説もしてくれる。特に興味深いのは、外にあるかまどを使ってパンやパイを焼いたり、木の桶の中に水を入れて複製の食器を洗ったり、昼食の準備から後片付けに至るまで、全てがメアリーの時代どおりに行われているということである。

農場内には二つの農家があり、一方は白壁に木組みのテューダー様式の家屋で、他方は外壁部分がヴィクトリア朝のレンガで覆われた木造の建物である。メアリーの実家は２００年以上もの間このテューダー様式の大きな家の方だと考えられてきたが、近年の調査によって実は隣にある後者だったことが判明した。この家は以前「グリーブ農場」と呼ばれていたが、現在は「メアリー・アーデンの家」と改名され、それに合わせて隣家の方も当時の住人の名前から「パーマーの農家」と変更された。

メアリーの家は１５１４年頃に建てられ、その後、度々改築されたが、室内にはメアリーが住んでいた頃の家の模型が置かれ、各部屋の壁にも詳しい説明が書かれていて、改築前の間取りとこの家での生活について知ることができる。他にも16世紀の調度品や19世紀の調理器具などが展示されている。

パーマーの家では、午後1時から農夫と女中に扮するガイドたちが食卓を囲み、実際に食事をしながら当時のテーブルマナーなどを披露してくれる。[*1] 家の隣には石灰岩で造られた鳩小屋もあり、約650羽分もの巣穴が天井まで並んでいる。ちなみにメアリー・アーデンの農場は10月頃から3月まで冬季休業となる。

＊1 ここで見学できるテューダー朝の料理については、レシピ集が出版されていて、ギフトショップで購入することができる。

妻アンの家

ストラットフォードの約1マイル西にあるショタリーという小村に、1463年頃に建てられた重厚で美しい茅葺き屋根の家屋が残っていて、これがシェイクスピアの妻アン・ハサウェイの実家である。もともとアンが暮らしていた頃は道路側の一段低い部分だけで、二つの部屋と通路、屋根裏の寝床からなる平屋だったが、のちに弟のバーソロミューが増築して、果樹園側の一段高い部分と2階の部屋が加わり、大きな屋敷になった。1911年までハサウェイ家の子孫がここで暮らしていて、室内にある16世紀から19世紀の家具の中には、ハサウェイ家が代々使用してきたものもある。とりわけ、2階の寝室にある天蓋付きの「ハサウェイのベッド」は、頭板と支柱、天蓋の内側に精巧な彫刻が施された豪華な家宝で、必見である。

02 パーマーの農家

シェイクスピアは1582年11月に8歳年上のアンと結婚して、翌年5月には長女のスザンナが誕生した。ハサウェイの家にはここを訪れたはずの若きシェイクスピアにゆかりのある家具も展示されている。2階には、のちに孫のエリザベスに贈られたという肘掛け椅子があり、シェイクスピアはこれに座ってアンに求愛したと言われている。1階の居間の暖炉の脇にも木製の長椅子があり、これも求愛の椅子としてハサウェイ家の子孫が板の一部を観光客に土産として売っていたものであるが、実際には18世紀頃の椅子であることが判明している。また、1階のパン焼きかまどと大きな暖炉がある台所の床石も昔のもので、シェイクスピアがこの上を歩いたと考えられている。

建物の外にある9エーカーもの広大な敷地には、美しい草花が咲く庭園、林檎の果樹園、林間散歩道、シェイクスピア劇に関連する彫刻が並んだ歩道などがあり、野鳥の囀りを聴きながら、のんびりと散策を楽しむことができる。

娘スザンナの家

スザンナは1607年に医師のジョン・ホールと結婚し、二人はストラットフォードのオールド・タウンという通りにある屋敷で暮らしたと言われ、そこは現在「ホールズ・クロフト」と呼ばれている。ホールはこの自宅で患者の診察を行って、その記録をラテン語で詳細に書き記した。死後しばらくして、その症例集が英語に翻訳されて出版された。彼が得意としていたのは、

03アン・ハサウェイの家

当時富裕層に多くみられた壊血病の治療で、自宅の庭園で栽培した薬草などを入れたビールを患者に服用させ、薬物療法を行った。近所に住んでいたシェイクスピアも、晩年、娘婿の診察を受けたのかもしれない。

3階建ての家屋は1613年頃に建てられたもので、翌年食料貯蔵用の地下室が増設されたものの、この頃の家屋は現在の玄関と居間および裏側の通路のある西側部分だけであった。その後3度増築されて大きくなった現在の建物に比べると、ホールが暮らしていた頃の家は半分またはそれにも満たない大きさだったようだが、それでも3階建てで居間の天井が高く、使用されている材木の本数も多いことから、当時としてはかなり豪華な造りだったことがわかる。1616年のシェイクスピアの死後、遺産の大半を相続したスザンナとホールはここからニュー・プレイスへ引っ越したと言われ、二人がこの家に暮らした期間はかなり短かったようである。

ホールズ・クロフトの室内には17世紀の家具と調度品およびその複製が並べられ、1階の通路の奥には薬の調剤に使う器具や容器が並べられた診察室も再現されている。また、外の庭園にはシェイクスピア作品に登場する草花と、ホールが治療に使用したとされる薬草が咲いていて、緑豊かな庭に華やかな彩りを添えている。

（今野史昭）

04 ホールズ・クロフト

10 ショーディッチの劇場と弟の眠る墓

――ウィリアム・シェイクスピア③

「木造のO《オウ》」と長方形の劇場

ロンドンのシティーの北側、ハックニーの南端にショーディッチと呼ばれる地区がある。故郷ストラットフォード・アポン・エイヴォンから上京した若きシェイクスピアがグローブ座の建設前に、俳優、座付作者として活躍した場所である。ここには１５７６年にジェイムズ・バーベッジが建てたシアター座と、そのすぐ近くに翌年建設され、のちにシアター座の補助劇場となったカーテン座があった。宮内大臣一座は１５９４年頃結成され、このシアター座で『夏の夜の夢』『ロミオとジュリエット』『ヴェニスの商人』など初期の名作を上演した。しかし、その後バーベッジと土地所有者のジャイルズ・アレンとの契約更新の交渉が難航し、さらにはバーベッジ自身も１５９７年に死亡したため、同年4月に借地期限が切れてしまった。結局、契約は更新されず、翌年12月にバーベッジの二人の息子カスバートとリチャードらがシアター座を取り壊し、材木をテムズ川の南岸へ運び、それを再利用してサザックにグローブ座を建てた。これ以降、シェイクスピアの劇団はこの新劇場を本拠地として、四大悲劇『ハムレット』『オセロ』『リア王』『マクベス』などの代表作を上演した。やがてジェイムズ1世の時代になると、国王一座と改名した劇団は、冬の間、私設劇場ブラックフライアーズ座を使用するようになり、ここで晩年のロマンス劇を上演したと考えられている。これは修道院の一部を買い取って改装した室内劇場で、客席数が少ないために、入場料は一番安い席でも公衆劇場よりはるかに高かった。

シアター座が使えなくなってからグローブ座を建設する1599年まで、宮内大臣一座は近くのカーテン座で上演を行った。『ヘンリー5世』の初演の場所はこの劇場とも言われ、劇の冒頭で説明役が「この木造のO」と表現する円形（多角形）の劇場はグローブ座ではなくカーテン座のことを指すという説もある。また、シアター座で初演された『ロミオとジュリエット』はこのカーテン座でも演じられ、好評を博したという。

2008年、ロンドン考古学博物館の研究者チームによってシアター座の発掘調査が行われ、これまでわからなかった劇場の正確な所在地が明らかになった。この遺跡発掘が『ロミオとジュリエット』の初演の場所の発見として話題になったことは記憶に新しいが、ショーディッチでの発見はこれだけではなかった。シアター座の跡地から約200ヤード南にあるカーテン・ロード沿いの地域で、大規模な再開発が計画され、201

01 グローブ座

1年にその準備のための掘削作業が行われている最中、パブの裏手の地中からカーテン座の遺跡も見つかったのだ。またもやロンドン考古学博物館の研究者たちの調査で、その所在地と劇場の構造が判明したのである。

この発掘も『ヘンリー5世』の初演の場所、つまり「この木造のO」の発見として注目を集めたが、その後の調査で、劇場の形がこれまで予想されていた多角形ではなく長方形だったという衝撃的な事実が明らかになった。さらに、舞台の形も横長でその下には通路があり、当時の劇場としてはかなり珍しい構造になっていたという。

また、発掘作業が進むにつれ、当時の劇場内の様子を知る手がかりとなるものが次々と出土した。入場料を集める際に使われた陶磁器の貨幣入れ、ガラスのビーズや留め具、飲用容器、陶製パイプ、鉛のメダル、動物の骨で作られた櫛、布財布のための飾り金具など。他にも、舞台音響に使われたであろう鳥笛も見つかった。これはロミオとの「後《きぬ》朝《ぎぬ》の別れ」を惜しむジュリエットが、夜明けを告げるヒバリの鳴き声を夜鳴き鳥のナイチンゲールのものだと語る場面などで使われたのかもしれない。

現在、二つの劇場の跡地では建設計画が進められ、シアター座の跡地には現代的な劇場が、カーテン座の方にはショッピングセンターや飲食店などの商業施設とタワーマンションが建てられることになっている。どちらの計画でも発掘された劇場の遺跡はガラスで覆われ、出土品とともに見学できる施設になるということである。今後、出土品と遺跡の分析が進み、シェイクスピアの初期の劇場と当時の演劇に関する研究が一層進展すると期待される。シェイクスピアのショーディッチは若き劇作家が活躍した拠点として、これからますます脚光を浴びるであろう。

弟の墓のあるサザック大聖堂

ロンドン・ブリッジ駅から西のグローブ座のある方面へ出るとすぐにバラ・マーケットの北側に大きな大聖堂が見えてくる。以前は、セント・メアリー・オーヴァリー教会、のちにセント・セイヴィアー教会と呼ばれていたが、1905年にサザック教区が創設されたのを機にサザック大聖堂という名称に変更された。

02 サザック大聖堂

この大聖堂には、シェイクスピアのロマンス劇『ペリクリーズ』の中でコーラスとして登場する中世の詩人ジョン・ガワーや、シェイクスピアと『ヘンリー8世』『二人の貴公子』を共作したとされる劇作家ジョン・フレッチャー[*1]、同じく国王一座のために作品を書いた劇作家フィリップ・マッシンジャー[*2]の墓がある。一般にはあまり知られていないが、シェイクスピアの弟で俳優でもあったエドマンドが埋葬されたのも、このセント・セイヴィアー教会であった。聖歌隊席の敷石のところに「エドマンド・シェイクスピア1607年12月死去」と刻まれた石板があるが、残念ながら墓の場所は不明であ

*1 John Fletcher (1579-1625) ジャコビアン時代の劇作家で、シェイクスピアの後に国王一座の座付作家となった。

*2 Philip Massinger (1583-1640) ジャコビアン時代の劇作家で、フレッチャーのあとに国王一座の座付作家となった。

03 サザック大聖堂のシェイクスピア像

る。

エドマンドはシェイクスピアの八人の兄弟姉妹の末っ子で、長男のウィリアムとは年が16歳も離れていた。兄の影響でロンドンへ出て俳優となったが、28歳の若さで亡くなった。兄弟姉妹のうちストラットフォードのホーリー・トリニティー教会に埋葬されなかったのはこのエドマンドだけであった。なお、バービカン・センターの南にあるクリップルゲイトのセント・ジャイルズ教会の記録簿には、エドマンドの庶子と思われる子供が１６０７年8月12日に埋葬されたという記録がある。

サザック大聖堂には、20世紀に入ってから制作されたシェイクスピアを記念する臥像とステンドグラスもある。自分と同じ道を歩んだ弟をシェイクスピアはどのような思いで見送ったのだろうか。そのようなことに思いを馳せながら、グローブ座での観劇の前などにここを訪れてみてはいかがだろうか。

（今野史昭）

コラム 2

サム・ワナメイカーとグローブ座再建

テムズ川の南岸に多くの人々を引き付けるシェイクスピアのグローブ座は、今やロンドン観光の目玉であるが、その再建に当たっては一人のアメリカ人の、文字通り命をかけた努力があったことを忘れてはならない。

アメリカ人の俳優サム・ワナメイカー（1919～93）は、グローブ座が1644年に取り壊されて以来存在しなかったことを憂い、シェイクスピア劇場再建を決意したが、この計画を聞いた1970年代のイギリス人の反応は耐えがたいほど冷たかった。多くの人々は「なぜ、グローブ座再建をイギリス人ではなく、アメリカ人のあなたがするのか」と反発したが、その背後にはサムに対する目に見えない拒絶反応があった。

彼はアメリカでは俳優として名を上げていたが、保守的なイギリス人はそれを認めなかった。一つには彼がユダヤ系移民の子孫であり、社会主義者として政治活動をしていたからかもしれない。彼がイギリスを活動の場に選んだのも、当時の社会情勢が原因とされる。1950年から1954年にかけて米国内では「赤狩り」の嵐が吹き荒れて、社会主義者は活動を制限されていた。しかし、ローレンス・オリヴィエ（1909～89）は彼の才能と生き方を高く評価し、援助を惜しまなかった。オリヴィエの推薦によって1957年リヴァプールのニュー・シェイクスピア劇場の監督になったのを皮切りに、映画・舞台・テレビの仕事に乗り出して、イギリスにおいても活躍の場を広げていった。

サムはグローブ座再建というプロジェクトを、単にイギリスの事業に留めず、世界の課題と捉え、国際グローブ・センターを設立して各国の協力を得ようとした。こうした中で日本にも協力要請があった。これを受けて小津次郎日本シェイクスピア協会会長、井村君江明星大学教授などが賛同した。いち早く行動を起こしたのは荒井良雄駒沢大学教授であった。彼はセンターの日本支部を設立して、所長となり、幅広い活躍を始めた。特筆すべきは、朗読会を開催し、シェイクスピアの全作品を朗読してその収益をすべて、グローブ座再建のために寄付したことであった。1987年、駒沢大学シェイクスピア・インスティテュート主催の「シェイクスピア・フォーラム」に出席のためにサムが来日したのを機会に、日本支部は同インスティテュートに置かれることになり、石原孝哉所長始め所員の組織的な支援を受けることになった。荒井教授とサムは朗読会で共演したが、サムが韻律の美しさと圧倒的な迫力で聴衆を魅了した後、荒井教授の日本語による朗読で西と東が見事に融合し、不思議な感動に包まれたことが今でも鮮明に思いだされる。

1991年、イギリスで開催されたジャパン・フェスティヴァルには、我々もインスティテュートの一員として参加し、当時まだ仮設の建物であった国際シェイクスピア・グローブ・センターで「シェイクスピア・イン・ジャパン」という企画の一翼を担った。筆者も、シンポジウム、研究発表に参加したが、イギリス人に最も人気があったのは和泉流の和泉元秀が演じた狂言シェイクスピアであった。

行事がすべて終わった後、サムが我々の労苦をねぎらって、近くのパブに連れて行ってくれた。ジョンソン博士が愛したことで有名な「アンカー・バンクサイド」で、サムが行きつけの部屋にはグローブ座の模型が置いてあった。ビール片手に一人一人にねぎらいの言葉をかけるサムの姿が印象的であった。

インスティテュートではサムの活動を支援し、ブリティッシュ・カウンシル文化部の後援を得て、日本で活躍したシェイクスピア研究者、シェイクスピア役者、翻訳家などの表彰を行っていた。普段は外国の大使などのパーティが開催されるイギリス大使館の大広間で、仲代達矢、松本幸四郎、それに今は亡き太地喜和子などのシェイクスピア俳優と親しく語らったことが昨日のように思い起こされる。グローブ・センターの日本支部は、1997年に同志

シェイクスピア・インスティテュートにて

サム・ワナメイカー

社女子大学に移り、尾崎寔教授を中心に活動が続けられた。
　その後もサムは、日本を訪れているが、晩年は見るも痛々しいほどやつれていた。きっと病気が進行していたのであろう。グローブ座の完成を間近にひかえた1993年12月18日、サムはこの世を去った。文字通りグローブ座再建に命を捧げた生涯であった。

（横森正彦）

11 盲目の大詩人
——ジョン・ミルトン

John Milton (1608-74)
英文学史上稀有な大詩人で、思想家でもあった。共和国を弁護し多数の論文を書いたが、失明し、不自由な体で『失楽園』『復楽園』などを口述筆記させた。

クライストの貴婦人

ジョン・ミルトンは盲目の大詩人として英文学史上に金字塔を打ち立てた偉人であるが、その生涯はまさに波乱万丈であった。１６０８年にシティーのブレッド・ストリートで公証人の息子として生まれたミルトンは、セント・ポールズ・スクールからケンブリッジ大学のクライスト・コレッジに進んだ。コレッジの奥まった一角にある大きな桑の木の下が少年のお気に入りの瞑想の場で、美しい長い髪の少年はたちまち「クライストの貴婦人」の仇名を奉られた。

指導教師と折り合いが悪く、鞭で打たれるなどつらい思いをしたミルトンは、退学を考えるほど落ち込んでいた。寮の集団生活では、逃げる場すらなかった少年にとって、この桑の木の下は瞑想の場ではなく、引きこもりの場ではなかったか。桑の木[*1]の下に坐った時の筆者の第一印象であった。

＊1　フェローズ・ガーデンにあるミルトンの桑の木。嵐で折れてしまったが、根元からひこばえが伸びて大木に成長し、現在では「ミルトンの桑の木」として大切に保存されている。

最初の試練を乗り越えたミルトンは、後任のナサニエル・トヴィの指導よろしきを得て無事に卒業した。23歳で修士号を取ったが、牧師を目指すか、詩人になるか、人生の目標も定まっていなかったために、大学を去って、その後約7年を自宅で研修することになった。父は公証人を引退し、最初ハマースミスに、次にロンドン郊外のホートンに転居した。ここはのどかな田園地帯でミルトンは好きなだけ本を読み、自由な毎日を送ることができた。この時期に書いたのが、ケンブリッジ時代の友人エドワード・キングの死を悼んだ不朽の哀歌「リシダス」であった。これは牧歌形式の挽歌で、天才ミルトンの詩才をいかんなく発揮した名作である。

内戦から共和国時代へ

29歳の誕生祝として父から大陸旅行[*2]の資金を出してもらった。1年以上をイタリアで過ごして帰国したミルトンが見たのは風雲急を告げる国情であった。国王チャールズ1世と議会が対立し、一触即発の様相を呈してきたのである。ミルトンも政治的な論争に巻き込まれ、パンフレットを発行して教会の監督制度を攻撃する議会側に立って論陣を張った。1642年になるとついに両派は武力衝突に至った。国家を二分した戦いは熾烈を極めたが、5年に及ぶ内戦はオリヴァー・クロムウェルの率いた議会軍が勝利して終結した。内戦中からフェアファックス将軍を讃えたソネットを出して、議会側を支援していたミルトンは、国王が処刑されて間もない1649年、共

01 ミルトンの桑の木

＊2 当時は学問を一通り終えると、今まで学んだことを自身で体験させるためにグランド・ツアーといって大陸旅行をするのが上流階級の習慣であった。

和国政府の外国語秘書官に登用された。その博学と卓抜な語学力が評価されたものであった。その最初の任務は、亡命したチャールズ2世の肝いりでライデン大学のサルマシウスが書いた『王の肖像』に対する反論であった*3。

新政府のために寝る間も惜しんで働いていたミルトンはやがてもともと悪かった視力が極端に減退した。折も折、妻のメアリー*4が産後の肥立ちが悪く、あっけなく他界してしまった。4人の幼い子供を抱えて、視力をほとんど失ったミルトンは悲嘆にくれた。彼が耐えなければならなかった大きな試練であった。

ミルトンの個人的な苦しみはさておき、クロムウェルは護国卿となり、ミルトンは外交文書の翻訳などを任せられた。多忙な政府の仕事の傍ら、ピカードという筆生の助けを得ての文筆活動の再開が彼の慰みであった。

私生活では、キャサリン*5という女性と再婚し、やっと家庭が落ち着いた。しかし平和は長くは続かず、天は新たな試練を用意していた。新妻は女児を産んだが、産褥で死亡し、そのあとを追うように乳飲み子も天に召されてしまったのである。この度重なる不幸が、後にミルトンに『失楽園』（1667）を書かせる契機となったといわれている。

国家にとっても大きな不幸が待ち受けていた。ほとんど独裁ともいえる権力を握っていたクロムウェルが死んだのである。息子のリチャード・クロムウェルが新護国卿になったものの、王党派は勢いを増し、共和国の関係者らは先を争って国外に逃亡する有り様であった。

*3　一般的に『第一弁護書』と呼ばれるラテン語の反論。サルマシウスが『ジョン・ミルトンへの返答』を出すと「第二弁護書」を出してさらに厳しく反論した。

*4　Mary Powellとは1642年に結婚したが、うまくゆかず、離婚論を4度公表するほどであった。しかし3年後に和解し、一男三女をもうけたが27歳で世を去った。

*5　Katherine Woodcockは28歳で、48歳になろうとするミルトンと結婚したが、わずか15カ月で産褥のために死亡した。

王政復古と『失楽園』

51歳のミルトンはほとんど視力を失っていたために、友人らの計らいで地下に身を潜めることになった。王政復古の条件を決めた「ブレダ宣言」[*6]は共和国に関与した人々に寛大であるはずであったが、全員が許されるわけではなく、国王が復位すると処罰者の氏名リストが作られることになった。ミルトンにとってはまさに人生最大の試練であった。彼の命を救ってくれたのは、長年の友人や知己であった。中でもアンドリュー・マーヴェル[*7]は必死で奔走し、ミルトンはかろうじてこれを逃れることができた。ほっとしたのも束の間、1660年11月、彼は突然逮捕された。下院で処罰が審議されたが、マーヴェルらの尽力で大赦令が適用された。

事態はいまだ流動的であったが、大作『失楽園』に没頭することが唯一の安らぎであった。しかし、試練は終わらなかった。1665年に、ロンドンは疫病[*8]に襲われ、余裕のある市民は次々に街から逃げ出していった。この頃助手を務めたのがトマス・エルウッドという青年で、チャルフォント・セント・ジャイルズに避難所を見つけてくれた。この家は現在「ミルトンの家」[*9]として公開されている。ここの

02

02 ミルトンの家と庭

*6　チャールズ2世が新しい土地所有者の所有権の保障、革命関係者の大赦、信仰の自由、軍隊給与の支払いの保証などを約束したもの。

*7　Andrew Marvell (1621-78)　詩人でミルトンの友人。政治家でもあり国会議員に選出された。

*8　夏に猛威を振るった疫病で、九月までの死者は2万6000人を超え、死者を放り込んだ穴に土をかけるのも間に合わなかったという。

*9　ミルトンの家は博物館として公開されており、庭園は「ミルトンの庭」として四季折々の花が咲き誇っている。

学芸員によれば、この家でエルウッドに渡された膨大な原稿が『失楽園』であったという。感想を聞かれたエルウッドが、「ここには楽園の喪失が描かれていますが、楽園の回復については何か語ることはないのですか？」と尋ねた。その回答として書き上げたのが『復楽園』[*10]（1671）であったという。

私生活で言えば、完全に失明したミルトンは常に誰かの世話にならねばならず、見かねた主治医のバジェット医師が、親戚の娘を彼に紹介し、ミルトンは3人目の妻[*11]を迎えることとなった。家庭が落ち着いたミルトンは、娘たちや助手の手を借りて著述に専念した。それは口述、筆記したものをさらに音読して確認するという気の遠くなるような作業であったが、『失楽園』の成功を見た書店からは次々に依頼が舞い込み、作家としては多忙な晩年を送った。

いまだに王党派には人気がないが、一方でシェイクスピアに次ぐ大詩人として高く評価されるミルトンは、1674年11月7日に波乱万丈の生涯を閉じた。遺体はバービカンのセント・ジャイルズ・クリップルゲイト教会に埋葬されている。中には、大きな銅像のほか、壁に記念碑があり、この地ゆかりのクロムウェル、バニヤンなどと並んで立派な胸像もある。墓は分かりにくいが、内陣の左側の床に静かに眠っている。

（石原孝哉）

03 墓の傍らにあるミルトン像

＊10　『失楽園』はイギリス叙事詩の最高峰とされる。『復楽園』はその姉妹編で、「闘士サムソン」と合わせて1冊の本として出版された。

＊11　Elizabeth Minshullは24歳で、55歳のミルトンと結婚し、生涯付き添った。

12 職人伝道者
——ジョン・バニヤン

John Bunyan (1628-88) 17世紀の動乱期に活躍した宗教家・ピューリタン作家で、王政復古後も改宗を拒否して逮捕され、獄中で執筆活動を続けた。代表作『天路歴程』は聖書と並ぶ古典としてイギリス国民に愛され読み継がれている。

　ジョン・バニヤンは、ベッドフォードシャーの僻村エルストウ教区のハロウデンに生まれた。父親トマスは鍋や釜を修理する貧しい鋳掛屋であった。バニヤン自身も村の学校を出ると家業を手伝った。当時の彼の楽しみと言えば、安息日の禁を破って村の仲間とダンスやゲームに興じたり、悪戯半分に教会の鐘を鳴らすことであった。1642年にピューリタン革命が始まると、バニヤンは議会軍の一兵士としてしばらく内戦に身を投じた。除隊後、貧しい家の出で信仰心の篤い若い娘と結婚する。この結婚はバニヤンの一生にとって最も重大な転換点となった。しかし、不思議なことに、この妻が持参した2冊の信仰書以外に、彼女の名前も生地も二人の馴れ初めも一切不明である。とにかく、バニヤンは無名の敬虔な妻の感化によって自らの魂の救いについて真剣に考えるようになった。こうした彼自身の贖罪を求める霊的苦闘の軌跡は初期の傑作『罪人の頭に溢れる恩寵』[*1]の中核をなしている。結婚後バニヤンは妻子とともにエルストウのバニヤ

＊1　*Grace Abounding to the Chief of Sinners*. バニヤンがベッドフォードの獄中で書いた初期の傑作。

ンの家に住んでいたが、現在、その家は既に取り壊され跡地の一隅に記念碑が立っているに過ぎない。

ところで、バニヤンの宗教活動の拠点はベッドフォードであったから、ベッドフォードこそ彼の実質的な故郷と言えよう。ロンドンのセント・パンクラス駅からインターシティーに乗って約45分のベッドフォードには、バニヤンを記念するものに事欠かない。ただし、バニヤンが実際に投獄された刑務所は今日消滅し、跡地付近にプラークが嵌め込まれているだけである。バニヤンを誇りにしている市民は、快く道を教えてくれる。先ず、バニヤンに敬意を表すべくバニヤンのブロンズ像を訪れることにしよう。ハイ・ストリート北端に接するよく整備された美しい公園の片隅に聖書を手に取ったバニヤンが立っている。その台座の側面は『天路歴程』の場面のレリーフで装飾されている。

ある日、バニヤンは商売をしながらベッドフォードの街中を歩いていた。すると、一軒の陽の当る戸口で数名の貧しい女たちが神について話し合っていた。彼女たちとの会話によって魂を揺さぶられたバニヤンは、その後、聖書を貪り読むようになって、1651年の暮れにジョン・ギフォードが牧会する分離派教会[*2]の集会に加わるようになった。この教会こそ、現ミル・ストリートのバニヤン・ミーティング・フリー・チャーチの前身である。早速、教会とジョン・バニヤン・ミュージアムを覗いてみよう。教会と記念館に挟まれた綺麗な草花の生い茂る緑の中庭は、来訪者の目を楽しませてくれよう。

01 バニヤンのブロンズ像

＊2　国家と教会の分離を主張して国教会から離脱した非国教徒の一派。

02 バニヤン・ミーティング・フリー・チャーチ

教会の入口の扉には『天路歴程』の場面を浮き彫りにした銅版画が嵌め込まれている。内陣は比較的簡素であるが、1階の壁面を明るく彩るステンド・グラスはこれまた『天路歴程』の各場面を紹介するものであり、正面聖壇の2階の回廊には荘厳な響きを奏でる大きなパイプオルガンが設置されている。

他方、記念館内の壁面には、バニヤンの年譜とともに、「この世の荒野」「鋳掛屋の息子」「神無き世界」「内戦」「回心と伝道」「獄中の12年」等のパネルが貼ってあって、彼の生涯が概観できるような仕組みになっている。また『天路歴程』の第1部に於ける主人公クリスチャンの巡礼の旅の各場面がカラーのパネルで紹介されているので、作品理解の一助になる。その他にも、バニヤンが生前に使っていた調度品を始め、バニヤンが閉じ込められていた牢獄の重厚な黒い扉や獄中で執筆中のバニヤンの等身大のレプリカ等が陳列されており、バニヤンの専門家ならずとも記念館を訪れる人は充実した一時を過ごせるであろう。

熱心な伝道師ギフォードの導きによってバニヤンは、ついに神の恩寵による救いの御業を確信するに至り、1653年、バプティスト派の流儀に従ってウーズ川で浸礼を受けた。その2年後、バニヤンは故郷エルストウからベッドフォードに移り住み、やがて教会で執事に任じられたが、偉大な信仰の先達ギフォードが病没する。ギフォードの死はバニヤンにとって衝撃的な事件であると同時に、説教者としての第一歩を踏み出すきっかけにもなった。彼はギフォードの遺志を継いで本格的な伝道活動を開始し、イエス・キリストの血潮による人類の贖罪と神の恩寵による救いの喜びを聴衆の魂に訴えかけたのであった。また祈りに関しても、国教会の祈祷書に異を唱え、聖霊の導きに従って自由に祈ることの重要性を説いた。熱い伝道活動の最中にバニヤンは信仰の最初の導き手であった妻に先立たれるという不幸に見舞われるが、まもなくエリザベスという女性と再婚した。

バニヤンの説教は聞く者に深い感銘を与えずにはおかなかった。しかし、説教者としての彼の名声が高まるにつれて、体制側の宗教である国教会の神学者や正統を自認する他の宗派の説教者たちの間から迫害の声が上がるようになった。彼らは「鍋釜を修繕する如く、人の魂を修繕する」と言ってバニヤンを揶揄・誹謗したばかりか、無学な鋳掛屋風情の男が無資格で説教することに憤慨し、巡回裁判所に告訴した。折りしも、護国卿オリヴァー・クロムウェル[*3]が死去すると、政局は一変して王政復古に向かった。１６６０年5月にチャールズ2世が即位すると、非国教徒への弾圧が開始された。その年の秋に、バニヤンは秘密集会禁止の国法[*4]を犯した廉で捕らえられ、１６７２年3月に「信仰自由宣

IN COMMEMORATION OF THE TERCENTENARY OF THE PUBLICATION OF THE PILGRIMS PROGRESS ON THE 18th FEBRUARY 1678.

＊3　Oliver Cromwell (1599-1658) ピューリタン革命（1642～49）の指導者で、共和政を実現し、護国卿として独裁的な権力を揮ったが、彼の死後、革命は後退し王政復古となった。

＊4　イングランド国教会の礼拝様式と慣行に拠らない宗教儀式のための集会、秘密集会、会合を禁じた法律。

03 獄中で執筆するバニヤン

言」が発布されるまでの12年間獄中から釈放されることはなかった。

釈放時に牧会の資格を与えられるが、議会で「審査法」[*5]が可決されると、バニヤンは国教会の礼拝に出席するのを拒否した罪業で再逮捕され、1677年に約半年間の獄中生活を送った。こうした長きにわたる牢獄生活の中でバニヤンは幾多の作品を書いたが、特に『天路歴程』の第1部は彼の信仰告白・魂の自叙伝であり、ジョン・ミルトンの『失楽園』とともにピューリタン文学の最高傑作と見做されている。ちなみに、その6年後に日の目を見た第2部は第1部の後日談と称すべきものであり、その文学的価値は第1部よりも劣ると言わざるを得ない。

名誉革命直後の1688年8月、バニヤンはロンドンで説教する予定であったが、一青年と父親の不和を執り成すためにレディングに寄り道してから、馬でロンドンへ駆け付ける途上で土砂降りに遭って発熱し死去した。激動の時代を生き抜いた職人伝道者バニヤンらしい最期であった。今、彼はウィリアム・ブレイクやダニエル・デフォーたちとともにロンドンの非国教徒の墓地バンヒル・フィールズに埋葬され、天を仰ぐ形で静かに復活の時を待っている。

（橋本清一）

＊5 Test Act 1673年に制定されたイングランドにおける非国教徒の公職就任を禁止した法律。

04

04 バニヤンの墓

13 激動期を生き抜いた桂冠詩人
——ジョン・ドライデン

ノーサンプトンシャーのアウンドル近郊のオールドウィンクル村の牧師館で詩人ドライデンは清教徒の家庭に生まれた。世の中はクロムウェルによるピューリタン革命が1642年から60年まで続き、議会派が国王派に勝利し、イギリス史上一度限りの共和制が敷かれ、国王チャールズ1世が処刑された。日本で、ドライデンの知名度は、ワーズワスなどのロマン派詩人に比べれば極端に低いが、英文学史上では欠くことのできない重要な詩人である。王政復古以降、詩作や劇作で活躍し、「イギリス文学批評の父」[*1]であり、「イギリス近代散文の父」[*2]とも称されている。生まれ故郷に、「ジョン・ドライデン・ハウス」が設置されている。

ドライデンの教育

ドライデンは田舎の清教徒の家庭で育って、ロンドンのウェストミンスター・スクー

John Dryden（1631-1700）詩人、劇作家、批評家。イギリス王家から正式に任命された最初の桂冠詩人（1670～88）。作品に劇『グラナダの征服』（1672）、『アブサロムとアキトフェル』（1681）、批評『劇詩論』（1668）などがある。

＊1　サミュエル・ジョンソンは、「ドライデンはイギリス批評の父と呼ばれるにふさわしい」と述べたことで有名。

＊2　川崎寿彦氏は「彼の散文は平明でしかも威厳を失わず、のびやかながら正確に内容を表出して、ついに英語の散文が

ルに王室奨学生として入学する。そこで厳格な名物教師のバズビー校長に教わり、「木曜日の夜の演習」ではラテン語やギリシャ語の文法を叩き込まれ、将来の詩人にとっての素地ができた。そもそも国王と敵対関係にある清教徒の家庭の親がピューリタン革命の時期に息子をわざわざ国王を支持するロンドンのウェストミンスターに送ること自体、かなり異例なことであった。この学校ではチャールズ1世の処刑の日であっても国王のために生徒はお祈りをしなければならなかったのだ。

その後、ドライデンはケンブリッジ大学に入学するが、学生生活の仔細に関してはあまりわかっていない。大学に在学していた時期は、1650年からの7年間になるが、国王が処刑されて国王の空位期にあたり、劇場は封鎖されていた。シェイクスピアの演劇の伝統をもつ国が、革命で劇場が閉鎖されていたのである。将来の劇作家ドライデンは劇場閉鎖をどう思って過ごしていたであろうか。詩人は成長するにつれてピューリタン（カルヴァン派）*3の厳格な考えに距離を置くようになった。距離を置くどころか、王政復古以降、ドライデンが政治的保守となった考えのベースには、

01

その発達の道筋を歩み終えたとの感が深い」と述べている。

＊3 「信仰のみ」と「聖書のみ」を2大原理とするプロテスタントで徹底した改革を求め、すべての人間が原罪によって全面的に壊廃しているという悲観論をベースにして、中心教義を神の主権性にあるとする。イギリスではピューリタン、フランスではユグノーになる。

01 ドライデン・ハウス

ピューリタンの内乱時の恐怖経験が関係していると考えられている。他方で、ドライデンはケンブリッジ時代に、ラテン語などの古典文学はもちろんのこと、自国やフランス文学など多方面から本を読み漁り、はてはホッブズやモンテーニュなどの哲学書もひも解き、将来の詩作活動のための充電期間としていた。清教徒からイングランド国教徒、さらにカトリックに改宗したことで日和見主義者とも称されるが、詩人はモンテーニュから懐疑主義の考えを採り入れる一方で、理性の時代にあって高まる宗教上の理性主義に対して異議を唱えていたことは注目したい。

ケンブリッジを卒業したあと、詩人は、クロムウェルの共和政府に仕え、亡くなったクロムウェルに賛歌の詩を捧げたが、1660年の王政復古になると、王党派に転じ、亡命先のフランスから戻ったチャールズ2世を讃える『帰還する星』という詩を発表した。さらに、王党派詩人として『驚異の年』の中で、貿易上の覇権をめぐってオランダとの海戦[*4]にあたったイギリス軍の活躍やロンドン大火[*5]を題材にして、愛国的な詩を書き、これが評価されて桂冠詩人に任命された。演劇では、年1本のペースで劇作品を書いたが、『恋ぞすべて』[*6]（1677）は、シェイクスピアの『アントニーとクレオパトラ』の翻案であるが、時代はフランス演劇の影響がかなり濃厚であったため、その影響力を行使して三一致の法則[*7]を守って書いて、かなり好評を得た。

17世紀のロンドンでは娯楽の中心地であるコベント・ガーデンの近くには劇場があり、観客は芝居が終わったあと、コーヒーハウスに立ち寄って話に花を咲かせた。ここが有名なウィルズ・コーヒーハウスであるが、ドライデンの存在があってこそのウィルズ・

＊4　第二次英蘭戦争（1665～67）、英蘭戦争は17世紀半ばから後半にかけて3度、イングランドとオランダ間で戦われた戦争。第二次は1660年の王政復古後に政府があらためて航海法を定めたことなどから両国の間で戦われた。

＊5　1666年9月にシティーのパン屋から出火したロンドン史上最悪の火災。ロンドン大火と英蘭戦争を扱った『驚異の年』（1667）がある。

＊6　*All for Love*（竹之内明子訳、日本教育研究センターがある。）

＊7　劇は1日以内で終わり、場面は一つの場所で、プロットは一つの物語にする。

コーヒーハウスであった。有名になった理由は当時文壇で大きな影響力を行使していたドライデンが出入りしていたからだ。コーヒーハウスでは、客同士が世間話をし、活気ある社交場として栄えた。詩人は近隣のロングエーカー137番地に住んでいたが、日課は規則正しく午前中に書斎で執筆活動をし、午後2時頃に家族と昼食をとり、それからコーヒーハウスに赴いて、知人たちと文学や政治談議をした。事実、日記作者のサミュエル・ピープスは1664年にこのコーヒーハウスを訪れたとき、「(ケンブリッジ大学で知っていた)ドライデンと街の才人たちが集まっていた」とし、「ここは訪問に値するところだろう。大変機知に富んで楽しい語らいがあるからだ」と記している。ちなみにコーヒーハウスは別名「ペニー・ユニヴァーシティー」とも呼ばれた。コーヒー1杯と場所代で1ペニー払って様々な耳学問ができるからだ。文学サークルの大御所ドライデンはすでに桂冠詩人であり、王室修史官*8の座を保持していた。座る席は決まっており、冬には暖炉のそばであり、夏にはバルコニーの席だった。ピンカスという歴史家は、「コベント・ガーデンにあるウィルズ・コーヒーハウスはトーリー党の政治活動の中心地として名声を高めていた」と述べているが、イギリスはすでに2大政党の時代であり、王党派のトーリー党と議会派のホイッグ派に分かれ、当然、ドライデンはトーリー支持だった。

コーヒーハウスとドライデンの関係で忘れてはいけない重要なエピソードがある。ドライデンの後継者である18世紀の古典派詩人ポープは、「ドライデンなくして、ポープなし」といわれるくらい、ドライデンに心酔していた。ポープが12歳のときわざわざド

＊8 Historiographer Royal　国王によって任命される歴史家・年代記作者で、彼はチャールズ2世在位中の1670年に王の愛顧を得て王室修史官となり、王党派の代弁者となった。

ライデンの姿を見に行くため、コーヒーハウスに出向いていったのである。
　ドライデンは晩年、ウェルギリウスなどの翻訳に執心したが、翻訳の業績こそが彼の最高の傑作であるとみる研究者もいる。ドライデンは名誉革命（1688）の直前にカトリックに改宗したため、桂冠詩人は免職になったが[*9]、当時のコーヒーハウスではおそらく改宗の話がもちきりではなかったかと推察される。20世紀の詩人T・S・エリオットは、「ドライデンの面白みが充分わかるのでなければ、（その後の）100年間の英詩を完全に楽しむことも、正当に評価することもできない」と述べたが、イギリス・ロマン派の詩がもつ精華はほとんどドライデンの遺産であるといっても過言ではないだろう。ドライデンは死後ウェストミンスター寺院に埋葬され、ポエッツ・コーナーにはドライデンの胸像が置かれている。

（佐藤　豊）

＊9　名誉革命でオランダのウィリアム3世が即位した際に、ドライデンはプロテスタントへの改宗を拒否したため、桂冠詩人の地位は免職となった。代わりに桂冠詩人となったのは、ドライデンが『マクフレクノウ』で批判していた宿敵の劇作家トマス・シャドウェルであった。

コラム
3

女人禁制だった舞台に女優を登用したダヴィナント

オックスフォードにクラウン・インという老舗のパブがある。ここは王政復古期のイギリス演劇を再生させたウィリアム・ダヴィナント（1606～68）の生家である。彼は、ベン・ジョンソン（1572～1637）の後を受けて桂冠詩人となり、内戦中は王党派を支持してグロスターの包囲戦で功をたて、チャールズ1世からナイトの称号を得ている。共和制になると、一転逮捕されてロンドン塔に収監されたが、言い伝えによればオリヴァー・クロムウェルの側近であったジョン・ミルトンの助力でフランスに逃れることができたという。

王政が回復し、フランスからチャールズ2世が帰国すると、クロムウェル時代に禁止されていた演劇も復活が許された。劇作家で演出家でもあったトマス・キルグリューとダヴィナントは1660年、国王から劇団をもつことが許された。とはいえ空白期を挟んだために、劇場はなく、役者は集まらず、演出法なども覚えている者は少なかった。そうした中で、彼はトマス・ベタトンという役者を花形に育てることによって、往時の演劇を回復しようと考えた。その次に彼が打った手は女性を舞台に立たせるという奇策であった。シェイクスピアの時代には、歌舞伎と同じく女性は舞台に上がれなかったために、声変わりをする前の少年が女役を演じていた。彼は、コールマン夫人という女性を舞台に上げる決心をした。これはイギリス演劇史上初の大胆な試みであったが、すぐにキルグリュー一座も追随し、『オセロー』のデズデモーナを女性に演じさせた。演じたのはアン・マーシャル、あるいはマーガレット・ヒューズといわれている。やがてダヴィナント夫人も舞台に立つようになると、それまで女優を「怪物」「はしたない」「恥さらし」などと誹謗していた人々も女性を受け入れ、1662年に勅許状が更新されたときには、女優は晴れて公認され、すっかり

ネル・グウィン

ウィリアム・ダヴィナント

人気者になっていた。

女優の人気はうなぎ上りで、たちまち世の殿方の注目を独占するほどになった。多くの女優が誕生したが、この中に伝説の名女優ネル・グウィンがいた。彼女は、ドゥルリー・レーン劇場でオレンジ売りをしているときに、キルグリューの目に留まって女優となり、その後俳優のチャールズ・ハートから演技の基礎を叩き込まれると、たちまち頭角を現した。やがて、二人は愛人関係となったが、多くの作品を名コンビで熱演し、大人気を博した。中でも彼女の人気は抜群で、多くの人々を虜にした。そうした男性の一人にバックハースト卿チャールズ・サックヴィル（1638～1706）がいた。彼はネルに一目ぼれすると、チャールズ・ハートを押しのけて、彼女を愛人にしてしまった。ところが、評判を聞きつけた国王チャールズ2世も、ネルの魅力の虜になると、臣下の悲しさ、彼はネルを国王に譲らねばならなかった。こうして、一介のオレンジ売りの娘は国王の愛人の座まで駆け上がったのである。「機知縦横のネル」とあだ名され、茶目っ気のあったネルは、チャールズ2世を「私のチャールズ3世」と呼んでからかったという。「私にとって最初のチャールズは俳優のハートで、次が貴族のサックヴィル、あなたは私にとって3人目のチャールズよ」という冗談である。国王に向かって失礼千万な話だが、これを笑って喜んだというから、さぞかしネルにぞっこんだったのであろう。

ダヴィナントが窮余の一策で作り出した女優という職業は、ネル人気によって不動のものとなった。ちなみに、ダヴィナントの名付け親はシェイクスピアであるが、実父であるという伝説がある。すなわち、彼は故郷に帰るたびにクラウン・インを定宿としていたシェイクスピアと宿の女将との間にできた不倫の子であるというのである。真偽は不明だが、ダヴィナント自身がこの噂を密かに誇りにしていたともいわれている。

蛇足だが、チャールズ・ハートもシェイクスピアと不思議な縁がある。シェイクスピアの妹ジョウンはウィリアム・ハートと結婚し、4人の子をもうけたが、その長男をウィリアムと言った。彼は叔父と同じ国王一座の役者で、独身であったが、一人の私生児を残している。それがネルの「チャールズ1世」チャールズ・ハートであるという。（石原孝哉）

第Ⅲ部

18世紀

14 大富豪から一転破産した
——ダニエル・デフォー

現代の作家のイメージで見ると、ダニエル・デフォーは奇妙な作家に見える。誰にでも知られた代表作の小説『ロビンソン・クルーソー』で作家デビューを果たしたとき、デフォーはすでに還暦を迎えようとしていた。それまでの生涯で、彼は商人からスパイ、ジャーナリストなど多くの職業を渡り歩き、人生の辛酸を味わい尽くしていた。事業で大成功して使い切れない大金を手にすることもあったが、反面で彼はビジネスで手痛い失敗も経験しており、借金取りに追われて闇の世界に身を沈めなければならないときもあった。

イングランド南西部の港湾都市ブリストルには、デフォーの人生の光と影を象徴する「都市伝説」が二つ残されている。市民たちは彼を「日曜紳士」と呼んだというのだが、当時の決まりで債務者が逮捕を免れることができた日曜日になると、立派な服をまとったデフォーがどこからともなく出没し、颯爽と通りを闊歩したそうだ。借金王を匿ったた

Daniel Defoe（c.1660–1731）ロンドンの商家に生まれ、ペスト流行や大火など革命後の混乱した社会を様々な職業を渡り歩きながらしたたかに生き延び生き抜いた。小説家としての他の代表作に『ロクサーナ』（1724）。

ブリストルは地政学的に大切な位置にあった。海に面したこの都市は海外への主要な玄関口であり、人と物の出入りが多く、常に活気に満ちて賑わっていた。この町がイギリス文学に幾度となく重要な貢献を果たしたのも不思議ではない。人と物の流れの結節点は、多くの作家の想像力と創作に大切なインスピレーションを与える泉であった。ブリストルのキング・ストリートに『ロビンソン・クルーソー』がこの都市で生まれたという伝説を信じ、誇りにしているパブがある。「ランドガ・トロウ」というウェールズ語由来の店名を持つこのパブは、創業1664年という古い歴史を持ち、店内でデフォーはアレグザンダー・セルカークというスコットランド人の船乗りから、後にロビンソンの物語となる冒険談を聞いたという。

ブリストルだけではない、港町に何かと因縁があるのも、デフォ

01 デフォーが冒険談を聞いたランドガ・トロウ

02 晒し台に立つデフォー

ーの特別な立ち位置の証しであろう。たいそう繁盛したという有名な彼の煉瓦工場も、南東部イングランドの港湾都市ティルベリーにあった。この事業の傍らで、デフォーは様々な文章を書いて世に問い、そちらでも好評を博していたというのだから、その多才ぶりには脱帽せざるを得ない。経営論から政治論、紀行文学など数百冊もの出版物が残されていて後世の研究者にも読み切れないほどであるが、あるひとつの舌鋒鋭い諷刺文が当局の逆鱗に触れて、筆者デフォーは晒し台に立たされることになった。絞首刑に比べればましに思えるかもしれないが、これは過酷な刑罰である。首と両手を固定されて晒し者にされる数時間、群衆たちは晒し台に向かって腐った食物や小動物の死骸などの汚物を投げつけたし、エスカレートすると石礫や食器のような「ミサイル」も発射されたというから、本当は死刑同然の刑罰なのだ。

１７０３年７月29日から31日にかけて、コーンヒルの王立取引場の前、チープサイド、テンプル・バーそばのフリート・ストリートの3カ所に設置された晒し台に、デフォーは1時間ずつ立たされた。しかし、諷刺の辛味がきいた文章で有名人になっていた作者に投げつけられたのはゴミや瓦礫ではなく花であり、嘲罵ではなく賞賛の声であった。そして集まった観客たちに、晒し台の回りで、デフォーの友人が処罰の原因となった例の文章を売りさばいていたという。民衆からの熱い支持と、逆境を商機に変えるたくましさ。稀代のストーリー・テラーとして文学史にその名を刻む素地は、小説を書き始める前にすでに出来ていたのである。舌禍事件の解決に専念している間に、デフォーのレンガ工場は倒産してしまう。そこで彼は文筆で糊口することになり、60歳を過ぎて『ロビンソン・クルーソー』など不朽の名作を残したわけだが、生活の糧を得るために苦しんで小説を書いた素振りなど、デフォーからはまったく感じられない。『ロビンソン』にも明白であるが、架空の作中人物たちのしたたかな生き様に自分の実体験を巧妙に織り込み、波乱万丈の物語を生み出すことを、小説家デフォーは楽しんでいた。もうひとつの傑作である小説『モル・フランダーズ』（1722）では、不運な女性主人公モルの成長や活躍に、作家本人の人生が大胆に重ねられている。モルは死刑囚の母親からニューゲート監獄で生まれたのだが、この監獄は舌禍事件で世間を騒がせたデフォーには曽遊《そうゆう》の地であった。また借金で首が回らなくなるとロンドンのミント・ストリートに潜伏するのが当時のならいで、デフォーもモルもその例外ではない。

白眉はイングランド南東部にあるコルチェスターの場面である。イギリスの古都とも言うべきこの都市でモルは多感な思春期を過ごし、市長の2人の息子たちを相手に生涯で一度の大恋愛を経験する。それにしてもコルチェスターが作品の重要な舞台に選ばれたのはなぜなのだろうか。つい最近まで、この町にはデフォーが住んでいたという家が残されていたのだが、不思議なことに、デフォーがそこに居を構えたのは『モル・フランダーズ』出版の前ではなくて後のことだ。近年の新しい伝記研究によって、晩年のデフォーがコルチェスターで木材加工業を営もうとしていたことが明らかにされている。作品を構想するロケハンでこの地を訪れたとき、デフォーは新しいビジネスの着想も得たのだろうか。商人としての失敗が小説家としての成功をもたらし、文学的な成功が新しい商売を生み出す。小説家が木材加工業に乗り出すことを不思議としか思えない、固定観念で凝り固まったひ弱な現代人は、経営学と文学を見事に両立させたデフォーの壮絶な人生に、ただただ驚くしかない。

（白鳥義博）

コラム 4

スコットランド合併に暗躍した秘密諜報工作員——デフォー

2014年、スコットランドの独立をめぐる住民投票が実施され、僅差（賛成44・7％）で、実現に至らなかったが、翌年の総選挙でスコットランド国民党（SNP）は前回（2010年）の6議席から56議席と大幅に増やし、労働党に次ぐ第3党に飛躍した。

スコットランド合併問題——1603年にさかのぼる。この年、イングランド女王エリザベス1世（テューダー家）が死去し、スコットランド王ジェイムズ6世（ステュアート家）がイングランド王ジェイムズ1世として即位する。これで両王家の統合は完了したが、両国は合併ではなく、同君連合の形をとり、統治機構はそれぞれ独立していた。それからほぼ100年後の1706年、アン女王治世に、両政府が「合同法」を提案し、両議会がそれぞれ批准することになったが、スコットランド国内でイングランドとの合同によって、貿易と経済の発展は期待できるものの、ナショナリズムの立場から反対の狼煙が上りそうな気配だった。

当時、新聞や雑誌などの定期刊行物に時事的な評論、政治や宗教の議論、海外事情などを書いて世論を導く「パンフレティア」という専門的な物書きがいた。ダニエル・デフォーもその一人。ところで彼は、国教会の宗教上の偏狭の愚かさを痛烈に風刺したパンフレット『非国教徒処理捷径』（1702）を匿名で出版したために、当局の逆鱗に触れ、有罪の判決を受け、3日間の晒し台に立たされた。その後さらに長期間の禁固刑に処せられたが、彼の優れた文才を惜しんだ下院議長ロバート・ハーリーが、アン女王に懇願してようやく彼を釈放させたのである。これ以降、彼はハーリーに忠誠を尽し、またハーリーは彼を頤使《いし》する立場になる。

それから4年後の1706年、スコットランドの合併反対の不穏な動きを察知したデフォーは、直接

ダニエル・デフォー

エディンバラに赴きたいとハーリーに申し出る。紆余屈折を得て、ようやくハーリーが許可する。週に1回、現地の事情を報告するためにハーリーに無署名の手紙を書くことが条件であった。9月13日、彼は、アレクザンダー・ゴールドスミスという偽名でスコットランドの国境を越えたとたん、偽名は命に係わる重大な事態を引き起こすだろうと判断し、名前を元に戻した。彼の秘めたる任務は、スコットランド議会の傍聴、政治パンフレットの執筆と匿名での刊行などで世論を刺激し、スコットランド人を合併賛成に導くことであった。それ以外に、彼は様々な職種の団体との会合に顔を出し、「合同法」が批准されれば、スコットランド人にイングランド人と商業上の平等な地位を確保でき、富をもたらすことが間違いなしと喧伝したのだった。１７０７年1月、スコットランド議会は１１０対67で批准し、3月6日、アン女王の裁可が降りる。これで正式に「グレート・ブリテン王国」が誕生し、スコットランド議会は閉鎖され、ロンドンの国会議事堂でのスコットランドの議席は税収の比率から当初30議席となったが、政治的妥協として45議席に増やされた。さらに、領主裁判権、自治都市の特権は認められ、名門貴族もイングランドの爵位と年金が与えられた。これ以降、スコットランドは独立国家としては完全に消滅するのである。

アン女王の裁可が降りたのを聞きつけたデフォーは、ハーリーにイングランドへの帰国許可を求めるが、諜報工作員が極秘任務を無事遂行したが、しばしばよくあるように、使い捨てというのだろうか、彼も全く無視されてしまい、年末になってようやく

ロバート・ハーリー

呼び戻される。これ以降、デフォーとハーリーとの関係はしっくりいかなくなる。それがデフォーに開運のきっかけとなったというべきか、文才を生かして本格的な作家に転身したからである。

（阿久根利具）

15

辛辣な諷刺作家
――ジョナサン・スウィフト

船が難破して、ガリヴァーが漂着した島は、小人の島だった。そんなお話で始まる『ガリヴァー旅行記』（１７２６）は、古今東西を問わず、子供たちが大好きな物語だ。身長が「15センチにも足りない」人間の姿の小人たちが生活するところは、まさにミニチュアのドールハウスの世界。子どもたちの想像力が広がる。子供向けに翻案された『ガリヴァー旅行記』を読んで育った大人たちが、実は『ガリヴァー旅行記』が長編諷刺小説だと知ったらびっくりするだろう。加えて、同書が３００年近く前に出版され、作者のスウィフトが牧師で、厭世家で、生涯独身であった事実を知ったら。

ジョナサン・スウィフトは１６６７年にアイルランドのダブリンで生まれた。父はジョナサンが生まれる前に他界。寡婦となったイングランド生まれの母親は、幼いジョナサンを父方の伯父に預けてイングランドに帰ってしまった。アイルランドは長くイングランドに左右されてきた歴史を持つ。イングランドのアイルランド支配は12世紀に始

Jonathan Swift（1667-1745）アイルランド生まれの諷刺作家、聖職者。ダブリンにあるセント・パトリック大聖堂の主席司祭を務めた。政治社会問題のパンフレット作者としても知られている。

まったが、名誉革命（1688～89）でアイルランドのカトリック教徒が敗北を喫した後、イングランドの植民地支配が本格化した。以後アイルランドは、1949年にイギリス連邦から離脱して共和制国家アイルランドになるまで、長く支配されることになる。よってジョナサンの母親が、幼い子を残し、いとも簡単に生まれ故郷のイングランドに帰れたのも納得がいく。

　ダブリンは、アイルランドの歴史の中で重要な役割をはたしてきた街。それ故に見どころが多い。しかも街自体がコンパクトなので主なところは歩いて回れる。筆頭に挙げたいのはスウィフトが通ったトリニティ・カレッジ。アイルランドで最高学府のトリニティ・カレッジは、1592年にイングランドのエリザベス1世によって創設されたアイルランド最古の大学である。卒業生で著名な作家には、オスカー・ワイルド（1854～1900）やサミュエル・ベケット[*1]がいる。同大学での必見は、『ケルズの書』を収めるオールド・ライブラリーだろう。古書で埋め尽くされた

01 トリニティ・カレッジ

＊1　Samuel Beckett (1906-89) アイルランド出身のフランスの劇作家で、不条理演劇を得意とした。1969年ノーベル文学賞を受賞した。

室内の両脇には、本大学ゆかりの著名人たちの胸像が並ぶ。スウィフトの胸像も見ることができる。『ケルズの書』は、8世紀に制作された聖書の手写本でアイルランド最高の国宝である。豪華なケルト文様による装飾が施された典礼用の福音書で、マタイ、マルコ、ルカ、ヨハネの四つの福音書が収められている。トリニティ・カレッジ時代のスウィフトは、大学にもあまり通わず、放縦で性行不良であったという。

その後、名誉革命によるアイルランドの政治的混乱によって、スウィフトはイングランドへ行く。そこで、母の紹介でイングランドの外交官でエッセイストのウィリアム・テンプル卿の食客となる。テンプル卿は、スウィフトの人格形成に大いに影響を与えた人物であった。わずか10年の交流であったが、テンプル邸での生活は、後年の彼の知力の礎を築いた。古今東西の書籍に囲まれた屋敷で、スウィフトはこれらの書籍を読み耽ったという。テンプル邸で、スウィフトは14歳年下のエスター・ジョンソン（通称ステラ）と出会う。1699年のテンプル卿の死後、スウィフトはダブリンに戻る。ステラもダブリンに移り住む。二人は恋愛関係にあったが、結婚したという証はどこにもない。定かではないが、スウィフトが放蕩な生活を送っていた時期に罹患した梅毒が原因ではないかと言われている。

スウィフトのイングランドとアイルランドとの往来生活は続く。その間、アイルランドの田舎牧師を務めたこともあるが、1702年にはトリニティ・カレッジから神学博士の学位を受けている。1704年には『桶物語』と『書物合戦』を出版し、作家としての評判を得る。『桶物語』は、親の遺品の上衣を争う3人の息子たちにかこつけて、当時のカトリック、プロテスタント、国教会の宗教争いを諷刺した作品である。『書物合戦』では、古典作家と当代の作家の優劣をめぐる当時流行りの論争に加わり、古典派の庇護者テンプル卿を援護しながら、当時の衒学的でインチキ臭い学問を辛辣に諷刺、攻撃している。

当時のイングランド政界は、議会制民主主義の確立を前に政治論争が盛んだった。スウィフトの辛辣さと諷刺はジャーナリズムが望むところで、スウィフトの政治的野心が頭を持ち上げてくる。最初は民権派のホイッグ党を支持するが、すぐに王権派のトーリー党の取り巻きとなり、猛烈な論客となる。しかしジョージ1世の即位に伴ってホイッグ党の時代へと変わり、スウィフトは失意のうちにダブリンのセント・パトリック大聖堂の首席司祭（1713～45）として転任することになる。1191年頃創設のアイルランド最大の教会である。

しかしこの政治的敗北は、スウィフトに不朽の傑作を生む機会を与えることになる。『ドレイピア書簡』（1724）では、イングランドの搾取と抑圧を猛烈に批判した。本書は匿名で出版されたために作者発見に懸賞金がかけられるほどロンドン政府をあわてさせた作品である。しかし何といっても畢生《ひっせい》の傑作は『ガリヴァー旅行記』。本書は4話の諷刺物語からなる。「小人国リリパット渡航記」では、当時のイングランドの政治体制を揶揄し、「巨人国ブロブディンナグ渡航記」

02 セント・パトリック大聖堂

「飛行島ラピュタ、バルニバービ、ラグナグ、グラブダブドリッブ、そして日本への渡航記」（なんとガリヴァーは日本にも来ている）、そして第4話の「馬の国フウイヌム国渡航記」と続く。『ガリヴァー旅行記』が露骨な反ホイッグ党諷刺作品であったことはよく知られている。しかし背景には、イングランド政府の対アイルランド経済政策により、アイルランドが極度の貧困にあえいでいた問題がある。それでも300年も前に書かれた本書が、時代、民族を超えて不朽の諷刺文学として今日でも受け入れられるのは、人間一般の〈性《さが》〉への諷刺からである。厭世家と言われるスウィフトがみせたように、人間はいくら時代を重ねても、第4話にみる理性的な高等生物の馬フウイヌムのような理想的人間にはなれない。その後ガリヴァーは故国に帰り着くが、彼が安らぐのは、フウイヌム国でおぼえた馬の言葉で馬と会話する時だけだった。

　スウィフトの墓は、セント・パトリック大聖堂にある。スウィフトの墓の隣には、「永遠の恋人」ステラの墓が並んでいる。

（佐藤アヤ子）

03 スウィフトの墓碑銘

16 小説が記憶する郷土色

——ヘンリー・フィールディング

イングランド南西部サマセットに広がる900エーカーもの広大な農地で、毎年夏にグラストンベリーのロック・フェスティヴァルが開かれる。このところザ・ローリング・ストーンズ（2013）やザ・フー（2015）などの大物バンドの出演が相次いだこともあり、イギリス中いや世界中から多くの音楽好きが集結し、早いときでは約18万席のチケットが数十分で完売してしまうほど人気のあるイヴェントだ。1970年から綿々と続くこのフェスティヴァルを運営しているのはマイケル・イービスという男で、彼こそこの広大な農地の所有者にほかならない。ロック・ファンの聖地とも言うべきイービスの農園からさ程遠くないところにイギリス小説の父と言われるヘンリー・フィールディングの生地[*1]があることは、この国の音楽と文学をともに愛する者にとっては感慨深い。1707年にシャーパムで生まれたフィールディングは、若い頃からロンドンで劇作家、小説家、さらに法律家として忙しく活動した。しかし、生まれ故郷サマ

Henry Fielding（1707-54）イートンに学び、『ジョウゼフ・アンドリューズ』（1742）で本格的に小説家としてデビュー。ロンドンの治安判事としての活躍でも有名。1754年リスボンで客死。

*1　フィールディングはグラストンベリーにほど近いシャーパム・パークに生まれた。『トム・ジョーンズ』には、グラストンベリー修道院などこの地の名所が言及されている。

セットへの愛着の深さを、彼は代表作である小説『トム・ジョーンズ』（1749）の中で隠そうとしていない。

イギリスの小説はフィールディングの時代に始まったというのが、文学史的な定説になっている。勃興する市民階級の倫理と欲望に忠実なフィクションを、誰にでも読みやすくわかりやすい散文の物語で提供することが、小説というまさしく新奇《ノヴェル》なジャンルの使命だった。サミュエル・リチャードソン*2の小説『パミラ』（1740）がその代表例とされているが、リチャードソンのライヴァルであったフィールディングは、市民的な価値観とは違う尺度で同時代のイギリスを眺めていた。自作を「散文の叙事詩」と名付けたことからも明らかなように、フィールディングは古典文学の豊かな素養を活かしつつ、ヨーロッパの普遍的な文学伝統に連なりつつもイングランド固有の物語を創造したのである。『トム・ジョーンズ』はその真骨頂であるのだが、この小説の土着性といえばヒロイン・ソファイアの父親ウェスタン氏がすぐに思い浮かべられるだろう。名前の通り典型的な「西部人《ウェスタン》」として造形されているこの田舎紳士は、酒を愛し娘を愛し、動物を愛し狩りを愛し、酩酊しては短気を起こして方言丸出しの罵詈雑言を並べる。それに対してヒーローのトムが身を寄せている隣家の主人オールワージー氏は、物静かで理性的な紳士であり、ウェスタンのような郷士色は一見するとなさそうだ。その名の通り「すべて《オール》」において「徳の高い《ワージー》」この地主は迫真性に欠けて古めかしく、小説というよりはむしろ説話文学の登場人物のようだ。

だが、イギリス人の様々な姓名の由来を詳しくリサーチしてみると、オールワージー

＊2 Samuel Richardson (1689-1761) 近代小説の父と評され、代表作に『パミラ、あるいは淑徳の報い』『クラリッサ』などがある。

という名字がこの地方に特有のものだとわかる。これは研究者たちがほとんど注目していない事実である。つまり、ウェスタン同様に、オールワージーもこの地方ならではの特色を持つ、土着的な人物として理解するべきなのだ。では、この人物に象徴される郷土色とは何だろうか。グラストンベリーの丘の上、遠くに海を見下ろす風光明媚な高台に、オールワージーはパラダイス・ホールという名の素晴らしいカントリー・ハウスを持っている。そこにはイギリス中から様々な人間が集まり、館の主は彼らを丁重にもてなしている。中でも、医者や軍人、聖職者や哲学者といった才能のある人物には、一宿一飯どころではない、部屋を与え、小遣いを与え、好きなだけ滞在させ、彼らが夜な夜な談論風発するのを満足そうに主人は眺めている。

　こうした無償のホスピタリティこそイングランドが世界に誇る特質だと、フィールディングは別のところに書いている。罵詈雑言の生き字引のようなウェスタンの憎めない粗暴さと並んで、無類の接待好きであるオールワージーの慈悲深さに、フィールディングは地域性を表そうとしている。グラストンベリー・フェスの主催者イービスなどは、さしずめオールワージーの後継者であろう。そして、もてなし上手の大地主の館に集う文人墨客の人間模様が、あのコウルリッジを驚嘆させた『トム・ジョーンズ』の起伏に富んだドラマを作り出している。主人公トムをオールワージーの寝床に捨てたジェニー・ジョーンズは、オールワージーの妹ブリジットを訪ねて屋敷に頻繁に出入りしていた女性だが、このジョーンズという名字はウェールズに多い名前だ

01 グラストンベリー・フェスティヴァル

と言う（そういえばトム・ジョーンズという国民的な歌手もウェールズの産だ）。ロンドンで生き抜いたフィールディングが、自作の舞台に故郷グラストンベリーをあえて選んだことには、理由がある。サマセットは戦略的に重要な場所に位置している。発達した港湾都市ブリストルや一時住んだことのあるバース、そして学園都市エクセターや軍港プリマスといった南西部イングランドの主要都市が、周辺に点在している。西北に向かって海の向こうにはウェールズが位置している。いいかえれば、南西部イングランド有数の要所を連絡するネットワークの中継点に、パラダイス・ホールは建っている。もしかするとオールワージーはただのお人好しではなく、獲物がかかるのを巣の中央でじっと待つ蜘蛛のように、何かの企みを持って屋敷を才人たちに開放していたのかもしれない。

だが、皮肉なことに、オールワージーが我が子のように愛して育てた捨て子のトムは、寄宿客のひとりに端を発する陰険な奸計によってやがて失脚し、楽園から追放されてしまう。失意のトムは街道を北へ進み、グロスターを経由してやがてウスターのアプトン・アポン・セヴァーンという町にいたる。イギリスの大河であるセヴァーン川沿いにあるこの町も、パラダイス・ホール同様、ハブの役割が与えられた場所だ。あちこちから人を集める位置にある場所が物語をクライマックスへと導き、ドラマに幅と奥行きを生み出すのだ。このアプトンでの一連の抱腹絶倒な場面は映画版『トム・ジョーンズ』（トニィ・リチャードソン監督、１９６３）でも印象的に再現されていたが、フィールディングに特有のドタバタ喜劇には劇作家としての経験が生かされているのだろうし、またプロット構成の見事さという点でホメロスに匹敵すると、コウルリッジはフィールディングの技量を褒めたたえている。だが、『トム・ジョーンズ』が古典の学識ではなくイングランドの地理に深く根ざしていることを忘れてはならない。アプトンの旅籠で、トムはジェニーと一夜を共にする（それがまさか母親だとは思わなかったのだ）。そしてその現場に、トムの後を追って父親ウェスタンから逃げてきた恋人のソファイアが、接近して来る。パラダイス・ホール同様に、アプトンという独特なロケーションがなければ、フィールディングの喜劇的叙事詩は成立しない。作品中でも屈指のクライマックスの舞台となったこの宿屋が、嬉しいことに、アプトン市内に現存している。その名は「ホワイト・ライオン・ホテル」という。ホテルの公式サイトは『トム・ジョーンズ』を宣伝に使い、フィールディングがこの宿屋のことを褒めて書いた「街中で一番立派なインであり、評判もとてもよろしい」という一節を引用して「このお褒めの言葉は、今日でもそのまま当てはまります」と胸を張り、「小説に出て参ります薔薇の間と雁の間には今でもお泊りいただけます」と締めくくる。フィールディングのことを持ち出すのが単なる懐旧趣味ではないことに驚かされるが、創業は1510年にまで遡り、クロムウェルの内戦の時にも重要な役割を果たしたと豪語する老舗旅館にとって、18世紀はむしろ現代に属することなのかもしれない。

（白鳥義博）

02

02 アプトン市内を流れるセヴァーン川

17 文壇の大御所
――サミュエル・ジョンソン①

生い立ち

18世紀文壇の大御所と呼ばれ、詩人、エッセイスト、批評家、とりわけ英語辞書編纂者として知られるサミュエル・ジョンソンは、1709年にイングランド中西部スタッフォードシャーのリッチフィールドにある父親が経営する本屋で生まれた。この生家は1901年以来、「サミュエル・ジョンソン生誕地博物館」として資料を展示しており、その前には大きな銅像があり、この町がジョンソンの出生地であることを示している。

両親の家庭とも裕福であったようだが、ジョンソン自身は貧しく育ったと述べているので、両親の結婚とその後の3年間に何が起こったのかは詳しくは分からない。4歳で小学校に上がり、7歳の時にリッチフィールド・グラマー・スクールに入学するが、そこではラテン語の能力を発揮し、学業に秀でていたので9歳で上級学校へ進む。16歳の時に、ウスターシャー・ペドモアのフォード家のいとこたちを訪れる機会に恵

Samuel Johnson（1709-84）詩人、批評家で『英語辞典』（1755）でつとに有名。通例、ドクター・ジョンソンと呼ばれ、当時の文壇の中心人物で、幅広い人脈があった。

まれ、コーネリウス・フォードと親友になり、彼の教えで古典の知識を深める。この頃には父親の財政状態が悪かったために、ジョンソンの将来は不確かで、実家の本屋で手伝いをしながら、書を読み耽り文学の知識を蓄積していった。

オックスフォード大学中退と結婚

ジョンソンは1728年10月に、オックスフォード大学ペンブルック・コレッジ[*1]に入学するが、学費を払えずに1年余りで学位を取らずに退学を余儀なくされる。父親から借りた本やさまざまな本を置いたままで、実家に戻ったのであった。

1731年迄には父親の負債は膨れあがり、12月には炎症性疾患で亡くなる。この頃、ジョンソンはマーケット・ボズワースの学校で教員の職を得たが、わずか6カ月程で辞めて再び実家に戻り、リッチフィールドで教員の職を探し始めるが上手くいかない。ジョンソンはハリー・ポーターと長い間親友であったが、彼は1734年9月に亡くなり、妻のエリザベスは3人の子持ちで45歳で未亡人となる。数カ月後に、裕福な未亡人が十分な資金を提供することで、ジョンソンに結婚を持ちかけたとされている。二人は1735年7月に結婚するが、ジョンソン25歳、エリザベス46歳であった。ジョンソン語録に「金のために結婚するのは悪い人間であり、恋のために結婚するのは愚かな人間である」という有名な言葉があるが、これが自分自身を揶揄したものであるとすれば、けだし名言である。

1735年夏に、ジョンソンは個人的な学校をリッチフィールド近くのエディアルに

*1 1624年にジェイムズ1世によって設立されたコレッジ。名前は初代学長第3代ペンブルック伯（ウィリアム・ハーバート）にちなむ。

開校するが、生徒はわずか3名であった。そのうちの一人が、後に有名な俳優となる、当時18歳のデイヴィッド・ギャリックであった。[*2] しかし学校は上手くいかずに、エリザベスの資金のかなりの部分を浪費してしまっている。

ジョンソンは1737年3月にギャリックとともにロンドンに出るが、一文無しであった。幸いなことに、ギャリックにはつてがあり、彼の遠縁のリチャード・ノリスのところに滞在することができたからである。ここからは生活も軌道に乗り、10月には妻エリザベスをロンドンに呼び寄せ、『ジェントルマンズ・マガジン』の記者の職を得る。1738年5月に最初の長編詩「ロンドン」を匿名で出版して、ロンドンの秩序の混乱や政治の腐敗を鋭く風刺した。ポープ[*3]はこれを絶賛して、著者は直ぐに明らかになるだろうと予測したが、15年間は明るみに出なかった。

英語辞書編纂とシェイクスピア全集

1746年に、出版者のグループがジョンソンに英語の権威的な辞書編纂を持ちかけ、6月の契約の際には3年で完成させると豪語した。その間に、『人間欲求の空しさ』も手がけて、権力、学問、戦功、長寿、美貌などに対する人間の希望や野心の空しさを鋭くえぐり出し、諦観を尊ぶべきことを説いて1749年に出版している。のちに、ウォルター・スコットやT・S・エリオットは、ジョンソンの最も優れた詩と評した。

妻のエリザベスはロンドンに来て以来、ほとんどの期間病弱であったため、1752年に田舎に戻ることにした。ジョンソンが辞書編纂に忙殺される中、エリザベスは同年

＊2　David Garrick (1717-79) 俳優、劇作家、劇場支配人。シェイクスピア俳優として、特にリチャード3世は有名。死後はウェストミンスター寺院のポエッツ・コーナーに埋葬された。

＊3　Alexander Pope (1688-1744) 詩人。特に諷刺詩で有名。『批評論』(1711)、『人間論』(1733-34)、ホメロスの翻訳『オデュッセイア』(1725-26)もあり、『オックスフォード引用辞典』によれば、シェイクスピアに次いで2番目に引用が多いという。

3月に亡くなるが、『英語辞典』は1755年4月に出版された。ジョンソンの辞書は英語世界に多大な影響を与えた金字塔ではあるが、以下に示すような独特な定義が散見される。

1756年6月に『シェイクスピア全集』に取りかかり、１７６５年１０月に刊行されたが、またたく間に売れ切れて増刷となった。ジョンソンは同年にはダブリンのトリニティー・カレッジから名誉博士号を授与され、1767年2月には国王ジョージ3世との謁見の栄に浴する。また、1775年にはオックスフォード大学から名誉博士号を授与され、翌年ボズウェルと共にペンブルック・コレッジを訪れて、当時を回想する。

1777年には『イギリス詩人伝』の編集に取りかかり、ミルトン、ドライデン、ポープ、スウィフトを始めとして17・18世紀の詩人52名を取り上げ、1779年から1781年にかけて2分冊で

【英語辞典の特異な定義】
・辞書編纂者 (lexicographer) 辞書を書く人。文章を書き写し、言葉の意味を説明するという仕事をこつこつこなす人畜無害の存在。
・パトロン (patron) 支援・扶助、または保護する人。通例、ぞんざいな態度で扶助し、お世辞を報酬とする浅ましい奴。
・年金 (pension) 政府に雇われて国を裏切った者に与えられる報酬。
・エン麦 (oats) イングランドでは通例馬の餌にするが、スコットランドでは人の食料になる穀物の一種。これに対してボズウェルが「ゆえにイングランドでは馬が優秀にして、スコットランドでは人が優秀なのである」と言った話は有名である。

01 ジョンソン博士の家にあるステンドグラスの自画像

出版された。

１７８１年4月に、同居していた親友のヘンリー・スレイルが亡くなり、妻のヘスターはイタリア人歌手と恋仲になり、ジョンソンのライフスタイルは変化を余儀なくされた。１７８２年頃迄には周囲の友人たちが次々と亡くなり、孤独感を感じながら体調を崩し、風邪をこじらせて気管支炎を患ったりもした。ジョンソンは１７８４年12月13日に亡くなり、20日にウェストミンスター寺院に埋葬された。

【ジョンソンの名言】

・人はロンドンに飽きたとき、人生に飽きたのさ。なぜなら、ロンドンにはこの世のもの全てがあるからだよ。
・友情は常に修復し続けなければならないものだ。
・結婚は明らかに自然の摂理だ。男と女は互いに連れ添う運命にある。
・結婚生活には苦痛が多いが、独身生活には楽しみがない。
・思慮分別は人生を安全にするが、往々にして幸せにはしない。
・言葉とは、思考が服を纏ったものなのだ。
・酒を飲まないのは、人生の楽しみのかなりの部分を失っている。
・困難というのはたいていの場合、自身の怠惰が原因である。
・短い人生は、時間の浪費によって、いっそう短くなる。
・死に方など、どうでもいいのだ。問題は、生き方である。

（宇野　毅）

18 辞書編纂家

——サミュエル・ジョンソン②

１７４６年に編纂を始めた『英語辞典』[*1]は１７５５年4月に完成したが、出版の直前に、オックスフォード大学からＭＡを授与されている。４万２０００を超える項目と11万以上の引用を含み、値段は当時としては破格の高値の４ポンド10シリングで、現在の価格に換算すると８００ポンド以上であろう。最も引用されているのはシェイクスピア、ミルトン、ドライデンなどである。

爾来《じらい》、ジョンソンは「辞書のジョンソン」と呼ばれたが、『英語辞典』出版から約１年後の１７５６年3月に、どういう訳か5ポンド18シリングの未払いの負債で逮捕されている。『英語辞典』の出版では名声を得たが、経済的な豊かさは付いてこなかったようである。国王ジョージ3世は『英語辞典』の偉業を讃えて、１７６２年7月に年額３００ポンドの年金を与えた。

＊1　最も権威ある英語辞書といわれる『オックスフォード英語辞典』の初版は１８８４年であるが、製本された10巻の完成本が刊行されたのは１９２８年で、いかにジョンソンが先駆的な偉業を成し遂げたかが分かる。

ロンドンの住居

ジョンソンは生涯ロンドンの17の様々な場所に住んだが、ウェスト・エンドからシティーに向かうフリート・ストリート左側を少し入ったゴッホ・スクエア17番地に、1748年から住み始め『英語辞典』を編纂した家がある。300年以上も経つこの家は、今はジョンソン博物館になっており一般に公開され、『英語辞典』の初版が展示されている。初版は2千部と言われているが、この博物館には2部、大英図書館は4部を所蔵している。

1759年にはゴッホ・スクエアを出て、法曹学院の三つに移り住み、その後はジョンソンズ・コートやボールト・コートの家にも住んだが、現存はしていない。

01 ジョンソン博士の家に展示されている『英語辞典』の初版

ザ・クラブ

1764年2月に、ジョンソンは「ザ・クラブ」という社交クラブを結成し、毎週月曜日の午後7時にソーホーのジェラード・ストリート9番地（現在は中華街）にあるパブ「タークス・ヘッド」に集うことにした。当初のメンバーには共同設立者の画家ジョシュア・レノルズ（初代ロイヤル・アカデミー総裁）を始めとして、アイルランド生まれの政治家エドマンド・バークや詩人オリヴァー・ゴールドスミスらという錚《そう》々たる面々を含んでいたが、後に俳優デイヴィッド・ギャリック、伝記作家ジェイムズ・ボズウェル[*2]、経済学者アダム・スミスや歴史家エドワード・ギボンなどが加わる。

1783年に「タークス・ヘッド」の店主が亡くなり店舗が売却された後は、近くのピカデリー・ストリート北側（ロイヤルアカデミー近く）のサックヴィル・ストリートへと会場を移し、初期のメンバーの死後も永らく継続した。

*2 James Boswell (1740-95) ジョンソンの親友で伝記文学の傑作『サミュエル・ジョンソン伝』（1791）を書いた。

盟友ジェイムズ・ボズウェル

『サミュエル・ジョンソン伝』の作者として知られるジェイムズ・ボズウェルは、1740年にエディンバラで生まれる。父は裁判官であったが、自身は弁護士となった。1763年5月16日に初めてジョンソンと出会うことになるが、直ぐに二人は意気投合する。二人の最初の会話は次の通りであった。

ボズウェル　実際スコットランドから来たのですが、どうしても来たかったのです。

ジョンソン　いやー、君、スコットランド人の実に多くがみんなそうなのですよ。

最初の出会いから3カ月程で法律学を学ぶためにヨーロッパへ出立して大陸を旅する。

その間に、ジャン＝ジャック・ルソーと知り合い、ローマへ巡礼に向かったりもした。1766年2月にはロンドンに戻り、数週間滞在ののちスコットランドに帰るが、以降は、年に1カ月程度はロンドンに滞在してジョンソンやロンドンの文学仲間と交流している。ジョンソンの死後、ロンドン法曹界での活躍を夢みて定住するが、叶わなかった。

そのようなボズウェルを一躍有名にしたのは、1791年に刊行された『サミュエル・ジョンソン伝』であった。当時の一般的な伝記様式とは異なり、対話体であったために独創的であり、また、ジョンソンの個人的な側面や人間性に関するエピソードを数多く含んでおり、現在でも高く評価されている。ボズウェルはジョンソンの人生に敬意を払いながら淡々と記述するのではなく、快活な対話を通して印象的に記述している。

ジョンソン行きつけのパブ

ゴッホ・スクエアの自宅から至近のフリート・ストリートに「ジ・オールド・チェシャー・チーズ」というパブがあるが、ここがジョンソン博士の行きつけのパブの一つと言われている。このパブは1538年からあり、1666年9月のロンドン大火で焼失して再建されたものである。室内は薄暗く、冬には暖炉が使われており、当時の雰囲気を醸し出している。文人では、オリヴァー・ゴールドスミス、アルフレッド・テニソン、G・K・チェスタトンやチャールズ・ディケンズなども常連と言われている。

02 アンカー・バンクサイド外観

03 アンカー・バンクサイド内部（肖像画が掛かっている）

また、ジョンソン博士のもう一つの行きつけのパブとしては、サザック・ブリッジ[*3]を渡ったテムズ川南岸にある「アンカー・バンクサイド」を挙げることができる。この場所には、800年以上も前から様々に名前を変えてタヴァーンがあった。アンカーの開業は1615年で、このパブで日記作家のサミュエル・ピープスがロンドン大火が広がっていく惨劇を目撃しており、「アンカー・バンクサイド」自体も大火に巻き込まれて、1676年に再建されている。

1765年1月にジョンソンはヘンリー・スレイルとその妻ヘスターを紹介されたが、直ぐに打ち解けて、家族の一員のように処遇された。スレイルは富裕な醸造家で、彼こそが当時の「アンカー・バンクサイド」のオーナーであった。長い歴史のあるこの場所は、ローズ座（1587）、スワン座（1595）、最初のグローブ座（1599）からも近く、シェイクスピアもエイルのグラスを傾けていたとされる。

これらのパブは、「歴史が息づく街ロンドン」を実際に体感できる場所でもある。

（宇野　毅）

＊3　当時のテムズ川に架かる橋はロンドン・ブリッジぐらいしかなく、より東側を迂回するしかなかったが、かなりの混雑であった。

コラム
5

ホガースが見たロンドン

18世紀の画家ウィリアム・ホガースは、1697年にロンドンのバーソロミュー・クロウズ（シティーにあるスミスフィールド・マーケットの近く）に生まれているので、生粋のロンドンっ子ということになる。若い頃から市井の生活に興味があり、スケッチに没頭していたが、金細工の丁稚《でっち》を経て、1710年頃から版画を始め、のちに油彩に転じて肖像画を描き始める。

ホガースは道徳をテーマとした連画で有名であるが、最も有名なものは、6枚の「当世風の結婚」（1743〜45）であろう。財政的に落ちぶれたスクワンダー伯爵と裕福ではあるが欲深いロンドンの商人が、その子供たちの意思とは無関係に結婚を取り決める。この道徳的警告は、金銭目当ての無分別な結婚によるどうしようもない悲劇的結末で、当時の社会的背景を踏まえながらユーモラスかつ辛辣に風刺している。この作品はホガースの最も素晴らしい企画で、物語シリーズとしても綿密に練られていると評価されている。

当時の一般庶民の生活を対比的に描いた絵画が「ビール通り」と「ジン横丁」（1751）の2枚である。「ビール通り」の舞台は、奥にトラファルガー・スクエア東側にあるセント・マーティンズ・

ビール通り（1751）

イン・ザ・フィールズ教会の尖塔が見えることから、ストランド周辺と推察され、時期は尖塔に掲げられている旗からジョージ2世の誕生日（10月30日）である。

　左側には肉屋と鍛冶屋が休憩で楽しそうに一杯飲《や》っている姿が描かれ、後者はフランス人を片手で軽々と持ち上げている。傍らでは、魚売りの女がくつろいでいるが、道端では、いすかご輿の担ぎ手が客の女性を中に残したままで休憩している。奥のパブの屋根でも、大工と仕立屋の主人が大ジョッキを傾け、勤勉な庶民がイングランド産のエイルで楽しく健全に国王の健康に祝杯をあげている様子を描写している。唯一さえないのは、右側に描かれているドアの窓越しにジョッキを受け取っている質屋であるが、あまりに儲からないので負債で捕まることを懸念しているようである。また、左側のボロを纏った画家の役割ははっきりしない。

　これとは対照的に、「ジン横丁」の場所はセント・ジャイルズ教区（現在のオックスフォード・ストリート東端にあるセンター・ポイントビルがある辺り）で、ホガースはそこを題材に何枚かの絵を書いている。

ジン横町（1751）

　中央のジン中毒の女性は子供を顧みず腕からすり抜け転落死寸前であり、売春婦に身を落とし、足の斑点から梅毒を罹患していることが覗え、かぎたばこ以外には関心がない。右手前の犬を連れたパンフレット売りの男は、ジン中毒と栄養失調で骸骨同然の状態である。壁の左側では貧困で犬の骨をかじっている男が描かれ、「ビール通り」ではさえない質屋がここでは大繁盛で、大工からのこぎりを、主婦からは調理器具を受け取り、顧客がジンを買うための小銭と交換している。中央右側では母親がむずかる赤ん坊にジンを飲ませ、手押し車の病人にも女性がジンを与えている。儲かっているのは「KILMAN DISTILLER」（人殺し蒸留所）だけであるが、1750年までにこの教区の4分の1以上の住民がジンを取り扱っており、盗品や売春に関わっていた。中央奥では挙げ句の果てにジン中毒で亡くなった人を葬儀屋が棺桶に入れている。右上では、この地区では誰も散髪やひげ剃りに来ないので、荒廃した屋根裏部屋で首をつった床屋が描かれているが、「ビール通り」でビヤ樽が吊るされているのとは対照的である。右奥の建物は崩れかかり、これは社会の崩壊を暗示させるものである。

これらすべては、国産の健全なビールではなく、安い外来のジン中毒による幼児殺し、飢餓、狂気、堕落や自殺などの社会的弊害を誇張ではなく現実として伝えるものである。ジンが入ってきたのは、オレンジ公ウィリアム（ウィリアム3世）がオランダから迎えられた1689年以降のことだが、社会の悪弊となっており、1751年にはジン規制法が施行されている。

ロンドンは18世紀中葉までには、人口75万人を超える世界有数の大都市となり、19世紀には世界最大の都市へと発展することになる。東部のシティー・オブ・ロンドン（イースト・エンド）は商業や金融の地であり、貧困や犯罪の温床でもあった。一方、ウェスト・エンドは貴族や富裕層の居住地としてファッショナブルで上品な地区としての地位を確立した。

これらの一連の絵画は、産業革命の影響による社会変革を被る直前のロンドンを伝えており、ナショナル・ギャラリーやテイト・ブリテン等で鑑賞することができる。

（宇野　毅）

19 スコットランドの国民詩人
——ロバート・バーンズ

もう一つの魔女物語「タム・オ・シャンター」

深夜の教会で、魔女や悪魔が高鳴る伴奏にあわせ、ダンスに夢中になっている。その場を目撃した泥酔男タムが、興奮して思わず叫び声を出すと、魔女たちが一斉にタムを襲ってくる。愛馬メグを駆って必死に逃げるタム。だが、ついに愛馬は魔女に尻尾を抜き取られてしまう……。スコットランドの国民的詩人ロバート・バーンズの物語詩「タム・オ・シャンター」（以下、「タム」と略記）は、途方もなく奇怪で、それでいて笑いをもたらす、不思議な魔女物語である。スコットランド人はみな、この詩が大好きだ。

バーンズの誕生日1月25日を祝って毎年各地で催されるバーンズ・サパーでは、この詩が熱っぽく暗唱されるのがならわしである。バーンズの畢生の傑作とされるこの詩には、バーンズが生きた時代のスコットランドの土地柄や社会状況、魔女信仰、土地言葉の語り口など、さまざまなテーマ性が含まれている。

Robert Burns（1759-96）スコットランドの国民的詩人で農民詩人、抒情詩人。恋愛詩、風刺詩などを残し、土地言葉のスコッツ語でも詩を書いた。スコットランド民謡の収集にも貢献した。

01

01 バーンズ・コテッジ

バーンズは、スコットランドの南西部にあるエアシャーの寒村、アロウェイに農家の長男として誕生した。幼い頃から各地を転々と移住したバーンズは、エアシャーの中心都市エアをはじめ、アロウェイ近郊の土地には詳しく通じていた。「タム」は、バーンズがスコットランド南部のダンフリースシャーのエリスランド農場で暮らしていたときの作品であるが、詩人がだれよりも熟知しているエアシャーに題材をとって執筆された。執筆のきっかけは、古物研究家のフランシス・グロース陸軍大尉にスコットランドの古物について書くことを求められたことである。バーンズは、すぐさま故郷のアロウェイ教会に幽霊が出没するといううわさを思いつき、それを物語化した。

アロウェイはエアシャーの中心都市エアから南方3キロメートルに位置し、村にはアロウェイ教会があった。教会はバーンズの生家（バーンズ・コテッジ）から1キロメートル南の街道の西側にあり、当時すでに廃墟となっていたが、幽霊が出るとのうわさがしきりで、話題性が高かった。バーンズは「タム」でこの廃墟の教会を物語舞台に設定し、深夜魔女たちが集会を開きダンスに興じていたストーリーに仕立てたのである。また、バーンズの生家からさらに南方、アロウェイの村の東部にはドゥーン川が流れており、この川にアーチ型の石橋（ブリガドゥーン——ドゥーンの橋の意）が架かっている。バーンズは、ブリガドゥーンも物語に取り込んで、橋のど真ん中で愛馬が魔女に尻尾を抜かれたことにした。

バーンズは「タム」に登場する人物たちの原型になる人物たちも直接によく知っていた。タムのモデルとされるのはシャンタ村のダグラス・グレアム、タムの酒飲み友達である靴職人ジョニーのオリジナルはジョン・デイヴィッドソン、魔女ナニーのもとになった人物はカーコスワルドのケーティ・スティーヴン。バーンズは自分が直接に知り、体験したことを書くとき、最も普遍的な力を発揮するといわれる。彼は自分の知っている人々から霊感を得て、それを日常的に話す力づよい土地言葉（スコッツ語）で表現したことで、傑作を生みだしえたのであった。

当時のエアシャーには怪物や魔物、亡霊などにまつわる超自然的物語や伝説が数多く伝承されていた。

02 ドゥーンの橋（ブリガドゥーン）

バーンズは幼い頃、詩人の母の従姉にあたるベティ・デヴィッドソンという老婦人から、スコットランドにいるとされる「悪魔、幽霊、妖精、ブラウニー（小妖精）、魔女、魔術師、きつね火、ケルピー（水の精）、鬼火、生霊、妖怪、魔法の塔、巨人、龍」の話を聞かされたとムーア博士への手紙で書いている。「タム」を執筆しながら、バーンズはそうした奇怪で恐ろしい、超自然の存在物に思いを高ぶらせていたに違いない。

バーンズの活躍したスコットランドは、理性や合理的思考、科学精神などが重きをなした、いわゆるスコットランド啓蒙の盛期であった。発展と進歩をめざす国民意識を支えに、知識を尊重し、科学技術を重視する傾向が顕著であった。経済発展と道徳的規範を理論化するアダム・スミスやデイヴィッド・ヒュームらによる重厚な経済学、道徳哲学の著作が刊行され、スコットランドはさまざまな面で先端的であった。バーンズはそのような時代に生まれ合わせ、啓蒙主義の影響をつよく受けたのは当然である。科学的、分析的な知の世界と、民衆のなかにしみ込んだ迷信や俗信のもたらす幻想の世界。その対立し矛盾する二面的世界が、鋭敏な時代の子バーンズの内奥で不思議に共存し、葛藤あるいは融和の様相を示していたと思うと興味深い。

バーンズは犀利《さいり》ですぐれた批判精神をもっていた。彼の目からすると、スコットランドの古い体制や慣習、旧来の偏見や迷妄はたしかに打破されるに値した。かといって、彼は一挙にそれらを否定し、打ち壊そうとはしない。彼は周囲の親しい民衆を愛し、彼らに温かい目を向けていたからである。詩人バーンズは、スコットランドの現実を厳しく非難・批評しながらも、笑いとユーモアのこもった詩を書いていく。

「タム」はいかにもバーンズらしい、というよりバーンズにしか書けない、「スコットランドの詩」である。聖なる信仰の場である教会に、悪魔や魔女たちが結集し魔女宴会を開く。魔女が下着一枚の姿で官能的なダンスに夢中になる。明らかに、バーンズはスコットランドの教会を激しく批判し、風刺しているのだ。魔女のタムへ攻撃は、スコットランドでとりわけ厳しかった魔女裁判への、魔女側からの反撃あるいは報復とも読み取れる。

この詩は、タムが踊り狂う若い魔女に向けて叫んだ「カティ・サーク」[*1]（「うまいぞ、下着のねぇちゃーん！」）で知られる。一方、酔っぱらいタムも批判されている。家庭を無視して飲んだくれるタムへの懲らしめは、愛馬が尻尾を抜かれたことに象徴されている。バーンズは、彼の風刺詩人としての名を高めたこの作品を、晩年を過ごしたダンフリース近くのエリスランド農場の川辺で、一気呵成に書いたと伝えられる。高まった創作への思いが、炸裂したかの感がある。

（木村正俊）

＊1　「カティ・サーク」はスコットランド語で「女性の短い下着、おてんば娘」の意味がある。

第Ⅳ部

19世紀前半・ロマン派の時代

20 孤高の芸術家
——ウィリアム・ブレイク

ブレイクは今日ではイギリス・ロマン派を代表する詩人・画家として知られているが、生存中は詩人・画家としての収入はほとんどなく、一介の彫版師として、また下絵描きとして生計を立てていた。彼はロンドンに生まれ、ロンドンで住居を転々としながら、ロンドンで死んだロンドンっ子であった。大陸はおろかスコットランドに出かけたこともなく、ロンドンの外へ出たのは、フェルパムの3年間だけであった。

ブレイクは１７５７年11月28日、ロンドンのソーホー地区ブロード・ストリート28番地に生まれた。ブレイクは3男で、生家は靴下商であった。現在ここには、ブレイク・ハウスと名づけられた建物が立っている。

ブレイクが洗礼を受けたのはピカデリーのセント・ジェイムズ教会で、この教会はイギリス最高の建築家クリストファー・レンが建てたものである。ここの洗礼盤は彫刻家グリンリング・ギボンズ*1のデザインになるもので一見の価値がある。

William Blake（1757-1827）詩人、画家、彫版師（エングレイヴァー）。生存中は詩人、画家として認められなかったが、ラファエル前派の人たちがブレイクを発見し、その後20世紀に入ってイギリス・ロマン主義の先駆者として高く評価されることになった。

＊1　Grinling Gibbons（1648-1721）オランダ生まれのイギリスの彫刻家。特に木彫が有名で、ウィンザー城、ハンプトン・コート、セント・ポール大聖堂の聖歌隊席などに作品がある。

ブレイクは正規の学校教育は受けず、10歳から4年間、ヘンリー・パースの画塾に通った。しかし彼は画家にはならず、彫版師の道をすすむことになった。１７７２年８月、14歳のブレイクは、彫版師ジェイムズ・バザイアのもとに入門し、7年間の徒弟修業を始めた。バザイアの家の真向かいにフリーメイソン・ホールがあり、ブレイクが最初に出会った知識人はフリーメイソンの人たちであった。

１７７９年８月、徒弟修業が終わり、その後ロイヤル・アカデミー付属美術学校の研究生となったが、院長のジョシュア・レノルズ*2とは気が合わなかったようだ。ロイヤル・アカデミーの展覧会は有名であるが、展覧会がなくとも見学できる。

１７８２年８月18日、ブレイクはキャサリン・ブッチャーとバターシーにあるセント・メアリー教会で結

＊2　Sir Joshua Reynolds（1723-92）画家。ロイヤル・アカデミー初代院長。グランド・マナー（大様式）による肖像画の伝統を確立した。イギリス絵画史上、最も重要な人物。ブレイクの反逆精神は体制的なレノルズの芸術とは相反するものであった。

01 セント・メアリー教会のブレイクのステンド・グラス

婚式をあげた。この教会にはブレイク夫婦の結婚誓約書が残っている。それを見ると、ブレイクは自分の名前を署名しているが、キャサリンの署名はX印だけである。このX印は文字の書けない者のサイン代わりであった。

この教会のテムズ川に面した部屋には「ターナーの椅子」と呼ばれる椅子がある。イギリス最大の画家ターナーはこの椅子に座って、窓の下を流れるテムズ川を楽しみ、窓から見える雲の変化と夕焼け空を描いたと言われている。

ブレイクの処女詩集『詩的素描』が出来上がったのは1783年であった。1787年2月、最愛の弟ロバートが19歳の若さで死去する。ブレイクはロバートの霊の「お告げ」によって、彩飾印刷《イルミネイテッド・プリンティング》*3を思いついたと言われている。現在、ブレイクの彩飾印刷による絵画、油絵などはテイト・ブリテンに多く所蔵されている。

1789年7月、フランスで革命が起こった。ブレイクは自らを「自由の少年」と呼び、ジャコバン派の象徴であった赤い帽子を被ったりした。この頃、革新的な出版社ジョセフ・ジョンソンを中心としたサークルで、知識人たちと交わりをもつことになった。トマス・ペイン、ウィリアム・ゴドウィン、メアリー・ウルストンクラフトらが集まり、バーミンガムからロンドンにやってきたジョセフ・プリーストリーも仲間になった。

30歳をすぎて『無垢の歌』と『セルの書』ができた。またこの頃、『フランス革命』が制作されたが、残っているのは第1巻の校正刷り1部だけである。

ブレイクがテムズ川南岸のランベスに移ったのは1790年の秋、ここで『天国と地

＊3　ブレイクの彩飾印刷は彫刻凹版（エングレイビング）、水彩画、詩が一体となった作品である。下絵、デザインがブレイク自身の創案になり、それを彫版し、印刷紙、これに手で彩色するという過程を経て出来上がる手作りの書物である。

獄の結婚』、また『経験の歌』が『無垢の歌』と合本の形で『無垢と経験の歌』（1794）として出版された。ブレイクは「無垢」と「経験」とは「人間の魂の相反する二つの状態」と定義した。

虎よ、虎よ、輝き燃える
夜の森のなかで、
いかなる不滅の手、あるいは眼が
汝の恐ろしい均斉を形作り得たのか。

で始まる「虎」の詩が入っているのは『経験の歌』である。

ブレイクが、ロンドンから60数マイル離れたイングランド南部サセックスのフェルパム村で過ごしたのは、1800年の秋から1803年の9月までの3年間であった。生粋のロンドンっ子であったブレイクが、その生涯においてロンドンを離れて暮らしたのはこの期間だけである。フェルパムはイングランド南海岸の自然に恵まれた美しい村だが、ブレイク夫婦は海岸近くに藁ぶきの田舎家を年20ポンドの家賃で借りた。この家は現在でも残っている。

フェルパムからロンドンに戻ったブレイクは、『ミルトン』『ジェルサレム』などの彫版を開始したと思われる。この時期、ブレイク夫妻は貧

02 フェルパムのブレイク・コテッジ

03 ブレイクの墓

困の極に追い込まれていた。１８０９年に兄の家を会場として個展を開いたが、絵は一枚も売れなかった。

１８１８年ごろからブレイクを慕う若い芸術家が彼のもとに集まって来て、彼の晩年を豊かにした。ロンドンから18マイル離れたケントのショーラム村の「ウォーター・ハウス」に画家サミュエル・パーマーを訪れたこともあった。ブレイクの木版画に影響を受けたパーマーの風景画には、ショーラム村近在の田園風景を描いたものが数多くある。

１８２１年、ブレイク夫婦は17年間にわたって住んだサウス・モウルトン・ストリートからストランド街のファウンテン・コート３番地に移る。70歳にあと数カ月という１８２７年８月12日、ブレイクは亡くなる。５日後、ブレイクの遺言により非国教徒《ディセンター》の墓地であるバンヒル・フィールズに埋葬された。ここを選んだのは、ブレイクの両親もここに埋葬されているからであった。この墓地にはダニエル・デフォーの墓もある。

（松島正一）

21 ロマン派の旗手
——ウィリアム・ワーズワス

コッカマス

イギリスの詩人で、日本人にもたいへんよく知られたウィリアム・ワーズワスは、イングランド北西部のスコットランドに近接するカンブリア地方のコッカマスという小さな町で生まれた。

コッカマスに行くにはイングランド西北の町カーライルまたはその南にあるペンリスからのアクセスが便利かもしれないが、湖水地方の旅をしてそのルートの終点ケジックからバスで行くのが最も便利なのかもしれない。この辺には鉄道が走っていないので、もっぱらコーチといわれる大型バスが利用される。

コッカマスにあるワーズワスの生家は、いまではこの地方の観光の名所となっている。写真にあるようにこの建物は比較的大きく、食べ物を売るところや土産物を売る場所もあり、いまでもいろいろな道具が当時のままに保管されており、多くのワーズワスの愛

William Wordsworth（1770-1850）　生涯の大部分を湖水地方で過ごしたので、田園詩人と言われる。コウルリッジとともに出した『抒情民謡集』（1798）、自伝的叙事詩でコウルリッジを意識した長編詩『序曲』（1850）などがある。1843年桂冠詩人となる。

好家が訪れている。椅子やベッドなど、当時の家具や糸つむぎ車などの道具が、そのころの面影を残している。

01 ワーズワスの生家

ホークスヘッド

ワーズワスはその人生の大部分を湖水地方で過ごしたが、小学校を卒業した後、湖水地方のほぼ最南部にあるホークスヘッドのグラマー・スクールに入学して、ここで7年間を過ごした。[*1] この辺は近年ピーター・ラビットで有名になり、ビアトリクス・ポターが住んでいたヒルトップ牧場やソーリー村が近いので、大勢の人々で賑わっている。もちろん日本人も多く見かける場所となっている。なお、湖水地方には環境問題からか、二酸化炭素を多く出すディーゼル・エンジンで動く列車は通っていないので、ホークスヘッドへ行くには湖水地方の入り口のウィンダミアからバスで行くことになる。

オルフォクストン

1797年7月2日、その頃親しい友となっていたサミュエル・テイラー・コウルリッジに誘われて、ワーズワス兄妹はサマセットのコウルリッジが住むネザ・ストーウィ近くのオルフォクストンに引っ越してきて、この二人の詩作の黄金期が始まったと

*1　ワーズワスはグラマー・スクールを卒業してから、1787年にケンブリッジのセント・ジョンズ・コレッジで3年間学んだ。ケンブリッジでは後に親友になるコウルリッジも学んだが、彼はワーズワスが卒業してから、ジーザス・コレッジに入学してきたのでケンブリッジでは会えなかった。その後ワーズワスは長年別に暮らしていた妹のドロシーと会うことができ、1795年に気候の温暖な南イングランドのドーセットシャーにあるレイスダウン・ロッジと呼ばれる家を借りて、二人の生活の場とした。

いわれる。ワーズワスが住居としたのは、コウルリッジの住む家からほぼ5キロ北方の比較的大きな家であった。ここは現在ではワーズワス・ハウスとしてこの地の名所となっている。

妹の『ドロシーの日記』には、ここの場所をオルフォクスデンと記しているが、そのような地名はこの地にはなく、オルフォクストンという地名になっている。ドロシーが間違えたのかその後地名変更があったのか明らかではない。

両家を結ぶ広い道もあったようだが、この二人の詩人は好んでたびたびこの辺の丘陵地帯を一緒に散策をした。ときにはドロシーも交えて共に詩的想像力を働かせたので、この地が彼らの詩作の原動力となった。両詩人の交流はそ

02 ホークスヘッド・グラマー・スクール
03 オルフォクストン・ワーズワス・ハウス

の後もずっと続いたが、中でも1797年7月2日から翌年の7月2日までの1年を「驚異の年」と呼ぶ人が多い。つまりこの1年のうちに素晴らしい詩がたくさんできたということである。実際ワーズワスとコウルリッジは、このころあの有名な『抒情バラッド集』を出版して、イギリス・ロマン派の旗揚げをしたと世人から評価され、両者はその後の詩人としての地位を確立した。その直後彼ら両詩人は、ドイツへ渡って、折から興ってきた大陸の新しい文化に触れたのであった。ネザ・ストーウィではほぼ1年という短い期間であったが、これは詩人として大いに活躍した非常に貴重な時期であった。

グラスミア

1799年12月に、ワーズワス兄妹はグラスミアに移住し、ダヴ・コテッジと呼ばれる小ぢんまりした家に住んだ。この家はウィンダミアからバスで13キロメートルほど行ったところで、グラスミア湖のほとりにあり、この家から当時はグラスミア湖がよく見えたらしい。1802年ワーズワスはメアリーと結婚してここに住み続け、妹ドロシーもここで最も楽しい生活を送ったと考えられている。

このやや小さな家のそばに、いまでは「ワーズワス博物館」として全世界に知られている建物がある。この博物館にはワーズワスに関わる数々の遺品があり、その近くにはさまざまな土産品を売る店もあって、グラスミアではもっともよく知られた場所となっている。

04 ダヴ・コテッジ

ワーズワス夫妻は4人の子供に恵まれたが、そのためダヴ・コテッジはたいへん手狭となり、客人を迎える余裕はなかった。ワーズワス一家は、広い家に引っ越すことを望んでいた。ダヴ・コテッジの北西のほど近くに比較的大きな家であって、そこの主人がワーズワス一家にその住居を貸すことを望んだ。そこで１８０８年、一家はアラン・バンクという館に移り住んだ。ここは割合大きな館だったが、湖水地方は寒冷多湿であったので、冬期の暖房は非常に重要であるけれど、この家の暖房は煙突の構造のためか十分に機能しなかった。この家で3男が生まれて、子供は5人になった。

この時期ダヴ・コテッジからほど近い教会で、牧師が近所の子供たちに新しい教育方法で教えていたが、その教育の手伝いにワーズワス家のメアリーとドロシーはいわば助手としてアラン・バンクからその牧師館に教えに来ていた。この牧師館はやや広かったのでワーズワス一家は移住し、子供たちの教育を手助けすることになった。それは１８１１年のことであった。こうしてワーズワス一家は、グラスミアのほぼ中央に移り住んだ。

ここにいたとき、ワーズワス一家に悲惨な出来事が起こった。次女と次男を相次いで

05ライダル・マウント

病気で失ったのである。ワーズワス一家はまさに失意のどん底にあった。

ライダル・マウント

１８１３年の中ごろ、ワーズワス一家は、グラスミアの中心からほぼ3キロほど東南東にある、ライダル湖のほとりのやや高台のライダル・マウントというところに比較的大きな家を借りて住んだ。ライダル湖はグラスミア湖の南東に連なるやや東西に長い小さな湖である。

以後、ワーズワスはこの地で彼の人生のほぼ半分といえる42年を過ごした。彼はここが気に入ったらしく、この地方の有名人として余生を送った。ワーズワスは詩人であるとともにこの地方の私設郵便局長を務め、さらに１８４３年に、桂冠詩人であった友人のサウジーの死後、ワーズワスが桂冠詩人となり、生活には不安がなかったようである。

結局、彼の80年に及ぶ人生のうち、大学時代やフランス時代やドーセットシャー時代など、一部を除いてワーズワスはその人生のほとんどの時期を、都会から離れて田園で暮らしたといえる。彼が田園詩人と言われる所以がそこにある。

（高山信雄）

22 文学理論の先駆者
――サミュエル・テイラー・コウルリッジ

サミュエル・テイラー・コウルリッジは、詩人および評論家として知られているが、いろいろな分野で活躍した人である。とくに彼の唱えた批評の原理は、その後の詩人や批評家たちが良きにつけ悪しきにつけ、知らなければならないものとなった。彼は優れた思想家でもあり、立派な形而上学者でもあった。詩人としてのコウルリッジは、日本ではあまり有名ではないが、イギリスではワーズワスと並んで両者に甲乙つけがたい詩人として、知らない者はいないくらいである。

オッタリー・セント・メアリー

コウルリッジが生まれたこの町は、イングランドの南部のデヴォンシャーにある。現在、ここへ行くには、州都エクセターからバスに乗っていくのが便利である。この町は古い町で13世紀初頭から栄えていたようだ。彼はこの町の教会の牧師館で生まれた。そ

Samuel Taylor Coleridge (1772-1834) ロマン派を代表する詩人のひとりで、批評家・哲学者でもあった。『文学的自叙伝』は優れた詩論であり、想像力論を初めて展開した本である。

の教会は現在でも健全で、当時の名残をとどめている。とくにこの教会はマリア信仰が盛んなところで、いまなおその足跡が残っている。

この教会には大きな鐘楼があり、ときどきその鐘が鳴る。コウルリッジは後年、その鐘を懐かしんで詩に書き残している。「夜半の霜」と題された詩の中で、「貧しい人々の唯一の音楽だ」と歌っているが、いまでも音程の違う八つの鐘が、町の人や旅人に、まさに明るい1オクターブの音楽を聴かせている。コウルリッジは9歳までの小学校時代を、牧師の父が教えていたこの地の小学校で学んだ。

ケンブリッジ

小学校を出たコウルリッジは、叔父の紹介で当時ロンドンにあったクライスツ・ホスピタルというキリスト教の慈善学校に入学することになった。このグラマー・スクールはその後引っ越したので、いまはロンドンにはない。ここを出た彼は、ほぼ19歳のころケンブリッジのジーザス・コレッジに入学した。いまでもこのコレッジには、コウルリッジが住んでいたという学寮の一室が残っていて、土地の多くの者が知っている。

コウルリッジはほぼ22歳ころまでここにいたが、その後、放浪の旅に出る。いまでもケンブリッジの街の中に

01 ジーザス・コレッジ正門

は、コウルリッジ道路とかコウルリッジ公園などの名称が残っていて、コウルリッジの存在を思わせている。

クリーヴドン

彼は24歳になる直前、セアラ・フリッカーと結婚し、ブリストル近くのクリーヴドンに新居を構えた。ブリストル湾に臨むこの町は、保養地として知られているが、ここでの生活は長くはなかった。ここでコウルリッジが作った詩「イオラスの琴」は、彼の最初の傑作として知られている。この詩のイオラスの琴という風琴は、ギリシャ神話に由来するようで、風の神イオラスが吹き鳴らす音楽だと考えられている。

クリーヴドンはブリストル海峡に面した小さな町だが、非常に穏やかなところで、ただ彼の詩にあるように、海岸にある松の木が強い西風にさらされていて、大きく曲がっているのが印象的である。また、コウルリッジが住んでいたことを記念してコウルリッジの名が残る道などがある。彼はこの憩いの地で、短かくも楽しい新婚の生活を

02 クリーヴドン・ハウス

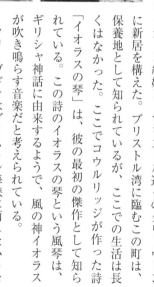

送っていた。

ネザ・ストーウィ

その後コウルリッジは1796年の大晦日に、友人トマス・プールの世話で彼の住むサマセットのネザ・ストーウィに引っ越した。ここはクオンタック丘陵の麓の村で、当時の人口はそれほど多くなかったが、非常に風景に恵まれていて、丘陵からは近くに海が見え、放牧の羊や山羊がたむろし、きわめて牧歌的なところである。ここでのワーズワスとの交流が、イギリス・ロマン派の旗揚げになったと言われ、イギリスの詩人たちにとってきわめて意義深いところである。ここでのワーズワスとの交流が、現象面でも理論面でもイギリスの詩壇に大きなインパクトを与えたといえる。

情景といい雰囲気といい、素晴らしい詩的環境が、ワーズワスとコウルリッジという有能な詩人を得てイギリスの詩を一躍有名にしたのであろう。いまでもネザ・ストーウィにはコウルリッジの住んでいた家が、ナショナル・トラス

03 ネザ・ストーウィ

トの管理下で、一般のファンに公開されている。コウルリッジはこの地に2年ほどしかいなかったが、彼の人生にとって最も意義深い場所だった。ネザ・ストーウィには、トーントンから列車でブリッジウォータへ行き、そこからバスでキャニングトンを経て40分ほどで着く。

コウルリッジとワーズワスは、1798年の9月にドイツへ渡って、この地の文物に関する新しい知識を得ていき、ワーズワスが先に帰り、コウルリッジはほぼ10カ月をドイツで過ごした。

04 ケジックのグリータ・ホール

ケジック

ドイツから帰国したコウルリッジは、あちこち流浪したあと、湖水地方の最北部のダーウェント湖畔のケジックという町に、やや大きな家を借りて住むことになった。グリータ・ホールと名付けられたこの家には、コウルリッジ一家だけでなく、やがて後に桂冠詩人となる義弟サウジーの一家が同居するようになる。そして、コウルリッジが放浪生活をしている間、サウジー[*1]がコウルリッジ一家の面倒を見ることになるのである。

ケジックに行くには、ウインダミアから湖水地

＊1　Robert Southey (1774-1843) ロマン派の詩人で多彩な文筆家。妻のエディスはコウルリッジの妻サラの妹だった。

方を縦走するバスで行く人が多いが、もちろんケンダルやカーライルからもバスで行くことができる。

ハイゲイト

コウルリッジはあちこち放浪するが、どこへ行っても持病ともいえるアヘン中毒[*2]の症状が彼を悩ました。彼はその症状から立ち直りたいと願い、医師ギルマンを頼ってロンドン郊外のハイゲイトを訪れた。1816年の4月中旬、長年の持病治療のため、モアートン・ハウスというギルマン宅に身を寄せた。ここで彼はギルマンの助力を受けて治療に専念する。

実はコウルリッジはこの時期の少し前から文学理論や哲学的思考に専念していた。そしてこのころ、彼は形而上哲学に最も強い関心を示し、2～3年前から取り組んでいた『文学的自叙伝』をはじめ多くの文学的・哲学的名著を書き続けた。コウルリッジの文学理論はこうしてこの地で大成していった。その後、1823年5月にギルマンが同じハイゲイトのグローヴ街に引っ越したとき、コウルリッジも一緒についていった。彼はこの地でほぼ17年間「ハイゲイトの賢者」と世間から称されて穏やかな晩年を送った。

ハイゲイトには、ロンドンから地下鉄ノーザンラインで行くことができる。ここには彼が住んでいた家や永遠の眠りについた教会等があって、あちこちでコウルリッジの足跡を感じることができる。

（高山信雄）

＊2　コウルリッジは若いころからリウマチのような痛みを伴う病気に悩まされていて、その痛みを減らすために薬を飲んでいた。それはアヘンをアルコールに溶かしたアヘン・チンキといわれるもので、当時はアヘンが鎮痛剤として使用が認められていた。そのためときどき中毒症状を起こすことがあった。

23 小説に新天地を開いた
——ウォルター・スコット

アボッツフォードの想像空間

「北のアテネ」ともよばれたスコットランドの首都エディンバラ。その中心にあるエディンバラ・ウェイヴァリー駅は、エディンバラの生んだ歴史小説家サー・ウォルター・スコットの「ウェイヴァリー小説」に由来する名を冠している。ウェイヴァリー駅の新市街側のプリンシーズ・ストリートに建つスコット記念塔は、61・1メートルのゴシック風建築物であるが、そのなかにおさまっているスコットの白い大理石像は、きわめて印象的で人目を引く。スコットは、様々な面でエディンバラの、そしてスコットランドの顔であり、象徴である。

官職に就きながらも文学者として名声を高め、揺るがぬ地位と莫大な富を手に入れたスコットは、1811年以降、ボーダー地方のアボッツフォードに大邸宅を構え、生涯そこで執筆を続けた。彼は、アボッツフォードを、豪華で充実した理想的生活環境に仕

Sir Walter Scot (1771-1832) 小説家・歴史小説家・詩人。1813年に桂冠詩人に議せられたが辞退した。1820年にはジョージ4世からサーの称号を与えられている。

01 スコット記念塔

立てた。『ウェイヴァリー』をはじめ、次々に発表した歴史小説の作品群は、そこで得られた尽きせぬ創造力と霊感の結実だったのである。幾多の不遇を背負い込んだが、アボッツフォードに夢をかけ、実現したスコットは、その輝かしい達成をみると、まれにみる価値ある人生を送ったのではなかったかと思われる。

　スコットはエディンバラに事務弁護士の息子として生まれたが、生後18カ月頃、小児マヒをわずらって左足が不自由になり、その治療のためケルソーに近い父方の祖父の農場に預けられた。エディンバラに戻った後も、ケルソーの叔母の家にも滞在したりした。こうした体験がスコットとボーダー地方とのつながりを生み、彼の文学の基盤になった。エディンバラ大学を卒業し法廷弁護士になったが、地方の伝説やバラッドの収集活動に励み、後年『スコットランド・ボーダー地方バラッド集』（1802～03）として発行する。このバラッド集を源泉とし、スコット独自の物語詩が書かれた。『最後の吟遊詩人の歌』（1805）、『マーミオン』（1808）、『湖上の美人』（1810）など、スコットは詩人としての大きい業績をあげる。

　スコットが詩から小説へ進路を変えたのは、スコットによれば、天才バイロンの出現がきっかけということになっているが、そうではないだろう。スコットは早くから民衆

の文化に興味をもち、物語の熱心な収集家であったことから、散文での表現を意識していたのは確かと思われる。直接的には、アイルランドの女性作家マライア・エッジワース[*1]（1767～1849）の地域小説『ラックレント城』（1800）に触発されたであろう。スコットは最初の歴史小説『ウェィヴァリー』を1814年に匿名で発行した。1745年のジャコバイトの反乱というインパクトの大きい事件を扱ったもので、出版は大成功を収めた。題材が新しく、登場人物が個性的で、スコットランドの土地言葉が用いられ、スコットランドの風景が描かれ、視覚的に生き生きと表現されていることなどが読者をつかんだらしい。ジェイン・オースティンやエッジワース、カーライル、ワーズワス、メアリー・シェリー[*2]らにも読まれたという。発売直後からベストセラーとなり、6カ月経たないうちに6000部売れた。

続いて『オールド・モータリティ』（1816）、『ロブ・ロイ』（1817）、『ミドロジアンの心臓』（1818）、『ラマームアの花嫁』（1819）など、歴史を題材にした傑作が発行され、一般読者に熱烈な興味をもって受け入れられた。これらの小説はみなアボッツフォードで執筆されたものである。スコットは、スコットランドの土地や歴史、民俗などに、だれよりも深い関心と理解をもっていたが、バーンズと同様、時代の子であった彼の歴史のとらえ方は、啓蒙主義的であり、同時にロマン主義的であった。つまり、過去を事実として厳密にとらえる一方、それを同情的に受容する面もあった。冷静に受け止めながらも、内奥では涙を流している、といったところがある。そこにスコットの小説の良さと魅力があるのだろう。

＊1 Maria Edgeworth (1768-1822) イングランド生まれの小説家・児童文学者。アイルランドで活躍して、同時代の作家に強い影響を与えた。

＊2 Mary Shelley (1797-1851) P・B・シェリーの妻。ゴシック小説『フランケンシュタイン』で有名。

02 アボッツフォード

1811年、スコット一家は、かつてメルローズ修道院が所有していたアボッツフォードのゴシック調建築の邸宅を購入、転居した。アボッツフォードを取得したとき、彼はアバーンコーン夫人に「ようやく貴族になりました」と書き送っている。翌年以降、スコットの注意深い管理のもと、アボッツフォードは拡充整備されていく。1818年には過激な活動で体力は衰えたが、彼はなおもウェイヴァリー小説群に取り組んだ。1824年には『レッドゴーントレッド』を発行した。1822年、古い建物が取り壊され、1824年に現在の建物が完成した。この年のクリスマスはスコットの生涯で最も楽しい時であったに違いない。国王、友人、事業仲間などから贈物がどっと舞い込んだ。

　しかし、1826年になると、スコットに悲劇が訪れるようになる。イギリスの経済界を襲った恐慌により、スコットが関わっていた出版業者や印刷業者が倒産し、スコット自身も総額12万ポンドにのぼる多額の負債を抱え込んでしまう。1830年に第一回の発作を起こしてからたびたび発作が起こり、負債を返済するため無理をしたうえ、1832年イタリア旅行に出かけて心身疲労の極みのなかで帰国、アボッツフォードの自宅で死去した。

アボッツフォード邸は現在一般公開されている。歴史小説家にふさわしく、膨大な書籍や古物、遺物などが収蔵されている。書斎の蔵書はおよそ9000冊。玄関ホールには鎧・兜、刀剣、銃、武具類が壁面に所狭しとばかり飾られている。アボッツフォードは、スコットにとって王城だったのだ。王城のなかにいてはじめて、スコットは、歴史を、戦闘を、戦士を、生や死や愛などの人生模様を想像できたのかもしれない。スコットの歴史小説にみられる想像力の豊かさが、アボッツフォードの生活空間に凝縮されていると思われてならない。

（木村正俊）

03 武器が展示されているアボッツフォードの玄関ホール

24

人情の機微と哀歓に優しい目を向けた

――チャールズ・ラム

19世紀のイギリスはロマン派の詩人たちが活躍した詩の全盛時代であったが、その中にあって英文学の中に随筆という分野を確立したのがチャールズ・ラムであった。彼はロンドンの貧しい家庭に生まれたが、幸運にも、恵まれない家庭の子供に教育を授けるために設立されたクライスツ・ホスピタルに入学できた。現在はウェスト・サセックスのホーシャムにあるが、ラムが入学したときはロンドンのグレイフライアーズにあった。ここでの学問が彼の一生を決めたと言っても過言ではないが、それと同じくらい大事なのは、生涯の友コウルリッジとの邂逅であった。優秀な先輩コウルリッジはケンブリッジ大学に進んだが、ひどい吃音で一風変わった性格のラムは、大学には進まず、南海会社《サウス・シー・ハウス》に職を得た。しかし、1792年には東インド会社に転職し、以後33年の長きにわたってここで働くことになる。事務員として働きながらも、コウルリッジとの友情は続き、彼が『雑詠集』を出版したときには、ラムの4篇の詩を入れてもらった。

Charles Lamb（1775-1834）詩も書いたが真骨頂は随筆で、英文学に随筆文学を確立した。病気の姉を看護しながら『エリア随筆集』『続エリア随筆集』などの秀作を書いた。

東インド会社は十分生活できるほどの賃金を払ってくれたが、彼は一家の大黒柱として家族を支えねばならなかった。老いて病弱な母、認知症が進んで子供に返ったような父、いつ狂気の発作に襲われるかもしれない姉のメアリー、さらに死の床にふせった叔母までを、彼が一人で養わねばならなかった。ラム自身も、精神病で入院したことがあった。そんな中で恐ろしい事件が一家を襲った。過労とストレスが極限に達した姉が母親を刺し殺してしまったのである。姉は病院に入院させられた。当時精神病患者は人格が認められず、動物のように虐待され、見世物の対象ですらあった。普通なら生涯をここで過ごすことになるのだが、姉思いのラムは父と叔母の死後、退院させて自ら世話をすることにした。いつ発作が再発するかもわからぬ姉の世話をしなければならないことが、ラムに独身生活を余儀なくさせた。ラムの作品が、弱い者に対して限りなく優し

01

02

01クライスツ・ホスピタルの所在地を示す銘板

02ギルトスパー・ストリートのウォッチ・ハウスにある記念碑

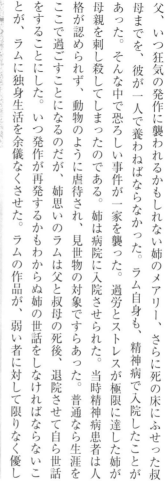

い目を向け、尽きることない愛情を示すのは、このような経験から生まれたものであろう。

酒と洒落が格好の息抜き

そんなラムにコウルリッジは深く同情したが、金銭に全く無頓着な彼は、時々ラムに経済的な援助を乞わねばならなかった。当時の文人には珍しくなかったが、友人のド・クインシー[*1]と同じく、コウルリッジもアヘンを飲みながら詩作していたのである。一方、ラムは酒飲みであった。「泥酔者の告白」はそのまま彼の経験談ではないといわれているが、大酒飲みであったことは事実で、例えばワーズワスを囲んでの友人たちの集いで、泥酔したラムが高邁な文学論を駄洒落と諧謔で混ぜ返し、爆笑を誘ったことが書かれている。いわゆる酒癖が悪いというわけではなかったらしいが、飲むと駄洒落が止まらなくなり、皆で別室に運んだというから重病であった。福原麟太郎氏は、ラムが命をかけての運命的負担に耐えられたのは、酒と洒落のお陰であると喝破している。

ラムは詩作への夢を捨てず、いくつかの作品に自作を入れてもらっていたが、友人のゴドウィン[*2]の勧めで、子供向けのシェイクスピアを書こうと思い立った。姉メアリーに何か生きがいをという切ない希望がそうさせたのであるが、この仕事は姉メアリーの名を文学史上に残すことになった。この中でラムが担当したのは悲劇だけで、あとは全てメアリーの筆になるものである。これに自信をつけたメアリーは『レスター先生の学校』の10話のうちの7話を執筆した。今日でも子供向けのシェイクスピアとして世界中

＊1　Thomas De Quincey (1785-1859) 文人、評論家で『アヘン吸飲者の告白』などを書いた。当時アヘンは合法であった。

＊2　William Godwin (1756-1836) 政治評論家、著作家。無政府主義の先駆者。

で読まれているこれらの作品は、病気でないときのメアリーが知性も判断力も卓抜な女性であることを示している。*3 ラムは東インド会社の仕事を続けながら、いくつかの雑誌に記事を書くようになった。「ホガースの天才と性格」（1811）、「シェイクスピアの悲劇」（1811）、「クライスツ・ホスピタルの思い出」（1813）などは、後年の美しい随筆の原型となった。しかし彼の名を広く知らしめたのは、1820年8月号の『ロンドン・マガジン』誌に載った「南海会社の思い出」と題する随筆であった。作者欄にはエリアと署名されていたが、これは彼が仕事上で知り合ったイタリア人の会社員の名前を拝借したものであった。この作品の評判が良かったために、『ロンドン・マガジン』はエリア氏に定期的な寄稿を求めた。結局、この連載は1823年の年末まで続いた。ラムは45歳になっていたが、自分の過去の経験と見聞に独特のユーモアと詩的な文章美を織りなした随筆は他人にまねのできない独特の文学となっていた。『ケンブリッジ版イギリス文学史』も「ラムの随筆は英語で一番優れたものであると言いたい」と述べて称賛を惜しま

*3 1834年、ラムが死んでからは、メアリーの病気は悪化し、ついに生涯回復することないまま1847年に死んだ。

03 エドモントンにあるラムの家

ない。

弱者に寄り添う優しさ

ラムの文学に一貫して流れる特質に弱き者、社会から忘れられた存在に対する温かい目がある。一つの例が『エリア随筆集』の中にある「煙突掃除人讃歌」である。そこにはスミスフィールドで開かれる夕食会の場面が描かれている。ホストはラムの友人ジェム・ホワイトで、ゲストは煙突掃除の子供たちである。あらかじめロンドンの煙突掃除の親方に招待状を出し、セント・バーソロミューの祝日に、日ごろパーティなどとは無縁の少年たちに精一杯のもてなしをしたのである。当時は未成年の労働は当たり前で、殊に煙突掃除は体の小さな少年の仕事とされていた。石炭暖房のために煙突はすぐにつまり、定期的な掃除が必要であったために、煙突小僧がいくらいても人手が足りなかった。そこで、子供を誘拐して、煙突掃除の親方に売り飛ばすといった事件が後を絶たなかった。有名なのは、行方不明になっていたモンタギュー家の御曹司が煙突小僧の中から見つかった事件であった。このような事情を憂いたラムが、友人ホワイトが生きていたころの慈善パーティを回想して綴ったのがこの作品である。

ラムのこのような啓発にもかかわらず、煙突小僧の悲劇は続き、未成年を煙突掃除人として雇用することを禁じた法律ができたのは、ラムの死後半世紀も後のことであった。

1825年に東インド会社を退職したラムは、その2年後ハートフォードシャーのエンフィールドに引退したが、間もなくロンドンが恋しくなって1833年にはエドモントンに移った。この年には『続エリア随筆集』が出版され、養女に迎えたエマ・イゾラの結婚という喜びを味わった。しかし、彼の健康はこのころから思わしくなく、エドモントンが彼の終《つい》の棲み家となった。彼の住んだ家は、現在「ラムの家」として残っている。今回訪れたときは、庭木がうっそうと茂って、玄関もよく見えないほどであった。1834年には親友コウルリッジが死に、12月には彼自身も後を追うように亡くなった。彼の遺体は近くのオール・セインツ教会に埋葬された。教会の中にはワーズワスによる碑文があるはずであるが、閉まっていて入れなかった。さればと墓地を探したが、昔の記憶は当てにならず、墓は見つからなかった。一旦街に出て人に聞いたが、住民は移民が多く、誰も19世紀の随筆家のことなど知ってはいなかった。それでもと気を取り直して再度墓地を歩いたら、突然記憶の隅に鉄柵があったことが思い出された。果せるかな、一番奥の鉄柵の中にラムの墓があった。そこには最愛の姉メアリーも一緒に眠っていた。

（石原孝哉）

04

04 ラムとメアリーの墓

25

機知溢れる小説家
——ジェイン・オースティン

　ジェイン・オースティンの小説に魅せられたファンにとっての「聖地」が二つ——オースティンが円熟した小説を書き上げた「チョートン・コテッジ（ジェイン・オースティン博物館）」と、永遠の眠りについた「ウィンチェスター大聖堂」である。どちらもハンプシャーにありロンドンのウォータールー駅からの列車で訪れることができる。

Jane Austen（1775-1817）小説家。中産階級の家族を舞台に、その結婚物語を描くと同時に、深い洞察と社会風刺の鋭さを伴っている。イギリスで最も読まれている作家の一人。

開花する才能——スティーブントンとチョートン

　1775年12月16日、ハンプシャーのスティーブントンで牧師の次女として生まれたジェイン・オースティンは、7歳の時に姉カサンドラと従姉のジェイン・クーパーとオックスフォードのコーリー夫人が経営する寄宿学校[*1]で受けた教育と10歳でレディングのアビー・スクールで受けた正規教育を合わせた約2年間を除いては、もっぱら家庭で教育をうけて育った。幸運にも500冊もの蔵書が整う書斎に入ることを許されたジェ

＊1　後にサウサンプトンに移る。

インは本好きな少女になり、この読書によって感じたときめきが物語を書くという才能を刺激したことは想像に難くない。さらに家族も親しんだ新しい小説形式の読み物は、近所の巡回図書館から借りて読むことで小説の場面や事柄に慣れ親しむようになる。そして、10代から書き始めた作品、『ジャックとアリス』や『愛と友情』などを3冊のノートにまとめながら書簡式小説を書いたことからも、スティーブントン時代に才能が開花はじめたことが感じられる。

しかし、ハンプシャーの自然に囲まれて創造する自己と、その中で気楽に過ごせる生活に大きな変化がおこる。父が決めたローマ時代からの温泉地バースへの引越しである。時代遅れの両親が娘の夫探しには適した土地だと判断したことを不愉快に感じながらも理解し、1801年、26歳の時にジェインはバースに引越すことになる。そして、シドニー・プレイス4番地での暮らしを皮切りに、数度の引っ越しを繰り返す中でバースの街や習俗に取り込まれていく。だが父の死後は、夏には兄弟を訪問し、冬はバースでの借家住まいを経て、1809年ハンプシャーのチョートンにあるコテッジで母や姉と一緒に新しい生活を始めるのである。

ジェインがバースで暮した期間は彼女の創作活動は沈黙したかのように静かになるが、父の死による精神的ダメージのために未完となる『ワトソン家の人々』を書いている。ジェインには心底馴染めない街ながらも、裕福な人々にとっては刺激的で華やかな街であったバースは彼女の創作舞台となり個性的な人物を生み出す場所でもあった。

スティーブントン時代に家庭で楽しんだ小説の読書会や豊かな読書経験で養われた文

学的素養は知的な会話にある事実を表現し、人物観察による人間性までも描き出す術へと繋がっていく。さらに、チョートン時代には、これまで書き溜めた小説を蘇らせ、バースでの喧噪に満ちた日常生活や社交界に集う人々が起こす事柄を織り込んだ内容にした。それらの出来事は、個性的なヒロインたちを成長させるきっかけとなり、あたかもジェインの心を映すような小説を誕生させることになる。

家庭生活の再現――チョートン・コテッジ

ジェインが人生の後半を暮らしたハンプシャーにあるチョートン・コテッジは「ジェイン・オースティン博物館[*2]」として保存され多くの来館者にジェインの姿を想わせる。

オールトンの駅からタクシーで5分、バスと徒歩でも20分位でジェイン・オースティン博物館の入り口に立てる。見上げるとジェインのシルエットが描かれた看板が目に留まる。

チョートン・コテッジはトマス・ナイト家の養子となった三兄エドワードが相続したナイト家の屋敷《チョートン・ハウス》の近くにあった別荘《コテッジ》で、ジェインの終《つい》の棲み家となった家だけに、ジェインの日常生活を想わせる雰囲気が漂っ

01 チョートン・コテッジ

＊2　博物館には、ジェインの誕生日を祝う特別企画がある。12月16日には入場料を無料にし、誰にでもお茶とお菓子を振る舞う。また、当時の衣装を着てダンスのワークショップを受けられるプログラムもある。『エマ』の中に「人々の日々の幸せは、日常生活のささいな事柄にかかっている」とあるが、その当時の日常生活を実感することによって、作品をより深く鑑賞できるようにとの配慮である。

ている。ジェイン・オースティンのファンたちは、家族にも気付かれないように執筆した時の小さなテーブルや朝一番に弾いたピアノフォルテが置かれた場所でジェインの満ちたりた生活を偲んでいる。また、遺品として、ドアが開けられる時の軋む音を合図に中断しながらも小説の一節を書いたというポータブルの書き物机があった。それは19歳の誕生日に父親から贈られた蝶番のついたマホガニー製の机で、予備の紙を挟むことができて、メガネやインク立ても入れられる使い勝手が良い机だったという。[*3]

ジェインの小説は、18世紀末から19世紀初頭のジェントリー階級社会に生きる女主人公たちの様々な恋愛と結婚までの紆余曲折を描いた物語である。「田舎の3、4家族の生活に起こる出来事を主題」にした物語に込めた手厳しい社会風刺や、知人を想わせる的確な人物描写が魅力となり、世界中のファンに読まれ、書物だけでなく映画やドラマでも楽しまれている。

ジェインの世界はスティーブントンで芽吹き、チョートンで開花したかのようである。ここチョートン・コテッジで対照的な性格の姉妹の結婚獲得物語である『分別と多感』や「金持ちの独身男性ならお嫁さん募集中に決まっているという、誰でも認める一般的な真理がある」という有名な書き出しで始まる『高慢と偏見』などが次々と出版された。[*4]

バースの社交社会が色濃く出ている『マンスフィールド・パーク』、ジョージ4世に献呈された『エマ』、『ノーサンガー・アビー』[*5]と合本として出版された『説得』に至るまで、ジェインの小説には読まずにいられなくなる数々の魅力がある。そこには人生の琴線にふれるような瞬間があるからに違いない。

*3 2001年まではオースティン家が所蔵していたが、甥によって大英図書館に寄贈され、マグナカルタのあるトレジャールームに展示されている。

*4 前者は『エイナとメアリアン』から、後者は『第一印象』から書き改められた。

*5 兄ヘンリーによって『スーザン』から解題されたもの。

永久の眠り――ウィンチェスター大聖堂

「妹の愛しい亡骸はウィンチェスターの聖堂に埋葬されることになりました――妹がたいへん誉め讃えていた建物に埋葬されることになる訳で、それを思えば私も満足です」と姉カサンドラの手紙にあるように、ジェインは1817年7月18日未明にカサンドラの腕に抱かれて静かにこの世を去り、7月24日木曜日の朝、大聖堂の身廊の北側に埋葬された。ウィンチェスター大聖堂の床の墓石に彫られた碑文にはキリスト教的美徳や美点が彫られているだけで女流作家としての業績や賞賛はない。お墓の横で出会う追悼碑と1900年に奉納されたステンドグラスが荘厳な大聖堂での安息を感じさせている。

オースティン博物館からウィンチェスターまではタクシーに乗ると約20分で着くので、ジェインが数週間治療のために住んでいたカレッジ・ストリート8番にある家を訪れた後で、大聖堂に息づく歴史の流れを感じるのも文学的な旅になるであろう。（佐藤郁子）

02 オースティンの追悼碑

26 情熱の詩人
――ジョージ・ゴードン・バイロン

George Gordon, Lord Byron（1788-1824）　イギリス・ロマン派の詩人。長編物語詩『チャイルド・ハロルドの巡礼』、諷刺詩『ドン・ジュアン』や多くの愛の抒情詩を残した。

悲しい歴史ハロー校

バイロンがハロー校に、入学したのは、1801年4月であった。それは教育熱心であった母キャサリンの希望でもあったが、1805年10月にケンブリッジのトリニティ・コレッジに入学するまでのハロー校での4年半は、バイロンにとっては、楽しいというよりは悲しくて辛い様々な思い出に溢れた思春期の日々であった。ハロー校での日々を懐かしく振り返りながら、自らの青春の思い出について書いた詩に、「ハロー遠望――村と学校をかなたに見て」がある。トリニティに入学後の1806年、つまりハロー校を卒業して1年もたたないうちに書いた作品である。

一緒にいたずらをした友人たち、耳を傾けた先生たちの教え、学校の裏にある教会の墓地の墓石に座りながら瞑想に耽ったこと、また、リア王などの役を演じて拍手喝采を得たことなど、楽しい青春の思い出が綴られている。そして詩の後半では、「色褪せることなく君たちの思い出が僕の胸に残っている」と友人たちへの熱い思いが素直に語られている。バイロンのハロー校での生活を描いたこの作品を読むと、大体は楽しい思い出に溢れた青春の日々という印象を受けてしまう。

しかし、少年バイロンにとって学校生活は、すべてが楽しいものではなかったようである。

ハロー校でバイロンが特に嫌ったのは、厳しい学校の規則であった。生来の自由人であったバイロンからすれば、それは一方的な押し付けのようなものであった。校長のドクター・ドルアリーは、バイロンの良き理解者であったが、後任のドクター・バトラーに対してはその排斥運動に奔走した。これも後年のバイロンの政治的熱狂の兆しであろうが、このようなバイロンの気性の激しさは、学内でけんかに強いことを認めていた彼自身の言葉にも象徴され、バイロンは弱い者いじめを許さない正義感の強い青年へと成長していった。

さらにハロー校時代のバイロンには、悲しい恋の思い出があった。一つは、1802年、従姉のマーガレット・パーカーの夭折であった。ハロー校入学以前に仄《ほの》かな恋心を抱いていた少女の死は、少年バイロンに深い悲しみを与えた。そしてもう一つは、翌年の1803年の夏休みに味わった、隣家の遠い親戚のメアリー・アン・チョワースへの片思いであった。彼女の美しさに魅了されたバイロンは、しばらく彼女と交際したが、自分の足の不自由さに彼女が言及したのを伝え聞いて、彼女との恋に絶望していた。バイロンが愛したメアリーは彼の純粋な愛に応えることもなく、彼女との恋の終わりは、

01

01 ニューステッド・アビー西正面

少年バイロンに深い傷みをもたらしたのだった。

詩人のバイロンが先祖代々の館ニューステッド・アビーを継いだのは、1798年、わずか10歳の時であった。元々ニューステッド・アビーは、1170年頃に創建された修道院であったが、その後1536年にヘンリー8世によって修道院の解体が命じられると、イギリスの800以上ものカトリックの修道院が解体されたり、イングランド国教会の教会として改編されたりした。ニューステッド・アビーも解体され、1540年にコルウィックのジョン・バイロン卿が、ヘンリー8世から800ポンドで修道院や屋敷を購入し、バイロン家の居城としていた。その後1817年に売却されるまで、280年近くバイロン家の代々の屋敷であった。[*1]

しかし、バイロンがこの由緒ある屋敷に移る10年頃前には、第5代の「邪悪な」[*2]バイロン卿がひどい贅沢な暮らしぶりの浪費家であったため、代々のバイロン卿が揃えた家具や銀製品、

*1 ニューステッド・アビー案内書、ノッティンガム市立博物館

*2 ウィリアム・バイロンは、ロンドンの居酒屋での決闘でいとこのウィリアム・チョワースを剣で殺し、そして後にその剣をニューステッド・アビーの寝室の壁に飾っていた。

そして多くの絵画は借金のために放出していた。そのため、1807年に第6代バイロン卿として移った時には、ほとんど高価なものは何もなかったと言われている。バイロンがこの屋敷に暮らしていたのは、わずか6年程であった。この時期のバイロンの財政状態は、屋敷の修理もあまりできない程であったが、彼自身はここを愛し、「ニューステッド・アビーの庭の楢《オーク》の木に寄せて」という詩を書いている。

バイロンは大伯父から屋敷を受け継いでから間もなく、11歳頃に楢の木を植えていた。一族の繁栄を願い、誇り高きバイロン家の当主となった自らの証しとして植えていたのであろう。しかし、バイロンが成年になるまでこの館を借りていた、第19代グレイ・ド・ルーシン男爵は、この木の手入れをほとんどしなかったため、バイロンが館に戻った時には、枯れかかっていた。このことについては、この詩の冒頭でバイロン自身が説明している。

その後、異母姉オーガスタ・リーとの関係で疑惑を持たれたバイロンは、1816年4

02 ニューステッド・アビーの庭園

月25日にドーヴァーから出帆して二度と祖国に戻ることはなかった。そして、この木に自らの成長と繁栄を託したバイロンは、ヴェニスに移り住んでいた1817年4月、ハロー校時代の友人、トマス・ワイルドマンにニューステッド・アビーを売却していたのだった。

この楢の木は、バイロンがギリシャのミソロンギで亡くなってからも90年以上も雨風に耐えたが、1918年に枯れてしまった。しかし、この木の切り株のそばには、バイロン生誕200年を記念して、1988年に、バイロンの子孫であるリットン伯爵によって植えられた楢の木があり、「バイロンの楢の木」の二代目として、今でも屋敷を訪れる人々の目を惹いている。

（高野正夫）

コラム 6

バイロンの館

その「スインフォード・パドックス」というレストランにケンブリッジ界隈の住民は事あるごとに通った。

薄桃色の春霞にさそわれて、いつまでも暮れぬ夏の夕べ、黄紅葉の豪華な秋、或はイルミネーション輝くクリスマス・イヴに。

館はサラブレッド馬の産地ニューマーケット市から6マイル南下した鄙びたヴィレッジ「シックスマイルボトム」に位置している。一軒のパブと馬主たちの住む豪壮な邸宅の並ぶ小さなヴィレッジだ。

我々はその白亜のレストランを「バイロンの館」と呼んだ。門を入ると左手に門衛の家があり、綺麗に刈られた芝生を大きく右に廻ると突如目前に白漆喰の優雅な邸宅が現れる。天を突く泰山木に覆われた重い木の扉を開けた玄関ホールにはパチパチ音をたてて暖炉が燃えその前にレッド・セッターが横たわっている。吹き抜けの高い天井に向かってオークのらせん階段が伸びているその壁面一杯にバイロン・娘・オーガスタ3名の絵が飾られていて闖入者の眼を釘付けにする。

人の噂も75日と言われるが世を騒がせたスキャンダルから2世紀過ぎようと大詩人に関する興味と詮索は消えぬらしい。

バイロンと5歳違いの異母姉オーガスタは、従兄のリー大佐と結婚し3人の

レストラン「バイロンの館」

オーガスタ・リー

子供に恵まれた。しかし競馬狂の夫の遊蕩と暴力に虐待される寂しい身の上であった。感じ易い弟はこの館をしばしば訪れ、数千エーカーに及ぶ庭園や厩舎を姉・姪・甥たちと散策しては談笑し、憂いを慰め合った。若い美男美女が慕いあい恋に陥るのになんの不思議があろう。

　裏庭の円形パドックスの傍に今でも大きな楢《オーク》の切り株が残っており「この木の下でバイロンは詩作した」と立て札がある。

　人の世の掟と神の掟は　白と黒
　まったく相反するもの

とうたったバイロンである。

　ハロー校からケンブリッジのトリニティ・コレッジとバイロンはエリートコースを歩いた。トリニティのレン図書館には等身大の白無垢立像が建っている。年間500ポンドの裕福な学資が与えられ、従僕一人、駿馬一頭があてがわれた学生生活であった。

　カム川を下ったグランチェスターの流れに今も「バイロン・プール」と看板が揚げられている。生まれながらの蝦足の障害を持つバイロンは泳ぎの名手だったという。足の不自由を忘れてのびのびと泳ぎ回ったことと微笑まれる。またその近くには「バイロン・パブ」がありアルコールよりレモネードを好んだような詩人がパブ名になっているのが可笑しい。

　両親と住んだことのあるノッティンガムには「バイロン・ビンゴ」さえあるそうだ。

（滝　珠子）

27 旅の途上のアット・ホーム
——パーシー・ビッシュ・シェリー

　親の資産に胡坐《あぐら》をかいて、はなから仕事に就く気もなく、オックスフォード大学在学中、ヨーロッパ全土に隆盛した革命気運とリベラリズム・リヴァイヴァルに触発されて、『無神論の必要』を出版して放校となり、パブの娘と駆け落ち、新婚旅行気分のエディンバラで散財し、金がなくなったからすぐ送れと催促。事態の深刻さを知った父親が怒り心頭に発して勘当扱い。それが学友からも身内からも疎外された孤独な19歳のシェリー像である。

　ヨークに南下すると、彼は、新妻ハリエット、その妹イライザ、一緒に退学した学友ホッグの4人からなる共同生活を始めるが、ホッグの新妻への横恋慕から、一行はホッグ抜きで遠戚の住む湖水地方の北端ケジックへ移る。しかし、そこでロバート・サウジーに出逢ったことは、反面教師として、シェリー自身のその後の使命と役割を自覚させる契機となった。革命論者から保守主義者へと変わり果てたサウジーへの失望を埋め

Percy Bysshe Shelley (1792-1822)　サセックスで準男爵の長男として生まれ、30歳のとき、イタリアの海でヨット航行中溺死した。「冬来たりなば春遠からじ」と謳ったロマン派詩人。代表作に詩劇『縛めを解かれたプロメテウス』、哀歌『アドネイス』、評論『詩の擁護』などがある。

合わせたのがウィリアム・ゴドウィン[*1]であった。彼のイギリス急進思想書は、すでに進軍ラッパとしての役割を果たし終えてはいたが、彼が未だ存命中であることをシェリーが知ったのは、このケジック滞在中のことである。以来、ゴドウィンはシェリーのラディカルな思想とそれに殉ずる生き方の心の師となった。

『アイルランド人民への辞』の草稿がケジック滞在中に練られていたという事実は、シェリー一行の次のアイルランド旅行が単なる物見遊山の旅ではなかったことを物語っている。全土の9割以上を所有するイギリス系アイルランド人によるプロテスタント支配の政策でカトリック教徒が抑圧されているアイルランドの現状を、彼はすでに把握していた。抑圧からの解放を促す改革理論の啓蒙が旅の第一目的ではあったが、それは武力や暴動に訴えるのではなく、叡知と徳行こそが全行動の根本理念でなくてはならないとする、人間性の向上と人格形成こそ社会改革の要諦であることを説くパンフレットであった。[*2]

ダブリンでは、現地で印刷したパンフレットを送付、配布し、地元紙に広告を掲載したほか、「アイルランド・カトリック教徒総会」にも出席して講演までし、「連合法」に基づくイングランドのアイルランド政策と宗教に対する不寛容な姿勢を非難した後、持論の改革論を展開している。これを聴いた主催者側のカトリック教徒協会は、シェリーの理論は夢想の域を出ないとして取り合わなかった。資産家の道楽息子の訴える戯言に一体誰が耳目をそばだてるというのか。

北ウェールズのホリヘッド港では、先に送った教師エリザベス・ヒッチャー宛の、パ

＊1 William Godwin 158ページ参照。

＊2 これを携えて、一行がホワイトヘイヴンからマン島経由でアイルランド北部に渡り、そこからダブリンに至ったのは1812年2月12日の夜であった。

ンフレットの残部などが入った荷物が、すでに開封され検閲されていた。しかし、真夜中に到着したシェリー一行には知らされなかった。シェリーのアイルランドでの8週間足らずの反体制活動は、すでに当局の知るところとなっていたのである。

ホリヘッドからその日その日の宿を重ねながらウェールズを南下し、師の小説にゆかりあるフリードウッドを経て、すでに前年訪れた南ウェールズのラヤダーで足を止める。そこのナンティルト地区に居を構え、師と仰ぐゴドウィンとその家族や自分のよき理解者、30歳のヒッチャー女史とその父親をこの地に迎え、共同生活を営みたいと計画していたふしがあり、事実彼らには頻繁に手紙を送る一方、全員が生活するに十分な広さの邸宅を見つけていた。家主の法外な敷金の要求やその購入資金の拠出を父親が拒まなかったら、おそらく、シェリーは、そこに理想とする共同家族を実現させていたかもしれない。[*3]

ちょうどその頃、ロンドンの一書籍商が急進的出版物、トマス・ペインの『理性の時代』[*4]を出したかどで、曝し台と18カ月の禁固刑を宣告されている。この事件はシェリーを委縮させるどころか、彼の「出版の自由」への意識を高めたが、反政府活動に苛立つ当局の監視が自分たちの身辺にも迫り、明日は我が身であること、そして、所詮のどかな定住も共同生活もプロパガンディストには無縁であることを、自覚せざるを得なくなっていた。

近辺のクォン・エランに在住する従兄の世話に与りながらも、師の勧めるウェールズ東南端のチェプストウを当て込んで、当地を離れたのは6月初頭。しかし期待していた

＊3　実際、当時出された婚姻証明書の世帯主の職業欄には「ファーマー」と記入されていたという。

＊4　Thomas Paine (1737-1809) イングランドからアメリカへ移住。政治問題論説家。フランス革命と共和制を支持し、君主制のイングランドから追放され、フランスへ渡るが、恐怖政治を批判したかどで投獄され、獄中出版された『理性の時代』で無神論者とみなされるようになった。

別荘は狭すぎるばかりか未完成で、急遽予定を変更し、イングランド南西部のデヴォンシャー、イルフラコウムを目指すことになる。つかの間のアット・ホームの地リンマス村に出逢うのは、その旅の途上の出来事であった。ブリストル海峡沿いの切り立つ岸壁にナイフでえぐったような山懐の小漁村にシェリー一行はどのように辿り着いたのだろうか。

やにわに眼前を領した絶景に息をのんで立ちすくみ、長旅の疲れを癒したのは、ウォチャットの先から人目を避けて進んだ岸壁沿いの山道が左手に折れる岬に差し掛かった時であった。その時の彼らの昂ぶりを代弁するかのように、伝記作家エドワード・ダウデンはこう伝えている。「……葉の生い茂るサマーセットの細道を抜けて、北デヴォンの海岸線に出たのであろう。徒歩だったり馬の背に委ねたりで、切り立つ山道——当時としてはほとんど道路とは言えない小道——を南下するうち、その小道がカンティスベリからやにわに西方に落ち込み、そのまま海へと引き込まれて行くあたりで、彼ら

01

02

01 リンマス村の高台から撮った海岸沿い風景
02 埠頭から見たリンマス村の海岸沿い

03 シェリーが多数のメッセージ入りの壜を投下したというブリストル海峡。

は前方、眼下におとぎの国のような風景を目にした――リトル・リンマスである。当時は30戸ほどのコテッジが、薔薇《バラ》やギンバイカに覆われて、入り江の山懐に半ば埋もれるように寄り添っていた。十分であった。どうしてこれ以上さすらう必要があろうか、これらの麦わら葺き屋根のコテッジの1軒が、幸運にも自分たちの家になるのなら」。

リンマス村のシェリーを語るとき、すでに神話化されている「壜詰めのメッセージ」事件の出所となった一地方役人の「報告書」に触れておく必要がある。女の見張り付きで彼が沖に出て、複数の壜を海に投げ入れたというのだ。1812年8月20日付の国務大臣シドマス卿宛の「報告書」によれば、「ミスター・シェリーはボートで陸地からほど遠からぬ沖に出て、幾本かの壜を海中に投下していますが、その姿が頻繁に目撃されています。……後で、浜辺に打ち上げられたものを拾って割って見たところ、中から扇動的な文書が出てまいりました」。3週間後の2通目の「報告書」の主題は別の小事件についてであった。地元のある男が見知らぬ男から5シリングの報酬で「権利宣言」なるビラを町に配布し壁に張るよう依頼された。雇い主の男の名前はシェリー、リンマス村の「フーパーズ・ロッジ」に滞在中で、夥しい数の書簡を発送している、といった内容であった。しかし9月初め、役人が訪れたときには、ロッジはもぬけの殻で、夥しい量の書類が散乱していた。ほどなく彼らの姿が目撃されたのは、投げた壜が漂い着くことを願っていた南ウェールズの労働者の町スウォンジーであったという。

リンマス村でのひと夏を回顧するとき、短い生涯のシェリーにとって、そこはつかの間のアット・ホームであったように思われる。そことて自前のベッドではない。生涯を通じて夥しい数の通信文のうち、大学放校後からここまでの発信地だけでも、長短期の差はあるものの、ゆうに14地域を超えている。ときに土着への気配はあったものの、この転地傾向はその後も変わらない。イタリア渡航後も8地区に及んでいる。安住の地を求めての彷徨というよりも、その地から自分を消そうとする逃亡に近い。ダウデンは彼を「逃亡者」と呼んでいる。その日辿り着いた地でその日の宿を探すのが当時の習慣であったのかもしれないが、シェリーには生涯自前のベッドなどなかった。何処まで行っても故郷に辿り着けず、道の途上だけが自己を現前させ得る場であったという意味で、シェリーは本質的に旅人であった。そうであったとすれば、それまでの共同体の羈絆《きはん》を放棄して自分に合流するよう勧誘された妻や友や師は、危うい稜線を歩く彼の旅の、安息の道連れではなかったか。

（伊澤東一）

28 薄幸の天才
——ジョン・キーツ

キーツの人生と縁の地

理想美を追求しながらも25歳4カ月という若さで夭折した詩人ジョン・キーツは、ロンドンのシティーで誕生した。この地域は、12～17世紀ごろまでセント・メアリー・ル・ボウ教会から時を告げる鐘の音が響き渡り、この鐘の音が聞こえる地域で生まれたものは、ロンドン子を意味するコクニーと呼ばれていた。キーツも一部の評論家から軽蔑的に「コクニー詩派」などと呼ばれていたこともあった。しかし、彼の作品や書簡から読み取れる深い人生観や理想美追求の使命感は、20代前半の若者とは思えないほど成熟に向かっており、現代では抒情詩に関してはシェイクスピアに匹敵すると言われるほどの評価を受け、イギリス・ロマン派を代表する詩人として名を残している。

１８０３年、キーツは弟のジョージとエンフィールドにある全寮制のクラーク学院に入学し、図書に囲まれながら世界中の文学作品を読みあさるなど充実した生活を送って

John Keats（1795-1821）イギリス・ロマン主義を代表する詩人。結核を患い短命であったため、詩作活動はわずか3年ほどの期間しかなかったが、美を詩想の核心に置いた数々の傑作を残した。

いた。学業でもラテン語で院長賞を獲得し、フランス語も話せるほど優秀だったという。また、この学院があったエンフィールドは、美しい田園風景が広がっていて、少年キーツの詩的想像力を育む上でも重要な役割を果たしていた。キーツは23歳の時に友人とスコットランドへ旅に出て、「僕自身の歌」という詩を書いた。「いたずらっ子がいました」で始まるこの作品には、クラーク学院時代の田園美に囲まれて活発だった頃の記憶が反映されているように思われる。

しかし、この充実した生活も長くは続かなかった。1804年、父親が落馬事故により他界してしまったのだ。母親はすぐに再婚したがうまくいかず離婚し、翌年には祖父が亡くなった。その母親もキーツが15歳の時に結核で亡くなった。1802年に弟のエドワード、04年に父、05年に祖父、10年に母、18年に弟のトムと度重なる肉親の死によってキーツの人生は苦難の道を辿ることになる。

1811年にクラーク学院を退学したキーツは、トマス・ハモンド医師のもとで5年間医学を学ぶ傍ら、詩作にも励んでいた。ハモンド医師の家はクラーク学院があったエンフィールドから数キロ南の自然豊かなエドモントンにあり、休日にはクラーク学院の図書館を利用して、さまざまな文学作品を読みあさっていた。スペンサーの『祝婚歌』や『妖精の女王』などがお気に入りだったらしく、キーツが初めて書いた詩は『スペンサーにならいて』という作品で、自然美を絵画的に歌い上げている。後に、キーツは医師の試験に合格して開業免許状を得たが、一方でリー・ハント[*1]編集の『エグザミナー』を熟読し、文学への関心を持ち続け、最終的に詩人の道を歩むことになる。

＊1 Leigh Hunt (1784-1859) イギリスの詩人、ジャーナリスト、批評家。キーツの詩人としての人生に大きな影響を与えた『エグザミナー』(*The Examiner*)を創刊・編集した。『エグザミナー』は文学だけではなく政治社会問題も扱っており、国内の改革には急進的立場をとり、保守派の体制には批判的であった。ハントはこの雑誌で摂政に就いた皇太子を非難する記事を書いたため、実刑2年・罰金500ポンドに処せられた。

01キーツ・ハウス

1815年、キーツはロンドンのサザックにあるガイ医学校へ入学する。サザックはかつて劇場や居酒屋などが軒を連ねる歓楽街だったが17世紀ごろから衰えていった。この場所には、今まで暮らしていたエンフィールドやエドモントンのような自然美はなく、陰鬱な建造物が立ち並んでいた。この時のキーツの心情は「おお孤独よ！　おまえといっしょにいなくてはならないなら」というソネットから読み取れる。この環境の落差が、理想美への探求心を一層深めるきっかけの一つになったのかもしれない。この時代の講義ノートはハムステッドのキーツ記念館で見ることができる。ノートの余白には講義とは無関係の植物の絵などが描かれているので、ガイ医学校時代は医学に集中できていなかったようだ。

幼いころから度重なる肉親の死を経験し、一方で、医学生として苦しむ患者の姿を数多く見てきたためか、キーツの作品には不幸な地上界と幸福な天上界という図式がよく見受けられる。長編物語詩『エンディミオン』もその一つであり、悲哀に満ちたこの世で心の安らぎを得るための心構えが示されている。この『エンディミオン』の執筆が開始された1817年も、キーツにとって大きな人生の岐路となった。3月3日に処女詩集が出版されると、二人の弟ジョージとトムと共に、ハムステッドのウェル・ウォークへ転居し、わずかな間だが家庭的な生活を楽しむことができた。春にはワイト島へ旅立ち、詩的想像力が刺激され、『エンディミオン』第1巻と第2巻の創作に着手することになる。また、友人ブラウンとディルクに出会ったのもこの年であった。弟のジョージは後にアメリカへ移住することになるが、トムはこの時すでに結核を患っていたらしい。

ロンドン北部に位置する高級住宅街ハムステッドにキーツの博物館がある。キーツ・ハウスと呼ばれている白い邸宅は1816年に建設され、外見は一軒の邸宅に見えるが、内部は2世帯が暮らせるように仕切られていた。当時はその邸宅に友人のブラウンとディルクが暮らしており、ディルクはその一部をキーツの恋人となるファニー・ブローンの家族に貸すことになる。そのおかげで、1818年8月、キーツはファニーと運命的な出会いを果たすことになった。*2 ファニーはお

02 シェリー・キーツ博物館にあるシェリーの写真

＊2 キーツとファニーの恋物語はジェイン・カンピオン監督の映画『ブライト・スター』で描かれている。映画の題名にもなっているソネットの『ブライト・スター』は キーツが療養のためローマへ向かう途中の船の中で、星空を眺めながらファニーのことを想って歌った詩である。おそらくもう二度と彼女に会うことはできないと悟っていたように思われる。輝く星に思いを馳せながらも、ファニーという地上の安らぎを求めていたキーツの最後のソネットとなった。ファニーもキーツを想って自分の本にこのソネットを書き写している。

03 シェリー・キーツ博物館

しゃれが大好だったらしく、今では自作の洋服の複製品がそこに飾られている。友人のブラウンがキーツにこの邸宅に転居するよう働きかけたおかげで、キーツはファニーと隣同士、一つ屋根の下で暮らすことになった。

この邸宅の庭にはキーツが気に入っていたプラムの木があり、ある日、この木に一羽の鳥がとまった。１８１８年12月１日に結核を患っていた弟のトムが死亡し、心身ともに打ちのめされてふさぎ込んでいたキーツは、憂鬱な思いから解放されて自由に飛び回りたいという願望をその鳥に重ね合わせたのだろう。１８１９年の春、代表作のオード「小夜啼鳥に寄せて」がここで創作された。今は当時と同じ場所にプラムの木が植えられている。

ファニーと幸せな人生を歩もうとしていたキーツに、またも不幸が訪れる。１８２０年、以前から兆候があらわれていた結核が悪化し、2月に寝室のベッドで吐血してしまった。医学生だったキーツはその血の色を見て、自分の命が長くないことを悟る。9月に医師の勧めで療養のためにローマへ向かうことになるが、それはファニーとの永遠の別れを意味していた。そして１８２１年2月にスペイン階段のそばの家で、友人の画家セヴァンに看取られながらキーツは息を引き取った。ここは現在「シェリー・キーツ博物館」として一般に公開されている。

キーツの墓石には遺言通り「その名を水に刻まれしもの、ここに眠る」[*3]と刻まれた。現在、ローマにあるキーツの墓石の隣には、キーツの最期を看取った画家セヴァンの墓がある。また、ウェストミンスター寺院の「ポエッツ・コーナー」の一角にはキーツの墓碑が並んでいる。

（濱口真木）

＊3　キーツの墓標には "Here lies one whose name was writ in water" と刻まれている。

第V部

19世紀後半・ヴィクトリア女王の時代

29

大英帝国を代表する言論人
——トマス・カーライル

Thomas Carlyle（1795-1881）スコットランド生まれの歴史家、評論家、思想家。ドイツ文学、ドイツ哲学に傾倒しゲーテとの親交もあり、往復書簡を残している。代表作に『衣装哲学』『フランス革命』『英雄および英雄崇拝』などがある。明治時代の作家や思想家たちにも大きな影響を与えた。

エクレフェカン

アイリッシュ海の入り江ソルウェイ湾にグレトナ・グリーンという村がある。イングランドとスコットランドの国境に位置する駆け落ちの村として有名である[*1]。そしてこの村の北10キロメートルほどのところにエクレフェカンという小さな村がある。ここがトマス・カーライルの生まれた村である。ついでながら、グレトナ・グリーンから南に10キロメートルほど下ったところに日本語表記では同じカーライルという名前の街がある[*2]。こちらはイングランドのカンブリアの首都で、ローマ人が築いたハドリアヌスの長城で知られている。

エクレフェカンの村に入り、ハイ・ストリートを北に向かってゆくと、水路をはさんだ左手の小道に沿って建てられた二階建ての白い漆喰壁の家が見える。建物の真ん中がくりぬかれたようにアーチ状になっていることから、アーチト・ハウスと呼ばれている。

＊1　1753年、イングランドでは結婚は21歳以上で、親の同意が必要であると定められた。一方スコットランドでは男子は14歳、女子は12歳で結婚でき、しかも親の承諾は必要がなかった。また宣誓も、必ずしも聖職

訪れた時には小さな車がまるで置物のように停められていたが、昔はおそらく馬車が通り抜けて家の裏庭との出入りに使われていたのだろう。石工の父と叔父が建てたもので、18世紀スコットランドの典型的な民家の例であるという。カーライルは1795年、長男としてこの家に生まれた。

石工の父親は非常に厳格な清教徒で、当時の父親の例に違わず、気むずかしくて頑固だったが、母親はやさしく穏やかな女性だった。カーライルの教育はこの両親によって始められた。5歳から9歳まで地元の学校に通い、9歳から13歳まではエクレフェカンの南8キロメートルほどのところにあるアナン・アカデミーに通った。当時はおそらく徒歩で通ったのであろう。数学の才能を見せ、幾何学や代数学を学び、ギリシャ語、フランス語、ラテン語の基礎を十分に身につけた。早熟な子どもだったようで、教師たちの中にある狭量な衒学者的な一面を見通していたという。

アナン・アカデミーを終えると14歳になる直前の1809年11月、エディンバラ大学に入学した。聖職者になるのが目的であった。エクレフェカンからエディンバラまで100マイルつまり160キロメートル近くの道のりを歩いて行ったという。だが

01 カーライルの生家

者でなくてもよく、地元の鍛冶屋が執り行っていた。このため何千組ものカップルがここで結婚した。現在でも結婚式の聖地として人気がある。

*2 英語表記はCarlisle

たとえそれほどの距離を歩いていこうと、大学に行けるということは、当時とすればまさに名誉であって、決して哀れむことではなかった。さらにそこに、スコットランド人であるカーライルの不屈で妥協を許さぬ精神力を見ることもできる。厳格な父親の性格をそのまま受けついだのであろう。大学では読書に明け暮れ、教室で学ぶことは少なかったという。学位を取らずに中退した。

カーライルの生家を出てハイ・ストリートを進んでいき、バーンバンク・ストリートに入りさらに進むとＢ７０７６との突き当たりの右手のグリーンの中に、小高い丘の上からエクレフェカンの村をじっと眺めているカーライルの座像がある。カーライルの像を照らす夕方の光は、この思想家の尊厳をひときわ高めているかのようであった。

エクレフェカンという風変わりな地名はゲール語の「小さな教会」ないしは7世紀のアイルランドの聖人であるセント・フェチャンからとられた「フェチャンの教会」という意味だという。そのセント・フェチャンズ教会がこの地にあったのだが、17世紀に取り壊され今は跡地が墓地となって残るだけである。今はホドム教会と呼ばれる赤い石造りの教区教会が建ち、跡地の片隅には故郷に戻ったカーライルが静かに眠っている。故郷への埋葬はカーライルの願いであった。

02 エクレフェカンのカーライル像

クレイゲンパトック

カーライルは1826年ジェイン・ウェルシュという女性と結婚している。外科医の娘で才色兼備、聡明で皮肉をきかせるところのある女性だったという。知人の紹介ではあったが、知性は別としても野暮ったい印象のカーライルに対して関心を示すことはなかった。だが、手紙のやりとりが始まると理解が深まり結婚に至った。カーライルにとってジェインの承諾はまるで夢の中の出来事のように思われた。二人の新居はエディンバラのカムリー・バンクだった。2年後、ジェインが相続したウェルシュ家の農場に移る。クレイゲンパトックという名前の村で、エクレフェカンのおよそ50キロメートルほど西に位置する人里離れた文字通りの寒村である。ここで代表作『衣装哲学』の原稿を書き上げ雑誌に発表したが出版社には酷評された。本の形で出版されたのは4年後で、それもニューヨークにおいてであった。彼の真価をまず最初に認めてくれたのはアメリカだったのである。

03 クレイゲンパトック

このクレイゲンパトック時代にはまた、アメリカの詩人エマソンが訪ねてきている。ジョン・ステュアート・ミルの紹介だったという。カーライルはエマソンに大きな影響を与え、以後手紙のやりとりを続けた。一方カーライルはドイツ文学、特に文豪ゲーテからは大きな影響を受けており、ゲーテ論を書いたおかげでゲーテとの手紙のやりとりも始まっている。カーライルにとっては実りの多い時代だったようだが、妻ジェインは軒先に巣をかけたツバメに託して自分の心境をこう歌っている。

おまえが大好き
だっておまえは人生を上手に生きているから
なのに私は——ああ、自分がどう生きているのか尋ねないで
私もそんなふうに生きられたらいいのに

ロンドン

クレイゲンパトックに住んでいたカーライルは1834年にロンドンでの生活を決心する。住所はチェルシー地区のチェイニー・ロウ5番地だった。

ロンドンに暮らし始めても頑固一徹さは相変わらずだった。『タイムズ』からの仕事もジャーナリズムに与しないという信念からこれを拒否し、『フランス革命』の仕事を始めた。有名なエピソードがある。第一巻目を書き上げジョン・ステュアート・ミルにその手書き原稿を手渡した。ミルはお雇いの家政婦にそれを預けると、家政婦は紙くず

04 ロンドンのカーライル・ハウス

と思って燃やしてしまったという。だがカーライルは持ち前の精神力でそれを書き直した。そして3年後には出版されたのである。

　カーライルが住んだこの家は、今ではナショナル・トラストの所有となって一般に公開されている。テムズ川の「河岸端《かしっぱた》」＊3 チェイニー・ウォークを進み、アルバート・ブリッジの少し手前を右に曲がるとチェイニー・ロウに入る。現在の住所は24番地である。建物の壁にカーライルのレリーフがついているので、すぐにそれと分かる。夏目漱石がロンドン留学時代に訪れ、訪問者名簿には「はなはだ見苦しい字」で書かれた「キンノスケ・ナツメ」のサインが残っている。遠慮がちではあるがかすかな優越感を感じて書いている通り、日本人としては初めての訪問客のサインであったことは間違いないであろう。

　カーライルは「チェルシーの哲人《セイジ・オヴ・チェルシー》」として多くの著名人の訪問を受け、ヴィクトリア女王に謁見し、1881年に亡くなるまでここに暮らした。

（市川　仁）

＊3　漱石の「カーライル博物館」の中の一節。カーライルの思想は内村鑑三、新渡戸稲造などを通じて日本にも多大な影響を与えた。

30 貴族になった国民詩人
——アルフレッド・テニソン

貴族《ロード》で詩人になったのはバイロンであるが、詩人で貴族になったのが、アルフレッド・テニソンである。１８５０年桂冠詩人ワーズワスが亡くなり、後任には、最初サミュエル・ロジャーズが挙げられたが、彼が老齢ゆえに辞退したので、紆余曲折の末、41歳のテニソンが桂冠詩人という名誉ある地位に推薦された。正式に任命されたのは11月19日で、彼の在職期間は１８９２年に亡くなるまで42年間で、桂冠詩人[*1]としては最も長い。

テニソンの父はリンカーン教区牧師で、詩人はサマーズビーの牧師館で生まれ、28歳で村を離れるまでここにいた。兄弟は12人いて、4男であった。長男のジョージは幼い頃に亡くなり、フレデリックとチャールズの2人の兄がいた。兄たちは詩の素質があり、幼いアルフレッドの指導者であった。アルフレッドは地元のグラマー・スクールに入ったが、わずか4年で退学し、父に就いて家庭で学習した。

Lord Alfred Tennyson (1805-92)　ヴィクトリア朝最大の詩人。代表作は『イン・メモリアム』『イノック・アーデン』『国王牧歌』など。キーツの繊細な叙情と技巧を受けつぎ、音楽性に富む洗練された英語の韻律を駆使した詩人である。

＊1　王室付き詩人として年俸を支給される。前任者が死亡すると、首相の推薦によって任命される終身職である。王室の慶祝葬祭などに際して詩を作るのがその職務であるが、現在は任意になっている。

現在、リンカーン大聖堂前の芝生にはテニソンの銅像が立っている。また、アッシャー・ギャラリーの展示室には、テニソンの肖像画、書簡、原稿などの遺品が陳列されている。リンカーン大聖堂には大憲章《マグナ・カルタ》[*2]の原文の写しが1通ある。マグナ・カルタは、他に大英図書館に2通、ソールズベリー大聖堂に1通、計4通だけが残されている。

テニソンは詩才のある兄チャールズとともにケンブリッジのトリニティ・コレッジに入った。[*3] テニソンは在学中、「使徒会《アポストルズ》」という学生サークルでアーサー・ハラムと知り合った。ハラムはテニソンの妹エミリーと婚約したが、大陸旅行中ウイーンで急死する。テニソンはこの後、10年以上この衝撃から立ち直れず、1850年やっとの思いで『イン・メモリアム』を書き上げることができた。この詩集にはサマーズビーの村の生活や自然、牧師館の思い出など詩人の心情を反映する美しい描写がある。『イン・メモリアム』は、ミルトンの「リシダス」、シェリーの『アドネイス』とともに英文学における三大哀歌《エレジー》の一つと言われる。

その後28歳で、サマーズビーを出たテニソンはイングランドを転々とし、エッピング・フォレスト、タンブリッジ・ウェルズ、ボクスリーにも滞在した。

01 サマーズビーのテニソンの生家

*2 ジョン王が1215年6月15日、反乱貴族たちに強要されて署名した63カ条にわたる宣言書。「権利の請願」（1628）、「権利章典」（1689）とともにイギリス憲政史上の三大基本文書。

*3 トリニティ・コレッジのホールにはテニソンの彫像がある。

エッピング・フォレストでは、兄チャールズの妻の妹エミリーを見染めて１８３２年、婚約している。

１８４２年『テニソン詩集』全2巻が発行され、大好評を博した。わが国でもよく知られている「砕けよ、砕け、砕け散れ、／おまえの冷たい灰色の岩の上で。おお海よ！」[*4]が含まれている。

テニソンは１８５０年6月13日、13年間も待たせていたエミリーとやっと結婚することができた。二人の男子にも恵まれ、住居もワイト島に移した。

グレイト・ブリテン島の足元にある小さな島、それがワイト島である。ワイト島は温暖で、美しい白い絶壁があり、草ぶき屋根の村落も残っている。本土からワイト島に渡る船はポーツマス、サウシー、サウサンプトン、リミントンの四つの港から出ている。ロンドンからは鉄道とフェリーのターミナルが直結しているポーツマスが便利である。

１８５３年、44歳の時、テニソンはワイト島の南フレッシュウォーター地区のファリングフォード邸に住んだ。１８５６年にこの屋敷を購入し、ここで10余年暮らすことになる。キーツがワイト島のシャンクリン地区に滞在し『エンディミオン』を書いたので、キーツを尊敬するテニソンはここワイト島に居を定めたのであった。

１８６７年6月には、サセックスのヘイズルミア付近のブラックダウンという所に土地を購入し、翌年大邸宅を建てた。これが「オールドワース」という第二の屋敷である。桂冠詩人テニソンの仕事として、ウォータールーの戦いで勝利を収めたが１８５２年に亡くなったウェリントン公爵[*5]に寄せた「オード」、クリミア戦争で勇敢に戦った軽騎兵

＊4　'Break, break, break On thy cold gray stones, O Sea!'

＊5　Arthur Wellesley, 1st Duke of Wellington (1769-1852) 陸軍軍人・政治家（首相）。ワーテルローの戦いでナポレオンを破った。

を讃えた「軽騎兵の突撃」（1854）がある。後者は、明治15年『新體詩抄』に外山正一訳「テニソン氏軽騎隊進撃の詩」として紹介され、これが日本の軍歌のもととなった。また、アーサー王伝説に基づいた叙事詩『国王牧歌』は、全12巻1万余行に及ぶ大作である。

02

1864年には『イノック・アーデン』を出版、即日1万4000部を売り尽くしたという。この物語詩は、我が国でも明治期から親しまれ、広く愛読された。

1884年、テニソンはヴィクトリア女王により男爵の爵位を授けられた。女王は『イン・メモリアム』を聖書に次いで愛読したと言われている。

ワイト島のカウズ近くに、19世紀の後半ヴィクトリア女王の別荘であったオズボーン・ハウスがあり、ここは見学できる。夫であるアルバート公の死後、女王は何年も悲しみに暮れた後、1901年1月22日に亡くなった。また、ワイト島の真ん中にあるカリスブルック城は12世紀に建てられた中世の城である。チャールズ

02 ヘイズルミアのテニソンの邸宅オールドワース

1世が1649年に処刑される前、1647年から1648年にかけて、ここに幽閉されていた。王は脱走を試みたが、鉄格子に体がつっかえて、外に出ることができなかったと言われている。

テニソンにとってワイト島に行くにはリミントンからヤーマスのルートが最も便利であった。彼の傑作「砂州を越えて」の構想が浮かんだのは1889年の冬のある夕方、このルートを旅する時であったと言われている。最終連を引用しておこう。

時間と場所の境界を越えて
潮はさらに遠いところへ私を運ぶとしても、
私が砂州を渡り終えたとき
わが導きの神に顔も間近に会うことを望んでいる。[*6]

この詩はテニソンの辞世の詩と言われるが、制作されたのは1892年オールドワースで亡くなる3年前であった。テニソンは長男ハラムにすべての詩集の最後にこの詩を入れるように命じたので、この詩はテニソンの辞世の詩《うた》となったのである。没後ウェストミンスター寺院に葬られた。

（松島正一）

＊6　For though from out our bourne of Time and Place / The flood may bear me far, / I hope to see my Pilot face to face / When I have crost the bar.
（"Crossing the Bar"）

31 イギリスの国民的作家
――チャールズ・ディケンズ

19世紀を代表する小説家として今なお絶大な人気を誇るチャールズ・ディケンズはイギリスの国民的作家だ。ヴィクトリア時代のイギリスを知るのにディケンズ作品ほど適したテキストはないだろう。ディケンズゆかりの地はイギリス各地に点在する。それらは観光産業とも結びつき、多くの客を集めるのに貢献している。

まずはディケンズ生誕の地・ポーツマスを訪れる。ポーツマスへはロンドンのウォータールー駅からサウスウェスト・トレインを利用できる。ディケンズはこのイングランド南端の町で1812年に生まれた。ディケンズが生まれた頃と町の様子はすっかり様変わりしているようだが、彼の生家は幸いにも良い状態で保存されている。住所はオールド・コマーシャル・ロード393番地で、現在はディケンズ生家博物館になっている。このあたりは海のすぐ近くで海軍の基地にも近い。この博物館は冬場は閉館しているので注意が必要。大人料金4・20ポンドを払って入館。（子ども、シニア、学生料金等は別に定

Charles Dickens（1812-70）ヴィクトリア時代を代表するイギリスの国民的小説家。代表作に『クリスマス・キャロル』『デイヴィッド・コパーフィールド』など。

01 ディケンズの生家

められている）ディケンズ自身が使用していたかぎ煙草入れや、カウチを見ることができる。ミュージアム・ショップではディケンズの本など、様々な土産物が販売されている。また、ガイドによるガイド・ツアーのサーヴィスもあり、館内だけでなく、ディケンズと家族が暮らした町をガイドしてくれる。

次にロンドンに目を向ける。『ディケンズのロンドン案内』の著者マイケル・パターソンは「チャールズ・ディケンズほどロンドンを知り尽くし、鮮やかに描き出した作家はいない」と述べている。ディケンズが生きたヴィクトリア時代のイギリスは繁栄を謳歌したが、その繁栄の裏で貧富の差が拡大し、犯罪が増加した時代でもあった。『オリヴァー・ツイスト』が子どもの貧困を描き出したように、ディケンズには社会改革者としての顔もある。そのおかげもあってか、ディケンズが暴き出した社会問題は、今日ではずいぶん改善されてきている。ディケンズが見た貧困と犯罪が渦巻く都市・ロンドンの姿を今日見ることは困難だが、彼ゆかりの地は無数にある。

ディケンズはロンドンでたびたび住まいを変えているが、唯一現存しているのはダウティ・ストリート48番地にある家。地下鉄ラッセル・スクエア駅で下車。近くには大英博物館もあり、博物館を訪れたあと、あたりを散策してみた。この家はディケンズ・フェローシップが管理するディケンズ・ハウス博物館となっている。１８３７年４月にここに移り住んだディケンズは、39年12月までここに住んだ。2階はディケンズが生活していた当時のまま残されていて、ダイニング・ルーム、寝室、書斎を見ることができる。さらに、ここではディケンズの各種全集、原稿、700通以上の書簡など、10万点を超えるゆかりの品を見ることができる。『ピクウィック・ペイパーズ』『オリヴァー・ツイスト』ら初期の代表作はこの家で書かれた。

社会改革者としてのディケンズに関心があれば、マーシャルシー監獄跡地を訪れるのもいいかもしれない。ディケンズの父、ジョンは1824年にこの監獄に収監された。このことがディケンズの作品に大きく影響していることは周知の事実。この監獄はテムズ川南岸のサザック地区の、セント・ジョージ教会の近くにあった債務者監獄で、当時のイギリスでは借金を返済できないと刑務所送りになったのだ。この監獄も1842年には閉鎖され、現在はその壁が残っているだけである。近辺はちょっとした公園になっていて、近くにはリトル・ドリット公園もある。この壁にはディケンズの父が収監されたことと、ここがディケンズの小説『リトル・ドリット』の舞台となったことを示すプレートが掲げられている。

ロンドン以外にも、ディケンズゆかりの地はイギリス各地にあ

02 ロチェスターの街

る。

ロチェスターはディケンズが幼少時代と晩年を過ごした町。この古い町はロンドンの南東、ロンドンとカンタベリーを結ぶ線上にある。この町にはディケンズ・ロード、コパーフィールド・ロードなど、ディケンズ作品にちなんだ名をつけられた通りがある。また、メドウェイ川近くにそびえる古城、ロチェスター城や、ディケンズが埋葬されることを望んだとされるロチェスター大聖堂など見どころの多い町だ。彼の後期の代表作『大いなる遺産』の舞台でもある。町の旅行者向けのインフォーメーションでディケンズゆかりの地を紹介した地図を入手できる。この町では毎年ロチェスター・ディケンズ・フェスティヴァルが開催されている。残念ながら筆者はこの祭りを見たことはないが、２０１６年は6月3日から5日にかけて開催された。毎回テーマが設定されていて、２０１６年のテーマは『骨董店』で、この小説の登場人物に扮した人々が町をねり歩いたそうだ。

ロチェスターの北のハイアムには、１８５６年にディケンズが購入し、晩年を過ごした家、ギャッズ・ヒル・プレイスがある。子どもの頃、

03 晩年を過ごしたギャッズ・ヒル・プレイス

ディケンズはこの家の前を通りかかり、いつかこんな家を買えるようになりたい、と思ったと言われている。作家として成功し、念願のこの家をディケンズは購入できたわけだ。このあたりは長閑《のどか》な田園地帯で、ギャッズ・ヒル・プレイスは現在は学校になっている。

やはりロチェスターに近いチャタムもディケンズゆかりの町。ディケンズは5歳のころから5年ほどをこの町に過ごした。筆者は訪れたことはないが、この町にはディケンズ・ワールドというテーマパークがある。2007年に開園したこの施設は、ヴィクトリア時代のロンドンの街並みを再現していて、ディケンズの登場人物に扮した俳優たちが現れる。ディケンズ・ファンにはたまらない施設だそうで、いずれ訪れてみたい。

同じくケントにあるブロードステアズもディケンズゆかりの町。ここにはディケンズ一家が1839年から51年まで毎年夏の1カ月を過ごした4階建ての家フォート・ハウスが現存している。この家はブロードステアズ駅から歩いて行ける距離で、海に面した高台の上にある。フォート・ハウスは別名ブリーク・ハウスと呼ばれているが、これはディケンズの長編『荒涼館《ブリーク・ハウス》』から取られている。ディケンズはこの家で代表作『ディヴィッド・コパーフィールド』の一部を執筆している。

紙幅の関係で紹介しきれなかったディケンズゆかりの地は、ロンドンを中心にまだ無数にある。時間があれば訪れたい。

（大渕利春）

コラム 7

文学に見る産業革命の光と影

　産業革命によってイングランドは世界に先駆けて工業国となり、イングランド中部と北部を中心に数多くの工業都市の発展を見た。大英帝国の繁栄の背景にも産業革命がもたらした科学技術と経済力があった。だが労働者人口が集中した都市部では住環境が極度に悪化し、資本家（経営者）と労働者の貧富の差が拡大したことも事実である。また経済の中心でもあるロンドンを含み非都市部には貴族や大規模地主が多く住むイングランド南部と、工業都市が多く貧しい労働者が劣悪な環境で生活する北部との格差もこの頃から顕著になり、所得や平均寿命に有意な差があるという「イングランド的南北問題」がしばしば指摘されている。

　このような産業革命の「影」を最も克明に描いた文学作品はディケンズの『困難な時代』とギャスケルの『北と南』であろう。『困難な時代』はディケンズ自身が主宰する文芸週刊誌『家庭の言葉』に1854年4月から8月まで連載された小説で、北部の架空の工業都市コークタウンを舞台とする。過度に「事実」を重んじる功利主義者グラッドグラインドの娘ルイーザは、親に捨てられ自身で身を立てた工場経営者バウンダービーと、父に勧められるままに結婚する。二人の不幸な結婚とその周辺のさまざまな事件が物語の中心をなすが、ここではグラッドグラインドとバウンダービーの功利主義や、信仰心も空想的要素も持たない労働者の不幸な日常と、そのようなコークタウンに良質な娯楽と空想的要素をもたらすサーカス団長スリアリーと団員の娘シシーといった人間味あふれる存在が対照的に描かれる。物語は最終的にグラッドグラインドが改心してルイーザと和解し、ルイーザは子供たちに「想像力の喜び」を与えて現実生活を「美しくする」存在であり続ける、という結末に至る。ディケンズは1843年に講演のためにマンチェスターを訪れた際に北部の労働者の惨状を目の当たりにして以来、この問題に関心を持ち続け、『困難な時代』執筆の直前にはプレストンでの労使闘争を取材してルポルタージュも書いている。

『北と南』は『困難な時代』の後を継いで『家庭の言葉』に連載された作品で、ディケンズの依頼と助言によって書かれた。イングランド南部の長閑《のどか》な村ヘルストンの教区牧師ヘイルは国教会の教義に疑問を持ったことから牧師職を辞して北部の工業都市ミルトン（マンチェスターがモデル）に個人教師として赴任する。煤煙に汚染されたこの街の空気は妻の寿命を縮め、ヘイル自身の命をも奪うことになる。主人公（ヘイルの娘マーガレット）は当初ミルトンやその労働者たちに嫌悪感を禁じ得ないが、ヒギンズ父娘を始め労働者と懇意になるにつれて彼らに共感するようになり、工場経営者ソーントンとマーガレットも当初は互いに反感を禁じ得ないものの、暴徒化した労働者の投げた石がマーガレットに命中し、結果的に彼女が身をもってソーントンを守ったことなど、様々な曲折を経て両者は少しずつ惹かれ合い、最終的には二人の結婚を暗示して物語は幕を閉じる。

それぞれの小説は功利主義と人間性、北部と南部の「和解」という「幸福な結末」で終わるが、百数十年後の現在も経済のみならず教育や医療の水準にまで明らかな格差が見られるなど、イングランドの南北問題は未だ解決を見ていない。

（安藤　聡）

コークタウンとミルトンのモデルとなったマンチェスター

マンチェスターの運河と紡績工場（右）

32 悲劇のヒロイン
――ブロンテ姉妹①

英文学史上に名を連ねているシャーロット、エミリー、アンのブロンテ三姉妹[*1]は、荒野の拡がるヨークシャー北西部の僻村ハワースの牧師館で孤独な生活を送りながら詩や小説を書いた。小柄なシャーロットは情熱的で自立心に富み、長身で美人のエミリーは寡黙で激しい情熱を内に秘め、末娘のアンはしとやかで信仰心の篤い女性であった。特にシャーロットの『ジェイン・エア』（1847）とエミリーの『嵐が丘』（1847）は有名であるが[*2]、アンの作品も近年評価が高まってきている。

ブロンテ姉妹の両親となるパトリック・ブロンテとマリア・ブランウェルは、1812年12月末ガイズリーのセント・オズワルド教会で結婚式を挙げた。クラフ・ハウスに新居を構えたブロンテ夫妻の新婚生活は、幸福そのものであった。この家で長女マリアと次女エリザベスが生まれた。

1815年5月、イングランド国教会の牧師パトリックはハーツヘッドのセント・

＊1　右側の肖像画は1834年頃に長男ブランウェルが描いたブロンテ姉妹の肖像画で、現在ロンドンのナショナル・ポートレイト・ギャラリーに所蔵されている。左からアン (Anne Brontë, 1820-49)、エミリー (Emily Brontë, 1818-48)、シャーロット (Charlotte Brontë, 1816-55) の順。ブランウェル (Patrick Branwell, 1817-48) は最初エミリーとシャーロットの間に自画像を描いたが、後で消してしまったと言われている。

ピーターズ教会からソーントンのオールド・ベル教会に転任となった。家族はマーケット・ストリートの牧師館に引っ越した。この家で三女シャーロット、長男ブランウェル、四女エミリー、五女アンが相次いで産まれた。ブロンテ家は子供たちの笑顔と活気に包まれ、ファース家を始め良き友人たちにも恵まれ、幸福で活発な社会生活を楽しんだ。ブロンテ夫妻にとって、ソーントンで暮らした5年足らずの歳月は、生涯の中で最も神に祝福された幸福な時期であった。

ところが、1820年2月、パトリックは終身牧師としてハワース教会へ転任を命じられた。同年4月、彼はソーントンから一家を引き連れてハワースへ引っ越した。この時、一体誰がブロンテ家の急速な悲劇の始まりを予想しえたであろうか。幾重にも起伏してうねり連なる荒

＊2 *Jane Eyre*はシャーロットの代表作で、主人公ジェインの新しい女性像が反響を呼んだ。また*Wuthering Heights*はエミリーの代表作で主人公ヒースクリフとキャサリンの鬼気迫る物語は各国語に訳され、映画となり、人気を誇っている。

01 ソーントンにあるブロンテ姉妹の生家

野に囲まれたハワースは、国内外の観光客が数多く訪れるブロンテ姉妹の故郷である。ハワースを訪れるのであれば、アクセスの手段としては電車が無難で、時期的には荒野にヒースが咲き誇る7月半ばから8月末までがお勧めであろう。ロンドンのキングズ・クロス駅から3時間程でリーズ駅に着く。そこで乗り換えて20分程でキースリー駅に着いたら、夏の観光シーズンはキースリーとオクスノップの間を蒸気機関車が走っているから、是非この保存鉄道を利用したい。約15分でハワース駅に着く。ハワースのメイン・ストリートは板石を敷き詰めた急な坂道で、今日ではその両側に土産物屋、レストラン、喫茶店、ゲストハウス等が立ち並び、活気に満ちている。坂を上り詰めると小さな広場になっていて、正面にはツーリスト・インフォメーションがあり、左手前にはブランウェルが足繁く飲みに通ったブラック・ブルとハワース教会が隣り合わせに建っている。チャーチ・レーンを先に進むと、右手にシャーロットが教えた日曜学校跡、左手に教会墓地があり、その奥にブロンテ家の人々が過ごした牧師館、現在のブロンテ記念館があ

02 ハワースのブロンテ記念館

る。

記念館の内部は、当時のブロンテ家の暮らしぶりを忠実に再現したものとなっている。玄関を入ってすぐ左手がブロンテ家のダイニング・ルーム、右手がパトリックの書斎、そして奥に姉妹たちが料理とレース編みを習った台所とニコルズ[*3]の書斎がある。2階に上ると、召使の部屋、ブランウェルのアトリエ、パトリックの寝室、シャーロットと夫ニコルズの寝室、エミリーの部屋等がある。それぞれの部屋にブロンテ家の人々の家庭生活を知る上で貴重な遺品が展示されているが、特にシャーロットが結婚式に着用したボンネットと新婚旅行で着たドレス及び姉妹たちの刺繍のサンプラー等は印象的である。

しかし、ブロンテ家の悲劇はこの牧師館から始まった。先ず、マリアが1821年9月中旬に癌で亡くなった。愛妻の死はパトリックのみならず子供たちに大きな打撃と深い悲しみを与えた。気落ちしたパトリックは子供たちの養育を家政婦や妻の姉エリザベス・ブランウェルに任せ、食事も書斎で摂るという孤独な生活を送った。

次に、パトリックは上4人の子供たちを一種の慈善学校カウアン・ブリッジ・スクールに入学させた。しかし、劣悪な環境の中で病を得た長女マリアと次女エリザベスは、それぞれ12歳と11歳の若さで亡くなった。すぐに連れ戻されたシャーロットとエミリーは難を逃れた。残された4人の子供たちは牧師館の中でひっそりと過ごしていたが、やがてパトリックがリーズの町で買ってきたブランウェルの1ダースの兵隊人形に触発されて空想の世界を楽しむようになり、その冒険談を手作りの豆本に書き綴った。

1831年1月、ロウ・ヘッド・スクールに入学したシャーロットは、ここでエレ

＊3　Arthur Bell Nichols（1819-1906）ハワース教会の牧師補。パトリックの死後、故郷のアイルランドに帰った。

ン・ナッシーとメアリー・テイラーという終生の友を得た。4年後、シャーロットは助教師として同校に戻り、エミリーを給費生として連れて行った。しかし、エミリーはひどいホームシックに罹って早々と退学した。その後アンが入学し、2年間在籍した。

ブロンテ姉妹たちに当時開かれていた唯一の仕事は、教師であった。エミリーはハリファクス近郊のロー・ヒル・スクールで教えたが、半年で退職した。シャーロットとアンも不向きな家庭教師を2度経験した。シャーロットとエミリーは牧師館に私塾を開設する目的で1842年ブリュッセルに留学し、帰国後生徒を募集したが一人の応募もなく、二人の夢は実現しなかった。

1845年の晩夏ハワースに集まったブロンテ姉妹は、それまで離れ離れになっていた数年間に、せっせと執筆活動を続けていた。エミリーの詩稿を発見したシャーロットは、自分とアンの詩も加えて、『カラー、エリス、アクトン・ベル詩集』[*4]を出版したが、2冊しか売れなかった。それでもブロンテ姉妹は落胆することなく、小説の創作に活路を見出そうとした。1846年6月頃までにシャーロットは『教授』を、エミリーは『嵐が丘』を、アンは『アグネス・グレイ』[*5]を書き上げていたが、これらの作品が日の目を見るまでには紆余曲折があった。エミリーとアンの作品はトマス・コートリー・ニュービー社によって受理されたが、シャーロットの作品だけは拒絶されたままだった。しかし、彼女は奮起して書き上げた第2作目『ジェイン・エア』をスミス・エルダー社に送った。するとこの作品は絶賛を博し、1848年10月に出版されると、たちまちベストセラーとなって、版を重ねた。

＊4　*Poems by Currer, Ellis, and Acton Bell* 三姉妹の合作詩集。カラーはシャーロット、エリスはエミリー、アクトンはアンのペンネーム。

＊5　*Agnes Gray* アンの最初の小説で『嵐が丘』と共に出版された。

ところが、ブロンテ家にようやく明るい未来が開けようとしていた矢先に、一人息子のブランウェルが酒と阿片に身を持ち崩して急逝した。エミリーは彼の葬式で引いた風邪をこじらせ、医者の診断を拒み続け、1848年酷寒の12月、30歳に満たぬ短い生涯を閉じた。その5カ月後に、アンもエミリーの跡を追うように転地先のスカーバラで息を引き取り、セント・メアリー教会墓地に埋葬された。

今やブロンテ家の生き残りは、大作家シャーロットと年老いた父親パトリックのみとなった。ある日、アーサー・ベル・ニコルズ牧師補が憧れていたシャーロットに求婚した。パトリックは二人の結婚に猛反対したが、彼女はニコルズの誠実な愛情を受け入れ、1854年6月29日ハワース教会で結婚式を挙げた。翌日、二人はアイルランドへ新婚旅行に出掛けた。しかし、その9カ月後の1855年3月、荒野を散歩中に雨に打たれて体調を崩したシャーロットは妊娠の初期段階で息を引き取った。享年39歳であった。こうしてアン以外のすべての家族を自らの手で葬るという過酷な運命の牧師となったパトリックは、娘婿に看取られながら1861年6月天に召された。（橋本清一）

03 スカーバラにあるアン・ブロンテの墓

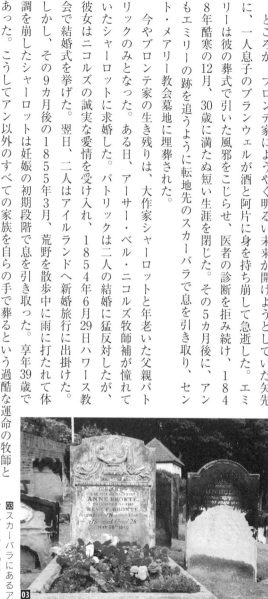

33 『嵐が丘』を生んだ村ハワース

——ブロンテ姉妹②

エミリー・ブロンテはヨークシャーの牧師の四女として生まれ、生涯の大部分を荒野に囲まれた寂寥とした寒村ハワースの牧師館で過ごした。彼女はハワースの荒野をこよなく愛し、宝石のように神秘的な光を放つ詩と突然変異的な小説『嵐が丘』の1篇を残して30歳足らずの若さで他界した。

幼いブロンテ姉妹たちが父親パトリック・ブロンテの前任地ソーントンから幌付きの馬車に乗せられてハワースに移り住んだのは、１８２０年4月20日のことであった。その後、シャーロット、エミリー、アンのブロンテ三姉妹は、その悲劇的な短い生涯の大半を創作活動に打ち込んで、ハワースの小さな牧師館から世界の文学史上に残る不朽の名作の数々を世に送り出していった。それでは、ハワースとは一体どのような土地であったのだろうか。エリザベス・ギャスケルは、名著『シャーロット・ブロンテの生涯』[*1]の中でハワースとその周辺の荒野の様子を卓越した描写で次のように伝えている。

『嵐が丘』の作者エミリー・ブロンテ

＊1　1855年6月にギャスケル夫人（Elizabeth Gaskell, 1810-65）がパトリック・ブロンテの要請に応じて書いたシャーロットの伝記 *The Life of Charlotte Brontë* (1857)。

この道を行く旅人の真正面にハワースの村が浮き上がってくる。2マイルも先から見える。というのは、この村はかなり険しい丘の中腹にあり、細長い狭い通りを上り詰めた所に建てられた教会よりもさらに高く、ずっと遥かにうねり拡がっている薄暗い紫色の荒野を背景にしているからである。……荒野は見る人の気分によっては、それが暗示する孤独と寂寥感のために壮大だと思われたり、或は単調で果てしない障壁に取り囲まれているという感情から胸が押し潰されそうに思われたりするのである。

今日でこそハワースは年間数十万人を超える国内外の観光客が訪れるブロンテ姉妹の故郷であるが、ブロンテ姉妹が住んでいた当時のハワースはイングランド北部ヨークシャーの人通りの少ない一寒村であり、極めて不衛生な場所であった。風土病が蔓延し、周期的に人口が減少した。汚染された水源と汚物の流れる剝き出しの排水溝が、病気を誘発したのである。例えば、アンが好意を寄せていた牧師補のウィリアム・ウェイトマン[*2]はコレラで急死した。一方、当時のハワースが工業区域だったことを忘れてはなるまい。大多数の住民は毛織物業で細々と生計を立てていた。その名残が最近までメイン・ストリートの縦仕切り窓から明かりを取った仕事部屋に見られた。他方、村の交通機関は馬車のみであったから、ロンドンのスミス・エルダー社へ出掛けた時のシャー

01 ハワース教会

＊2 William Weightman (1814-42) 1839年8月にパトリック・ブロンテの牧師補として着任。ブランウェルの良き友人であった。

ロットとアンは、キースリーまで4マイルの道を歩くか、馬車を雇って連れて行ってもらうしかなかったはずである。

さて、ハワースのブロンテ家を知るためには牧師館の他にハワース教会を訪れる必要がある。堂内には美しいステンド・グラスの付いたブロンテ記念礼拝堂を始め、パトリック・ブロンテ師の名が刻まれたハワース教会歴代牧師記念銘板、アンを除くブロンテ家全員の地下納骨堂を示す墓碑銘、エリザベス・ブランウェル及びウィリアム・ウェイトマンの墓碑銘、シャーロットとアーサー・ベル・ニコルズの結婚証明書、パトリックの使用した聖書や説教台等が見られる。

02 ブロンテ・ブリッジ

教会を出たら、チャーチ・レーンを左に折れてブロンテ家に仕えたマーサ・ブラウンとダビサ・エイクロイドが眠る教会墓地の傍らを通って、ペニストン・ヒル・カントリー・パークに出掛けるがよい。ここから下方に見えるハワースの村も素敵だが、この辺一帯は見渡す限り紫の絨毯を敷き詰めたようなヒースの丘になっている。繚乱と咲き誇る紫色の可憐なヒースの花が夏の陽射しを受けてキラキラと光り輝き、時たま荒野を吹き渡る風に揺らめく様は、得も言われぬ美しさであり、見る者に束の間の至福と恍惚感を与えてくれる。パトリックは毎日のようにブロンテ姉妹を牧師館の裏手に果てしなく拡がる荒野へ召使の一人と一緒に遊びに行かせた。こうして、荒野は母亡き子たちを慈しみ育てる憩いの場となった。特にエミリーは、自らの詩的想像力に刺激を与えてくれる荒野そのものを宿命的に愛していた。彼女はいわば「荒野の精」であり、ハワースとその荒野を離れては生きて行くことができなかった。たとえ短期間であれハワースを離れると、ひどいホームシックに罹るのが常であった。エミリーの唯一の小説『嵐が丘』と彼女の詩の多くは、ハワース周辺の荒野によって霊感を受けたものであるといっても過言でない。

さあ、道標に沿ってブロンテ姉妹たちが歩いたブロンテ・ウェイを辿ることにしよう。ペニストン・ヒルを起点として荒野の間を縫うようにして走る小径を辿って行くと、右眼下に貯水池とその向うに小村スタンベリーが見え、さらに農場跡や無心に草を食む羊たちの傍らを通り過ぎ、羊歯類の生い茂るスラデン・ベックの方へ下ると、谷間を流れるせせらぎの音が聞こえ、前方に渓谷に挟まれた岩場が現れる。清冽な流れに架かる細長い石造りの橋がブロンテ・ブリッジで、その手前にブロンテ・チェアと呼ばれる椅子の形をした岩が鎮座しており、その左手上方から流れ落ちる滝がブロンテ・フォールズである。この岩場はブロンテ姉妹がよく足を運んで遊んだ場所である。

そこから、さらに橋を渡って急な土手をよじ登り、左に折れて曲が

03 トップ・ウィズンズ

りくねった小径を進んで行くと、遠方の高台に農家の廃墟トップ・ウィズンズが見える。そこは英文学の奇跡『嵐が丘』の背景の一つであることから、ブロンテ・ファンにとって必ず訪れるべき一種の至聖所と化している。この吹き曝しの農家の廃屋はヒースクリフ氏の住む「嵐が丘」の屋敷とは似ても似つかぬものであるけれど、その位置関係がエミリーの創作にヒントを与えたことだけは確かであろう。傍らに立つ2本の樹木の枝葉が一陣の風にざわざわと音をたてるのも、一段と興趣が増す。その小枝が吹雪の夜に「あたしを中に入れてよ！」と、泣き叫ぶ亡霊キャサリンの「小さく氷のように冷たい手の指」を連想させるからである。この界隈に民家は見当たらない。ロックウッドの言う通り、「イングランド中どこを探しても、これほど完全に騒々しい世間から隔離された場所は見つかるまい。ここは人間嫌いが住むには申し分のない天国なのである」。

04ポンデン・カーク

もし体力と時間に余裕があれば、『嵐が丘』のスラッシュクロス・グレインジのモデルの一つ、ポンデン・ホールにも足を延ばしてみたい。トップ・ウィズンズからスタンベリー方面に向かって歩いて行くと、バス停に突き当たる。その前の道路を左に向かって歩いて行くと、貯水池の前に出る。今日ポンデン・ホールは少し荒れ果てた感じで貯水池近くの緩やかな坂道の傍らにひっそりと佇んでいる。幼少期のブロンテ姉妹はこの屋敷によく遊びにきたようである。

05ポンデン・ホール

さらにポンデン・ホールの先の農家の傍らを通って、荒野の中腹を上って行くと、見晴らしの良いヒースの丘に出る。そこから約300メートル先に進むと、ヒースクリフとキャサリンの逢引の場所、ペニストン・クラッグズのモデルとなったポンデン・カークに着く。谷間の斜面にへばりつくような恰好で立っている、この大きな岩山には大人が何とか潜り抜けられる位の伝説の「妖精の洞穴」なるものがあって、若い男女が手を取り合ってこの洞穴を潜り抜けると、一年以内に結婚できると言われている。

（橋本清一）

34

町が世界に誇る女性作家
――ジョージ・エリオット

　春のロンドンの高速道路を車で走り出す。イギリスの良さはのどかな田舎の田園風景だ。ときには、大空に虹が出る。美しい自然のドラマだ。そして約3時間でイギリスの古都、コヴェントリーに着く。さらに30分で片田舎の町ナニートンに着くと、そこは、奇しくもヴィクトリア女王と同年齢のジョージ・エリオットの故郷だ。

　なぜ本名のメアリー・アン・エヴァンズが男性名のジョージ・エリオットになったのか？　19世紀当時の理想の女性は、結婚後は、専業主婦「家庭の天使」の役割を果たすことだった。女性作家は、お遊びの物書きとして蔑視されていたのだ。そのためエリオットは、多くの読者に読んでもらうため、小説家の道を開いてくれた愛すべき内縁の夫のジョージの名をもらい、発音のし易いエリオットを結び付けた。生涯、社会的弱者の立場を忘れず、深い人間愛と洞察力を持った男性名の作家となったのだ。

　彼女の足跡を訪ねてナニートンの街を歩く。広場には本を片手に持って座す銅像があ

George Eliot（1819-80）
ヴィクトリア朝写実主義作家。社会の諸々の価値観を受容し、人間本来の生きる道を求めた。代表作『ミドルマーチ』はイギリス近代小説の古典で、時代を超えて多くの読者がいる。

る。作品のなかの地名、人名の通りがある。さらに彼女の名の付く学校、病院、ホスピス、ホテル、通り、公園もあり、びっくりした。その公園で、市長夫妻出席のもと、ジョージ・エリオット協会主催の『アダム・ビード』出版150周年を祝うために花束を彼女の記念碑に捧げる光栄に浴した。彼女が彗星のごとく文壇に躍り出でたこの作品には、無知ゆえに、上流社会の婦人に憧れ、大地主の息子に恋をして、私生児の赤子を産み、死に至らしめ、子殺しの罪に問われる憐れな娘へティが描かれている。そして、その美しい娘を愛してしまう純朴な大工の主人公アダムと、彼が失恋した後に妻となる心の優しい敬虔な福音主義の伝道者ダイナの話である。

また、市の図書館、美術館には、エリオットのコーナーがあり、ゆかりの場所にはプレートもある。イギリスには、歴史を大切にして現代に活かす風習が根付いている。

娘を愛するエリオットの父は、産業革命、ナポレオン戦争の勝利など、大英帝国の大きな時代の波に乗り、大工の身から一気に中産階級にのぼりつめ、大富豪で貴族のニューディゲイト家の土地差配人となった。ニューディゲイト家の館「アーベリー・ホール」はゴシック調を取り入れた城のようだ。幼い頃、エリオットは、父のおかげで、世界の書物がつまった館の図書室に出入りした。また、仕事中の父について よく外出し、様々な職業の人と出会い、話を聞いた。この経験は、

01 ナニートンの街の広場にあるエリオット像

多くの登場人物たちの微妙な心理を緻密に描写するのに役立っている。

　エリオットの育った家、今はレストラン兼ホテルの「グリフ・ハウス」を訪れた。かつてのエリオットの屋根裏部屋には、今、ホテルの受付の美人の娘さんが住んでいる。女主人から「グリフ・ハウス」の歴史のパンフレットを受け取り、運よく娘さんに会えて写真を取らせてもらった。彼女の嬉しそうな顔を見ていると、ナニートンの町がただ一人だけ世界に誇れる女性作家、ジョージ・エリオットの偉大さを感じ、微笑んでいるように思われた。

　家の前には、半自叙伝的作品『フロス川の水車場』に登場するジプシーを思わせる「ジプシー・レーン」がある。通りの先には、親友、恋人、仲間に裏切られ、絶望のうちに守銭奴と化した主人公が男の身で赤子を育てることで、真実の愛に目覚める話を描いた『サイラス・マーナー』に登場する巨大な「石切り場」がある。かつて、ニューディゲイト家の領主が世界有数のタックス・ヘイヴンの一つ、バミューダ諸島の市長であったことにより「バミューダ・ロード」もある。さらに、イタリア・ルネサンスを舞台にしたエリオットの歴史小説『ロモラ』にもつながる悲劇の女王の城、中世テンプル騎士団の館跡も残っていた。エリオット家の1707年の持ち主は、ウォリックシャーの地図作成者ヘンリー・ビートンだった。[*1] エリオットは世界地図を見るのが好きで、様々な国と文化に興味を持った。さらに「豊かな

02 アーベリー・ホール

＊1　ナニートン・シヴィック・ソサイアティ発行の資料。

平野、そこには大きな川が永遠に流れ続け、イギリスの古い町の小さな鼓動を世界の力強い心臓の鼓動と結び付けている」と『フロス川の水車場』30章に描かれているあのロンドンまで木材、石炭などの物資を運んだ運河、鉄道もそばだった。

　筆者たちの住まいはコヴェントリーで、そこは、エリオットが一般社会の価値観に対抗し、愛する父と教会に行くのをやめ、世界の宗教に関心を持ち、急進主義者となった場所であった。*2 またそこは、後に、彼女がロンドンに住み、ダーウィンの「進化論」などの新たな時代を先取りするジャーナリストとなり、裕福な大作家となって書いた傑作『ミドルマーチ』の舞台だ。主人公ドロシアは、心の狭い利己的な夫の牧師に苦しめられながら「本来の自己」に目覚めて、自立する新しい女性となる。作中に「自己の精進《セルフ・カルチャー》」また、赤子を「西洋風ブッダ」「この世の無意識の中心であり、安らぎ」というくだりがある。地方都市の平凡で素朴な人たちの内面の心理描写中に、外面では見えない無意識の東洋仏教文化、異文化への言及がある。『ミドルマーチ』6章では「私たち、人間、男も女も朝食と夕食の間に多くの落胆を飲み込み、涙をこらえ続けて、ちょっと青ざめた口で質問に答えて〈いや、何もないよ!〉と言

＊2　エリオット作『急進主義者フィーリックス・ホルト』は、狭い片田舎の考えに苦しめられる社会改革急進主義者の話。

03 グリフ・ハウス

う。プライドは、私たちの手助けとなり、人を傷つけないように自分自身の傷を隠すようにする時のみ、それは悪いものではない」と言うくだりがある。

最終作『ダニエル・デロンダ』はロンドンが舞台だ。作中に「捨身飼虎」[*3]の有名な仏教説話があり、主人公デロンダが「ブッダのような人」というくだりがある。エリオットはブッダが人を苦しみから解放する聖者であると尊敬している。エリオットの墓は、ロンドンの有名な異教徒の墓地ハイゲイトにあり、内縁の夫[*4]の墓はすぐ後ろにある。

ジョージ・エリオットの文学は人生の道案内である。生きるとは、常に向上し続けるセルフ・カルチャーなのだ。エリオットに導かれた筆者の旅はこれからも続いて行くことだろう。

（高野秀夫）

04 ジョージ・エリオットの墓

＊3　飢え死にしそうな母子の虎を救うためにわが身を犠牲にする釈迦の前世の話。

＊4　George Henry Lewes (1817-78) ヴィクトリア朝の哲学者、文芸評論家。エリオットの内縁の夫。

35 本当は数学者
——ルイス・キャロル

朝の光が明るく降り注ぐ石畳の街に、若いカップルが突然現れた。時は6月、どうやらどこかのコレッジ（学寮）のメイ・ボールのサヴァイヴァーのようだ。メイ・ボールはメイとつくのに5月ではなく6月の、授業終了後に夜通し行われる舞踏会のことである。そこで酔いつぶれず、踊りつかれずに徹夜した人がサヴァイヴァーと呼ばれる。入場券は高く、枚数に限りがある。様々なドラマが展開することは想像に難くなく、アイリス・マードックの小説にも登場する。

オックスフォード大学とケンブリッジ大学はよくオックスブリッジとまとめて呼ばれるが、この二つの歴史ある大学にはコレッジ（正式にはカレッジとは発音しない）という独特の制度がある。そこは宿舎であり、教室であり、色々な学部・学科の学生や教職員・研究員等が所属する。学生・教員は時間さえあれば所属するコレッジに戻ってお昼を食べ、そこで様々な人と出会う。イギリス入国の際や外国人登録等、あらゆるところで

Lewis Carroll（1832-98）本名チャールズ・ラトウィッジ・ドジソン、作家、数学者。生涯のほとんどを学寮で過ごす。『不思議の国のアリス』『鏡の国のアリス』は今も世界中で読まれている。

「どのコレッジだ」と聞かれる。それくらい、コレッジの存在は大きい。38ほどあるコレッジやホール、付属施設の総称が「オックスフォード大学」なのである。様々な研究者や学生は、そのコレッジ内の宿舎に住むことができる。

大学は三学期制で、講義やゼミ風の授業のほかに一対一の個別指導がある。これで学生は徹底的に鍛えられる。授業は学年末に提出する小論文に関係はあるが、出席を取るわけではない。イギリスの学生は相手がどんなに有名な学者であろうと、講義が下手だと容赦なく授業に出なくなる。うまい授業だと立ち見が出る。教員は研究能力だけでなく、コミュニケーション能力が必要ということになる。吃音があり、人付き合いが苦手だったルイス・キャロルことチャールズ・ラトウィッジ・ドジソンが苦労したであろうことは想像に難くない。彼には親しい友もいたが、このような文化の中にあり、しかも大学の教員である。かなり肩身の狭い思いをして生きていた、その鬱屈が、空疎な形式やマナーを必要としない子供相手の付き合いにキャロルを向かわせ、気に入りの子供たちにせがまれてできたのが『アリス』であるとすれば、キャロルの苦しみが後世に残る児童文学の傑作を生んだということもできるのかもしれない。ケンブリッジの出身だが、コンピューターの祖となる、ドイツの暗号エニグマの解読機を作ったアラン・チューリングも数学者で人付き合いは苦手、子供が大好きだった。

現在アリスのイメージとして流布しているのはテニエルの挿絵の少女で、キャロルの『アリス』執筆のもととなった少女とは別人である。だが、アリス人気はテニエルの挿絵に多くを負っていると言っても過言ではない。ディズニー・アニメのアリスも、ハロウィーン用の衣装でもアリスは水色のドレスに白いエプロンである。

クライスト・チャーチ・コレッジはオックスフォードで最大規模のコレッジで1546年にヘンリー8世が設立した。キャメロンなど多くの首相も輩出している。キャロルは19歳でここに入学し、1度の海外旅行と休暇や用事で出かけることを別として、47年間この外界から隔絶したコレッジの中に住み、二つのアリスの物語をはじめとする作品、数学に関する論文等を執筆し、またたくさんの若いお友達[*1]をお茶に招いたのである。恐らくキャロルにとって居心地のいい住まいだったのだろう。

アリス誕生のもとになった、黒髪でおかっぱのアリス・リデルはこのコレッジの学寮長の娘だった。学寮長館の庭園にはチェシャ猫の座っていたホース・チェスナッツの古木がある。グレート・ホール（食堂）は今では『ハリー・ポッター』の撮影場所として有名だが、『アリス』に登場するお茶会やパーティーの食卓風

＊1　「彼のようなロマンチストにとって、子どもたちとともに過ごす時間は、人間がエデンの園を追われる以前の理想郷を体験できる時であった。取り繕った大人の社交辞令を嫌い、頭の回転が速く、調子づけば次々に冗談が飛び出してくるキャロルにとっては、子どもたちを前にしたときに、もっとも素直な自分自身になれたのだろう」と『「不思議の国のアリス」の誕生』の著者ストッフルは解説している。

01　『アリス』のポップアップ絵本

景は、ここでのキャロルの経験がもとになっているようである。食堂にはアリス・ウィンドウもある。

クライスト・チャーチ・コレッジの入り口の真向かいにアリス・ショップ[*2]がある。南に下るとフォリー・ブリッジがある。1862年7月4日、キャロルは同僚のロビンソン・ダックワース、リデル家の三姉妹とここからボートでアイシス川をさかのぼり、ゴッドストウ村に出かけた。お話をせがまれたキャロルはアリスのために即興で話を作り、語って聞かせた。この時の情景を描いたのが『不思議の国のアリス』の冒頭の詩、「金色の午後」である。イギリスの川は浅くゆったりした流れで、岸辺との高低差もあまりない。のどかに流れる岸辺には川のすぐそばまで茂みや木々がせまり、そこを平底のパントと呼ばれる舟がゆったりと上っていく。

キャロルと言えば写真の腕も相当なものだったようで、いくつもの作品が残っている[*3]。少女のヌード写真を撮ったことでも名が知られていて、ロリータ・コンプレックスを疑われることが多い。必ずしもその傾向があったとも言い切れないようだが、両親の了解を得ていたということに加えて、時代的背景もある[*4]。ヴィクトリア朝の人びとは、幼い子供をこの上なく清浄無垢な存在とみなしたし、子供たちは、暑い日には海岸でしばしば裸になることを許されていた。また子供のヌードは、特に好奇の対象となることなく絵の題材として取り上げられていたのであり、ジュリア・マーガレット・キャメロン[*5]等の写真家たちも子供のヌード写真を撮っている。

『アリス』創作の源泉の一つは教区牧師だった父親である。彼はキャロルと同じコ

＊2　キャロルとアリスのお気に入りの雑貨店で、『鏡の国のアリス』に「シープ・ショップ」という名で出てくる。テニエルはこの店を詳細に写生し、鏡の中ではすべてのものが反転するという物語の基本に従って左右を逆転させて「オールド・シープ・ショップ」の挿絵を描いた。

＊3　科学史博物館には、キャロルが使ったカメラを入れる箱などが展示してある。近くのアシュモーリアン博物館は芸術と考古学の、世界最古の大学博物館である。収蔵品の中にはキャロルが好んでいたラファエル前派の絵画も多く含まれている。オックスフォード大学科学史博物館にはアリス・コーナーも設けられている。

レッジで学んだ優秀な人でキャロルのものと見まごうような、ユーモアのセンスにあふれた手紙が残っている。またキャロルは3人の弟と5人の妹たちの面倒をよく見、お話を聞かせたりした。

ゆかりの地を見ても、なぜキャロルがアリスの物語という不朽の名作を生み出せたのかという謎は恐らく残ることだろう。あるいは一層深まるかもしれない。この種の問いに絶対の答えがないのは承知の上で、自分なりの答えを考えてみるのも一興だろう。できればアイシス川をゴッドストウ目指して遡行しながら。

（榎本眞理子）

＊4 家中裸で駆け回る幼児、日焼けしたいと上半身裸になって芝生にずらりと横たわる男子学生、バスタオル1枚体に巻き付けただけで、平然とシャワー室から自室に戻る女子学生など、日英の羞恥心のありようも異なる。またイギリスは子どもと大人の生活をはっきり区別する。

＊5 Julia Margaret Cameron（1815-79）イギリス初の女性写真家。写真を芸術に高めたとされている。有名人の肖像写真、アーサー王等伝説的主題の写真で有名。姪の娘はヴァージニア・ウルフである。

36 多彩な芸術家
――ウィリアム・モリス

誕生日プレゼントを開いたら、ウィリアム・モリスのデザインが印刷されたコーヒーカップとコースターで、びっくりした。「こんな身近にモリスがいる」と。

ウィリアム・モリスとの出会いはもう20年近く前のこと。それも家族とともに過ごしたイギリス・ケンブリッジの家がウィリアム・モリスの壁紙だった。けれどその時、彼について、何も知らなかった。

最近、日本でも、彼のデザインの布製バッグがデパートで陳列され、雑誌の特集などでモリスの人物像や彼独特のパターンを見かけたが、こんな身近なカップにまで印刷されているとは……。まさに『オックスフォードイギリス人名辞典』が述べているように、「ヴィクトリア朝時代の人でありながら同時にその先の時代の人でもあった」。

ウィリアム・モリスは、１８３４年ロンドンの北東部の町、ウォルサムストウの中流階級の裕福な家庭に生まれた。父親はロンドンのシティーで働くエリート金融マンだっ

William Morris（1834-96）
詩人、画家、実業家、翻訳家、手稿彩色家、カリグラファー、染織工芸研究家、美術館デザイナー、園芸家、古建造物保護活動家、社会主義活動家、自然環境保護推進者、編集・出版人など多方面で活躍した。

た。1840年、一家はウッドフォード・ホールの大きな屋敷に移ったが、1847年、モリス13歳の時、父親が他界する。一家はより小さな家、ウォルサムストウのウォーター・ハウスへと移り住んだ。ここは、現在、ウィリアム・モリス・ギャラリーとして保存されている。

やがてモリスはオックスフォード大学へ進むが、最初は聖職者志望だったと伝えられている。しかし、大学での様々な人との出会いが彼の好奇心を多種多様な分野へと引き付けた。詩を書き、美術に触れ、建築に魅せられた。バーン=ジョーンズ[*1]は入学試験で隣の席で出会って以来、モリスの生涯の友人となる。彼は画家を目指し、もちろん、のちになるが、モリス商会設立に関与したメンバーの一人である。ほかに数学者チャールズ・フォークナー[*2]、そしてダンテ・ゲイブリエル・ロセッティ[*3]と出会う。そのころ新しい異端の絵画とされていたラファエル前派の影響を受けていく。ラファエル前派とは1848年、ロセッティを含む3人の美術学校の学生が中心となって結成したラファエル以前の時代の芸術の持つ素朴さや写実描写を理想としたグループである。

1857年、オックスフォード大学学生会館の壁画に《アーサー王の死》を取り上げる企画を受けて、モデル探しが始まったが、その時ロセッティが見つけてきた女性が、のちにモリスの妻となるジェイン・バーデンという、当時の美人の基準とは真逆の、野性的で黒髪のエキゾチックな人であった。しかも彼女は、いわゆる労働者階級に属する、地元の馬丁の娘だった。

1859年、モリスはジェイン・バーデンと結婚する。この結婚は周囲の人たちを驚

＊1 Edward Burne-Jones (1833-98) モリスの生涯の友。モリスとはオックスフォード大学で出会う。バーン=ジョーンズが挿絵を描き、モリスが装飾を付けるという関係はずっと続いた。

＊2 Charles Joseph Faulkner (1833-92) 数学者。バーン=ジョーンズがモリスに紹介した友人で、ビジネス・パートナー。

＊3 Dante Gabriel Rossetti (1828-82) ラファエル前派の画家・詩人。バーン=ジョーンズ、モリスなどに大きな影響を与えた。やがてモリスの妻となるジェイン・バーデンをモリスに紹介し、その後、モリスの妻との三角関係でモリスを悩ます。

01

かせたといわれている。モリスはどちらかといえば、無骨でロセッティとは正反対だった。1858年に出版されたモリスの初めての詩集『グィネヴィアの抗弁』は、ジェイン・バーデンへの想いが書かれていて、人々を驚かせた。モリスは、結婚を機にロンドンの近郊ベクスリーヒースに「レッド・ハウス」を建てた。オックスフォードの建築設計事務所に見習いで入ったときに出会ったフィリップ・ウェッブ[*4]にその設計を依頼した。ジョン・ラスキンのゴシック建築論などの影響を受けたウェッブはモリスとのフランス旅行後、1859年、レッド・ハウスを設計。自由な間取りで、ゴシック・リヴァイヴァル・スタイルを代表する家屋となった。1860年に入居。レッド・ハウスという名称は外装が赤レンガだったことに由来する。

この時代、産業革命は大きくイギリス社

＊4　Philip Webb (1831-1915) イギリスの建築家、デザイナー。建築様式にこだわらない地域特有の伝統と材料による簡素かつ合理的な設計で知られている。

01 レッド・ハウス

会を変えていったが、その副産物として生まれた量産システムは必然的に品質の低下をもたらした。店頭に並ぶ量産品の中にモリスたちがほしいと思うものはなかった。手造りで品質の良い家具や壁紙、ステンド・グラスや掛け布といった日常品がモリスの友人とその妻たちによって作り始められた。いつの間にかレッド・ハウスは内装工房となり、続々と品質の良い調度品が作られた。

こうした運動はやがてアーツ・アンド・クラフト運動としてイギリスから世界に向けて発信されていく。モリスと7人の仲間は、1861年、モリス・マーシャル・フォークナー商会を立ち上げ、精力的な仕事が始まる。

しかし、モリス一家と友人たちとの共同経営はモリスが単独で経営するモリス商会へと移行する。「美しく心地よい空間を作る」という彼の夢は、ステンド・グラス、家具、捺染、織の布へと広がり、機械織りが手掛けられ、タペストリーの製作へ続く。モリス商会の商品はやがて、家具やステンド・グラスから、テキスタイル（織の布）に変わった。

また、モリスは、古い建物と教会の修復ではなく、「保護」を強く訴えて、1877年、古建造物保護協会の創設に深くかかわる。その運動はほかの活動にも影響を及ぼし、1895年の「ナショナル・トラスト」の設立へとつながることになる。

モリスは社会運動にもかかわり、民主連盟に参加し、社会主義同盟を創設した。1855年、機関誌『コモンウィール』を創刊。しかし、やがて激しい弾圧の時代に彼の夢は消えていった。

1891年、出版社ケルムスコット・プレスを創設。最後にたどり着いた本作りこそが彼の夢の結晶であったといわれている。それこそ、ついにたどり着いた心から安心できる仕事だったかもしれない。彼の作った美しい本は、それを手にした人々に喜びを与える以上に、モリス自身にやすらぎを与えたに違いない。

1890年刊の『ユートピアだより』は、モリスの著作品の中で、最も読まれた本で、川の上流の理想郷を訪ねた主人公が未来の夢を語る。さらに『ジョン・ボールの夢』はモリスのもう一つのユートピア物語。ほかにも『輝く平原の物語』『世界のかなたの森』『世界の果ての泉』『不思議なみずうみの島々』などの作品が矢継ぎ早にケルムスコット・プレスから刊行された。

才能に恵まれ、財政的にも恵まれ、愛すべき友人や子供たちに囲まれたモリスの生涯。

彼を悩ますたった一つの暗の部分は、妻とロセッティの関係だったが、それさえもが今私たちが知るモリスそのものに育て上げたように思えて仕方がない。理念と勇気をもって、勇猛果敢にこの時代を牽引した才能あふれる魅力的な人。それが、ウィリアム・モリスだった。

彼が残した文学作品、工芸作品、美術品などは、今なお人々の中に生き続け、愛され続けている。

（山口晴美）

02モリスが仲間と工房をおいたケルムスコット・マナー

コラム 8

レ・ファニュのアイルランドとイギリス小説

　イギリス文学の諸相には、アイルランド発信の文学的感性がさまざまに織り込まれている。ここでは、アイルランドの地主の館という空間が生み出した文学モチーフが、イングランドを舞台とした小説に取り込まれていった一例を紹介したい。シェリダン・レ・ファニュ*1の『アンクル・サイラス』（１８６４）である。

　この小説では、ダービシャーの名家ルシン家の跡取り娘モードが、父親から受け継いだ遺産を叔父サイラスに狙われて、危うく命を奪われそうになる。この叔父には殺人に手を染めたことがあるとの噂があり、閉じこもりがちで、持病のために阿片チンキが手放せない。また、叔父の指示を受け、モードを追いつめていく酒好きのフランス女性が家庭教師《ガヴァネス》として付きまとっている。モードの一人語りによるこの小説は、若い乙女の恐怖におののく心の内をあらわに伝えるものとなっているが、それが現実なのか否かを読者に疑わせるようなサイコ・スリラーの様相も呈している。レ・ファニュ自身は、この小説が当時イギリスで流行していた煽情小説《センセーショナル・ノヴェル》*2として受け止められることをよしとはしなかった。

　じつは、この長編小説の原型は「アイルランドのある伯爵夫人の秘めたる体験」（１８３９）と題された短編小説で、物語の舞台はコークとゴールウェイというカトリックの文化が色濃い地域に設定されていた。出版社からの要請で、作品はイングランドものに衣替えすることを余儀なくされた。とはいっても、そこにはアングロ・アイリッシュと呼ばれるイギリス系プロテスタント支配者層を象徴する地主の館を舞台として、その没落を描くビッグ・ハウス小説のモチーフが見て取れる。１８００年成立の合同法でアイルランドはイギリスに併合され、アングロ・アイリッシュはその政治的権力基盤を失った。その中で、少数派の彼らは、カトリックの農民に囲

ティローン・ハウス、ゴールウェイ（独立戦争期に焼き討ちにあったビッグ・ハウスの廃墟）

まれた空間に身を置き続けることになる。支配する者とされる者としての長い対立関係を解消することは難しく、暴力という手段が取られることも珍しくはなかった。地主層の侵略者としての罪の意識と孤立感、そして命の危険への恐れが、1840年代半ばを背景としたルシン家一族の物語の創造につながっている。

そもそも18世紀末のイギリスで、人里離れた中世の城や廃墟を舞台として、その幻想的な空間における殺人や監禁が絡む恐怖を描いたゴシック小説が人気を博していた。この怪奇小説の系譜はホレス・ウォルポールの『オトラント城』（1764）に始まるとされ、19世紀初めには衰退の一途をたどる。恐怖のテーマは、その後ヴィクトリア朝小説にさまざまに拡散しながら引き継がれていったが、アイルランドではゴシック小説の枠組みが依然として要となる文学精神を支えていた。『アンクル・サイラス』のほか、C・R・マチューリンの『放浪者メルモス』（1820）やブラム・ストーカーの『ドラキュラ』（１８９７）が、アイルランドの歴史的、文化的コンテクストから生まれた「アイリッシュ・ゴシック」の代表作とされている。

ほぼ同時代のイングランドを舞台とした『アンクル・サイラス』は、ゴシック小説では珍しい一人称の語りとして、幻想と現実のはざまにおける恐怖の世界を描き出した。そこに秘められたアイルランドの文学的想像力は、ヴィクトリア朝のイギリス小説に彩りを添えることになったのである。（中村哲子）

＊1　Joseph Sheridan Le Fanu（1814-73）アングロ・アイリッシュの小説家。怪談やミステリーの名手。『カーミラ』は女吸血鬼を扱った小説。戯曲家Ｒ・Ｂ・シェリダンは大伯父にあたる。

＊2　１８６０年代を中心に流行した犯罪や狂気を絡めたサスペンス小説。

第Ⅵ部

世紀末から20世紀初頭

37 自然主義作家の旗手
――トマス・ハーディ

トマス・ハーディは、ドーセットシャーの州都ドーチェスター近郊の小村ハイアー・ボックハンプトンで石工頭の長男として生まれた。長じて建築を学び教会修復の仕事に就いたが、その傍ら詩作と読書に励み、やがて小説家として出世作『狂乱の群れを離れて』（1874）の他、運命に玩弄される人々を描いた『帰郷』（1878）、『カスターブリッジの町長』（1886）、『ダーバーヴィル家のテス』（1891）、『日陰者ジュード』（1895）等の傑作を生み出しヴィクトリア朝後期を代表する偉大な自然主義作家となった。

ハーディの故郷ドーチェスターは、古代ローマ時代に遡る古い歴史を有する町で、ロンドン・ウォータールー駅から直通電車で約2時間45分の道程である。ドーセットとその周辺のいくつかの州は、かつて古代アングロ・サクソン王国の名称ウェセックスとして知られていた。この架空のイングランド西南部を舞台とした彼の一群の小説は、ウェ

Thomas Hardy（1840-1928）小説家・詩人。ウェセックス地方を舞台とした一連の小説を書いた。『日陰者ジュード』が酷評を受けてからは小説の筆を絶ち、詩作に専念して『覇王』を書いた。

セックス・ノヴェルズと総称される。

ドーチェスター南駅に着いたらタクシーでハーディの生家に向かうのもよいが、先ずハイ・ウェスト・ストリートの州立博物館でトマス・ハーディ・ギャラリーを見学することにしよう。短時間でハーディの生涯と作品の世界を概観することができる。同室にはハーディの復元された見事な書斎の他に、彼が生前使用したヴァイオリン、フルート、家具、調度品の類が数多く陳列されているばかりか、壁面には彼の肖像画を始め、両親、先妻エマ及び後妻フローレンスの肖像画も掲げられている。さらに、彼の最高傑作と目される『ダーバーヴィル家のテス』の各場面がナスターシャ・キンスキー[*1]扮するテスのパネル付きの解説文で紹介されている他、ハーディに執筆動機を与えたとされる妹キャサリンの深紅のドレスが人目を引くであろう。

01 ハーディの書斎

ドーチェスター、ここは何と言っても『カスターブリッジの町長』の中心舞台である。そのモデルとなった建物や場所には事欠かない。中心街を走るハイ・イースト・ストリートには主人公マイケル・ヘンチャードが町の有力者を招いて宴会を開いたキングズ・アームズ・ホテルがある。その2階の宴会室はシャンデリア付きの豪奢な装いであ

＊1 Nastassja Kinski (1961-) ベルリン出身の女優。1979年、映画『テス』でゴールデングローブ賞と新人女優賞受賞。

る。このホテルに投宿した筆者は、翌日、自転車好きのハーディに倣って自転車でハーディ・カントリーを見て廻ることにした。ホテルのすぐ隣のタウン・ホールは、ヘンチャードと商売敵のファーフリーが小麦を売買した穀物取引所であったところである。道を挟んでセント・ピーターズ教会があり、その傍らに若き日のハーディに影響を与えた地方詩人ウィリアム・バーンズ[*2]の立像がある。大通りを挟んで教会の反対側には鬼裁判官ジェフリーズ[*3]の住んでいた下宿屋（現在、一階はレストラン）があり、隣接するサウス・ストリートには彼が国王の反乱分子に容赦なく絞首刑の判決を言い渡した流血の立法府・元巡回裁判所跡（現在、アンティロープ・ホテル）が軒を並べ、左手にヘンチャード町長が住んでいた家のモデルを示すブルー・プラークの付いたバークレイズ銀行が建っている。その先の向かい側にハーディが通ったジョン・ヒックスの建築事務所のあった家[*4]が見られる。

　次に、ハイ・ウェスト・ストリートとザ・グローブの交差する角地に大きな乳白色の石の上に載ったハーディのブロンズ像がある。組んだ片膝の上に左手で帽子を重ねるようにして正面を凝視し

02ドーチェスターの街

＊2　William Barnes (1801-66) ドーチェスターの教師兼詩人。ハーディに詩作の動機を与えた。

＊3　George Jeffreys (1645-89) 巡回裁判でモンマスの乱に加わった者を厳しく罰したことで有名。

＊4　John Hicks の事務所跡の壁面にハーディがここで1856年から62年まで働いていたことを示すプラークが嵌め込まれている。

ている姿は、宇宙に遍在する盲目的な「内在意志」によって翻弄される人々の悲哀を描く作家に相応しい。彫刻家エリック・ケニントンの手になる像で、町の誰もが知っている名所の一つである。像の前の木立の美しい通りザ・グローブを北上して右折すると緩やかに流れるフルーム川の畔に出る。その傍らに黒い藁葺き屋根の死刑執行人の家がひっそりと佇んでいる。この家を見たからには、少し離れているが、南下してモーンベリー・リングスに向かわざるを得ないだろう。現在は野外コンサートや祝祭の催される公共広場として使用されているが、元はと言えば新石器時代の遺跡で、後にローマ人が手を加えた直径85メートル程の円形闘技場跡である。17世紀と18世紀初頭には公開処刑の場でもあった。その昔、夫を毒殺して他の男に走った若妻がここで絞首刑に処されたそうだが、ハーディも同種の話を聞いて、テスが断頭台で処刑される場面を思いついたのかもしれない。ハーディはこの場をスーザンとヘンチャードの密会の場として、また人妻ルセッタがヘンチャードに過去の秘密を洩らさないように嘆願する場として使っている。序に、ここから南に3キロ程離れたメイドン・カースルまで足を延ばすのもよいだろう。ローマ人の造った広大な台地の城砦跡であるが、掘割の襞は幾重にも波打つ美しい緑で覆われている。高台からドーチェスターの遠景を眺めるのは心楽しい一刻となるだろう。

再びドーチェスターに引き返して、Ａ３５２号線をウェアラム方面に少し下った先のアリントン・アヴェニューのマックス・ゲイトを訪れることにしよう。ハーディの終《つい》の

03 マックス・ゲイト

04 ハーディの生家

棲み家である。現在、ナショナル・トラストが管理している。作家として功成り名を遂げたハーディ自身が設計して建てた庭付きの赤煉瓦造りの瀟洒《しょうしゃ》な邸宅である。庭の片隅に愛犬ウェセックスの小さな墓標が立っている。この家でもハーディは筆を休めることなく創作に励み、『カスターブリッジの町長』の他、『森林地の人々』（1882）、『テス』『日陰者ジュード』等の大作を書いたが、最後の2作がヴィクトリア朝の人々の俗物精神の逆鱗に触れ、喧々囂々《けんけんごうごう》たる非難を浴びせられたのを機に小説のペンを折って、その後は再び詩作に転じ英雄ナポレオンの興亡を描いた詩劇の大作『覇王』（1904・1906・1908）等を完成させ、現代イギリス詩の橋渡し的な役割を担った。

最後に、ドーチェスターの中心街から北東に約4キロメートルばかり行ったところにあるハイアー・ボックハンプトンのハーディの生家を訪ねることにしよう。この辺一帯は長閑な農村地帯である。道標に沿って小径を辿って行くと、すぐにハーディの生家の前に出る。庭先には鮮やかな緑の植え込みがあり、季節の草花が咲き乱れ、小さな二階建てのコテッジは森の緑と青空を背景にその明るい藁屋根を際立たせ、実に美しい景観を呈している。裏側の一角にハーディ記念碑が立っている。そこには隣接するコテッジでハーディは『緑樹の陰で』(1872)と『狂乱の群れを離れて』を書いたと刻まれている。その石碑の奥はかつてハーディが『帰郷』の中でエグドン・ヒースと呼んだヒースの原野が拡がっていた筈だが、今日では歩行も困難な位すっかり雑木林に覆い尽くされ、昔日の面影はない。コテッジはナショナル・トラストの管理下にあり、室内はハーディが暮らしていた当時とほぼ変わらない状態で保存されている。二階の部屋にハーディの使った机とペンが置いてあったが、彼はその窓から周辺の自然を眺めながら小説の構想を練ったのだろうか。

1928年1月11日の夜、ハーディはマックス・ゲイトの私邸で心臓病のため亡くなった。ウェストミンスター寺院で国葬の後、彼の遺灰はポエッツ・コーナーに埋葬されたが、切り取られた彼の心臓は故郷のスティンズフォード教会の墓地に埋葬された。享年87歳と7カ月であった。

(橋本清一)

38

唯美主義の作家
――オスカー・ワイルド

　夏休みを利用してイギリスを訪れ、19世紀末を代表する作家オスカー・ワイルドゆかりの地を巡ってみた。ワイルドは現在でも高い人気を誇っているが、その人気の秘密は、作品の面白さはもちろん、ワイルド自身が魅力的な人間で、劇的な人生を送ったからだろう。そのため、ワイルドが暮らした地を辿ってみるのも、愛好家には楽しい経験になるだろう。

　アイルランド出身のワイルドが、ロンドンで最初に住んだのがテムズ川にかかるウォータールー・ブリッジに近いソールズベリー・ストリート13番地。現在はアイビー・ブリッジ・レーンと名を変えている。オックスフォード大学卒業後、ワイルドはこの家の二階に住んだ。残念ながら、この家には現在立ち入ることはできず、外観を見ることができるだけである。ワイルドの詩「朝の印象」はテムズ川の朝の情景をうたった印象的な詩だ。たとえ当時と大きく様変わりしていても、この詩を思い浮かべながら

Oscar Wilde（1854-1900）詩人、小説家、劇作家。風習喜劇で人気を博すが、同性愛裁判で有罪となり投獄される。出獄後はイギリスを離れ、パリで客死。同性愛者であったが結婚し、息子が二人いた。

テムズ川沿いを散策するのは、文学愛好家ならではの楽しみである。天気の良い日にこの近辺を散策すると、ジョギングする人、犬を散歩させる人など様々な人に会うことになる。

1884年、ワイルドはチェルシーのタイト・ストリート16番地（現在は34番地）に移り住んだ。地下鉄サウス・ケンジントン駅から徒歩で訪れることにした。このあたりは高級住宅地で落ち着いた雰囲気が漂っている。ワイルドが住んでいた家には現在そのことを示すプラークが掲げられている。ワイルドはこの家で唯一の長編小説『ドリアン・グレイの肖像』（1890年）を執筆したのだ。

次にロンドンの中心、トラファルガー広場へ。ロンドンの中心部は「唯美主義者ワイルド」を披露するいわばギャラリーであった。ワイルドは世を騒がす文学者・ダンディとしてこの近辺を闊歩していたのだ。そんな思いを抱きつつ、ロンドンの繁華街を散策した。

トラファルガー広場近くのアデレード・ストリートには「オスカー・ワイルドとの対話」と題された彫刻がある。マギ・ハンブリング[*1]によるこの彫刻は、煙草を手にしたワイル

01

01 タイト・ストリート

＊1 Maggi Hambling (1945-) イギリスの女性画家・彫刻家。

ドの頭部と両手を表現していて、ベンチとしても使える。この彫刻には喜劇『ウィンダミア夫人の扇』（1892）に出てくる有名なセリフ「私たちはみな、どぶの中にいるが、星を見ている者もいる」[*2]が刻まれている。

そしてワイルドと言えばなんといっても喜劇。そして、イギリスは演劇の国。イギリスを訪れたらぜひ劇場に足を運んでみたい。仮になまりやアクセントが多様な英語が聞き取れなくても、劇の内容を知っていれば十分楽しめる。

喜劇第一作『ウィンダミア夫人の扇』（1892）と最高傑作『真面目が大切』（1895）が上演されたセント・ジェイムズ劇場は現存しない。しかし、『なんでもない女』と『理想の夫』が上演されたヘイマーケット劇場は現在でも営業を続けている。この劇場もトラファルガー広場のすぐ近く、地下鉄ピカデリー・サーカス駅かチャリング・クロス駅から歩いてすぐで、ナショナル・ギャラリーなどの観光スポットからも歩いていける距離。筆者もナショナル・ギャラリーで世界の名画を鑑賞したあと、夕方からの上演を楽しんだことがある。

ヘイマーケット劇場では現在でもワイルドの喜劇を上演することがある。劇場のホームページで事前に上演作品を確認し、チケットを購入しておくことがお勧めである。以前この劇場で観劇したときは、残念ながらワイルドの作品ではなかったが、ギリシャ建築風の高級感溢れる外観が魅力的な劇場だ。劇場内も高級感があり、贅沢な時間を過ごすことができた。

＊2　We are all in the gutter but some of us are looking at the stars.

02 カフェ・ロイヤル

次にカフェ・ロイヤルを訪れた。これはピカデリー・サーカスから徒歩1分ほどに位置するレストラン・ホテルである。煌びやかな内装に一歩足を踏み入れただけで圧倒されるほどで、ワイルドが活躍したゴージャスな世界を体験できた。かつてはワイルドやバーナード・ショーら、著名な作家が足繁く通ったことでも知られる。ワイルドが恋人のアルフレッド・ダグラスと出会ったのも、後のワイルド転落の原因となるダグラスの父、クイーンズベリー侯爵に初めて会ったのもこのカフェ・ロイヤルにおいてであった。[*3] また、カフェ・ロイヤルには「オスカー・ワイルド・バー」があり、「オスカー」「クイーンズベリー」など、ワイルドゆかりの名を付けられたティーを飲むことができる。

コヴェント・ガーデンは、ドゥルリー・レーン劇場やロイヤル・オペラ・ハウスがある劇場街でコヴェント・ガーデン駅もあるが、ピカデリー・サーカスからも歩いていける距離にある。17世紀以来、ここは青物市場として賑わい、上流階級の人間が農民や商人と顔を合わせる場所になっていたという。1970年代に青物市場はバタシーのナイン・エルムズに移転された。短編「アーサー・サヴィル卿の犯罪」の主人公アーサー卿やドリアン・グレイは、苦悩しつつ夜のロンドンの街を彷徨い、早朝コヴェント・ガーデンにたどり

03

03 カドガン・ホテル

＊3 ワイルドより10歳以上も年下だった貴族アルフレッド・ダグラスは、ワイルドの同性愛の恋人として有名。ダグラスの父、クイーンズベリー侯爵は、息子とワイルドの交際に激怒し、ワイルドを訴えた。

着く。上流社会の住民であるアーサー卿とドリアンが、商人たちの活気であふれた朝の市場を見て、苦しみから解放される。実に印象的なシーンだ。

最後にカドガン・ホテルを紹介したい。このホテルは地下鉄のナイツブリッジ、あるいはスローン・スクエア駅から徒歩10分ほど。周囲には高級デパートとして有名なハロッズほか、高級な店が多い。このホテルは、かつてはワイルドも愛した大女優リリー・ラングトリーの家であった。*4 リリーは家を売った後も友人を伴ってこのホテルを訪れていたが、その中にワイルドもいた。そして、1895年4月5日、ワイルドはこのホテルにおいて同性愛容疑で逮捕された。ホテル内のバーにはリリー・ラングトリーとワイルドのポートレイトが掲げられている。さらに、このバーではワイルドにちなんだ「わがままな巨人」「グリーン・カーネーション」*5 と名付けられたカクテルを飲むことができる。これらを飲みながらワイルドに思いを馳せるのも一興だ。

なお、ワイルドはアイルランドの首都ダブリンで生まれた。今回はロンドンのみを対象としたが、ワイルド愛好家ならダブリンはぜひ訪れたい地だ。

（大渕利春）

＊4　Lillie Langtry (1853-1929) イギリス世紀末を代表する女優。シェイクスピア劇のヒロインなどを演じた。ワイルドは彼女の大ファンであった。

＊5　ワイルドの時代、緑のカーネーションは同性愛のサインで、同性愛者たちは、これを身に着け、相手を探していた。

コラム 9

ヴィクトリア時代の倫理と文学の自由

ヴィクトリア時代は家族の絆、勤勉、節制を重視する中産階級的な倫理観が支配的であり、一面では偽善的なまでに「取り澄ました」時代であった。例えばテーブルや椅子やピアノの脚が（女性の脚を連想させて）「猥褻だから」という理由で白い布で覆う習慣があったことは、このような偽善的な倫理観の例としてしばしば紹介される。

トマス・ハーディはヴィクトリア時代後期を代表する作家の一人である。1928年まで存命だったが、小説家としては1896年の『日陰者ジュード』を最後に筆を折っているので、ヴィクトリア時代の小説家に分類できる。小説家ハーディが断筆した理由はヴィクトリア時代的な倫理観によって作品を否定されたことであった。ハーディの小説は過酷な運命に翻弄される人間の悲劇を描くことが多いが、特に『ダーバーヴィル家のテス』と『日陰者ジュード』においてテスとアレックとエンジェル、ジュードとアラベラとスーなど、結婚という制度の枠に納まることができない人間を写実的に描いている。当時の倫理観からこれらの作品は結婚や家族という制度、またキリスト教的モラルを否定していると考えられ批判されて、その結果ハーディは小説を捨てて詩に専念することになった。

ハーディの郷里ドーチェスターにあるハーディ像

オスカー・ワイルドもまたヴィクトリア時代的倫理観の犠牲となった作家である。ワイルドの作品のいくつかは、ハーディの作品以上に直接的に弾圧されている。例えば劇作家としての代表作の一つ『サロメ』は（聖書の登場人物を舞台で演じることが問題視されて）初演日の直前に上演禁止に処され（フランスではその時点ですでに上演されていたがイギリスでの初演はワイルドの死後）、唯一の長編小説『ドリアン・グレイの肖像』は（内容が不道徳という理由で）

旧レディング刑務所付近にあるワイルドの肖像を象った門

全国チェーンの書店・文具店W・H・スミスが取り扱いを拒否している。

ワイルドは作品のみならず私生活でも弾圧を受けた。ワイルドと若い「愛人」アルフレッド・ダグラスとの関係を知ったダグラスの父クイーンズベリー侯爵はあらゆる方法でワイルドを貶めてダグラスと引き離そうと試み、ワイルドが侯爵を名誉棄損で訴えると、侯爵は探偵を雇ってワイルドの同性愛的行動（当時は犯罪だった）の証拠を集め、最終的には全面敗訴に終わってワイルドは投獄された。獄中で『深淵より（獄中記）』を、出獄後に「レディング監獄のバラッド」を書いたが、かつての才能や機知は復活しなかった。

ヴィクトリア時代の倫理はその矛盾によって多くの作家に書くべき主題を与えたが、同時にその枠に納まらない数々の才能を抹殺し、文学表現の自由を奪っている。

（安藤　聡）

39 光と闇
——ロバート・ルイス・スティーヴンソン

ロバート・ルイス・スティーヴンソンの『ジキル博士とハイド氏』[*1]（1886）は、今でこそ『宝島』以上に有名だが、出版当初は「病んだ心が生んだもの」と評され、妻も彼に「さわやかな心の冒険小説家」であり続けることを望んだという。彼の故郷でありスコットランドの首都であるエディンバラは美しい街である。2014年のスコットランド独立を問う住民投票にも見られるように、スコットランドは歴史的経緯からイングランドに対抗意識をもっている。

シェイクスピアの戯曲の中には妖精や魔女が現れて日常の人智の及ばぬこの世の諸相を見せるものがあり、『マクベス』の冒頭には三人の魔女が登場する。「きれいは汚い、汚いはきれい」「人間はうろつきまわる影法師」等味わいの深いセリフが沢山あるのもこの劇だ。輝かしい王位の栄光、それを手に入れるための罪、そして狂気と転落。まさしく光と闇を描いたシェイクスピア劇の舞台であるスコットランドで、スティーヴンソ

Robert Louis Stevenson（1850-94）小説家。代表作は『ジキル博士とハイド氏』『宝島』。病弱だったが1890年からサモア諸島のウポル島に移住、同地に博物館がある。

＊1　ジキルの名は19世紀末から20世紀にかけて色彩重視の植栽設計で名をはせた女性園芸家、ガートルード・ジーキルの出たジーキル家の名を借りたものである。

ンは育った。

エディンバラの「光」が新市街なら、「闇」は旧市街だ。旧市街は暗い歴史を持つ。18世紀、人口が増え、建物は地上のみならず、地下にも何層にもわたって居室が作られた。地下深くにあった極貧の人々の住まいは日の光が差し込まないのは勿論、下水設備がないため汚水が流れ込む、不衛生な環境であった。やがて発生したペストの流行を恐れ、権力者たちは人々を地下に閉じ込め、生き埋めにした。こうして18世紀後半に建設が始まったのが、明るく衛生的な新市街である。

スティーヴンソンの「光」は恵まれた育ち、11歳年上の妻ファニー、そして優れた創作の才能であり、「闇」は幼少時から病弱であったこと、両親の厳しい宗教教育、周囲の無理解であろうか。乳母のアリソン・カニンガムも幼いスティーヴンソンに地獄や天罰の恐ろしさを毎晩のように語ったのである。こうして彼は闇に怯えつつ眠りにつき、眠れば悪夢に悩まされた。その一方で恐ろしいものの魅力に取りつかれていった。彼は狭い路地の入り組む、暗く不気味な旧市街に魅力を感じ、旧市街を見ていると「見捨てられた人がたおれて死ぬ場面を見ている気分」になると語った。

フロイトの症例研究で有名な、シュレーバー博士の場合もそうだが[*2]、19世紀半ばから末にかけては子どもを愛するがゆえの、拷問に近い位の厳しい態度がよしとされた。スティーヴンソンの場合は、精神を病むのではなく、恐ろしいものへの関心から創作へとエネルギーが向けられたのは後世の読者にとって幸いなことであった。

『ジキルとハイド』に関係のある、二面性をもつ人物が18世紀に存在した。ジキル博

＊2　乳児が一定時間以上母乳を飲むのもだめ、勉強中の子どもは常時よい姿勢を保つべき、睡眠中も寝がえりを打つべきではない、というわけで拷問具さながらの「強制具」まである。ダニエル・ゴットリープ・シュレーバーの二人の優秀な息子はそれぞれ要職についたが長男は自殺、次男のパウルは精神を病んだ。本人の手になる日記が残されていて日本でも出版されている。

士のモデルとされるウィリアム・ブロディーは18世紀半ばのエディンバラの市議会議員で、昼間は優秀な家具職人であったが、夜間は盗賊として多数の盗みを働き、1788年に自分の作った絞首台につるされた。スティーヴンソンとウィリアム・ヘンリーがこの事件をもとに書いた戯曲は、ロンドンで上演された。『ジキルとハイド』を書く2年前のことである。[*3]

さて、エディンバラを目指すなら断然鉄道の旅がお勧めだ。エディンバラの陸路の玄関口、ウェイヴァリー駅は谷底にある。駅名はスコットランド出身の作家、ウォルター・スコットの小説にちなんでいる。スコットは近代小説の先駆けで、19世紀ヨーロッパの作家たちに大きな影響を与えた一人である。

エディンバラにはこのスコットにちなんだスコット・モニュメントがある。ヨーロッパの有名建築物にはてっぺんに上るには狭いらせん階段を上るしかないものが多く、このタワーも同様である。頂上からの眺めを楽しみに登り、やっとてっぺんについて外を見たところ、あたりは気持ちがいいくらい濃い霧に

＊3　同じく18世紀半ば、ジョン・ハンターは、高名な医者としての表向きの顔と、当時は忌み嫌われていた解剖学者、また死体調達のため墓荒しをしたとされる裏の顔を持っていた。また彼の邸の構造――表通りに面した医院と裏通りに面した解剖学教室――がジキル博士の家のモデルとされている。

01

01 エディンバラ城からウェイヴァリー駅方面を望む

包まれて真っ白だった。今から35年前の3月のことである。

さて、ウェイヴァリー駅に話を戻そう。トンネルを抜けると突然明るくなってそこが駅だ。斜面の上の片方はしゃれた有名ブランド店の並ぶ明るいプリンシーズ・ストリートのある新市街、反対側は旧市街でその端には一段と高い崖の上にエディンバラ城がそびえたっている。10年前に見物に行ったときはなぜかデジカメが故障し、写真は撮れなかった。*4

夏にはスコッチ・ウイスキー工場の見学ツアーがある。季節外れに行った筆者はタクシーを頼んで比較的近くのグレン・キンチー醸造所を訪れてみた。一歩街を出はずれるとたちまち雉や野兎に遭遇した。

『ジキルとハイド』の背景には身分による外見の違いと骨相学がある。今でもイギリスでは美男美女の条件は背が高いことであり、一般に身分の高い人ほど背も高く、立派な外見ということになっている。また19世紀末期には「骨相学」が流行っていた。頭蓋骨の形で犯罪者かどうかが分かる、という似非《えせ》科学である。ハイドは悪の化身だが、ジキルは善良な面と邪悪な面

*4　エディンバラ城から、様々なギフトショップや教会、ワールズ・エンド等のパブが並ぶロイヤル・マイルを行くと、エリザベス女王の避暑に使われるホリールード・ハウス宮殿がある。宮殿の南には、崖の切り出しが壮観なホリー・ヒル公園がある。ペンギン・ウォークで人気のあるエディンバラ動物園、360度の眺望を誇るカールトン・ヒルもあり、郊外には「アーサー王の座」がある。

02 プリンシーズ・ストリートから見たエディンバラ城

の双方を持ったインテリの紳士という設定である。3日間続いた喀血と発熱の後見た悪夢をもとに書かれたこの作品は、転地療養先のボーンマスで執筆された。この地の気候も彼には合わず、健康状態はよくならなかった。その後1890年に彼は家族とともにサモア諸島のウポル島に移住し、それ以降は健康な生活を送り、島民にも慕われて過ごしたという。「体面ばかりを気にする気風は好きになれない」と言って1870年にエディンバラを出て行ったスティーヴンソンはここにやっと安住の地を見出したのである。だが彼の想像力をはぐくんだのはそのエディンバラの街の光と闇だったことは間違いない。

「神の見えざる手」のアダム・スミスもエディンバラ出身で銅像がある。資本主義の行き詰まりが問題となり、また若者の失業者が8万人に上り、問題となっているイギリスの現状を見たらアダム・スミスはなんということだろうか。

（榎本眞理子）

40 機知縦横の世界的作家
――ジョージ・バーナード・ショー

ダブリンのショー

ショーは、1856年アイルランドのダブリンで生まれた。父はスコットランド系のプロテスタントで、役人から穀物商に転じた人であった。母は夫より16歳年下で、音楽の才があった。また、二人の姉がいた。11歳から数年間いくつかの学校に通ったが、高等教育は受けなかった。ダブリン時代のショーはその後ダブリンで、土地仲介業者の下で働き始め、才覚を示す。ダブリン時代のショーは、シング・ストリートの自宅に暮らしていた。*1 彼はアイルランド国立美術館に通い、ティティアン、ターナー、レンブラント、ホイッスラーらの作品に親しんだ。またシェイクスピアの芝居を鑑賞し、多くの書を読んだ。ダブリンでは、彼の後年の多彩な活動の素地が養われたのである。しかしダブリンは、彼の苦い思い出の地となった。事業が破綻した父が、酒に溺れるようになったからである。それを嫌ってか母は二人の姉を連れ、1875年に愛人であった音楽教師を頼ってロン

George Bernard Shaw (1856-1950) アイルランド出身の劇作家、社会思想家、評論家、ジャーナリスト。『人と超人』のような大作劇で知られるが、ミュージカル『マイ・フェア・レディ』の原作者としても知られる。

*1　ショーの生家として多くの観光客を集めている。

ドンに移り住み、音楽で生計を立てる。翌年20歳のショーも、母と姉を頼って渡英する。

大英博物館のショー

二十代のショーは、ゴーストライター等の仕事をするが、両親や姉の援助で生計を立てつつ、小説の創作を試みていた。しかしそれらの原稿はすべて出版社から送り返されてきた。また、彼は劇の習作も行った。転機となったのは、1880年に政治的、社会的な問題を議論する討論会に参加したことであった。その後、ヘンリー・ジョージ[*2]の主催する左翼的な支持活動に加わり、社会主義への傾倒を深めていく。こうした活動で知り合った人の仲介で、うち捨てられていた小説の一編が社会主義系の月刊誌『トゥデイ』に連載される。マルクスが『資本論』の著作を行ったことで知られる大英博物館の図書室で、『資本論』やワーグナーの『トリスタンとイゾルデ』を読むショーを目にとめたのが、ウィリアム・アーチャー[*3]であった。1882年のことである。ロンドンでもショーは博物館、美術館によく通った。アーチャーは、書評、音

01 バーナード・ショーの生家

＊2 Henry George (1839-97) アメリカの政治経済学者。地価税を重視したジョージズムを唱えた。

＊3 William Archer (1856-1924) 劇評家、劇作家、ジャーナリスト。イプセン劇の最初の英訳者として知られる。

楽、演劇の評論をショーに依頼し、これに応えて評論家ショーの名は知られるようになっていく。１８８４年には、設立されたばかりのフェビアン協会に入会し、『フェビアン論集』に盛んに寄稿した。１８８９年、ロンドンでイプセンの戯曲『人形の家』がアーチャーの英訳で上演された。イプセン劇のイギリスにおける初上演である。いわゆるウェル・メイド・プレイに慣れた観客、劇評家たちはこの劇を酷評した。ショーは直ちにフェビアン協会でイプセン擁護の演説を行った。この頃大陸では、単なる娯楽ではなく、観客に人生、社会を考えさせる新しい演劇が盛んであった。この新しい演劇をロンドンで実践しようとしていた劇団、「独立劇場」が１８９２年、ショーの最初の戯曲『やもめの家』を上演する。36歳にして劇作家Ｇ・Ｂ・ショーの誕生である。利益をむさぼる悪徳経営者を主人公に据えたこの劇は、やはり観客が目を向けたがらない社会問題を扱っており、社会主義者、「独立劇場」支持者以外の者からは酷評された。しかし、ショーは屈することなく、社会問題を扱った戯曲を書き続けた。しかし、これらの劇は長い間上演されることはなかった。劇作家ショーの誕生には、アーチャーとのこうした決定的な出会いがあったのだった。

世界的劇作家ショー

戦争の愚かさを描く第４作『武器と人』以降、ショーは人気劇作家としての歩みを進めていく。彼はイプセン劇的な手法を離れ、逆説と風刺を巧みに用いて観客の常識を覆し、笑わせるという喜劇の手法を取り入れた。『人形の家』と同様、新しい女性像を提

02

02 エイヨット・セント・ローレンスの自宅

示する第5作『キャンディダ』もたちまちに好評を博することとなった。ショー独特の手法を用いた、「ショー的喜劇」というスタイルが完成したのである。続く『運命の人』も成功し、次の『分からぬもんですよ』は後にアメリカで受け入れられ、ブロードウェイで異例のロングランとなる。ショーの人気はイギリスに止まることなく、アメリカ独立戦争を舞台とした『悪魔の弟子』は、やはりアメリカで歓迎された。『シーザーとクレオパトラ』では、シェイクスピア劇のシーザーよりも人間味があふれつつもスケールが大きいシーザー像を描こうとしている。1904年には故郷アイルランドの対英問題等を扱った『ジョン・ブルの離れ島』、1905年には独特の「生」の哲学を展開した戯曲『人と超人』を発表するなど旺盛な活動を行っている。1912年には『ピグマリオン』を発表した。階級間のアクセントの違いを扱い、音声学教授ヘンリー・ヒギンズが花売り娘イライザのロンドン訛りを矯正して社交界にデビューさせるこの戯曲が、後にミュージカルに仕立てられ、第二次大戦後《マイ・フェア・レディ》として映画化され、世界的な人気作となったのはよく知られた話である。二度の大戦の前後ではたびたび反戦を表明した。1925年にはジャンヌ・ダルクをモデルにした『聖女ジョーン』が決め手となってノーベル文学賞の授与が伝えられると、一時は拒否するものの、説得により、賞金はイギリス・スウェーデン文学財団設立の基金に充てることにして、受賞を承諾した。ショーは晩年まで旺盛な執筆活動を行い、1933年には世界一周旅行の途中、日本にも立ち寄っている。[*4]

終生の地、エイヨット・セント・ローレンス

1906年、ショーはロンドンのフラットのほかにロンドンの北方20キロの地、エイヨット・セント・ローレンスに屋敷を取得した。[*5] ここが彼の終生の地となる。ロンドンの喧噪を離れた、静かな田園風景が広がる地であった。ショーが42歳で結婚した妻シャーロットが1943年、激しい空襲が続くロンドンのフラットで亡くなる。1950年、94歳のショーは転倒して大腿骨を骨折し、病院に運ばれるが、彼は自宅での療養にこだわった。11月2日、長い生涯を閉じた。遺言に従い、火葬され、シャーロットの遺灰とともにエイヨット・セント・ローレンスの庭に撒かれた。

（小林直樹）

＊4　荒木貞夫陸軍大臣と面談したり、能を観劇するなどしている。

＊5　現在はショーズ・コーナーとしてナショナル・トラストに管理され、夏にはショーの芝居が庭園で上演される。

41 ポーランド出身のエグザイル作家
――ジョウゼフ・コンラッド

Joseph Conrad（1857-1924）小説家。ポーランドからイギリスに帰化し、長年の船乗り生活の後に英語で小説を書き始めた。代表作に「闇の奥」『ロード・ジム』『ノストローモ』などがある。

『密偵』とグリニッジ天文台爆破事件の舞台を訪ねて

ジョウゼフ・コンラッドは20世紀イギリス文学を代表する小説家のひとりだが、エグザイルの作家とも称されているように、ポーランドからの亡命さながらの帰化者であり、生粋のイギリス人ではない。母語のポーランド語でも、達者なフランス語でもなく、第三言語ともいえる英語で小説を書きはじめ、世界的な文豪にまで登りつめた異色の作家である。また作家になるまでの経歴も想像を絶するものであり、文学とはまったく無縁な環境ともいえる船乗り生活を18年ほど続けた後に、１８９５年4月に出版した処女作『オールメイヤーの愚行』をもって文学界にデビューしたが、38歳という遅い作家誕生であった。

コンラッドの小説の舞台は船乗りとして世界の海を航海した仕事を反映して、『闇の奥』『ロード・ジム』『ノストローモ』『西欧人の眼の下に』などの作品からもうかがわれるように、マレー群島からアフリカのコンゴ、南アメリカの架空の国からロシア、ジュネーブなどヨーロッパの都市から地中海までと、その範囲は世界各地におよんでいる。作家生活に入ってからのコンラッドは、おもにイギリス南東部のケントに住んだが、結婚後の１８９７年にはエセックスのスタンフォード＝ル＝ホウプにある「アイビー・ウォールズ・ファーム」という郊外住宅に引っ越して、海洋小説の傑作『ナーシサス号の黒人』を完成させた。しかし、コンラッドの作品のなかではイギリス国内を舞台とするものは数えるほどしかない。

そのなかでも例外的な作品といえるのが、ロンドンを舞台とする唯一の作品である『密偵』である。コンラッドはスパイ小説、とりわけ二重スパイ小説の元祖ともいわれているが、そのように呼ばれるようになったのはこの『密偵』（１９０７）という長編小説がもとになっている。『密偵』はまた『ノストローモ』（１９０４）と『西欧人の眼の下に』（１９１１）とならぶ、コンラッドの三大政治小説の一角を占める傑作である。コンラッドはかつて海洋作家と呼ばれたこともあったが、いうまでもなくコンラッドの本領は政治小説にあることはいまや定説となっている。

『密偵』の主人公はソーホーの路地裏にある小さな店で、いかがわしいソフトポルノや左翼新聞などを販売しているアドルフ・ヴァーロックという怠惰でさえない中年男である。彼の表向きの顔は商店主だが、その収入源はおもに駐英ロシア大使館の秘密諜報機関が提供する資金にあり、おもな仕事はアナキスト・グループを監視し、その動静を

01 アイビー・ウォールズ・ファームにある銘板

02

大使館の一等書記官であるウラジミールに報告することにあった。しかし、ヴァーロックはまたロンドン警視庁のヒート主任警部とも通じていて、無給の諜報員として働く二重スパイでもあったのである。

物語が暗転するのはウラジミールがヴァーロックにたいして、グリニッジ天文台の爆破を命じるときに訪れる。爆破の目的はイギリス当局にショックをあたえて、アナキストにさらに強硬な方針を取らせることを狙ったものだった。結局、天文台爆破テロは未遂におわるが、近くで爆風によって粉々に吹き飛ばされた死体が発見される。ヴァーロックの妻、ウィニーの精神薄弱だが心の清らかな弟、スティーヴィーの死体であった。のちにウィニーは夫が爆破実行を教唆したせいで、弟があやまって爆死したのだと知って逆上し、肉切りナイフで夫のヴァーロックを刺し殺してしまう

02 グリニッジ・パーク

03コンラッドの墓

のだ。恐怖に駆られたウィニーはヨーロッパ大陸への逃亡をくわだてるが、最後には逃亡を手助けしてくれると約束したアナキストのオシポンにも裏切られ、彼女は絶望のあまり海峡フェリーから海中に身を投じて自殺してしまうのである。

『密偵』の物語的中心を占めるグリニッジ天文台爆破未遂事件は、1894年2月15日に起こった実際の事件を下敷きにしている。作中のスティーヴィーと同じように、マーシャル・ブルダンというアナキストが自爆した現実の事件があり、当時は大きなニュースとして報道されたが、コンラッドはこの事件にいくつかの小説の共作者であったフォード・マドックス・フォードからのアナキスト情報などを加味して、みずからの想像力を駆使して卓抜したフィクションにまで仕上げたのが『密偵』なのである。

『密偵』は『ノストローモ』とならぶコンラッドの政治小説の傑作と称されている。国家間の陰謀と駆け引きという国際政治の裏側がたくみに物語化されているばかりでなく、スティーヴィーの無垢な天真爛漫さとは対照的に、ヴァーロックとウィニーの夫婦関係にみられるような、人間の利己心と打算などの心の闇も描かれている。またこの作品に登場するアナキストたちはおしなべて醜悪な人間に描かれているが、こうしたアナキスト嫌いの戯画化はコンラッドの政治的保守性もあらわにしている。
『密偵』において爆破テロの標的となるグリニッジ天文台はロンドン東部の郊外、テムズ川が大きく湾曲したあたりの南岸、世界遺産にも登録されているグリニッジ市の公園内にある。高台にある天文台は世界の時間の基準となる、グリニッジ標準時の子午線が通っている場所であり、東半球と西半球をわける経度ゼロ地点となっている。グリニッジには地下鉄でも行けるが、電車ならチャリング・クロス駅から、フェリーならウェストミンスター桟橋からが便利である。グリニッジの桟橋の目のまえには帆船時代の3本マストの快速船、カティー・サーク号が係留されていて、そばには旧王立海軍大学や国立海事博物館などの名所もある。ちなみに天文台を爆破する試みとは世界の中心、ないしは時間を無化しようとする象徴的行為にほかならない。

（吉岡栄一）

42

世界一の名探偵を生んだ
――アーサー・コナン＝ドイル

名探偵シャーロック・ホームズを生んだ作家アーサー・コナン＝ドイルは、紳士たらんとする一方で悩み多い性格のようで、言動に二面性が見られ、自分が見えていなかったかのようである。

エドガー・アラン・ポーが生んだデュパンが探偵の始祖だとすれば、コナン＝ドイルが生んだ名探偵シャーロック・ホームズは元祖と言って良い。アイルランド人のもつ想像力の産物であろうか。

ホームズの事件簿を掲載した『ストランド・マガジン』誌の発行部数は30万部から50万部に達し、甲南大と大阪商大の教授を勤めた社会学者高橋哲雄は、人類史上初の出来事として「ホームズ現象」と呼んだ。その後、本格推理、ハードボイルド、007から名探偵コナンまで、その系譜は限りなく広がり、半七捕物帳を著した岡本綺堂は、その第一編『お六の魂』に「彼は江戸時代における隠れシャアロック・ホウムズであった」

Sir Arthur Conan Doyle（1859-1930）医師・推理作家。名探偵シャーロック・ホームズを創造した。その他南アフリカの探検物語『失われた世界』（1912）や『ウォータールー物語』（1901）などの戯曲も書いた。

と記し、捕物帳というジャンルも生まれた。

　コナン=ドイルは、スコットランド・エディンバラ市のピカディ・プレイスの狭いフラットで1859年5月22日にアーサー・イグナシウス・コナン・ドイルとして生まれた。父はチャールズ・ドイルといい、アイルランドからロンドンに出てH・Bの筆名の風刺画家として名を成したジョン・ドイルの四男である。

　長兄のジェイムスは文筆の人、次兄のヘンリーはアイルランド国立美術館長、三兄のリチャードも「パンチ」誌の表紙を飾った画家、いずれも名を成した。ところがチャールズは、画家として成功せず、エディンバラで薄給の公務員となり、アイルランド人のメアリー・フォーリーと結婚したが家計は苦しかった。その上チャールズは酒に溺れ精神を病み、ついには仕事も辞めて精神病院で死亡した。家庭はしっかり者の妻が支え、アーサーがエディンバラ大学に進んで医者になる道を選んだ。父の二の舞を避けたかったと思われる。現在、エディンバラの生家の前に等身大のホームズ像が立つ。

　父の姿は、アーサーの人間

01 エディンバラのホームズ像

02 スイス・ライヘンバッハの滝

形成に少なからず影響を与えた。姓名はアーサー・ドイルであるが、コナン＝ドイルと呼ばれている。誕生2日後に近くの教会で洗礼を受けた時、大伯父のマイケル・エドワード・コナンがゴッドファーザーを務め子供がいなかったので、アーサーにコナンの姓を与えた。後年ドイル家から独立して複合性のコナン＝ドイル家をおこしたが、これは父からの不名誉な血統を断つ意図によるとの説がある。

　エディンバラ大学在学中に、ホームズという米国の作家に感銘を受け、これが名探偵の名前のヒントになった。またベル博士[*1]の授業を受け、また助手を勤め、医師の助手、捕鯨船の船医などのアルバイトをしつつ苦学して医師となった。

　卒業後船医やプリマスで開業している友人の手伝いもしたが、独立してポーツマスで開業した。ここで付き添って来た入院患者の姉のルイーズ・ホーキンスと結婚したが、医業ははやらなかった。ホームズの第一作『緋色の研究』を『ビートンのクリスマス年鑑』に投稿し掲載されたが、生活費稼ぎの一策として書いたものである。その後『ストランド』誌に連載したホームズの短編が大当たりをとった。これは識字率が上がり、また職住分離が進んだので通勤の汽車で読むのにちょうどいい長さ、同じ名探偵が登場する短編による連載小説という構造を「発明」したことによる。また、少年時代に厳格な

＊1　Joseph Bell (1837-1911) エディンバラ大学医学部教授（解剖学）。患者の外見からその職業や疾患を言い当てたと言われ、その観察力や洞察力がホームズのモデル。

＊2　アフリカにおける金の利権をめぐり、オランダ人入植地にイギリス軍が侵入し、侵略戦争と非難された。この戦争に愛国者コナン＝ドイルは軍医を志願し『南アフリ

イエズス会の寄宿学校で過ごしたことが影響したのか、キリスト教とは距離を置き心霊術に興味を示した。その後眼科医への転身を目指してサウス・ノーウッドで開業したが、待合室に人の姿はなく、もっぱら診察室でホームズを書き続け、医師としては成功しなかったが、ついに余技のつもりであった作家の道を目指すことにした。

　父を反面教師としたのであろう。伝統的なジェントルマンを理想とするアーサーは、通俗的なホームズの作家ではいさぎよしとせず、より文学的な歴史小説の作家を夢見て、富と名誉をもたらしたホームズを『最後の事件』でスイスのライヘンバッハの滝に犯罪界のナポレオンことモリアティー教授とともに転落・死亡させ、こちらの筆を折った。歴史小説としては『マイカクラーク』『白衣の騎士団』『ジェラール准将の功績』などを次々と発表したが、文壇からの評価は低かった。

　その頃、妻のルイーズが肺結核を発病した。転地療養のためスイスのダボスに滞在し、次いで空気の良いサリーのハインズヘッドにアンダーショーと呼ぶ自宅を建てて移り住んだ。病身の妻を決して見捨てない俠気のあらわれであるが、かたわら若く家柄も良いジーン・レッキーとの交際もはじまっていた。ホームズを葬った後、イギリスが各国から批判を浴びていたアフリカのボーア戦争[*2]についてイギリスを正当化する本を書いて、ナイトに叙せられたり、「人類のため国家のために何か実際的な影響力を与えたい」との願望を持ち、下院議員に立候補して落選[*3]するなど行動は多様化した。また全くの正義感から冤罪事件を晴らす活動も自費で行った[*4]。

ホームズという通俗小説からは手をひいたが、ホームズで得られた富と名声がこれら

カの戦争の原因と行為』を出版してイギリスを正当化。この功績でサーの称号を授けられた。

*3　コナン＝ドイルは1900年にエディンバラから立候補し、ボーア戦争を正当化する主張で臨んだが落選した。1905年にもボーダーバラから国税改革を訴えて出馬したが、業界の利害を無視したドイルの正論は支持を得られず落選した。

*4　スタフォードシャーのペルシャ系インド人の教区牧師に脅迫状が送られ、厩（うまや）に忍び込んで馬を傷つける事件が起こり、牧師の息子が逮捕され有罪判決を受けた。これを知ったコナン＝ドイルは他の仕事を中断して調査を行い釈放させた。またグラスゴーの別の事件にも取り組んだ。

の行動を可能にしたのである。
　一方で、読者からの「ホームズ、カム・バック」の声に、ついに『バスカヴィル家の犬』を、次いで『空き家の冒険』を発表してホームズを復活させた。心霊術にのめりこみ世界各地に講演旅行をするなどし、少女が戯れに撮影した妖精の写真を「本物だ」と折り紙をつけるなど、ますます言動は複雑化した。シャーロック・ホームズを生んだ稀代の作家も、その生まれと育ちからアイルランドの俠気や熱情と想像力、スコットランド人の誇りと気骨、イングランド人の一徹を兼ね備えた人物と考えられるが、晩年にはそれが裏目に出た感がある。
　ピルトダウン原人事件も伝えられている。1912年に頭蓋骨や石器が発掘され、イギリスが人類進化の舞台であったとイギリス人の愛国心をくすぐった。しかしのちに人骨にオランウータンの顎や歯を取り付けたニセ物

03クロウバラのウィンドルシャム

と判明し、偽造犯人はコナン=ドイルとの説も生まれた。心霊現象の信奉者であったので、自分をバカにしている学界に一泡ふかせようとしたとの説であった。

妻ルイーズの死後、14歳下のジーン・レッキーと結婚し、クロウバラに「ウィンドルシャム」と名付けた新居を建てて移り住み、二男一女をもうけた。生活は愛妻と子供たちに囲まれ、ボーイスカウト連盟の会長やゴルフクラブのキャプテンを務めるなど裕福な紳士の生活であった。町にはコナン=ドイル像も建てられている。しかし「弱い者に対する義務」の活動は独自の判断で続け、心霊現象にはより深くかかわり、世の知識人との距離が広がった。タイタニック号沈没でバーナード・ショーとも沈みゆく豪華客船の中で乗組員がイギリス人としてふさわしい言動であったか否かの報道について大論争した。[*5] コナン=ドイルはこのクロウバラで1930年7月7日に逝去した。

作家コナン=ドイルの評価は分かれるが、その作中人物であるホームズの人気は作家から独り立ちして衰えることなく、その事件簿とシャーロキアン（イギリスではホームジアン）と呼ばれる愛好家は、発表後130年の今日なお世界50カ国以上で生きている。

（平賀三郎）

＊5　豪華客船タイタニック号が1912年氷山と衝突して沈没した。報道に対してバーナード・ショーは「言及されざる教訓」と題して「言語道断なほどロマンティックなウソがある」と美談づくりを告発した。これに対してコナン=ドイルはショーの批判は「多くの虚偽を含む」と反発し大論争となった。

43 アイルランド文芸復興をリードした

――ウィリアム・バトラー・イェイツ

アイルランドは美しい国である。妖精の住む島、エメラルドの島と呼ばれ、聖者と学者の島と言われている。しかし、この緑の島の土地は痩せ、穀物などの生産に適した土地は限られている。アイルランドの歴史は飢えと貧困の歴史と言っても過言ではない。

1849年、スコットランド生まれの思想家トマス・カーライルがアイルランド西部を旅していた。彼がそれまで目にしたものは物乞いと石の壁だけだったが、港町バリーナからスライゴーに向かう途中でそのような土地の様子が「ここで突然変わった。スライゴー湾の美しい海の景色がその先の有名な山とともにあった。実に気持ちのよい所で、至る所に耕作されたあとが見られる。スライゴーはまったく美しい町であり地域である」と感動の言葉でつづられるものに変わった。カーライルの目に入ったものは、ベン・バルベンの山とスライゴーの海、そしてその麓にあるドラムクリフ湾、そしておそらく耕された黒土だったのかもしれない。アイルランドを緑で覆っているのは、実は痩

William Butler Yeats (1865-1939) アイルランドの作家、民話伝説などを取り入れた神秘的、象徴的な詩を得意としたが、後に、具体的なイメージと象徴によって現代の矛盾と苦悩を的確に表現する現代詩を書いた。アイルランド文芸復興運動を指導し、劇作家としても活躍した。後期の舞劇4部作には日本の能の影響が色濃く反映されている。1923年にアイルランド人としては初めてノーベル文学賞を受賞した。

せた土地にも耐える牧草で、この地が農業効率の低い牧畜しか営めないことを示している。アイルランドの緑は美しいと同時に、悲しい色でもある。

筆者たちはカーライルとは反対のルートでN16を北アイルランド側からスライゴーに入り、次にダブリンにある2軒の家[*1]や劇場[*2]を訪ねてからゴールウェイ[*3]に向かうコースをとった。幸いこの日は好天に恵まれ、目に飛び込んできたのはカーライルが見た「有名な山」、船底をひっくり返したような雄大な岩山ベン・バルベンと、その麓に静かに水をたたえるグレンカー湖、そして湖の手前には羊たちが草を食む牧草地があり、そしてさらに左手には光り輝くスライゴーの海があった。カーライルにならったわけではないが、筆者たちもしばらくこの景色を楽しんでいた。スライゴー一帯は文学愛好家には「イェイツ・カントリー」と呼ばれるほどイェイツとはゆかりの深い地域である。しかしながら、詩人が生まれたのはここではなくダブリン郊外のサンディマウントである。さらに、物心ついたころには一家はロンドンに移住した。イェイツが7歳の頃、スライゴーに移住して9歳までここで過ごしたが、1874年10月からは再びロンドンに戻り、15歳まではロンドンの学校に通った。1881年、一家はまたも生活苦からアイルランドに戻ったが、スライゴーではなく、ダブリン郊外のホウズであった。その後詩人として頭角を現すようになっても、彼が住んだのはダブリンやロンドンであった。

だが、彼は大都会ロンドンやイングランドの支配下に置かれたダブリンよりも、アイルランドの民話や言い伝えが豊かに残るスライゴーの方が好きであった。自伝の中で「スライゴーのことを思うと涙が出る」とまで言って、イェイツにとって思い入れの強

＊1　サンディ・マウントにあるイェイツが生まれたジョージズ・ヴィルやロンドンから戻って住んでいたフィッツウィリアム・スクエアの家などがある。

＊2　イェイツがアイルランド国民演劇協会の拠点として設立したアビー劇場。現代はアイルランド国立劇場となっている。

＊3　新婚のイェイツが夏を過ごすために購入した16世紀の城塞。現在はイェイツの記念館となっている。

かったこの町は、母スーザン・ポレックスフェンの実家のある町である。イェイツの父親ジョン・バトラー・イェイツも父親から思い入れたっぷりにスライゴーの話を聞かされていた。一般にイングランド系のアイルランド人は、地主＝支配階級として農民から敵視されることが多かったが、なかには積極的に民衆と同和しようとする人々もいた。例えば曽祖父のジョン・イェイツはこのスライゴーの町のほど近くにあるドラムクリフの村の教会で教区牧師をしていた。彼のよく知られている詩「ベン・バルベンのふもとにて」で、「ある祖先がそこで牧師をしていた」とうたった牧師こそ、その曽祖父ジョンであった。彼は学者肌であったが、人をもてなすのが大好きであった。亡くなったときにはワインの飲み代400ポンドのツケが残っていたという事実が、何より雄弁にその人柄を物語っている。

このようにスライゴーはイェイツの一族にとってはかけがえのない土地だった。ここでアイルランドの民話、神話、民間伝承などを収集したイェイツは、1888年『アイルランド農民に伝わる妖精物語』、また神話を軸にした「アシーンの放浪とその他の詩」を翌年に出版し、詩人としての地位を獲得した。以来彼の詩は、神話や民話を題材とし、そこに愛国心を投影することを軸とするようになった。やがて、もっと具体的にアイルランド人の自負と誇りを直接民衆に伝える手段として演劇活動に乗り出していった。1899年にはアイルランド文芸座、1904年にはアビー座を創設し、アイルランド文芸復興をリードした。

このような運動は、独立を志向するナショナリズムや愛国心といった政治的な要素を

＊4　大まかに言えば、ケルトの歴史や伝統を重視し、宗教的にはカトリック、言語的にはアイ

多分に含んでいたために、必ずしも一枚岩とは言えなかった。すなわち、土着のケルトの文化や歴史を前面に押し出すゲーリック・アイリッシュ[*4]と、アイルランドに住む者なら民族や血統に関係なくともにアイルランド人の誇りを取り戻そうというアングロ・アイリッシュ[*5]の対立[*6]であった。

　両者の間に埋めることのできない亀裂があることに気づいたイェイツはナショナリストとは一線を画し、文芸や文学をより深く研究するようになった。日本の能の要素を取り入れた『鷹の井にて』[*7]はイェイツが見出したひとつの答であった。その後のイェイツは、芸術の永遠性を追求する一方、ありのままの人間の新しい生活を象徴的に描くことに専心した。このような詩作活動はやがて彼をアングロ・アイリッシュの作家から、英語で文学を追求する普遍的な作家へと変貌させることになる。1922年のノーベル文学賞受賞は彼が世界の詩人になった証である。

　晩年のイェイツは、ゴールウェイの、今日イェイツ・タワーと呼ばれているバリリー塔に住み、

ルランド語、社会的には農民を主体としていた。

＊5　大まかに言えば、宗教的にはプロテスタント、言語的には英語、社会的には地主・知識階級を主体としていた。

＊6　1907年シングの『西の国のプレイボーイ』上演の初日に暴動が起きたにもかかわらず、アビー座の支配人であったイェイツは上演を予定通り続けたために最終日には警官隊に守られて上演をする羽目になった。

＊7　1916年初演、17年刊行。妖精や神話などの神秘への志向から脱し、試行錯誤の結果たどり着いたのが能の幽玄の世界であった。

01 ドラムクリフのセント・コロンバ教会にあるイェイツの墓。

上院議員に選ばれるなど、功成り名遂げて1939年に73年の生涯を閉じた。遺体は遺言により詩人が愛してやまなかったスライゴーのドラムクリフのセント・コロンバ教会に埋葬された。教会の左手にはひときわ目立つ11世紀のハイ・クロスが立ち、背後には岩山ベン・バルベンが横たわる。彼の墓は教会の前にあり、黒みがかった「ライムストーンの墓石」には彼の筆跡で「ベン・バルベンのふもとで」の最後の三行「冷たい目を向けよ／生と、死に／馬でゆくものはゆけ！」が刻まれている。

スライゴーはイェイツの生まれ故郷ではなかったが、ここが彼の心の故郷であり、彼の詩人としての原点であったことは紛れもない。周辺を歩けば彼が詩の中で詠った森羅万象が次々と目に飛び込んでくる。[*8]「湖の島イニシュフリー」（1890）の中で、あばら家を建てて一人住みたいと願ったギル湖のイニシュフリー島、『螺旋階段』（1933）の中で二人の女性を、絹の着物を着た二人の乙女、二人とも美しく、一人はカモシカだ、と詩《うた》ったリサデル・ハウス、「盗まれた子ども」（1889）の中で、月夜に踊る妖精を描いたロシズ・ポイントとエルシノア・ロッジなど、枚挙にいとまがない。ここはイェイツ・ファンにとっては黄金郷なのだ。

（市川　仁）

＊8　ガラヴォーグ川の河口付近の橋のたもとにはイェイツ記念館があり、イェイツに関する資料がそろっている。ここで情報を得てイェイツゆかりの地を歩き、できれば、詩集をもってその場に立つことをお勧めしたい。

44 湖水地方の風
――ビアトリクス・ポター

ドライブの途中で立ち寄った小さなミュージアムはこぢんまりとした展示だったが、静かな、そして広大な緑の中に立つ建物の一室だった。そこはピーター・ラビットの作者ビアトリクス・ポターが子供の頃よく訪れたハットフィールドにある祖父の引退後の屋敷だった。ロンドンから近いので、一家はここをたびたび訪れ、ビアトリクスは小動物に直に触れることができ、デッサンを多く残した。

祖父のエドマンド・ポターは、エドマンド・ポター商会の創設者で、世界最大の捺染工業会社の経営者であり、イギリス学士院特別会員の栄誉を与えられた。祖父が引退し、ポター家の事業はその長男が相続し、次男である１８３２年生まれの、ビアトリックスの父ルパートは、法廷弁護士《バリスター》となり、やがて幼馴染のヘレンと結婚する。

ロンドンのケンジントンのボルトン・ガーデンズ2番地で、１８６６年、ビアトリクスが生まれ、72年、弟のバートラムが生まれた。アッパー・ミドルクラスのポター家で

Beatrix Potter（1866-1943）１９０１年に『ピーター・ラビットのおはなし』でデビューし、多くの絵本を出版。また、ピーター・ラビットのぬいぐるみなどのグッズを製作し、ビジネスウーマンとしても力量を発揮した。

は、二人のメイド、馬丁、執事、御者、乳母などが雇われていた。子供たちは4階の子供部屋で時間を過ごした。やがて父はロンドンの社交界に進み、エリートクラブのメンバーとなり、有力な政治家や著名な文人たちと交流を深めた。ラファエル前派の画家ジョン・エヴァレット・ミレーとは趣味の写真を通しての友人であったが、ミレーの妻は美術評論家のジョン・ラスキン[*1]の先妻だった関係で、ルパートの交友関係は広くなった。

一家は毎年4月の2週間は南西の海岸で過ごし、夏の3カ月間はスコットランド、のちに湖水地方に避暑で滞在した。

ロンドンに戻ると、勉強が待っていた。当時の彼女の所属する階級ではごく普通のことだが、子供たちは学校へ行かず、家庭教師が雇われていた。彼女が12歳のとき、絵の先生が彼女のためにだけに雇われ、先生から自由画法、立体表現法、形態描写、遠近法、花の水彩画の描き方を学んだ。彼女は父と一緒に展覧会や美術館、そして画家ミレーのアトリエなどを訪れている。

ビアトリクスにとって、ペットと日記は彼女が心を許す数少ないものだったが、母親との折り合いは良くなく、日記が読まれるのを嫌って、ついに彼女独自の暗号で書き続けた。その日記は１９５８年にレズリー・リンダによって解読され、今では貴重な資料となっている。

ある日、彼女は一匹のウサギをペットショップで買って、こっそり持ち帰った。ウサギはベンジャミン・バウンサーと名付けられ、絵のモデルとなる。

＊1　John Ruskin (1819-1900) ヴィクトリア時代を代表する美術評論家で、芸術家のパトロンでもあった。

01 ボルトン・ガーデンズの銘板

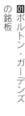

印刷機を購入するためにビアトリクスはベンジャミンを描いた絵を5社に送ったが返事はなかった。直接持ち込んだフォークナー社がその場で6ポンドで買い取ってくれた。とうとう、彼女の絵はクリスマスカードや詩集の挿絵として人々の目に触れるようになり、作家としてスタートする。

いよいよビアトリクスが子供たちに向けて書いたたくさんの話を本にする機会がくる。元家庭教師の息子ノエル・ムーアが小児麻痺で寝込んでいた時に2匹目のウサギのピーター・パイパーを主人公にした絵手紙を送った。それをもとに『ピーター・ラビットのおはなし』が本になる。

彼女は安価で買える小さな本を望んだが、出版社は高価な大型本を主張。折り合いがつかず、自費出版を決意する。初めての本は友人や親戚へプレゼントし、残りが販売されたが、人気が人気を呼び、１９０２年、ついにフレデリック・ウォーン社から出版された。

１９０３年の第2冊目の『グロスターの仕立屋』はとりわけ忘れ難い本となる。ウォーン社の編集者ノーマン・ウォーンとこの本を通して友情をはぐくみ、ついにプロポーズされるが、両親から反対される。しかしながら、突然、「運命」としか言いようのないことが二人に降りかかる。ノーマンが病に倒れ、避暑地から送ったビアトリクスの手紙を読むこともなく、リンパ

02 ピーター・ラビット

性白血病でこの世を去った。37歳の若さであった。
「悲しみのあまり夏にできなかったスケッチをするつもりです」と、彼女はロンドンから湖水地方に移り、ヒル・トップという農場を買う。創作は続き、物語の舞台は湖水地方に移る。ヒル・トップの羊をはじめ、湖水地方原産の羊は優れた品質だったが、時代の流れの中で多くの農場が閉鎖される危機にあった。彼女はハードウィッグ種綿羊飼育協会の設立に加わり、美しい自然が変わるのをくい止める活動に参加する。ノーマンの死後も、本は年に1冊ずつ出版され続けていた。

1895年、ローンズリ牧師やロバート・ハンター卿らとともに、湖水地方の美しい景観を守り国民の信託財産にするためのナショナル・トラストの設立に参画する。土地が観光開発のために買い占められないように、彼女が買収を続け、代金を半分しか払えないナショナル・トラストのために用地を確保し、後々ナショナル・トラストに譲ると約束をしたのだった。

農園の管理は地元の法律事務所に任せたが、やがて担当のウィリアム・ヒーリスと恋に落ち、両親の反対を乗り越えて1913年、ロンドンの教会で結婚する。

その後、彼女は両親の世話や農場経営に忙しく、創作をストップする。年を重ねるにつれ、彼女の眼は衰え、創作意欲も枯渇してきたものの、海の向こうのアメリカで本は売れ続け、多くの読者からファンレターが届き、彼女を驚かせた。

本の印税でさらに高原農場を買い続ける。大地主となったビアトリクスが母から借り

03 ニア・ソーリーのヒル・トップ

た高級車で農園をめぐる姿はすっかりウィンダミアのいつもながらの風景となった。晩年の彼女は長靴をはき、ボロボロの服を着た羊おばあさんで、「あんな美しい本を書いた人」には見えない恰好だった。本物の乞食に乞食扱いされたと本人も笑っていたというエピソードが残されている。

1936年、一人の牧師がビアトリクスを訪ね、彼女を喜ばせた。「僕を覚えていますか」。その人こそ、彼女が絵手紙を送り、『ピーター・ラビットのおはなし』が世に出るきっかけを作ったノエル少年だった。

1943年、湖水地方をこよなく愛し、散策するのが大好きだったビアトリクス・ポターは気管支炎のためにこの世を去る。彼女の所有する土地、写真、水彩画などは、ナショナル・トラストに、彼女の著作権はウォーン社に譲り渡された。

ヴィクトリア時代を信念をもって、ダイナミックに生きぬいた女性が描いた『ピーター・ラビットのおはなし』は、現在30カ国以上の国で愛読され続けている。

晩年は健康に恵まれなかったが、彼女が残した言葉は人々を勇気づける。「私は年を取ることを少しも不快に思いません。年を取れば動作は緩慢になりますが、経験と貫禄はついてきます」。

ある日、わたしは、イギリスの友人が「これが最高！」と教えてくれた道筋で愛車に乗り、ウィンダミアのニア・ソーリー村へ向かった。美しい丘を上っては下り、その先に広がるビアトリクスが残した湖水地方の美しい緑の景色にたどり着いた。大きく息を吸い、アクセルを踏んで、車ごとその風景の中へ飛び込んだ。

（山口晴美）

45 裏の顔もあった
――サマセット・モーム

作家の誕生

「20世紀のシェイクスピア」と謳われたサマセット・モームは、1874年1月、パリで生まれる。父は在仏イギリス大使館顧問弁護士、母は陸軍高級将校の娘であった。四人兄弟の末っ子であった。82年、モームが8歳の時、母は結核で死ぬ。3人の兄たちは、77年ごろからイギリス本国の寄宿者学校に送られていた。彼の自伝的小説『人間の絆』（1915）の書き出しは「灰色にどんよりとした夜明けだった。分厚い雲が空をおおい、空気はうすら寒く、雪を思わせた」で始まり、「かわいそうに、あの子はどうなるでしょう?」と死の床の母が泣きくずれる。そしてさらに不幸が襲いかかる。その2年後の84年、父も胃癌で亡くなる。10歳のモームは、南イングランドの州ケント、カンタベリーに近いウィットステイブルという田舎町で牧師をしている父方の叔父に預けられる。子供のいない、それ故に厳格一筋の牧師であった。

William Somerset Maugham（1874-1965）『月と六ペンス』で脚光を浴び、人気作家となる。『人間の絆』『お菓子とビール』などの長編の他、多くの短編小説や戯曲も書いた。

そこからカンタベリーのキングズ・スクール附属の予備校《プレプスクール》へ通う。その3年後、13歳の彼は、セント・オーガスティンが597年に創設したとされるイギリス最古のパブリック・スクール、キングズ・スクールに入学する。寄宿舎制なので、ようやく叔父の頑迷な管理体制から脱出できたのだった。といっても、内気な性格、フランス語なまりの英語、吃音などのために心無い級友から苛められ、下級生を担当する教師たちは、弱いもの苛めの達人ばかりであり、モームもこっぴどく苛め抜かれたのだった。心許す友人もできず、ますます自我意識の強い少年になっていった。翌年、自分も結核に感染しているのが分かり、1学期間休学して南フランスのイエールで療養生活を送り、その後キングズ・スクールに戻るが、やはり馴染むことができず、オックスフォード大学に進み聖職者にという叔父の期待を反故にして、自主退学して、ドイツのハイデルベルク大学の聴講生となる。翌年、帰国して、ロンドンの会計士事務所で働くが、それも続かず、92年、セント・トマス医科専門学校に入学する。97年、23歳のモームは医科専門学校を卒業し、医師免許を取得する。実は卒業前に、処女作『ランベスのライザ』を発表していた。この作品のテーマは、警察ですら入り込めないようなテムズ河岸のロンドン最大のスラム街ランベス地区に住む美少女ライザと青年に初老の夫婦を絡ませた愛欲の世界についてであった。この作品は、たちまち評判が評判を呼び、1カ月後に増刷したのだった。作家サマセット・モームの誕生であった。

01 メイフェアの家

MI6（イギリス海外秘密情報部）の諜報員

1914年から始まった「大戦争《グレート・ウォー》」（1945年以降、これを第一次世界大戦と呼んでいる）の緒戦段階で、短期終結を予想していたイギリス政府当局は志願制を採用していた。モームも志願するが、屈辱的にも、40歳という高齢と背が低すぎるという理由で入隊を断られる。それで、彼は、5年前から親交のあった海軍大臣チャーチルにMI6の諜報員に推薦してほしいと持ち掛けるが、チャーチルからは梨の飛礫《つぶて》であった。結局モームはフランス赤十字医療部隊に救急車運転助手として入隊する。この隊長は、作家のヘンリー・ジェイムズ[*1]であり、モームとはむろん旧知の間柄であった。野戦病院の隊員用寝室でモームは出版社から送られたゲラの校正をしていた。翌年刊行予定の『人間の絆』のゲラであった。

翌1915年1月、モームは賜暇を得て、当時住んでいたメイフェアの自宅に帰った。ロンドンで、MI6高官で「R」というコードネームを持つサー・ジョン・ウォリンジャーと面会し、晴れてモームは正式のMI6の諜報員になる。[*2] 10月からの最初の任地は、中立国スイスのローザンヌであった。ノイローゼになったMI6諜報員の後継として派遣された。ここでの初仕事は、唯一のスパイ連作短編集『アジェンデン』（1928）によると、「退屈極まりない」ものだった。翌1916年8月、戯曲『おえら方』のアメリカ公演のためにニューヨークへ赴く。旧友で、MI6駐米局長サー・ウィリアム・ワイズマンから南太平洋の独領西サモア諸島におけるドイツ軍の動静を探るよう要請される。翌17年2月、タヒチに上陸、5カ月の任務中に、『月と6ペンス』（1919）

＊1　Henry James (1843-1916) アメリカ生まれで、イギリスで活躍した小説家。英米心理小説の先駆者。

＊2　MI6の諜報員の採用は伝統的に縁故採用である。採用される者は名門のオックスフォード大学やケンブリッジ大学を出て、しかも貴族とはいかなくても相当家柄がいいというのが大前提である。モームの場合、彼はすでに高名な作家であり、フランス語、スペイン語、ドイツ語などに堪能なマルチ・リンガルであった。さらにモームの祖父はイギリス法律家協会の創設者であり、家系も申し分がなかった。

の取材を終え、7月にサンフランシスコに帰港する。

帰国とほぼ同時に、ワインズマン局長はモームに革命下のロシア潜入を要請する。7月28日、ニューヨークを出港し、サンフランシスコ、横浜、シベリアを経由して、9月上旬、ペトログラードに到着する。4人の忠実なチェコ人にエスコートされた「世界的な旅の作家」モームの取材旅行というふれ込みであった。

モームの主なる任務は、ロシア革命の阻止工作だった。ロシアのアナキストのクロポトキン公爵の令嬢サーシャが通訳につき、メンシュヴィキのケレンスキー首相に、ロシアの単独講和への動きを懸念する連合国が対独戦継続のための莫大な軍資金を用意していること、さらにボルシェヴィキとの内戦のための軍資金の供給を惜しまないこと、などを直接伝えた。さらに、もう一つ秘密任務があった。ロシア国内で合法的なプロパガンダのための反独的な「スラブ通信社」を創設することであった。これは企画段階で頓挫する。

ところが、陸軍内部での反乱の兆し、2度目の政権奪取を狙って同志と潜伏中のレーニンの策動など、臨時政府は劣勢の一途を辿り、危機的な状況であった。こうしたロシアの現状を的確に把握していなかったためか、優柔不断なケレンスキー首相は、10月18日、モームを呼び出し、ロイド＝ジョージ首相あての、「武器・弾薬の緊急要請」と

02 モームの墓を示すキングズ・スクールの表示板

「駐露イギリス大使の更迭要請」をモームに託す。急遽、ヘルシンキ経由で帰国したモームは、首相に、この二つの要請を伝えるが、にべもなく断られてしまう。ロシアでは、11月7日（ロシア暦では、10月25日）に、ついに「10月革命」が起こったのだった。すでにケレンスキーはフランスに亡命していた。

再びカンタベリーにて

モームは、1917年、19年、20年、21年、23年と都合5回も、中国各地や東南アジア諸国へ赴くが、途中で、東京、横浜、長崎、下関、神戸などに立ち寄っている。彼の任務は、イギリス政府が懸念している日本の南進政策の方向性を探ることであった。当時我が国の英文学者で無邪気なモーム・ファンが命名した「親日派の大作家」こそ、日本におけるモームのカヴァー（隠れ蓑）だったに他ならない。実はモームは、紛れもない「反日派」の急先鋒だった。モームの日本滞在は、イギリスの軍需相ビーバーブルックの提議による対日経済封鎖のための、「ＡＢＣＤ包囲網構想」の下調べ工作であったのだ。

１９６５年12月15日、モームは死去する。享年91歳。彼の遺灰は、カンタベリーにある母校のキングズ・スクールのモーム図書館の脇に散骨された。

（川成　洋）

46 モダニズムの作家
――ヴァージニア・ウルフ

Virginia Woolf（1882-1941）イギリスの小説家。小説に、「意識の流れ」の手法を駆使した『ダロウェイ夫人』『灯台へ』『波』など。『自分ひとりの部屋』『三ギニー』などのフェミニスト的エッセイも有名。

ウルフとロンドン

「私はロンドンを歩くのが好き。田舎を散歩するより楽しいわ」。ヴァージニア・ウルフの3作目の小説『ダロウェイ夫人』（1925）の主人公クラリッサ・ダロウェイは、1923年6月半ばのある朝、ロンドン中心部ウェストミンスターの自宅から花屋に向かう途中偶然会った知人にこう話す。第一次世界大戦後、活気が戻ってきたロンドンの社交シーズンを謳歌するクラリッサの言葉は、小説の舞台と同じ1923年当時、精神疾患の治療のためロンドン近郊のリッチモンドにとどまってこの作品を書いていたウルフの本心であっただろう。

ウルフは、1882年、ロンドンの高級住宅街ケンジントンにスティーヴン家[*1]の次女として生まれ、ヴィクトリア朝の家父長制的な家庭に育った。ケンブリッジ大学に進学した兄と弟、画家を志して美術学校に行った姉とは異なり、系統だった学校教育を受け

＊1　思想家・登山家の父レズリー、母ジュリアはともに再婚ですでに子どもがあった。二人は再婚後、ヴァージニアたち二男二女をもうけた。

なかったことに生涯コンプレックスを抱いたウルフにとって、両親の死後の１９０４年、20代はじめに大英博物館に近い文教地区ブルームズベリーに転居したことは、古い因襲と訣別し新たな一歩を踏み出す契機となった。スティーヴン家には、おもにケンブリッジ大学出身者からなる進歩的な知的サークル「ブルームズベリー・グループ*2」のメンバーが集まり、哲学、芸術、政治、社会、そして性にいたるまで自由に論じ合っていた。偶像破壊的な彼らとの知的・感情的交流が、モダニズムを代表する前衛作家となるウルフに与えた影響は計り知れない。

大量かつ多様な人とモノが行き来する20世紀はじめの大都市《メトロポリス》ロンドンは、ウルフの実験的な作品のインスピレーションの源であり舞台でもあった。エッセイ「ベネット氏とブラウン夫人*3」（１９２４）で、「１９１０年12月ごろ、人間性が変わった」と宣言し、登場人物の「意識の流れ*4」を描く新しい小説の必要性を説いたウルフは、『ジェイコブの部屋』（１９２２）、『ダロウェイ夫人』、『波』（１９３１）、『歳月』（１９３７）において、匿名社会の中でアイデンティティを模索する登場人物たちの心象風景としてのロンドンを描いた。

こよなく愛した田舎　セント・アイヴズ、ロドメル

一方、ウルフ自身の原風景である人生最初の記憶は、晩年に執筆された自伝的エッセイ「過去のスケッチ」（１９７６）によると、コーンウォールの海辺の町セント・アイヴズのスティーヴン家の夏の別荘での体験にまつわる。高台にあってセント・アイヴズ湾

＊2　メンバーには、ヴァージニアの兄トービー、姉ヴァネッサ、弟エイドリアンのほか、小説家リットン・ストレイチーとE・M・フォースター、美術評論家クライヴ・ベルとロジャー・フライ、画家ダンカン・グラント、経済学者メイナード・ケインズ、のちにヴァージニアの夫となる思想家レナード・ウルフなどがいた。グループのメンバーは第一次世界大戦時には良心的兵役拒否を唱え、世間から白眼視された。

＊3　このエッセイの元になった講演原稿は、第1回後期印象派展に触発されて書かれた。この展覧会は1910年にウルフの友人ロジャー・フライが、マネ、セザンヌ、ゴッホらによる現代美術をイギリスに紹介するために企画し、ロンドンのグラフトン・ギャラリー

01

やゴドレヴィー灯台を見晴らすタランド・ハウスの子供部屋で、ベッドに横たわりながら浜に打ち寄せる波音に完全な恍惚感を感じた瞬間――「存在の瞬間」――こそが自分の人生の土台にあるとウルフはいう。1895年、13歳のときに母、2年後に異母姉ステラ、1904年に父、そのまた2年後に兄トービーと、20代はじめまでに次々と家族を亡くしたウルフにとって、家族そろって夏を過ごしたタランド・ハウスは、母の死後に発病して以降死ぬまで苦しめられた精神疾患とは無縁の、平和で幸せな子ども時代の象徴である。しかし同時にそれは、ヴィクトリア朝の「家庭の天使」としてひたすら人のために尽くして早世した母と、母の生を酷使した厳格で自分勝手な父の呪縛の象徴でもあった。その呪縛からの解放を願ってウルフが書いたのが、4作目の小説『灯台へ』（1927）である。

　『灯台へ』の舞台となるスカイ島（スコットランド）の別荘はタランド・ハウスを、そこで家族と客人とともに夏を過ごすラムゼイ夫妻はウルフの両親をモデルにしている。登場人物たちは、波の音、潮風の匂い、カモメの鳴き声、そして夜には灯台の光という島のリズムを肌で感

で開催した。

＊4　人間の主観的で秩序だっていない思考や感覚を心の中に想起されるままに記述する技法。モダニズム小説で多用され、イギリスではウルフのほかドロシー・リチャードソンやジェイムズ・ジョイスが用いた。

01 スティーヴン家の夏の別荘タランド・ハウス

じながら、それぞれが哲学的思索、客人のもてなし、母への思慕と父への憎しみ、結婚、将来のキャリアに思いを巡らせる。なかでも、「女は文章を書けない、女は絵を描けない」という世間の偏見に逆らって第三部で会心の絵画を完成させる独身の女性画家リリー・ブリスコウは、第二部で亡くなる家庭の天使ラムゼイ夫人に代わってその存在感を増していく。家父長制度を批判し、新しい時代のフェミニスト、モダニスト作家として自らの自立の決意をリリーに託したウルフが、その自立の地のモデルを大都会ロンドンではなく、心の故郷である田舎の町セント・アイヴズにしたことは意義深い。

ウルフは１９１２年のレナードとの結婚前からサセックス州の美しい家アッシャム・ハウス[*5]を借り、結婚後もそこで週末や休暇を過ごし、ブルームズベリー・グループのメンバーとの交流も続けた。何よりも重要なのは、この田舎の家での静かな生活が神経を消耗させるロンドン生活からウルフを解放し、読書に没頭できる純粋な喜びとイングランドの田舎への愛を彼女に実感させたことである。アッシャム・ハウスの賃貸契約終了にともない次の家を探していたウルフ夫妻は、その素朴なたたずまいと広い庭に一目ぼれして、１９１９年に同州ロドメル村のモンクス・ハウスを購入した。それ以降、二人はロンドンの自宅とモンクス・ハウスを行き来する生活を送り、１９４０年のロンドン大空襲によって自宅が破壊された後、ロンドンを引き払いロドメルに移った。

作品執筆で得た収入で増築し、最愛の姉ヴァネッサの絵画やインテリアに囲まれて自分好みにしつらえたモンクス・ハウスのウルフの自室[*6]は、ロンドンの喧騒から逃れて創作活動に専念できる、まさに彼女の「自分ひとりの部屋」[*7]であった。この部屋から

＊5　アッシャム・ハウスには幽霊が出るという噂がかねてからあり、ウルフ夫妻も人気のない場所で大きな物音を聞くという体験をしている。ウルフの短編「とりつかれた家」（1921）はこの家での体験を基に書かれた。

＊6　母屋に増築した寝室のほか、ウルフは庭の一画に美しい草木や花々を見渡せる明るい書斎ロッジを建て、そこでの時間も大切にした。

02

『波』をはじめとするウルフの代表作の数々が生み出され、世に出ていった。彼女の小説に描かれるイングランドの田舎は美しく穏やかだが、『灯台へ』の第二部で荒々しい自然に浸食される無人の別荘が描かれるように、ときにその自然は徹底的に冷酷で暴力的でさえある。この二面性をもつ田舎は、作品中でロンドンと対比されつつもたしかに共鳴している。「私はロンドンを歩くのが好き。田舎を散歩するより楽しいわ」というクラリッサの言葉は、大都市《メトロポリス》を舞台に花開いたモダニズム文化の担い手であったウルフのまぎれもない本心であっただろうが、田舎あってこそのロンドンという（無）意識がその根底にあったことを忘れてはならないだろう。

1941年3月28日、これ以上の精神疾患の発作に耐えられないことを悟ったウルフは、モンクス・ハウスの居間にレナードへの遺書を残してウーズ川に入水し、自らの人生に終止符を打った。*8 現在、ナショナル・トラストの管理下にあって夏の間だけ公開されるこの美しいウルフの終《つい》の棲み家は、彼女の人生と芸術に通底するイングランドの田舎への深い愛を今に伝える。

（麻生えりか）

＊7　ウルフは、フェミニストとしての主張を鮮明にしたエッセイ『自分ひとりの部屋』（1929）において、女性の自立のためには鍵のかかる自分の部屋と年500ポンドの収入が必要だと述べた。

＊8　レナードはウルフの遺灰をモンクス・ハウスの庭に埋めたという。

02 第二のタランド・ハウスとしてウルフが生涯愛したモンクス・ハウス

47 現代の叙事詩を書いた

――ジェイムズ・ジョイス

ここに「ユリシーズ――ダブリン地図」という小冊子がある。何年も前に以前のダブリン空港の案内センターで、カウンターに平積みにされていたのを目に留めて買い求めたものである。1、2ユーロだったように思う。ジョイスの長編小説『ユリシーズ』（1922）は1904年6月16日の出来事を描いた作品だが、この日を記念するブルームズデイ[*1]はとうに過ぎていた時期だった。この小説を読んでいるか否かはさておいて、登場人物の足取りをたどることが、一般向けの観光になっているのかと改めて感じたときでもあった。そしてその小冊子は、今はネット上で無料配信されている。[*2]

『ユリシーズ』では、ホメロスの叙事詩、18挿話からなる『オデュッセイア』の物語構造に合わせて、ダブリンの1日が多面的に描かれていく。そこでは、一介の新聞社広告取りのレオポルド・ブルームと作家志望のスティーヴン・ディーダラスのほか、市井の人々がダブリンの街をかっ歩する。ジョイスは1904年にヨーロッパへと旅立った

James Joyce（1882-1941）アイルランド生まれの小説家、詩人。モダニズムの作家として「意識の流れ」の技法を極め、20世紀の文壇に多大な影響を与えた。

＊1　主人公レオポルド・ブルームにちなんだ名称。当時のファッションに身を包んだ人たちがダブリンの街に繰り出し、様々なイヴェントを楽しむ。

＊2　URL: https://www.irlandaonline.com/wp-content/uploads/2011/11/ULYSSES-MAP.pdf (2018/5/17)

後にアイルランドに定住することはなかったが、『ダブリン市民』（1914）でも、そして後の『フィネガンズ・ウェイク』（1939）でもダブリンにこだわり続けて執筆活動を展開した。こうして、ダブリンはジョイスとのつながりの深い街として、文学好きが心を寄せる都市になったように思う。

『ユリシーズ』を読むということは、ダブリンの空気を吸いながらこの街のスケールを体感することでもある。ブルームの勤めるフリーマンズ・ジャーナル社は、1916年に起こったイースター蜂起で本部が置かれた中央郵便局の南方に位置している（第7挿話）。郵便局が面した南北に貫くオコンネル・ストリートに交差する通り、アビー・ストリートを西に入ったところである。ブルームは自宅のあるエクルズ・ストリート7番地からここに通勤していることになる（第4挿話）。その自宅は、オコンネル・ストリートを抜けてパーネル・スクエアをさらに北へと進み、ドーセット・ストリートに出たところで右に曲がり、北東へ少々進んだ先を右手に入った

01

01 ピアース駅とウェストランド・ロウ

あたりになる。今はダブリン空港と市街の往復に便利な高速バス、エア・コーチがこのドーセット・ストリートを通過する。通り沿いに庶民的な店が連なる街並みを見ながら、ブルームに思いを馳せることもできる。

ブルームはこの日の午前中、知人の葬儀のためにダブリン南東の海辺に近いサンディマウントまで出かけていく（第6挿話）。その途中、彼は女性の文通相手からの手紙を局留めにしてあるため、ウェストランド・ロウ駅（現在のピアース駅）の脇にある郵便局に立ち寄っている（第5挿話）。つまり、ブルームは自宅からこの駅まで歩いてきて、鉄道で知人宅へ向かっているのである。じつはこの駅は、ブルームがその日午後10時過ぎ、ホリス・ストリートにある国立産婦人科病院に知人の見舞いに訪れるときに下車するところでもある（第14挿話）。というのも、その直前に彼は再びサンディマウントに足を延ばしていたからである（第13挿話）。見舞いが済むと同じ駅から列車に乗り、リフィ川の北側にあるアミアンズ・ストリート駅（現在のコノリー駅）で降り、娼家でひと時を過ごしている（第15挿話）。最後はそこからエクルズ・ストリートの自宅まで、スティーヴンを引き連れて徒歩で帰宅する（第17挿話）。もちろん昼間、新聞社から西に進んだあたりをあちこち歩いており（第10～12挿話）、盛りだくさんの1日であることは確かである。

02 リフィ川とハーペニー橋

さて、こう述べてきた地域をダブリン市街図で眺めていただければうれしい。エクルズ・ストリートはノースサーキュラー・ロードに近く、市街地の周縁部といったところにある。とはいっても、二つの駅には歩いて20、30分といったところであろう。ダブリンは歩いて事足りる規模の都市だと言えよう。

ジョイスはユニヴァーシティ・カレッジ・ダブリンに在籍していた期間（1898～1902年）、家族とともに四つの住所を転々とするが、おおかたの時期はエクルズ・ストリートからは北東に位置するフェアヴュー付近の地域で暮らしていた。『ダブリン市民』の最初の3作品で登場する少年が住んでいたところからそう遠くない地域である。ジョイスは、そこからダブリンの中心を南に下って、セント・スティーヴンス・グリーンの南にあるニューマン・ハウスに通って授業を受けていた。ここが、1854年創立のアイルランド初のカトリック信者向けの大学である。初代学長がオックスフォード運動を指導しカトリックに改宗したジョン・ヘンリー・ニューマンで、その後、詩人でもあるジェラード・マンリー・ホプキンスが教授を務め、ここで亡くなってもいる。大学に通うジョイスが日々歩いていたあたりが、ブルームの自宅への行き帰りと重

03 ニューマン・ハウスの庭の一角

なっている。

ニューマン・ハウスでは、この18世紀の建物を引き継いできた現在のユニヴァーシティ・カレッジ・ダブリンが、アイルランド国立図書館との共同事業として、ユリシーズにちなんだアイルランド文学館の公開を２０１９年春に予定している。その名称、ミュージアム・オヴ・リテラチャー・アイルランドの頭文字を取ると、ブルームの妻、モリー（ＭｏＬＩ）となる仕掛けだ。ジョイスが学生時代に利用した国立図書館が所蔵するユリシーズ関連コレクションに出会えたり、ジョイスの文学世界を当時のダブリンを体感しながら探索できたりする空間となるようだ。すでにドーセット・ストリートに近いパーネル・スクエアにダブリン・ライターズ・ミュージアムがあるが、ＭｏＬＩは過去の作家のゆかりの品々を展示する博物館というよりも、現在活躍する作家たちとも連携し、最新のテクノロジーを駆使して文学を新たな視点で享受するとともに、教育的機能も兼ね備えた施設となるようだ。そうしたアイルランド文学の発信に、モリーの名前が冠されるのも、21世紀における『ユリシーズ』の受容のありようを示していると言えよう。

（中村哲子）

48 流浪の旅
――ディヴィッド・ハーバート・ロレンス

わが心の地

　人はどこかに原風景を持ちながら生きているにちがいない。それは必ずしも豊かな自然の風景だけではない。都会生まれのチャールズ・ラムがそうであったように、都会の雑踏や喧噪、ネオンの灯りということもある。その人その人が人生の中で一番感受性の強い時代を生きた場所が原風景となるのかもしれない。

　作家として生きるようになって以来、一つ場所に落ち着くことなく放浪の生活を送ったロレンスにとっても、原風景はあった。彼はその短い44年あまりの生涯のおよそ半分を過ごしたイーストウッドを思い起こし、当時暮らしていたイタリアのフロレンスの西にある町スキャンディッチから、友人に宛てて手紙を書いている。そこには、イーストウッド近くにあって、バイロンの心臓が埋葬されているハックナルの教会のこと、そしてその近くのワトナルの公園で日曜日の散歩を楽しんだこと、あるいは初恋の女性ジェ

David Herbert Lawrence（1885-1930）作家・詩人。短い生涯の間に『息子と恋人』『虹』『恋する女』『チャタレイ夫人の恋人』などの長編12編、中短編約80篇、詩約１０００篇をはじめ戯曲、歴史書、宗教書、紀行書などの他に５６００通あまりの手紙を書いた。

シー・チェンバーズの父親の農場で過ごした「一番幸せな日々」への懐古、さらにはイーストウッドが物書きになろうと決心した場所であったことなどがつづられている。

　ところで、ロレンスが第四子の三男として生まれたのは、この町のヴィクトリア・ストリート８ａの家だった。炭坑の町で、当時すでに炭坑の最盛期は過ぎてきてはいたものの、石炭に恵まれたこの小さな町は、ロレンスが生まれた時代にもまだまだ炭坑で栄えていた。父親アーサーは炭坑請負人で、炭坑夫たちとともに石炭を掘る採掘現場の現場監督ともいうべき立場にあった。母親リディアはアーサーと恋に落ちて結婚したが、結婚後の現実は彼女が思ってもいないものだった。炭塵にまみれて真っ黒になって帰ってくる夫の姿など想像もしていなかったのだ。さらに彼女は読書が好きで、知的な事柄への関心も強かった。当然二人の仲はうまくいかなかった。自伝的小説『息子と恋人』（１９１３）に描かれる夫婦ほどではないにしろ、二人の関係が険悪なものであったことは想像に難くない。従って母親がもっぱら子どもに心を砕いていったのも不思議ではないであろう。

　現在この家は、ロレンス生家博物館として一般に公開されている。ロレンスの評価を反映するかのように、設備や展示内容も充実し、文字通りの博物館となっている。とい

01ロレンスの生家

うのも、初めてここを訪れたときには、室内が体系的に整理されているわけでもなく、一家の生活の残り香がいまだにただよっているような印象を与えたからである。1階が台所と居間、2階が寝室となっていて、ベッドのそばには「DHL」のイニシャルが書かれ旅行鞄が無造作に置かれていた。

この2階建ての家で、夫婦と四人の子どもが生活していたのである。だがロレンスが生まれて2年あまり過ぎたころ、生家の近くのザ・ブリーチと呼ばれる炭坑夫の住宅に引っ越す。生家よりは少し広い家だった。ここでは6歳になるまで暮らした。そして次にはウォーカー・ストリートに面した家に引っ越し、6歳から18歳まで暮らすことになる。その家からの眺めは、ロレンスが「この世の何にもまして知っている」というほどの田園風景だった。家の前の道の生垣の向こうには、いかにもイングランドと言わせるような、やわらかな田園風景が見渡す限り続いている。ロレンスの自然描写が卓越である理由が素直に納得できる眺めである。

ロレンスはその後13歳で奨学金を得てノッティンガム・ハイスクールに入学し、卒業後は、外科用衣類製造工場のヘイウッド商会で働き始めた。16歳の年だった。週6日、片道2時間をかけて通勤し、1日12時間の労働だったという。当然のことながら体を壊して死の淵をさまようことになる。母の懸命の看病もあって一命は取りとめたが、その後ヘイウッド商会には戻らず、療養もかねてウォーカー・ストリートの家で過ごした。

そしてこの時代に、イーストウッドの北2マイルにあるハッグズ農場を訪問するようになる。そこで出会ったのが詩や小説をこよなく愛していたジェシー・チェンバーズだった。彼は毎週と言っていいほどハッグズ農場に出かけていって、農場仕事を楽しむ一方で、ジェシーとは盛んに文学を論じていた。ロレンスは晩年の手紙の中でも、この農場を「本当に愛していた」し、「決して忘れることはない」と書いていることから、文字通りこの農場での経験は終生ロレンスにとって忘れられない思い出となったに違いない。ロレンスの文学的な才能は、ジェシーとの付き合いを重ねる中で花開いていった。

だがその後ロレンスの前に現れた大学時代の恩師の妻でドイツ貴族の娘フリーダとの出会いによって、ロレンスのその後の作家としての人生は大きく変わってゆく。

異教の地コーンウォール

ところで、ロレンスのゆかりの地はもうひとつある。セント・アイヴィスからさらに5マイル（8キロメートル）ほど西にあって、「地の果て《ランズ・エンド》」と呼ばれるイングランドの最西端に近いコーンウォールのゼナーである。彼は手紙の中で、ゼナーが教会のある村で、家が7軒あるだけだが、とてもすてきな村だと言っている。今でも人口200人に満たないような小さな村である。B3306を西に向かって進み「ゼナー」の標識に従って右折すると、まず目に入るのが道路沿い左手にある民俗資料館ウェイサイド・ミュージアムである。さらに進むと道路の先には12世紀に建てられたとされている教区教会セント・シナーラが見える。この教会はマーメイド伝説とそれにちなむ15世紀のマーメイドの彫り物で人気を呼んでいるという。[*1]

この教会を過ぎて少し行くと「ティナーズ・アームズ」というパブがある。コーン

＊1　伝説によれば、ゼナーに住むある若者がすばらしい美声の持ち主で、教会のミサの最後の歌をいつも歌うことになっていたという。ゼナーの海に住むある美しいマーメイドが彼の声に魅せられたため、教会に行ってその若者を魅惑し彼女の住む海へと連れて行ってしまったという。

ウォールはスズ鉱業で栄えた土地なので、スズの採掘に従事したスズ鉱夫《ティナーズ》をパブの紋章《アームズ》としたのだと思われる。あたりには家が数軒あるだけだが、どうやらここがこの村の繁華街とも言うべき場所のようである。すでにフリーダを伴い、作家としての新たな人生を始めていたロレンスは、ここの2階にしばらく滞在して家を探した。*2

　すでに出版されていた『息子と恋人』の評判に気をよくしていたロレンスだが、次作の『虹』（1915）が酷評を受けた上に発禁処分を受けていた。さらに第一次世界大戦も始まっていたため、アメリカに未来を託し、フロリダに共同社会を建設する夢を見てイギリス出国を試みることもしていた。しかしそれもままならず、そのためであろう、ロンドンからできるだけ遠いコーンウォールの、それもほとんど人影のないようなゼナーという小さな村を選んで住もうとしたのである。

　そして、見つけたのがハイアー・トレガーセンという格安で借りられる廃屋に近い家だった。それでもロレンスにとっては楽しい生活の始まりだった。結果的には「2000

02 ハイアー・トレガーセン

*2　パブは昔の旅籠（イン）から生まれたものであるために、今でも飲食を提供するだけでなく宿泊もできるところが多い。

年前の、あのアーサー王以前のすっかり消え去ってしまったケルトの光が明滅している」[*3]コーンウォール、そして「平和で、世間からかくも遠く離れた」コーンウォールがとても気に入ったようで、友人宛ての手紙の中でも繰り返しそのことに言及しているし、第一次世界大戦の渦中で、妻がドイツ人であったためにスパイ容疑を受けてコーンウォール退去命令を受けた後の手紙の中でも、しきりにコーンウォールに戻りたいと訴えている。

その後、祖国を追放された思いを抱きながら、フリーダとともにオーストラリア、ニューメキシコ、イタリアと居を定めることなく放浪し、最後はフランスのヴァンスの療養所で44歳あまりの短い生涯を終えた。

（市川　仁）

＊3　西暦5世紀初等にローマ人が当時のブリタニアから撤退すると、北方系のアングロ・サクソン人たちが盛んに侵入するようになり、それまで住んでいたケルト系のブリトン人は西へ西へと追われ、「よそもの」（ウェルシュ）と呼ばれてウェールズや、さらに西のコーンウォールに住むこととなった。

49 夭折の天才詩人
――ルパート・ブルック

歴史に残る古い村グランチェスター

グランチェスターは古い村で、イギリス最初の戸籍台帳ともいわれる『ドゥームズディ・ブック』にも名前が載っているし、一番古い歴史書といわれるビードの『イングランド教会史』にも言及されている。語尾のチェスターは古英語で城塞、砦などを示すことから、グランタという砦があったといわれている。イギリス詩人の父といわれるチョーサーの『カンタベリー物語』の「親分の話」もここが舞台になっている。[*1]

多くの文人がこの村に足跡を残したが、近年でもっとも有名なのはルパート・ブルックである。彼は第一次世界大戦に従軍中に、28歳で戦病死した天才詩人である。早逝したために作品数は少ないが、若々しい想像力とロマン的な雰囲気にあふれた素朴な詩は多くの人々を魅了し、未だに多くの読者をとらえて離さない。ウェストミンスター寺院のポエッツ・コーナーの碑文には「私の主題は戦争、そして戦争の主題は悲しみである。

Rupert Brooke（1887-1915）第一次世界大戦の戦争詩人。アポロの再来といわれた美貌と、イングランドへの愛着を吐露した詩によって今日に至るまで人気が高い。

＊1　昔ここにトランピントン・ミルという水車があり、主は強欲な粉屋であった。彼は名をシムキンといい、客の目を盗んで預かった穀物から一部を盗む悪党であった。ある時、大口の顧客であった学寮ソレル・ホールが不正に気付き、二人の学生が調べにやってきた。しかし悪知恵のある粉屋は学生たちをまんまと煙にまくが、逆にこっ

01

詩はその悲しみの中にある」と書かれている。これは友人のウィルフレッド・オウエンが作ったが、まさにブルックの詩の神髄を言い得ている。

ブルックは父が務めていたラグビー校で学び、ケンブリッジ大学に進学した。キングズ・コレッジ[*2]に所属したブルックはフェビアン協会に入って社会活動に参加する一方、マーロウ演劇協会の設立に参画して積極的に演劇活動を展開した。

彼はケンブリッジ大学に在学中に、オーチャードという果樹園農家に下宿していた。ここは現在ティー・ガーデンとなっており、一角は資料館となっていてルパート・ブルックやブルームズベリ・グループなどの資料が展示されている。リンゴの木の下で飲むティーは格別で、チャールズ皇太子も訪れたことがある。有名なのは、スコーンで、王室御用達のジャムをたっぷり乗せるのがここの自慢である。

父親の病気で一時ラグビーに帰っていたルパートは、1910年、再びグランチェスターに戻ってきた。今度は教会の近くにある旧牧師館が彼の下宿であった。読書、散策のほか、水泳が彼の趣味に加わった。多くの友人が一緒に水泳を楽しんだ。最近、「ヴァージニア・ウルフは、月明かりに照らされたプールでブルックと一緒に生まれた

ひどい仕返しをされる。暗闇で女房を寝取られ、娘まで傷ものにされるというちょっと下品な話である。

＊2　彼がキングズ・コレッジを選んだのは父がそこの出身であり、叔父がディーンを務めていたという因縁があったからである。

01 オーチャード

ままの姿で泳いだことがあるのを自慢していた」という記事を読んだ。字面は間違ってはいないが、事実は大違いである。これは、プールはプールでもバイロンズ・プールというケム川の一角で、いわゆるプールではない。確かに、今世紀の詩壇に絶大な影響力を誇った詩人ウィリアム・バトラー・イェイツが「イングランドで最もハンサムな男」と絶賛した美男子と、当代随一の女流作家が月夜の晩に裸で泳ぐのはロマンティックであるが、現場に行けばその空想は見事に打ち砕かれる。今は遊歩道が整備され、川に展望用の縁台がつくられているから、誰でも行けるが、村から離れた、大木が川面にかかる夜のバイロンズ・プールはさぞかし不気味であったろう。

旧牧師館にはケンブリッジ大学の文学愛好家が集った。当時の彼らは夜更けまで談論《だんろん》風発《ふうはつ》し、庭で朝食を兼ねたパーティをやるのが恒例であった。ここにはブルームズベリ・グループの多くが集まり、やがて彼らは同時代の芸術・文化を一変させることになる。彼らは旧来の価値観にこだわらず、自由に新しい分野に挑戦していったが、一方で保守的な人々からは顰蹙《ひんしゅく》をかった。彼らは、ブルームズベリ・グループの奔放な性を批判して、「彼らは同性愛も、異性愛も区別しない」と指弾した。たしかにエドワード・モーガン・フォースターは同性愛を告白したし、ルパート・ブ

02 バイロンズ・プール

ルックにも特別な関係の男友達がいたことが知られている。一方、パブリック・スクールという男子社会でそのような関係が決して珍しくなかったことを指摘し、弁護する者もいるが、このような奔放な性は男性にとどまらず、例えば、ヴァネッサ・ベルはオープン・マリッジを実践して婚外交渉も辞さなかったし、妹のヴァージニア・ウルフにも女性の恋人がいたことが知られている。こうしたことから、彼らをボヘミアン、俗物根性、芸術家気取りなどと揶揄する者も多い。しかしながら、それを差し引いても、彼らが古い道徳や倫理規範を打ち破り、文学や芸術の分野に新風を送り込んで20世紀初頭の文化を牽引した功績は計り知れない。

ルパートは1911年に新たな手法を織り込んで『詩集』を出したが、評価は賛否両論であった。さらに研鑽を重ねるべく、ロンドンでジョン・ウェブスターに関する研究中に疲労で倒れた。回復のために大陸に渡り、ホーム・シックにかかってベルリンで書いた詩が彼の人生を一変させた。それは、彼がこよなく愛したグランチェスターを回想する詩であった。その最後に有名な一節がある。

教会の時計はまだ3時10分前を指したままだろうか?
そして、紅茶用の蜂蜜はまだそのままだろうか?

03ポピーの花輪が飾られた戦没者記念碑

この詩は単純、素朴ではあるが遠く故国を離れて、改めてその美しさを実感し、あふれんばかりの情感を素直に吐露した名作である。彼がドイツから帰って、旧牧師館を訪れたときに大家のニーヴ夫人が「紅茶に蜂蜜を添えて」彼を迎えてくれた。その時の彼の喜んだこと、驚いたこと！　夫人はコレッジの雑誌に載った彼の詩を読み、その一節を覚えていたのである。

有名人になった彼は、時の首相ハーバート・アスキスなど政治家を含めて、多くの詩人、小説家などと交流を深めていった。『ジョージ王朝詩集』[*3]はこのような中で発行され、売り上げを伸ばしていった。マスコミの寵児となった彼は『ウェストミンスター・ガゼット』紙と契約して、原稿を送ることを約束して、アメリカ、ハワイからタヒチに渡り、そこでこの島の魅力の虜となり、長逗留をすることになった。一つには、そこで会った女性タータマタという女性と恋に落ちたからである。

1914年、後ろ髪を引かれる思いでタヒチを去って帰国したルパートを待っていたのは、友人たちで

04

04 グランチェスターの旧牧師館の庭にあるブルックの銅像

＊3　*Georgian Poetry*　サー・エドワード・マーシュが編集した詩集で、1912～13年にかけて出版された。

あった。再び彼らと交友を深める中、ふとしたことで海軍大臣、ウィンストン・チャーチルを紹介されることになった。彼との出会いは、ルパートの運命を決めることになった。すなわち、チャーチルは彼を気に入って、海軍将校の地位を与えてくれたのである。それは十分な地位と収入を保証してくれたが、軍隊には「ノブレス・オブリージュ」、すなわち、身分の高い人ほど高い義務を負わねばならないという伝統があり、決して楽な仕事ではなかった。戦争中に『1914年』という詩集を出したものの、再び地中海に向けて出港しなければならなかった。厳しい訓練で、ルパートは何度か病床に臥せったが、スキロス島で野外演習を終えた後、高熱を発して倒れた。懸命の治療にもかかわらず、天才と謳われた青年は27歳でこの世を去った。

1915年4月26日、チャーチルはタイムズ紙に追悼文を掲載してその死を惜しんだ。

（石原孝哉）

コラム 10

二つの炬火

2003年8月、ヨーロッパは異常な猛暑のなかにあった。記録的な熱波でおびただしい人々が死んだ。死者5万4000人にのぼる。フランスでは8月だけで1万5000人が死んだという。

事実、耐えがたい暑さであった。筆者はベルギーの中世都市イーペルからドーヴァー海峡に出て、ダンケルク、カレーを経由し、ドーヴァーに面した海辺の小さな町ウィムルーに向かってひたすら車を走らせていた。目的があった。カナダ出身の戦争詩人ジョン・マクレー*1の墓所を訪ねることであった。

ジョン・マクレー

代表作「フランドルの野に」は、第一次世界大戦期、英語圏で最も有名な戦争詩となったばかりではない。第二次世界大戦下でも、また現在も、その詩を口ずさむ人は多い。

毎年11月が近づくとイギリス各地の街に赤い造花があふれる。イギリスばかりではない。ヨーロッパや英語圏各市町村でも、戦没者の慰霊塔の前にはかならず赤いひなげしの花が奉げられる。第一次世界大戦の犠牲者の冥福を祈り、平和を願う象徴だからである。かくして11月11日に最も近い日曜日の戦没者追悼記念日に人々は花を手向けるのであるが、その慣習がジョン・マクレーの詩の一節から生まれたことは意外に知られていない。

マクレーの詩碑がフランドルの戦没者墓地の一つに建っている。詩はその墓地の傍らの掩蔽壕で書かれた。フランドルの戦跡を訪れるたびにそれをなんどか見てきたものの、詩人の眠る墓所があるウィムルーをまだいちども訪れたことがなかった。

その夏の猛暑にうながされてか、ウィムルーの海浜にはおびただしい海水浴客が群らがっていた。駐車場はもとより、道という道の路肩に車が止められ、隙間もなく押し合っていた。灼熱した砂地の道を歩き回ってようやく見いだした墓地は、他の軍人墓地とは顕著にちがっていた。何百もの墓標がどれ一つとして垂直に立っていないのだ。すべて仰臥の状態で墓石は並べられていた。だが、すぐに合点がいった。さらさらした砂地が、盾形に規格化された石灰石の軍人墓標を支えきれないのだ。いったん垂直に立てても、じきに前に傾き、後ろにのけぞり、乱杭歯のような惨憺たる光景を呈するだろう。そこで地面に寝かせることにしたのである。

墓地中央に据えられた「犠牲の十字架」のすぐ左わきに、詩人の墓石はあった。図案化されたカエデの葉が彫り込まれ、1918年1月28日と没年月日が読みとれる。

茫然と墓地にたたずみ、そこからドーヴァーの海原を眺めた。あるかなきかの風がポール・ヴァレリー[*2]の「海辺の墓地」をわたしに思い浮かべさせた。そのなかにこういう句があった。

真昼の炬火に魂を曝し、
私は耐へる、妙なる正義、
光を武器の仮借ない武装に！

（中井久夫訳）

連想をうながされたのはきっかけがあったのである。海辺の墓地という立地もさることながら、そこに「炬火」の語があったからだ。マクレーの「フランドルの野に」でも、詩の重要なメッセージをはらむのが「炬火」である。

ぼくらに続け、敵とたたかえ。
萎えつつあるこの腕から炬火を投げよう、受け取って掲げよ。
死んでゆくぼくらとの信義をもしも裏切るならば
ぼくらに眠りはない
たといひなげしは咲きいづるとも
フランドルの野に。

1915年5月、ベルギーのイーペル近郊で、マクレーは親しかった若い友を失った。遺骸を葬った翌日に書いたのがこの詩だった。真っ赤なひなげしがあたりに咲いていた。

いっぽう、ヴァレリーの詩は戦場で書かれたのではない。戦火の拡大により家族を疎開させ、自分はパリのセーヌ河岸の一室に残った。それもまたたたかいにほかならなかった。「真昼の炬火に魂を曝し」つつ、「光を武器」としてたたかう精神のたたかいであった。やはり1915年のことだ。それから1世紀あまりの歳月を経た。たたかいは今世紀もまだ続いている。

（立野正裕）

ジョン・マクレーの詩碑

ウィムルーの墓地

＊1　John McCrae (1872-1918) カナダの軍人、医師、教師、詩人。

＊2　Paul Valéry (1871-1945) フランスの詩人、小説家、批評家。リルケ、T・S・エリオット、ヒクメット、ネルーダらと並ぶ20世紀最大の詩人の一人。

50

魂の遍歴を辿って
――トマス・スターンズ・エリオット

イギリス文学史で20世紀前半は「エリオットの時代」とも呼ばれるようになったT・S・エリオットであるが、彼はアメリカ合衆国ミズーリ州、セント・ルイスで生まれ育ち、ニューイングランドで高等教育を受けた生粋のアメリカ人であった。エリオット家の祖先は17世紀にイギリスからニューイングランドに移住してきたピューリタンであったが、ハーヴァードの神学校を出てユニテリアン派の牧師になった祖父は、代々住んだボストンを離れて、ミズーリ州の州都（当時）セント・ルイスに移り住み、次々と教会や大学の建設を繰り広げて、その地域の人道的指導者として名をなすようになった。エリオットは、その息子で有能な実業家として成功した父と、やはりニューイングランド名門出身の文学好きな母とのあいだに生まれた七人きょうだいの末っ子であった。ハーヴァード大に入学し、大学院最後の1年に給費留学生としてオックスフォード大で哲学の博士論文を完成させるために、イギリスの地に運命的な一歩を踏み入れたのは191

Thomas Stearns Eliot (1888-1965) アメリカ生まれのイギリス詩人、批評家、劇作家。ロマン主義を批判し、古典主義的立場を唱える。20世紀前半の英詩におけるモダニズムを代表する。1927年イギリスに帰化。1948年ノーベル文学賞受賞。1914年撮影

4年8月であった。ハーヴァードの学友コンラッド・エイケンの紹介でアメリカ人の先輩詩人エズラ・パウンド[*1]にロンドンで面会した。英米の文壇ですでに有力な地位を占めていたパウンドは、エリオットの数編の詩を読んで絶賛し、詩作をさらに続けるよう励まし、精力的に支援した。しかし、勤勉なエリオットは、秋の新学期が始まって学寮生活に入ってからは研究に没頭し、同時にスポーツや文芸サークルなどにも参加した。ところが年が明けて2学期が始まった頃には将来のことが不安になりイギリスに留まるべきかアメリカに戻るべきか、いったい自分は何をすべきなのかなど様々な不安を手紙で訴えるようになっていた。[*2]

最初の妻となるヴィヴィアン・ヘイ＝ウッドに出会ったのはちょうどこのようなときであった。二人の出会いについては様々に伝えられているが、筆者にとって最も印象的なのは、伝記作家のリンダル・ゴードン女史による生き生きとした描写である。

> 1915年の4月の休暇中、彼はダンスに出かけて、あかぬけした生きのいい女性に会った。同じ26歳だった。これが、ロンドン北部のハムステッドに住む画家の娘、ヴィヴィアン・ヘイ＝ウッドであった。ヴィヴィアンはダンスが得意だった。彼女は、エリオットがグリズリー・ベアというアメリカから来た最新のダンスを知っていることに気づいた。彼が「ディップ」という動きをすると彼女は素早くそれに応じた。彼女の自由さにエリオットは感動した――彼女は人前でたばこを吸った――そしてこのお行儀の良いボストンっ子を生き返らせるように思われた。[*3]

＊1　Ezra Pound (1885-1972) アメリカの詩人。イマジズム等の新詩運動の中心となり、ジョイス、エリオットらを育てた。

＊2　早くも年末には、コンラッド・エイケンに「僕は大学町や大学の人々にはうんざりだ。彼らはどこでも皆同じだ……オックスフォードはこぎれいな町ではあるけれど、僕はこんな死んだような生活はごめんこうむりたい」と書き、オックスフォードもハーヴァードも魂の死んだ生活を強いる忌まわしい場所であると考えていたことが分かる。

＊3　http://tseliot.com/editorials/the-life-of-ts-eliot (2018/2/15) より引用。

おそらくヴィヴィアンはエリオットの中の「アメリカ人」に、エリオットはヴィヴィアンの中の「イギリス人」に惹かれたのだと思う。なんというロマンティックな一目惚れだろうか。6月末、それぞれの両親に知らせることもなく、ヴィヴィアンの実家のあるハムステッドの登記所で「届出結婚」をした。翌年6月、オックスフォードで仕上げた博士論文をハーヴァードに郵送し受理されたにもかかわらず、口頭試問を受けに帰国することはなかった。アメリカに帰りハーヴァードの研究職に就くという両親の最後の希望を裏切り、自らの道、ロンドンで自活し詩人となる道を選んだのだった。栄光と悲惨の始まりである。

01ヴィヴィアン・ヘイ＝ウッド・エリオット（1888-1947）1920年撮影

魂の遍歴に付き添った二人の女性

6年後の1922年には20世紀モダニズムの記念碑的長編詩『荒地』[*4]が出版され、その斬新さで欧米の文壇に途方もなく大きな衝撃を与えた。エリオットは早くも詩人としての栄光の頂点を極めることになったのである。しかし『荒地』の草稿が書き始められた時期は、ロンドンのロイズ銀行に職を得て多忙を極め、しかもヴィヴィアンとの唐突で無謀な結婚は取り返しの付かない惨憺たる選択であったことが見え始めてきたときであった。結婚後分かったことだがヴィヴィアンには精神的、身体的に様々な持病があり、その世話がエリオットに大きな心身のストレスと経済的負担をもたらし、さらに訪英し

＊4　「4月は最も残酷な月である」で始まり「シャンティ　シャンティ　シャンティ」（サンスクリット語で「平安」の意）で終わる5部構成、433行の長編詩。第1部末尾には、エリオットが毎日、通勤でロンドン橋を渡りシティーのロイズ銀行と地下鉄間の往復にダンテの亡霊たちを想いながら歩んだ体験が描かれている。ロンドンを訪れたら地図と『荒地』詩集と伝記を携えて歩くことをお勧めする。ツアーもある。

た母と姉の接待に伴う心労が追い討ちをかけ、エリオット自身もついに神経衰弱に陥ってしまったのだ。銀行から3カ月の休暇を取りスイスのローザンヌで精神科医の治療を受けながら療養中に、次々と湧き上がる詩想の赴くままに草稿を書き進めて一千行近くにふくらませて完成させた。草稿を受け取ったパウンドは大胆かつ見事な削除によっておよそ半分の量に整理して出版にこぎつけたのである。『荒地』の誕生はヴィヴィアンというミューズの霊感とパウンドという名産科医の帝王切開によって実現したのである。

その後エリオットは1925年にはロイズ銀行を辞め、フェイバー・アンド・フェイバー社[*5]の前身の出版社に転職し、編集、出版にきわめて優れた能力を発揮する。この時期、ヴィヴィアンの病状が進むのと併行するかのように、エリオットは信仰の面で大きな迷いに踏み込みながら、次第にイングランド国教会へと傾いていく。信仰と懐疑との壮絶な闘いの末、1927年にはエリオット家代々のユニテリアン派からイングランド国教に改宗し、さらに同年アメリカ国籍から離脱、イギリスに帰化することになる。

ちょうどその頃、つまり、エリオットがイングランド国教会への改宗を模索している頃から、もう一人の女性、エミリー・ヘイルというアメリカ人女性が新たなミューズとしてエリオットの前に現れてくる。演劇が好きで後に女子大で演劇を教えるようになった彼女は、エリオットと同様ニュー・イングランドのエスタブリッシュメン

02 エミリー・ヘイル(1891-1970)1914年撮影

＊5 生涯の勤め先となった。本人の詩集をはじめ、パウンド、ジョイス、オーデン、テッド・ヒューズなど20世紀を代表する詩人の作品を出版し、国際的文芸季刊誌『クライテリオン』も発行した。『荒地』はこの創刊号に発表された。

ト出身で、二人が知り合うのはエミリー17歳、エリオット20歳の時で、エリオットのイギリス留学前までには互いに恋し合うようになっていたと思われる。エリオットとヴィヴィアンの突然の結婚以来、二人の交流は、やや疎遠になっていたが、リンダル・ゴードン女史は、「奇妙なことに、イギリス帰化直後からエリオットの心がアメリカに回帰していく」と述べてエリオットの心の中でアメリカとエミリー・ヘイルが象徴的に重なり合わされていくことを示唆している。文通だけではなく、機会あるごとに直接、アメリカやイギリスで会うことが多くなった。一方、ヴィヴィアンとの関係はますます悪化し、1925年頃から、別居以外にはないという結論に達していた。ヴィヴィアン自身が受け入れないために、なんとか修羅場を避けて実行できる方法を長い間探っていたが、1933年にようやく弁護士を通して裁判別居が認められた。翌年の9月、英国グロスター州に滞在中のエミリー・ヘイルに誘われて、近くのバーント・ノートンという荘園跡のバラ園を訪ねる。その時の幻想体験から「バーント・ノートン」という叙情性を帯びた宗教的・哲学的瞑想詩が生まれ、続いて同じ形式で書き継いでいった三つの詩篇を加えて、4篇の連作詩として出版したのが1943年の『四つの四重奏』[*6]である。こうして生まれた長編詩『四つの四重奏』は、エリオット後期に到達した絶頂であり、20世紀最高の瞑想詩に数えられると言えよう。エリオットはエミリー・ヘイルと結婚することはなかった。しかし、「聖灰水曜日」[*7]から『四つの四重奏』にいたる後期の詩にエミリー・ヘイルが果たした役割の大きさは、『荒地』に対してヴィヴィアン・エリオットが果たしたのに劣らないということを多くの研究家が指摘している。

＊6　4篇とも場所や土地の名前を表題としている。第2篇「イースト・コウカー」は、イギリスサマセット州の村名を表題とし、祖先がこの地を1667年に発ちアメリカのニュー・イングランドに移住した。「わが初めにわが終わりあり」で始まり最終行を「わが終わりにわが初めあり」で結ぶことによって円環構造を与えている。第3篇「ドライ・サルヴェイジズ」は、アメリカでの幼少期の原風景ともいうべき土地の名前をタイトルとし、セントルイスのミシシッピー川とニュー・イングランドの海の回想で始まる。第4篇「リトル・ギディング」は英国ケンブリッジシャーの小村名を表題としている。それぞれの「土地の霊」を求めながら旅するエリオットの魂の遍歴を、皆さんもその土地を実際に

『四つの四重奏』以後は、詩作は止み、もっぱら詩劇の創作に限られるようになる。1947年、精神病院に収容されていたヴィヴィアンの突然の死を知らされたエリオットは両手で顔を覆いながら長い間号泣していたという。1948年12月、ノーベル文学賞をイギリス人として受賞する。1957年、ヴァレリー・フレッチャーというフェイバー・アンド・フェイバー社の若い（38歳年下の）有能な秘書と再婚する。*8 ようやく心の安らぎを得られたエリオットは晩年の8年間を幸せに過ごし、1965年1月4日永眠。生前の願い通り彼の遺骨は祖先の出身地イースト・コウカーに運ばれて、村の小さな教会に葬られた。教会の墓碑銘板には『四つの四重奏』からの引用「わが初めにわが終わりあり」と「わが終わりにわが初めあり」が刻まれている。

『荒地』と『四つの四重奏』は20世紀前半にそびえ立つ壮大かつ登頂困難な巨峰のごとき二つの長編詩である。しかしながら両詩とも、それぞれの時期における詩人エリオットの魂が辿った自伝的な詩として、しかもそれぞれの詩のミューズともいうべき女性を伴侶とした魂の巡礼を記録した詩として読むならば、山頂を極めることはできないにせよ、なんとか山麓の森を出るあたりまでは辿り着けるかもしれない。（渡辺福實）

訪れて、辿ってみることをお勧めする。

*7 エリオットがイングランド国教会に改宗するに際して信仰と懐疑の間で揺らぐ霊的葛藤を記す宗教詩（1930）。

*8 エリオット再婚の知らせを聞いたエミリー・ヘイルは、衝撃のあまりしばらく病に伏したという。二人の関係については謎が多いのだが、互いに交わされた書簡が利用できないからである。エリオットはエミリーからの手紙をすべて焼却してしまっていて、エミリーは彼から受け取った一千通以上もの手紙については2020年になるまで開くことを禁じていたのである。

03 エリオットが眠るセント・マイケル教会

51 「人間らしい《ディーセント》」世界を命がけで求めた
——ジョージ・オーウェル

作家ジョージ・オーウェルの誕生

ジョージ・オーウェルは、本名エリック・アーサー・ブレアといい、1903年、インドに生まれる。父はインド帝国アヘン局副代理人である。彼が5歳の時、教育のために父をインドに残し家族がイギリスに定住する。8歳から全寮制のプレパラトリー・スクールに入学し、イートン・カレッジに「王室奨学生《ロイヤル・スカラー》」として入学する。在学中は学業よりも英文学のほうに熱中した。そのため成績不振。イートン卒業後、オックスフォード大学やケンブリッジ大学に進学せずに、22年からビルマのインド帝国警察に6年間勤務する。その後、パリで極貧生活を送り、ロンドンに戻って、作家になろうと決意して、インド帝国警察を辞職する。家庭教師、書店の店員、私立学校の教師などパートタイムの仕事をしながら、処女作『パリ・ロンドンのドン底生活』（1933）を出版する。ところが、この本の出版に際して家族内で深刻な問題が発生する。イートン卒のエリート

George Orwell (1903-50) 本名は、エリック・アーサー・ブレアである。イートン・カレッジを卒業し、主にビルマでイギリス帝国警官として勤務し、作家となるべく帰国する。『パリ・ロンドンのドン底生活』を皮切りに、後世に残る幾多の問題小説を発表する。またポレミックな評論家として果敢な言論活動を行った。

01

01 ブレア家の邸宅

がこのような極貧生活体験談を本名で出せば、体裁を重んじる両親や親戚をひどく狼狽させることになる。彼も「ブレア」というスコットランドの姓は好きでなかったこともあって、イングランド的な名前「ジョージ・オーウェル」を採用することにした。こうして作家ジョージ・オーウェルが誕生したのだった。

スペイン革命のメッカ、バルセロナにて

「第二次世界大戦の前哨戦」とか「現代殺戮兵器の実験場」と言われたスペイン内戦（1936～39）の問題点を赤裸々に開示したのは、オーウェルの内戦体験記『カタロニア讃歌』（1938）である。

1936年7月17日のスペイン領モロッコで陸軍のクーデターを合図に、翌18日、スペイン本土の約50カ所の駐屯地でクーデターが起こった。ところが、マドリード、バルセロナ、バレンシアなどの3大都市で、労働組合員や市井の民衆がクーデター部隊を鎮圧してしまう。彼らは、叛乱軍に対して屈辱的な隷属よりも、果敢な武力抵抗による「内戦」を、さらにより良き社会を建設するための「社会改革」を選択したのだった。これこそ、スペイン内戦の「原風景」であった。スペインのこうした動きに刮目したの

＊1 1893年に結党された、イギリスで最初の労働者階級のための社会主義政党（ちなみに、

は、31年以来、挙国連立内閣と称する政党間の政権のたらい回しを続け、総選挙による政権の選択を不可能にしていた「議会制度の祖国」イギリスの人々であったろう。彼らにとって、スペインの民衆は人類解放の大きい希望に思えたのだった。

オーウェルも例外ではなかった。当時ヨーロッパ列強27カ国は、自国民に義勇兵としてのスペイン入国を禁止していたために、彼は独立労働党[*1]（ILP）機関紙『ニュー・リーダー』の特派員証を取得し、パリのスペイン共和国大使館でビザを交付してもらい、1936年12月26日、陸路でバルセロナに到着する。彼が直ちにILP派遣本部に出頭すると、ILP責任者はすでに彼の2冊の作品を読んでいて、アラゴン地方やマドリード近郊の戦線を視察し、それを本に書いたらと助言する。彼は正式な民兵になれるかどうか自信がなかったようだが、バルセロナの革命的な熱気に圧倒されたためだろうか、「ファシストに対して戦う」という気持ちが湧いてきたのだろう、結局ILPと友党関係にあるマルクス主義統一労働者党[*2]（POUM）の民兵隊に志願する。12月30日、彼は正式にレーニン兵舎に入る。ここから、POUMの民兵オーウェルが始まる。前戦は緩慢で退屈なアラゴン戦線だ。37年5月3日、共和国陣営の政治路線をめぐって共産党系（PCE[*3]・PSUC[*4]）と反共産党系（CNT[*5]・POUM）との間で市街戦が勃発し、たまたまその場に居合わせた彼はPOUM本部を死守するために「内戦の中の内戦」に加わる。その後、アラゴン戦線に復帰するが、5月20日、首に貫通銃創を受け、バルセロナのホテル・コンチネンタルに戻ると、彼と出会った妻のとっさの機転で共産党の秘密警察から逃げ出すことができ、観光客を装ってバルセロナを脱出する。

労働党が結党されたのは1900年）。

＊2　カタルーニャ地方を拠点とする地方政党。反スターリニスト共産主義（反コミンテルン）政党。1937年5月3～8日、バルセロナでの共和国陣営の市街戦の結果、6月16日、POMUが非合法化され、党首アンドレス・ニンは何者かに拉致され、殺害された。

＊3　スペイン共産党。1921年結成。スペイン内戦の敗北で指導者は主にソ連に、活動家たちはそれ以外の外国に亡命する。つまりほかの革新系政党と同様に地下活動を余儀なくされた。フランコの死去により、民主化運動の中で、1977年に合法化された。

＊4　カタルーニャ統一社会党。名称は社会党と

ポレミックな人生

『カタロニア讃歌』(1938)は、「讃歌」という名称にもかかわらず、スターリニスト共産主義への痛烈な批判、そして幻滅と決別の意思表示であった。さらに彼は、「人間らしさ《ディーセンシィー》」の回復と擁護のために、右であれ左であれ、全体主義的傾向に歯止めをかけることを己の使命とした。『動物農場』(1945)と『1984年』(1949)の2冊には、彼の頑なに「絶望を拒否する」姿勢が貫徹されているのである。

1950年1月21日夜、宿痾の結核でロンドン・ユニヴァーシティ・カレッジ付属病院に入院していたオーウェルは喀血して急死する。喀血した時、妻ソーニャはそばにおらず、ただ一人の寂しい死であった。生涯孤立無援の真っただ中で戦った男の最期は、やはり孤独だった。しかし、その翌朝、BBCは彼の死を全世界に向かって報じたのである。

オーウェルは、自分の埋葬地にイングランド国教会の墓地を希望した。しかし、国教会は信者しか埋葬できなかった。オーウェルは無宗教であった。それにしてもロンドンの共同墓地に埋葬するわけにいかない。たまたまオーウェルの文学を理解している

02 オーウェル・ハウス

なっているが、カタルーニャの共産党である。このようにカタルーニャは、時にカスティーリャに対する独自性を主張する場合がある。PCEは、亡命中、マルクス・レーニン主義を放棄し、複数政党主義を擁護するユーロコミュニズムを提唱するが、PSUCはこれに反発し、従来通りの共産党路線を堅持している。

*5 国民労働者連合。スペイン最大のアナルコサンディカリストの労働組合。1911年に結成し、1920年代には100万人の組合員を擁した。1937年5月のバルセロナの「内戦の中の内戦」といわれた市街戦以降、急速に弱体化していき、内戦の敗北とフランコの軍事政権の確立によって、事実上消滅する。

03 オーウェルの墓

有力者が維持している大きな墓地を彼の埋葬地として供出してくれたのである。テムズ川岸の、イギリスでは最もエレガントな村の一つと言われている、サットン・コートニー村のオール・セインツ教会の墓地に、質素というよりは粗末な墓が、ひっそりと建っている。墓碑銘には「エリック・アーサー・ブレアここに眠る　1903年6月25日生まれ1950年1月21日死す」と刻まれているだけである。このような墓のほうが、ポレミックな「行動の人」とならんとしたジョージ・オーウェルらしいかもしれない。

「オーウェルの傑作はオーウェル自身であった。彼は自分の書いたいかなる作品よりも優れた存在であった」と回顧したのは、オーウェルを終生敬愛していた詩人ポール・ポッツ[*6]であった。

（川成　洋）

＊6　Paul Potts（1911-90）カナダに生まれる。詩人・作家。彼は1944年頃オーウェルと知り合い、それ以来尊敬する友人として終生交友を続けた。最後に引用したポッツの文章は「自転車に乗ったドン・キホーテ」というエッセイの冒頭部分である。

52 放蕩の天才詩人
——ディラン・トマス

イギリス詩壇におけるウィスタン・ヒュー・オーデン[*1]以後の最大の詩人と称されるディラン・トマスはウェールズ、スウォンジーの出身である。彼は生活に困窮していたこともあり、両親、親戚、知人を頼って様々な土地に移り住んだが、その転居歴を見ると、ほとんどがブリテン島の南側であること、特に１９３８年の夏以降は、一時的にイングランドに疎開していたことを除けば、常にウェールズに居を構えていることがわかる。しかも１９３４年から１９３８年までの間、幾度となくスウォンジーに帰郷している。晩年、終《つい》の棲み家として選んだのはラーンであった。本章ではディラン・トマスと彼がこだわり続けた土地ウェールズ、とりわけスウォンジーとラーンについて記していく。

海辺の坂の町スウォンジー

生まれ故郷のスウォンジーについて、トマスは「醜く美しい町」(「幼年時代の思い出」)

Dylan Thomas (1914-53) スウォンジーに生まれる。誕生、愛、生、性、死をテーマとし、人間の普遍的な存在様式を歌う作品を多数著した。ニューヨークにて客死。

*1 Wystan Hugh Auden (1907-73) イギリスに生まれ、アメリカに移住した詩人。20世紀最大の詩人の一人に数えられている。

01 ディラン・トマスの生家

と記している。トマスが「クムドンキンのランボー」を気取っていた頃から時は流れたが、現在でもスウォンジーに赴いた人は、この町の幾分廃れた港町・工業都市としての面と、美しい海を臨む町の面とに気づくだろう。グローバル化の波に乗り遅れたせいか、近年は町の目抜き通りも閑散としており、トマスの両親が結婚式を挙げたハイ・ストリート1番地の教会も門を閉ざしたままになっているが、坂の多いこの町を歩いてゆくと、次第に住宅地が広がり、比較的長閑な空気が流れている。

　トマスの生家は坂のほぼ最上部にあり、周辺からは非常に美しい海を臨むことができる。ここが、『マビノギオン』に登場する波の息子に由来する名前を与えられたトマスの生家の立つ場所にふさわしいことは、言うまでもないだろう。トマスの作品でしばしば海が歌われているのは、彼がこの光景を見て育ったからかもしれない。そう遠くない所にはオイスターマウス、ロッシーリといった美しい海岸もあることから、トマスが海と深く関わっていることを再認識させてくれる。

　生家の向かいにはトマスが少年時代に遊んだクムドンキン公園がある。散歩を楽しむ人、犬を遊ばせる人などが行き交う場所であるが、現在では彼の影像、「ファーン・ヒル」の結びの二行が刻まれた石碑、ディラン・トマス・メモリアルと名付けられた東屋などが点在している。ここはトマスの代表作のひとつ、「公園のせむし男」の舞台でもある。公園の入り口の鉄柵、池、水飲み場などは新しくなっているものの、また「せむし男」や園丁はいないものの、潮風や休日の子供たちの声は昔日のままで、トマスの作品に馴染みのある人は、公園内にしばし佇んで、「公園のせむし男」の中で主人公が夢想した「非の打ちどころのない女」に思いを馳せることができるであろう。

河口の小さな町ラーン

　トマスが晩年を過ごしたラーンまで公共交通機関で向かう場合には、スウォンジーからラーンへは鉄道でカマーゼンまで行き、そこでバスに乗り換えることになる。

　ラーンはこぢんまりとした静かな町である。トマスが眠りに就いているセント・マーティン教会、馴染みであったブラウンズ・ホテルを通り過ぎ、舗装されていない小径を進むと、トマスが仕事部屋として使っていた小屋がある。ここはトマスの「言葉の塔」である。小屋の内部は、ビールの空き瓶、書き損じて丸められた紙が散乱しており、ディヴィッド・ハーバート・ロレンスやウィリアム・バトラー・イェイツなどの写真が飾られている。

　トマスが初めてラーンに住んだのは１９３８年8月のことであったが、その後、住まいを移しながら、友人のマーガレット・テイラーの助力を得てボートハウスを改築した家に終の棲み家として移ったのは、１９４９年3月であった。ボートハウスは、仕事小屋からわずかばかり径を上ったところにあるが、これが「序詩[*2]」の中で「危なっかしい

＊2　初出は１９５２年、11月6日号の『リスナー』誌。１９５２年版『全詩集』では「著者の序詩」とされているが、後に再び「序詩」と変更された。全１０２行からなる本作は、非常に技巧を凝らした作品であり、押韻だけを見ても、１行目と最終行、２行目と１０１行目というように韻を踏み、真ん中の51行目と52行目の押韻までそれが続く。詩を歌いながら死に向かう自らの姿が描かれている。

岩の上の／海に揺さぶられるわが家」と歌われた家である。現在ではトマスの記念館となっており、トマスの熱心な読者として知られている元アメリカ大統領ジミー・カーターからのメッセージなどが飾られ、テラスからは河口の砂州の向こうに「サー・ジョンの丘の上で」のタイトルになった丘が見える。

ボートハウスに移り住んでからの執筆活動についてまとめると、詩はわずかに6篇と少ないが、いずれも名作である。とりわけ「サー・ジョンの丘の上で」「彼の誕生日の詩」「あの優しい夜の中におとなしく入ってはいけない」「序詩」は、今も揺るぎない賞賛を得ている。詩以外ではトマスの代表作のひとつ、放送劇『ミルクウッドの下で』（1954）が著された。これはラーンの街並みに着想を得ており、トマスがラーンに転居しなければ著されることのなかった作品であろう。

02 ディラン・トマスが家族とともに住んだボートハウス

ウェールズとトマス

トマスは故郷ウェールズに特別な想いを抱いていたが、それは人間の自然な感情としていささかも不思議なことではない。しかし、文筆家として生きてゆくにはロンドンの方が便利であったことも事実であり、転居を繰り返しながらウェールズにこだわり続けた詩人の姿には疑問が残る。詩人トマスのウェールズへの思い入れの最大の原因は、創作活動の継続にあると言えるだろう。トマスは１９３４年にロンドンに出て行き、ボヘミアンの生活を送ったが、そこからは彼の納得するような作品は生まれなかった。ロンドンでの生活が彼の詩魂を揺さぶることはなかったのである。トマスの作品はウェールズへの思い入れ、その地での個人的な体験とそれらを巡る思索が根幹にあって記されたものだったのである。換言すれば、ウェールズという土地がトマスに文学作品を書かせたのである。

トマスとアメリカ合衆国

かの地で高評価を得ていたこと、さらに経済的困窮から解放される可能性があったことから、トマスはアメリカを訪れたいと願っており、友人たちの尽力により、１９５０年2月、ついにアメリカの地を踏んだ。その後、ニューヨークで客死した１９５３年11月までに、トマスは計4回、アメリカを訪問し朗読・講演を行った。アメリカでの朗読会や講演会はいずれも好評を博し、さらに多くのアメリカ人の心をとらえることとなった。そのうちの一人が２０１６年ノーベル文学賞受賞者、ボブ・ディラン*3である。ザ・ビートルズやキング・クリムゾンのアルバムなどから明らかなように、トマスの作品はとりわけ１９６０年代以降に、世界的に若者の心をとらえてきているが、ロバート・アレン・ジマーマンはいち早くトマスへの傾倒を明らかにし、１９５９年にはボブ・ディ

＊3　Bob Dylan（1941-　）アメリカのミュージシャン。「ネヴァー・エンディング・ツアー」という年間100講演ほどのライブ活動を続け、ノーベル賞の他、グラミー賞、アカデミー賞など多くの賞を受賞している。

ランと名乗ったのであった。トマスの長女、アイロンウィ・トマスは「ボブ・ディラン、ディランは私の父の名前よ」という詩を残しているが、文学とは無縁の人々にディランという名を広め、詩の素晴らしさを教え、ディラン・トマスの作品への橋渡しに一役買ったのはボブ・ディランであったかもしれない。

（太田直也）

第Ⅶ部

20世紀後半・現代

53 ミステリー誕生の地
――アガサ・クリスティ

デヴォン、トーキーからグリーンウェイへ

ミステリーの女王アガサ・クリスティの故郷トーキーは、陽光の乏しいイングランドにあって、イギリスのリヴィエラとも称される海浜の保養地である。ヴィクトリア女王の治世には、ヨーロッパの王侯貴族をはじめ多くの富裕層や芸術家が訪れた。ノスタルジックな趣きのある駅舎の傍には、１９１４年のクリスマス・イヴに最初の夫アーチボルド・クリスティと新婚の一夜を過ごしたグランド・ホテルが立っている。目の前には明るいビーチが開け、海岸沿いには花壇に彩られたプリンセス・ガーデンが広がり、微笑みを浮かべたアガサの胸像が行き交う人びとを眺めている。ヨット・ハーバーを抜けてビーコン・コーヴ・ヒルを登れば、娘時代のアガサがティー・ダンスに興じたインペリアル・ホテルが瀟洒な姿を見せる。バルコニーからトー湾の輝きを眺め渡したのは、『エンド・ハウスの怪事件』[*1]（１９３２）のポアロや『スリーピング・マーダー』[*2]（１９７

Agatha Christie（1890-1976）推理作家。作品は100を超える言語に訳され、ミステリーの女王と称される。DBE（大英帝国勲章）叙勲。別名メアリー・ウェストマコット。

＊1 *Peril at End House* インペリアル・ホテルの崖上にあった屋敷がモデルに。

＊2 *Sleeping Murder* 幼児期の恐ろしい記憶がひそむ家。ミス・マープルが謎を解く。

6）のミス・マープルだった。玄関ロビーに掲げられているのは、アガサの足跡を示すアガサ・マイルで、私たちはトーキーのいたるところでこの銘板と出会うことができる。
生家アッシュフィールドは、マウント・スチュアート丘陵の、海岸からやや奥まったバートン・ロード中腹にあった。今は石垣の一部しか残っていないが、かつて庭園にはヒマラヤスギやセコイアの大樹がそびえ、トネリコの群生が林を作り、菜園には野菜や果実がたわわに実っていた。この豊饒な庭の記憶は生涯にわたってアガサを幸福な思いで満たした。1973年に出版された事実上の絶筆『運命の裏木戸』[*3]には、子ども時代のアッシュフィールドの思い出が詰め込まれている。坂下にある石造りのオール・セインツ・トァ教会は、アガサの誕生と同じ1890年9月に建立された。アメリカ人の資

＊3 *Postern of Fate* トミーとタペンスの探偵夫妻が活躍する最後の作品。

01

02

01 アガサ・マイル
02 アッシュフィールドのブルー・プラーク

産家であった父フレデリック・ミラーは、多額の資金と豪華な刺繍をほどこした法衣を寄進した。内陣にある洗礼盤の傍らには、アガサの洗礼書の写しが今も掲げられている。また坂を少し登ると、フレデリックが会長を務めたバートン・クリケット・クラブがあり、アガサが木陰で観戦を楽しんだというオークの樹が往時の姿をとどめている。

またトーキー博物館には、トーキーにあるケンツ洞窟の発掘に多額の資金を投じ、自然史協会のフェローに推挙されたフレデリックの発掘品も展示されており、1990年にアガサの生誕百年を記念して設けられたメモリアル・ルームには、写真や出版物をはじめ思い出の品が飾られている。

病身だった父が肺炎で亡くなったとき、アガサはまだ11歳だった。一家の経済状態もそれまでとは一変するが、姉マーガレットはすでにマンチェスターの実業家ワッツ家に嫁ぎ、兄のルイ・モンタントも家を離れていたので、母との暮らしは平穏に過ぎて行った。やがて22歳になったアガサは、あるパーティーで出会った英空軍将校のアーチボルド・クリスティと恋に落ちる。出会いから2年後の1914年、第一次世界大戦勃発の報に急かされるように、ふたりはブリストルの教会で結婚する。母や姉の承諾は得ないままであった。戦線に赴く夫を見送ったあとも、アガサはアッシュフィールドで暮らしながら、タウンホールで傷病兵の看護や薬局での任務についた。

03 グリーンウェイ・ハウス

やがて薬剤師の資格を得て毒薬の知識を得たアガサは、暇をみてミステリー小説の執筆に手を染める。トーキーに近いダートムアのムアランズ・ホテルで、小説を書き上げるように勧めたのは母であった。数億年前の岩が地表に荒々しく隆起し、ワラビや羊歯の生い茂るムアの自然を、母もアガサもこよなく愛していたのだ。こうして第一作『スタイルズ荘の怪事件』*4（1920）は完成し、ベルギー人の名探偵エルキュール・ポアロが誕生した。

夫の浮気がもとで1928年に結婚が破綻したあと、アガサは心機一転をはかるためにオリエント急行で訪れたイラクの発掘現場で若き考古学者マックス・マローワンと出会い、2年後に結婚する。マックスの勧めもあって、母亡きあとの生家アッシュフィールドを1938年に売却し、子ども時代から憧れていたグリーンウェイ・ハウスとそのまわりの広大な敷地を購入した。トーキーから海岸沿いに南下し、ブリクサムの岬を回るとダート川の河口キングス

＊4 *The Mysterious Affairs at Styles* ベルギー難民のエルキュール・ポアロが初登場。

04 グリーンウェイのボートハウス

ウェアと対岸の街ダートマスに出る。ここからフェリーで20分ほど川を遡ると右手の森の木間隠れに白亜のジョージアン様式の建物が見えてくる。グリーンウェイである。ガンプトンの出鼻にあるこの屋敷の歴史は古く、16世紀の終わりにここの主だったのが、イングランド初の植民地ニューファンドランドを北米に築いたハンフリー・ギルバートであった。アガサは当時ロンドンやオックスフォードシャーのウォリングフォードに複数の屋敷を所有していたが、夏の別荘として使ったグリーンウェイへの愛着はことのほか強く、ダート川を見おろす静かな屋敷と庭園は、『五匹の子豚』[*5]（１９４２）や『死者のあやまち』[*6]（１９５６）に殺人事件の舞台として克明に描かれた。だがその一方で生家への思いはいつまでも断ちがたく、１９６２年にアッシュフィールドが取り壊されたという報を受けたアガサは激しく泣き崩れたという。グリーンウェイは娘のロザリンドから孫のマシュー・プリチャードに譲渡されたが、現在はナショナル・トラストの管理のもと、博物館として世界中のファンを集める聖地となっている。

（平井杏子）

＊5　*Five Little Pigs* 人びとの胸に刻まれた回想の殺人。ポアロが真実を掘り起こす。

＊6　*Dead Man's Folly* グリーンウェイ・ハウスのボート小屋が少女殺しの舞台に。

54

日本との絆も深い

――エドマンド・ブランデン

Edmund Blunden（1896-1974）詩人・批評家。田園生活を歌ったが、第一次世界大戦の従軍体験を記した彼の『大戦微韻』は戦争文学の傑作。日本との縁が非常に深い。

ブランデンの成長

エドマンド・ブランデンはロンドンでグラマースクールの校長の父親とその教師の母の間に生まれたが、一家の引っ越しにより、ケントの小さな村ヨールディングで育った。田舎の生活でブランデンは自然を愛し、農村で働く人々への思いを深めた。感情豊かで利発な少年ブランデンは両親が運営するグラマースクールの教育の後、奨学金を得てパブリックスクールの伝統校クライスツ・ホスピタルに入学した。同校の先輩の優れた詩人コウルリッジ、リー・ハント、シェリーの感化を大いに受けた。当時から詩を作り、詩集を自費出版し、早熟の才を示した。彼は成績優秀で首席となり、１９１４年にオックスフォード大学のクイーンズ・コレッジの古典学の学生の奨学金を獲得した。

しかし、この年、第一次世界大戦が勃発すると、ブランデンは翌年5月にロイヤル・サセックス連隊の第11歩兵大隊の将校に志願した。訓練を受けた後、フランス、ベル

01

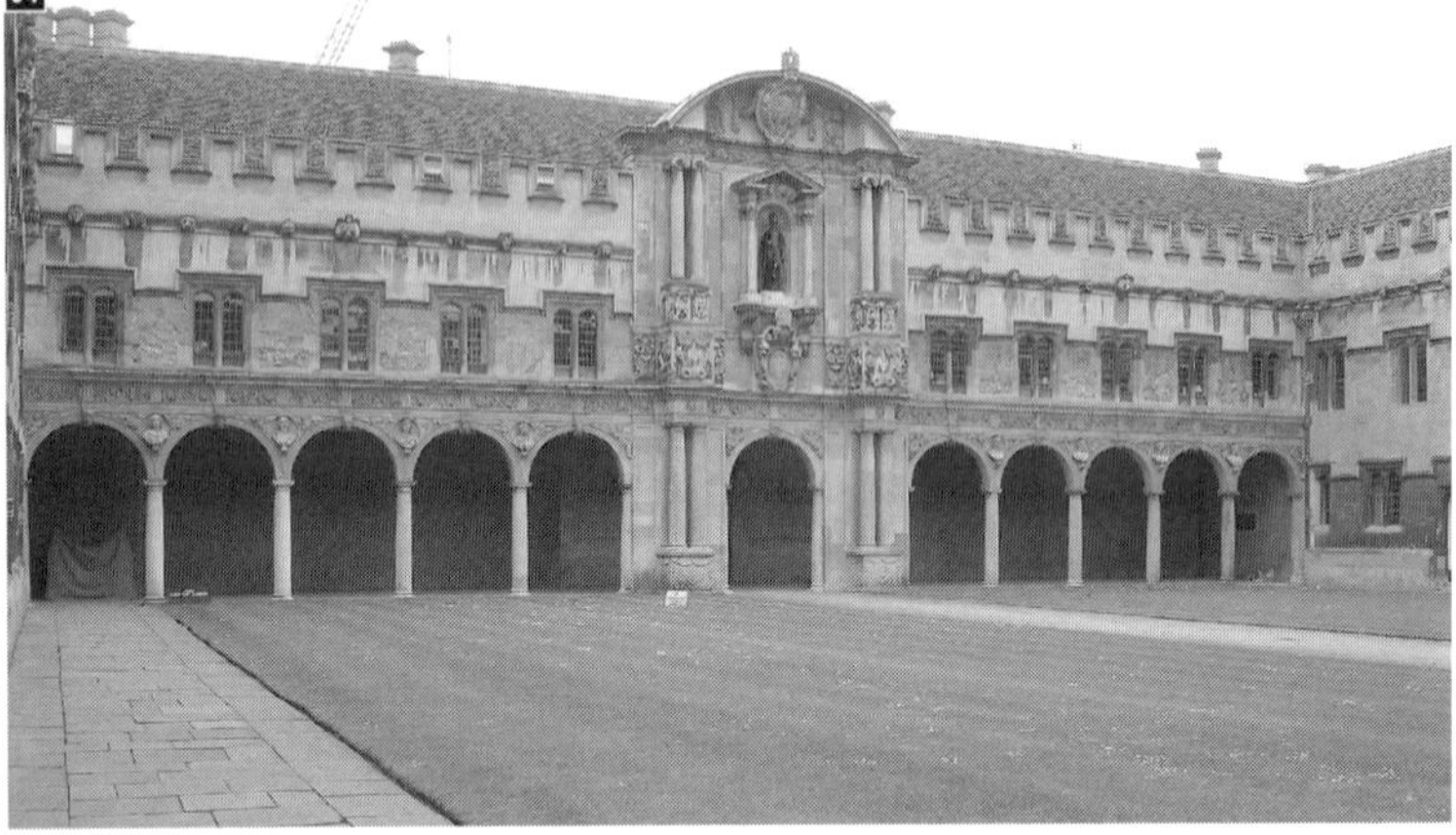

ギーの前戦で塹壕戦にも加わり、戦争の悲惨さと恐ろしさをいやというほど経験した。その戦争体験の記憶は終生彼の脳裏を離れることがなかった。1918年2月に前線からイングランドのサフォークの訓練キャンプに送られ、そこでメアリー・デインズという女性と結婚した。フランスの戦地に戻ったが、すぐに彼は除隊することになった。

第一次世界大戦後のブランデン

戦後、戦争詩人の第一人者シーグフリード・サスーン[*1]にブランデンが戦争中に作った詩を認められ、二人の終生続く友情が始まった。

ブランデンはオックスフォード大学のセント・ジョンズ・コレッジの学生となった。文学に研究熱心で、彼はジョン・クレア[*2]を発掘し、このほかにもリー・ハント[*3]、戦争詩人ウィルフレッド・オウエン[*4]を世に発表した。

01 オックスフォード大学セント・ジョンズ・コレッジ

＊1　Siegfried Sassoon (1886-1967) イギリスの詩人・軍人で、第一次世界大戦期を代表する詩人。

＊2　John Clare (1793-1864) 20世紀になって価値が見直され、今日では労働者階級の生んだ偉大な自然詩人と評されている。

＊3　Leigh Hunt (1784-1859) イギリスの批評家・随筆家・詩人で雑誌*The Examiner*を創刊した。

＊4　Wilfred Owen (1893-1918) イギリスの詩人・軍人で第一次世界大戦期に活躍した。

彼は1920年の夏には大学を去り、著名な文芸雑誌『アシニアム』の主筆ミドルトン・マリー[*5]の助手の職について、ロンドンの文学界入りをした。彼はこれ以降、ジャーナリストの生活と学究的生活の繰り返しをすることになる。

東京

滞英中の齋藤勇東京帝国大学教授の熱心な要請を受けて同大の英文科教授を務める決心をした。期間は1924年から3年間で単身赴任であった。彼は本郷菊富士ホテルの一室に居を定めたが、関東大震災後の復興中の東京での生活は想像できないほど不便であった。やがて、日本文化の豊かさにも触れ、学生との深い信頼関係を築き、優れた英文学研究者を育て、充実した生活を送った。かつて1896~1903年に同大学講師を務めたラフカディオ・ハーンを思わせる。

彼にとって日本滞在中重要な二つの出来事があった。彼は驚くべき記憶力のみを頼りに、彼の戦争体験の回顧録『大戦微韻《アンダートーンズ・オヴ・ウォー》』を書き上げた。彼は抑制をきかせた言葉で人間の最大の過ちである戦争を描いた。彼はともに戦った無名兵士だけではなく、敵方の兵士たちの気持ちにも共感を寄せた。この『大戦微韻』は本国イギリスで出版され、世に広く読まれた。

1925年夏、ブランデンは軽井沢で開かれた日本人英語教師のための講習会に講師として招かれ、受講者の女学校の英語教師林アキと出会い、二人は意気投合し、ひそかに恋愛関係になり滞在中親交を深めた。既婚者であるブランデンは帰国にあたり、互い

＊5 John Middleton Murry (1889-1957) イギリスの作家で20世紀前半に最も影響力のあった批評家と言われる。

に別れがたく、彼女を同道してイギリスで彼の文学研究の助手とすることにした。彼は帰国後離婚再婚を繰り返した。しかし、林アキは37年の長きにわたり、大英図書館で資料探しを行い、彼の文学研究に見事に貢献し、独身のままブランデンよりも12年早くみまかった。岡田純枝氏の著書『ブランデンの愛の手紙——ひとつの日英文化交流』は従来知られていなかった二人の関係を明らかにし、林アキという日本人女性の生涯が描かれている。

02ブランデンが住んだホール・ミル

ブランデンの詩作

ブランデンの詩は故郷のヨールディングの自然への憧憬と戦争体験がバックボーンとなっている。たとえば、1919年の除隊の翌年に彼が発表した「遠い祖先たち」はイングランドの農村の無名の素朴な昔の人びとが営々として働き生活した有様を、彼らが建てた家、納屋、水車小屋から推測し、それらの人びとが自然と協力して作り出した風景を歌っている。彼の戦争の恐怖と記憶をいつも癒してくれたのは自然であった。

第二次世界大戦後のブランデン

ブランデンは1930年にオックスフォード大学のマートン・コレッジの特別研究員兼チューターとなった。彼はロマン派詩人等の研究を行い、文学者としての幅の広さと厚みを増した。

1947年にブランデンは家族を伴ってブリティッシュ・ミッションの文化使節として東京を再訪し、2年間、日本のほとんどの大学で講演活動をした。1953年から香港大学の英文学教授の職を10年間務めた後、1964年に帰国し、サフォークのロング・メルフォードの村の生活を楽しみながら、『タイムズ紙文芸付録』に寄稿した。1966年に彼はオックスフォード大学の詩学教授という名誉職に選ばれたが、その後病気となり、1969年にロング・メルフォードに隠棲し、穏やかな日々を送った。しかし、1974年1月20日、彼は安らかに永眠した。

葬儀は1月25日に営まれた。天気が良かった。彼のソネットが朗読された。村の美しい教会の墓地で、彼の墓石には彼の詩の詩行が刻まれている。棺が地中に収まった時、戦地で彼の伝令をつとめたA・E・ビーニー兵士がひなげしの花輪を投げ入れた。

（小林清衛）

03 ホリィ・トリニティ教会を背景にしたブランデンの墓（右下）

55 心理小説の名手
——エリザベス・ボウエン

Elizabeth Bowen（1899-1973）アイルランド出身の小説家。心理主義の小説を得意とし、代表作の『パリの家』『心の死』などのほか、感性鋭い短編小説にも傑作が多い。

ボウエンズ・コート

サイコロジカル・ゴシックともいわれる心理小説で名高いアングロ・アイリッシュのボウエンは、場所（家）と時（過去）に対する独特の感性を持つ作家である。不安と恐怖を内包する彼女の文学の基盤は「ボウエンズ・コート」にあった。いわゆるビッグ・ハウスと呼ばれるアイルランドに偏在するアングロ・アイリッシュ地方地主の広大な邸宅である。ボウエンは、このボウエンズ・コートを構えて300年もの歴史を生きてきたボウエン一族の末裔で、最後の継承者だった。

ビッグ・ハウスは第一次世界大戦前後から1920年代にかけて、アイルランド南部で起きた対英抗争時に次々と襲撃されていった。自伝的要素の濃い『最後の9月』（1929）には、ボウエンズ・コートをモデルにした邸宅ダニエルズ・タウンが、民族独立主義者の手によって火がつけられ、夜空を真っ赤に焦がして焼け落ちるラスト・シーンが鮮烈に描かれている。華やかな晩餐会が催され、多くの客人が行き交ったかつてのこの屋敷は、光に包まれ、輝かしい至福の時で満たされていた。だが今はアングロ・アイリッシュが誇ったその栄光はない。衰退の波がビッグ・ハウス内部にまで押し寄せていることに気づかず、いや気づこうとしない邸宅の人々の姿勢と、アングロ・アイリッシュの文化が抱える問題を漠然とながら認識する主人公の少女の心情が、この作では意味深いコントラストをなしている。実はこの物語は、ボウエンが所有したボウエンズ・コートの歴史とも重なっている。

ボウエンズ・コートが位置するのはアイルランド南部の州コーク。その北東部の町ミッチェルズタウンから南西に数マイル行くとキルドラリーの村があり、この村を抜け山間部へ進むとファラヒと呼ばれる場所に入る。すると広大な森や丘に囲まれ、孤高のたたずまいをみせ、時間を超越したように立っている四角い建物が見えてくる。ボウエンはこの館をこよなく愛し、ここでヴァージニア・ウルフやアイリス・マードック[*1]など多くの文学関係者をもてなした。豊かな自然に取り囲まれたこの館には、外界の天気に応じてその光、色、匂いまでいっぱいに取り込む都会風な魅力的な部屋が多くあった。1935年、夫アランがBBCの教育事業の仕事についたためロンドンに居を定めることになった時、ボウエンが求めたのが、室内に自然がほどよく入り込む瀟洒な造りをしたクラレンス・テラスであったのも、それがボウエ

01 ボウエンズ・コートの跡地を示す標識

＊1 Iris Murdock (1919-99) アイルランド出身のイギリス作家・詩人・哲学者として活躍した。

ンズ・コートによく似ていたからである。奇才建築家といわれたジョン・ナッシュにより1927年に設計され、リージェント・パークの西側一角の美しいリージェンシー・テラス群として知られたものである。

ボウエンズ・コートを守り、発展させることに心血を注いだボウエンの祖父ロバートとは異なり、法廷弁護士となった父ヘンリーが屋敷の管理に大きな関心を示さなかったことはボウエンズ・コートの終焉を予兆するものだった。この父の仕事の関係でダブリンで生まれたボウエンは、少女時代に、夏はボウエンズ・コート、冬はダブリンという二重生活を送った。だが心気症を患った父から7歳で引き離され、母に連れられてケントの親戚を頼って渡英することになる。その母も彼女が13歳の時に癌で亡くなってしまう。親戚の配慮で母の死にも立ち会えなかった。常に外界の現実から守られるように生きてきたボウエン。アイルランドからイングランド、家から家へと居住空間を移動して育った少女。アイルランドではアイルランド人、アイルランドではイギリス人を演じるアングロ・アイリッシュとしての彼女の真の自己意識は、国と国、場所から場所への移動上に構築された。大人の支配下に置かれ、自分自身の重大な秘密がいつも隠されているような、親をなくした子どもの内面こそが、サイコロジカル・ホラーともいえるボウエンの小説の風景である。

クラレンス・テラスをモデルにしたウィンザー・テラスが舞台になった6作目の長編

02ボウエンズ・コート

には『心の死』（1931）という奇妙なタイトルが付けられている。この表題がいみじくも語るように、アングロ・アイリッシュは現実社会の実情に気づかないように、感情を押し殺し、「心の死」を生きてきた。なぜなら自分たちの繁栄は、土着のアイルランド人の搾取という代々継承されてきた不正、地元の人々の犠牲に基づくものだったからである。土着のアイルランド人との交流は表面的なものになり、好ましいものではなかった。彼らはこのためビッグ・ハウスという広大な屋敷を作り、その内部で生きてきた。子孫である新しい支配階級は感情の欠如を旨としてきたが、この作品の主人公の少女ポーシャのように、最後の世代であるボウエンは「心の死」を観察するエキスパート＝作家となったのである。

第二次世界大戦が勃発する1939年、破壊の恐怖に満ちた時代の空気の中で、ボウエンは『ボウエンズ・コート』（1942）を書き始める。これはボウエン家の祖先たちの約250年に及ぶ年代記であると同時に、アングロ・アイリッシュの栄枯盛衰の物語である。何よりも著者自身が自己とは何かを見つめる書でもあった。ここで暮らす

03 クラレンス・テラス

者たちは外部の危険な現実に目をつむり、ひたすら邸宅の永続を目的とする内部の価観と規律、秩序を頑固に守って生きてきた。彼らにとって大切なのは、過去に魅了、呪縛された生き方である。「ゴシック小説とは死者が生きている者を掌握する形式」というイーグルトン[*2]の言葉を借りれば、まさに彼らはその現在が過去によって制御されるゴシックを生きてきたのだ。『最後の9月』の少女は、内的ダイナミズムを欠如したビッグ・ハウスは自分自身の自己意識を映し出している、と気づくのである。

アイリッシュ・ゴシックのような不安と恐怖を秘めたボウエンの文学を培ったものはこのようなアイデンティティの不確かさであり、愛すべきボウエンズ・コートであった。維持費のかかるボウエンズ・コートは1959年に売却され、その後買い手によって思いもよらず解体されてしまう。ダニエルズ・タウンと同様、無に帰した時に一層鮮明に浮かび上がるボウエンズ・コート。ボウエンは、破壊される時にこそ輝きと意味を持つものを、「書くこと」によって、永遠に留めたのである。ロンドンの美しいクラレンス・テラスも今はもうない。

（伊藤　節）

＊2　Terry Eagleton（1943- ）イギリスの哲学者・文芸批評家。

56

海軍情報部（ＮＩＤ）予備大尉

——イアン・フレミング

「ロンドンのダンディ」から海軍予備大尉に転身

１９３９年４月、フランス革命以来イギリスの世論を二分したスペイン内戦が終結した。ドイツやイタリアが支援したフランコ叛乱軍がソ連などが支援したスペイン共和国を無条件降伏させたのだ。これでヨーロッパが平穏になるだろうと誰もが期待したのだった。ところが、その４カ月後の８月、独ソ不可侵条約が締結される。これまで不倶戴天の敵同士だったドイツとソ連の両国が、あろうことか、握手をしたのだった。なぜ？これに深刻な危機意識を抱いたのが、イギリスであった。言うまでもなく、独ソが結束してターゲットにしたのは、他ならぬイギリスだと思えたからだった。はたせるかな、その翌月の９月１日ドイツ軍のポーランド侵入により第二次世界大戦が勃発する。

これより少し前、新参者の海外秘密情報部（ＭＩ６）の目覚ましい活動を目の当たりにして、イギリス海軍情報部（ＮＩＤ）の立て直しを任された新長官ジョン・ゴドフ

Ian Fleming（1908-64）イートン・カレッジ、王立サンドハースト陸軍士官学校、ミュンヘン大学、いずれも中退。ロイター通信社に入社しソ連に裁判を取材する。第二次世界大戦期に、海軍情報部において瞠目させるような活躍をするが、戦後退役し、作家となり、《007》を立て続けに発表する。

01 メイフェアの生家

リー提督は、新しく諜報員の発掘中に、イングランド銀行総裁の推薦もあって、「ロンドンのダンディ」の異名をもつ31歳の元証券マンを、急遽、「海軍予備大尉」に任官させ、自分の「特別補佐官」として採用する。

その元証券マンはイアン・フレミングといい、1908年ロンドンの高級住宅街メイフェアで生まれる。生家は裕福な株式仲介業であり、父親は1910年に下院議員に選出された。彼は幼いころからやんちゃ坊主で、両親もほとほと手を焼いたそうである。21年、兄のピーターが在学している、1440年に国王ヘンリー6世が創設した名門パブリック・スクール、イートン・カレッジに入学する。スポーツ、おしゃれ、そして遊びが何よりも好きだった彼は、いたずらが過ぎて、校則を犯してしまい、卒業1年前に退学処分を受ける。それではと一心不乱に勉強し、26年の秋に、普通ではパブリック・スクール卒業後に進学することになっている王立サンドハースト陸軍士官学校に入学するが、ここも中途退学する。その後ミュンヘン大学に入学し、ドイツ語とロシア語を勉強する。ロンドンに戻り外交官試験に失敗するが、ロイター通信社に入社する。33年、ソ連で六人のイギリス人電気技術者がスパイ容疑で逮捕され、その裁判を取材するためにモスクワに派遣される。絶え間ない秘密警察の監視下での取材であったが、裁判の報道はそれなりにできた。モスクワから帰国すると、家族の強い要望を受けて、家業を継ぐために証券会社に就職する。それにしても、やはりこの仕事になじめず、イギリスも迫りくる大戦争のために朝野をあげて右往左往していた。こうした臨戦体制的状況において、人が羨むような「高等遊民」的生活にどっぷり浸っていたフレミング海軍予備大尉が、果たして何ができるのであろうか。

第二次世界大戦期に八面六臂の大活躍をしたコードネーム「17F」

任官してしばらくの間、海軍情報将校になるための訓練や軍歴もないフレミングは、海軍情報部や主計局などが拠点としている旧海軍省庁舎において見習い士官としての生活に明け暮れていた。そのころ、ヨーロッパ某所の地下放送局から、元ドイツ軍兵士と称する流暢な男の声が流れた。それはイギリス人だったら激昂するような罵詈雑言であり、また独ソ戦で厳しい「冬将軍」と遭遇し身動きの取れないドイツ軍将兵の自軍の参謀本部に対する不満たらたらの愚痴などであった。こうした逸話は、実はロンドンから、ドイツ語に堪能なアナウンサーが喋っていたのである。このブラック・プロパガンダを立案し、実践したのはフレミングであった。彼はここでも「いたずら坊主」のニックネームを頂戴することになる。

１９４０年7月、国防相を兼任していたチャーチル首相は、ドイツ占領下のヨーロッパにおいて、サボタージュ工作、親独派政府転覆工作、秘密軍事組織の設置などを目的とする特殊任務機関（ＳＯＥ）の創設を指令した。この機関の目的は「ヨーロッパを火ダルマにせよ！」の一語に尽きる。ＳＯＥは既存の政府機関――陸軍省、ＭＩ６、外務省――の職員で編成された極秘の機関だった。この機関にＮＩＤは加わらなかった。

　その2年後の１９４２年の夏、フレミングが本格的な作戦に関与するようになる。といっても、彼は長官の特別補佐官だったために、最前線に出撃する指揮官としてではなくて、作戦武官としての関与だった。彼は、敵の背後に潜入する任務に適した命知らずの荒くれ者をも含む「特攻コマンド30人部隊」を編制した。実際に出動する前に、この特攻部隊員に戦士として、また諜報員としての実戦に適した過酷な訓練を行った。彼は現場で指揮をとる二人の海軍大尉を厳選した。この特攻部隊はドイツ軍の制圧下にあるフランスに侵入し、敵の極秘最新兵器に関する重要な情報を盗み出した。また42年10月に開始されたモントゴメリー将軍指揮のイギリス第八軍によるアルジェ上陸作戦に際して、その直前に現地のイタリア海軍司令部を急襲し、機密文書や暗号書のみならず、ドイツ軍との交信用暗号や敵艦隊の編制などの極秘情報

02 旧海軍省庁舎

03

を入手した。

さらに特攻部隊は、３００人の守備隊が常備しているドイツ軍レーダー基地の壊滅作戦を遂行し、連合国軍のドイツ本土攻撃の直後に行ったドイツ海軍司令部の制圧作戦に乗じて、そこに保管されていた重要な情報を奪取し、老提督を捕虜にしてイギリスに連れてきたのだった。

その後一時期、彼は連絡将校としてＭＩ６ニューヨーク支局に派遣された。そこで閉鎖中のニューヨーク日本総領事館へのスパイ活動を指揮したことがあった。金庫破りや速写のベテランを雇い、金庫を開け、暗号書を写真に収め、そこで見つけた鍵のすべてをコピーした。

コードネーム「17F」ことフレミングは、実に神出鬼没、彼の作戦も自由自在。しかも完全な失敗はほとんどない。まさにスパイの天才だった。

03 フレミングの別荘ゴールデンアイ

スパイ小説家の誕生

1945年11月、フレミングはNIDを辞した。自分の才能を開花させるチャンスはもうないだろうと判断したため、さらにゴドフリー提督がインド海軍総司令官に栄転し、彼の後継のラッシェブルック准将は、前任者ほどフレミングの軍事的業績を評価しなかったためだろう。これから何をするのかと上司から問われて、「今までのあらゆるスパイ小説に止めを刺す」ようなスパイ小説を書くつもりだと返答したという。翌46年、ジャマイカ島に別荘地を購入し、そこに建てた別荘「ゴールデンアイ」（この名称は、第二次世界大戦期、中立国スペインにおける対枢軸作戦「ゴールデン作戦」からとった）で執筆したスパイ小説の映画《007》シリーズは、ヒットにヒットを重ねたのである。（川成　洋）

57

田舎暮らしを愛した詩人

——フィリップ・ラーキン

ラーキンのヨークシャー——ハル

ヨークシャーのハルの歴史は、エドワード1世が1299年に最初に町を興した寺院から譲り受けて、キングズ・タウン・アポン・ハルと命名した時に始まると言われている。昔から貿易の要衝として栄えてきたが、それはこの地がハル川とハンバー河口の合流点にあったからである。初めは羊毛を輸出する港として、また中世にはヨーロッパとのハンザ貿易で繁栄していたが、第二次世界大戦では「ハル爆撃」と呼ばれるドイツ空軍の爆撃で、市の中心部のほとんどが破壊され、その爆撃の激しさはロンドンに次ぐほどであった。しかし現在では、歴史的な旧市街やモダンで洒落たマリーナ、そして、吊り橋としては、一つの橋の支柱の間隔が完成当時は世界一長かった、ハンバー・ブリッジなどがあり、多くの観光客を惹きつけている。

ラーキンが、ハル大学に赴任したのは、1955年3月であり、その後亡くなる85年

Philip Larkin（1922-85）詩人。マスコミを嫌ったことからハルの隠者と称されたが、没後は、恋多き詩人であることが分かり、ハルのドン・ジュアンと呼ばれた。

01 ハルでラーキンが間借りした家

12月まで30年程ハルに住んでいた。ラーキン自身ハルが気に入った理由として、大都会ロンドンから離れていて、アメリカ人の観光客もあまり訪れない辺鄙な場所にあるからだと、述べている。確かにロンドンからハルに行くには、長い時間がかかったであろう。現在ではロンドンのキングズ・クロスから直通の列車が走っているようだが、それも余り期待できず、キングズ・クロスからは、ドンカスターまで行き、そこで各駅停車の列車に乗り換えて、終点のハルのパラゴン駅までさらに50分程かかる。何か特別な用事がある以外は、取り立てて行きたいと思う場所ではないが、オーストラリアの現代詩人ピーター・ポーター[*1]が、ハルを「イギリスで最も詩的な都市」と呼んでいるように、最近のハルは、ラーキンを前面に押し出して観光客の誘致を図っている。

ラーキンはハルを舞台にした多くの作品を書いているが、その一つに「ロイヤル・ステーション・ホテルの金曜の夜」というのがある。夜のホテルのロビーの空虚さ、言い

＊1　Peter Porter（1929-2010）オーストラリア出身で、主にイギリスで活躍した現代詩人。英語で書いている主要な詩人のひとりと見なされ、ヨーロッパの文化や歴史にも造詣が深く、2002年には女王金メダル賞（詩部門）を受賞した。

ようのない淋しさを描いた小品である。詩の後半の第2連では、「靴音も響かぬ廊下で電灯がついている。／砦のように何と孤立した所だろう――／もう夜も更け、波が村の向こうで折り重なっている」と、語り手は一人残された者の淋しさを述べているが、金曜の夜の賑やかさの後に漂うホテルの静けさは、ラーキン自身の強い流浪感の表れでもあった。

ハルのパラゴン駅の構内にある「ロイヤル・ステーション・ホテル」は、1854年10月にヴィクトリア女王とアルバート公が宿泊されたことにちなんでその名が付けられたが、現在では、「メルキュール・ハル・ロイヤル・ホテル」と改名されている。ホテルのロビーの壁にはこのラーキンの短い詩が額に飾られており、ラーキンが描いたホテルのロビーの風景が、ホテルに泊まりながら、今なお昔と同じようにゆったりとした気分で味わえる。

学び舎のある町――コヴェントリー

数多くあるイギリスの都市の中でも古い歴史の町の一つであるコヴェントリーの名を有名にしているものに、ピーピング・トムの由来となったゴダイヴァ夫人[*2]の伝説がある。その他、自動車産業で栄えた町として知られ、モダンな近代建築で観光名所となっているコヴェントリー大聖堂もある。そして、現在イギリスで最も読まれ最も人気のある詩人フィリップ・ラーキンを加えても良いであろう。

ラーキンは1922年8月9日、コヴェントリー市の収入役をしていたシドニー・

＊2　11世紀イギリスのマーシア伯レオフリックの妻。コヴェントリーの住民に重税を課した夫を諫めたところ、夫が「白昼裸で馬に乗って町を行けば許す」と言ったのでそれを実行した。外出を禁じられた住民の中で、秘かに彼女を覗き見た仕立屋は盲目になったということから、「ピーピング・トム」の伝説も生まれた。

ラーキンの長男として生まれた。オックスフォードのセント・ジョンズ・コレッジに入学するまで、ほぼ18年間このウェスト・ミッドランドの町で暮らした。ラーキン一家がコヴェントリーで最後に住んだマナー・ロードの家は、１９４０年11月のコヴェントリー爆撃で破壊されることはなかったが、戦争の激化を恐れた父シドニーは、翌年には、コヴェントリーの南にある都市ウォーリックに引っ越していた。ちなみに、この家は60年代にコヴェントリーの環状道路建設のために取り壊されて今はない。

　中流階級出身のラーキンが通った地元のグラマー・スクール、ヘンリー8世スクールは、市の中心から少し外れたウォーリック・ロードにある。その建物はこの学校が現在の場所に移った１８８５年に遡る赤煉瓦造りだが、建物の正面と塔以外は、１９４１年のドイツ空軍の爆撃で破壊されてしまった。[*3] 学校の中には、その最も傑出した卒業生であるラーキンを記念する「フィリップ・ラーキン・ルーム」があり、かつてのラーキンの足跡を辿ることができる。

　ラーキンが生まれ故郷コヴェントリーについて書いた代表作に、「忘れもしない」[*4] がある。「一度だけ新年早々の寒い頃／別の線でイングランドを北に向かった時、／列車が止まって、ナンバープレートを持った男たちが、／プラットホームをいつも通る出入り口へ／全速力で走って行くのを見ながら、／〈あれ、コヴェントリーだ〉と僕は叫んだ。〈僕の生まれたのはここなんだ〉」という描写で始まる、この詩は、子供時代を幸せなものとする、ロマン派の詩に対するアンチテーゼとして書かれたものだが、詩の最後で、「〈君の顔つきからすると〉友人は言った。／〈コヴェントリーが地獄にあればいい

＊3　コヴェントリー爆撃。ドイツ空軍ルフトバーフェがロンドンを初めとして、イギリスの多くの主要都市に加えた集中空爆の一つであり、コヴェントリーが空襲されたのは、１９４０年11月14日の夜7時であった。その狙いは、コヴェントリーにあった車輌や飛行機の工場であり、市の大部分が跡形もなく破壊され、ラーキンが洗礼を受けたコヴェントリー大聖堂も廃墟となっていた。

＊4　"I Remember, I Remember"

と思っているみたいだね〉。〈まあ、仕方ないさ。／場所のせいじゃないと思うんだけど〉と僕は言った。／……／〈何かの事みたいに、どこでも何も起こらないよ〉」と、友人に語る時、ラーキンにとってそこで過ごした少年期から青年期の日々は、あまり思い出したくないものであった。

自らの子供時代を「忘れられた退屈なもの」と呼んでいたラーキンにとって、故郷コヴェントリーは、あまり幸せではなかった両親の結婚生活や息の詰まるような「退屈で鉢一杯に根が張っていて少しおかしかった」家族の生活を思い出させる町であった。

コヴェントリー市の収入役をしていたラーキンの父親シドニーは、一日中働き夜は読書にふける、家族のことはほとんど顧みない厳格な父親であった。一方母親のエヴァは、メイドがいたにもかかわらず、家事の不得手さに愚痴を漏らし、自らの生活を惨めだと思うような神経質な母親であった。また、10歳ほど年の離れた姉のキャサリンは、友達のいない内向的な少女であり、この年の差故にラーキンは自分が一人っ子のようであったと述べている。このような家庭的な温かみのない雰囲気で育ったラーキンは、両親の関係についてもあまり良くないものであったという印象を抱いていた。

またラーキンは、「私たちの家族では／愛は便所のように必要ではないものの如く／嫌悪すべきものだった」と記しているが、彼にとって、コヴェントリーで過ごした少年時代は、退屈で淋しい息苦しいものであった。しかし、オックスフォードを出て図書館員として働き始めてから、13年以上も離れていた故郷コヴェントリーの駅を通り過ぎる時の素直な気持ちをうたったこの詩において、彼は多少の興奮を覚えている。

成長してからのラーキンは少年時代のことをあまり語りたがらなかったと言われている。その理由は、コヴェントリーの町が幸せな家庭生活を思い出させる場所ではなかったということであろうが、一方で詩人ラーキンがコヴェントリー駅を再訪した時の感動には、帰巣本能的な故郷に対する愛情も感じられる。心の中のコヴェントリーはラーキンにとっては、決して変わることなく昔のままであり続け、色褪せることのない追憶や懐かしさを甦らせてくれる愛すべき町なのである。

（高野正夫）

58 憧れの日本の入国を拒否された作家
――グレアム・グリーン

アントン・カラスの哀調を帯びたチターのメロディがほぼ全編に流れ、オーソン・ウェルズとジョゼフ・コットンの対決、そして落ち葉の散る一本道を黙々と歩いて去るアリダ・ヴァリのラストシーン……《第三の男》（キャロル・リード監督、1949年）は、第二次世界大戦後の1948年、四カ国の分割統治下のウィーンを舞台にした不屈の名画である。さすが、この映画のシナリオを書いたグレアム・グリーンは「読んでもらうためではなく、見てもらうために書いたものだ」と『第三の男』の「序文」で述べている通りである。しかし、この作品の取材のためにグリーンがウィーンに滞在中、彼がMI6（イギリス海外秘密情報部）ウィーン支局長として着任したと誤解したソ連の秘密情報部（NKVD）が執拗な尾行を続けた。彼も、第二次世界大戦期にMI6の諜報員だったこともあり、身の危険を察知してウィーンから脱出せざるをえなかったという。わずか3週間の滞在であった。

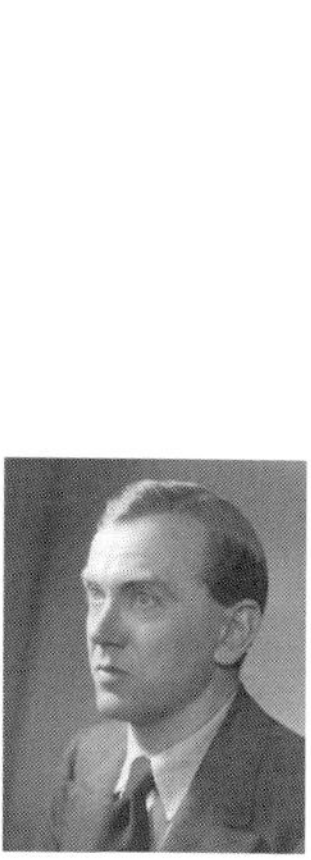

Graham Greene（1904-91）新聞記者、情報部員などを経験後、本格的作家活動に入った。作品には、罪と悪、良心と神などカトリック的な人生観を織り込んだものが多い。社会正義の問題を直視した本格小説のほか、スパイ小説、娯楽小説、短編小説、戯曲、旅行記などを書き、イギリスで最も世界的名声をもつ作家の一人となった。

01

グリーンは、1904年、ロンドンから北西40キロ余りの古い町、バーカムステッドで生まれる。父親がこの地のパブリックスクール、バーカムステッド校の副校長だった。22年、オックスフォード大学ベリオール・コレッジに入学する。主専攻は歴史学。24年、彼はロンドンのドイツ大使館に自分はジャーナリストであると売り込んで、フランス軍の占領下のルール地方におけるフランス人の陰謀を探るための活動資金をせしめる。パブリックスクール時代の親友クロード・コックバーン、従弟のエドワード・グリーンの二人を連れ添ってのルール地方への潜入であった。これは、もちろん、3人ともずぶの素人であり、大した成果をあげることはできなかった。彼らにとって、スパイはゲームなり、というところであろうか。25年、コックバーンとともに、イギリス共産党に入党する。グリーンは4カ月間党費を払うだけで離党し、この年の6月、大学を卒業する。一方、コックバーンはそのまま党に残り、やがてコミンテルンのアジプロ機関の総括責任者になり、フランク・ピトケアンという筆名でイギリスのみならず、全ヨーロッパの左翼文壇で活躍することになる。26年、グリーンは、カトリックに改宗する。27年10月、ヴィヴィアンと結婚する。31年、チッピング・カムデン付近のコッツウォルズに移る。35年、ハーバード・リードの紹介で、T・S・エリオットに会

01 グリーンの生まれたバーカムステッド校

う。ロンドンのノースサイド14番地に移転する。

１９４１年、グリーンは、陸軍歩兵部隊に志願するが、37歳の作家ということで体よく断られる。そこでＭＩ６に応募する。その時の推薦人名簿の筆頭に、叔父で、海軍省次官を務めていたサー・ウィリアム・グリーンの名を書き込み、難なく採用される。彼の任務は西アフリカ英領植民地シエラ・レオネの首都フリータウンで、沿岸を通過する貨物船のチェックと水面下のＵボートと連絡する船舶の監視であった。それ以外は、事務所で暗号文の作成や解読などであり、その生活は、砂を噛むような退屈極まりないものであった。

ちなみに、ＭＩ６の直属の上司は、当時「未来のＭＩ６の長官」と謳われたものの、第二次世界大戦後、「20世紀最大のスパイ」と断罪され、危機一髪でソ連に亡命したキム・フィルビーであった。44年5月、Ｕボートと言われたドイツ海軍潜水艦の太西洋上での脅威がなくなったので、彼はＭＩ６を辞職し、外務省政治情報部に移る。パリ解放の連合国軍のイギリス派遣部隊に外務省政治情報部も同行することになっていたが、それも話だけであり、翌年5月、ドイツの無条件降伏でヨーロッパの大戦は終了し、外務省を辞職し、作家生活に戻る。

02 チッピング・カムデンのグリーンの家

世界を股にかけて取材していたグリーンが、１９５２年2月17日、ヴェトナムからアメリカに向かう途中、羽田空港に着陸した。長年の憧れの国、日本である。ところが、当時占領軍が、反共主義の国内治安維持法であるマラッカラ法（１９５０年公布）を盾に彼の入国を許可しなかつた。次発便の出発までの8時間の東京見物が許され、歌舞伎を観劇し、数名の日本の著名な英文学者や映画人と会っただけだった。アメリカでも同様に入国拒否される。何のことはない、彼がオックスフォード大学時代、わずか4カ月間共産党員だったのが、入国拒否の理由であった。

ところで、平凡な市井の国民だったら決して知悉《ちしつ》することができない、ある意味でエリート集団であるＭＩ６とはいかなる組織であろうか。

１９５８年、グリーンはバティスタ政権下で政情の安定していないキューバを舞台にした小説『ハバナの男』を上梓する。主人公ジェイズム・ワーモルドは、イギリスの電気掃除機会社のハバナ支店長である。妻のメアリーに捨てられ、17歳の美しい娘ミリィと2人暮らしをしている。ミリィはカトリック系の名門学校の生徒で、途轍もないほどの浪費家で、例えば、乗馬用の馬を買うことも平気の平左で、そのために娘を溺愛しているワーモルドは借金で首が回らない。そこへカブリ海地域で情報網を組織しているイギリス海外秘密諜報部員ホーソンが彼に接触してくる。借金の返済と娘の結婚資金のために、彼は承諾する。彼のコードナンバーは「５９００／５」であった。諜報員として何をどうすればよいかさっぱり分からないまま、彼は、まず高額な活動資金をロンドンの課報組織の本部に要求し、カントリークラブのメンバーとなる。これはやがてゴルフをする娘のためでもある。彼はクラブの会員名簿からアトランダムに選び出した人物を自分の

03ロンドンのグリーンの家

部下として登録し、彼らの偽りの活動報告書を作成することで、本部から送られる彼らの給料と活動資金を着服する。さらに、電気掃除機の図面を東部州の山岳地帯の謎の軍事施設の図面と偽って本部に報告する。本部は彼の功績を認めて、ビアトリスという女性を彼のもとに秘書として送り込む。ベテランの女性情報員が身近にいるために、彼は架空の部下の存在、偽りの報告の信憑性を確保するために腐心することになる。

そうこうしているうちに、ワーモルドの活動が敵の関心を引き付けることになり、身の危険を感ずるようになる。彼の身辺の人々をも巻き込む事件が続発する。それで、彼は意を決して、ビアトリスに今までのすべてを打ち明ける。すると彼女は密かに彼に好意を寄せていたと告白したのだった。ロンドンの本部へ出頭を命じられた彼は、秘密情報をでっち上げたが、秘密情報を漏らしてはいない、だから公務員秘密保持法で処罰されることはない、と自分に言い聞かせる。

部長は、彼の業績をたたえて、ＯＢＥ（大英帝国勲章）以上の勲章を上申し、ロンドンのスパイ養成機関の教官を任命すると告げる。結局彼はビアトリスと正式に結ばれ、3人で生活することになる。

このような情報部の内部事情を赤裸々に描写した作品を出版したために、ＭＩ6は、秘密漏洩罪で告訴する構えを見せた。それを知って、グリーンは大いに歓迎、公判廷で類似した事例をどんどん明らかにすると述べて開き直った。結局、告訴は沙汰止みとなった。彼は「カトリック作家」と言われているが、『ハバナの男』のような血沸き肉躍るようなスパイ作品も書いたのである。

（阿久根利具）

コラム
11

スーザン・ヒルの『ウーマン・イン・ブラック』

見えない恐怖の視覚化

スーザン・ヒル*のゴシック小説『ウーマン・イン・ブラック』は、イギリス、ホラー映画の名門、ハマー・フィルムによって2012年に公開され、世界的大ヒットになった。主人公の若き弁護士アーサー・キップスは、ハリー・ポッター役で人気のダニエル・ラドクリフが演じる。出張するアーサーは、「霧のロンドン」の中心部「キングズ・クロス駅」を出発して、チェシャーの「クルー駅」で列車を乗り換えて「ホーマービイ」（架空の地名）に向かい、乗り継いで「クライシン・ギフォード」（架空の地名）に到着する。舞台となる架空の田舎町「クライシン・ギフォード」のモデルは、原作者ヒルの故郷ヨークシャーのスカーバラである。アーサーが通過する「ゲイプマウス・トンネル」「ナイン・ライヴズ・コーズウェイ」、宿泊する「ギフォード・アームズ・ホテル」、「黒衣の女」の徘徊する「うなぎ《イール》・沼《マーシュ》」「うなぎ沼の館」は現実には存在しない。この架空の地の撮影には、「ヨークシャー・デールズ国立公園」の中央に位置する村「ハルトン・ギル」が使われた。ここに立つひときわ美しい館を亡霊の棲み家用に不気味に醜く変貌させた。

　時代設定は1907年から第一次世界大戦の頃である。作者ヒルは、子供を奪われた女の復讐を描きたかったと語る。ヒル自身が次女を授かる前に流産と早産を合わせて4度経験していることから、子供を失った女の苦しみと恨みが小説にも映画にも充満

『ウーマン・イン・ブラック』より

する。原作の小説では、中年になった主人公キップスがクリスマス・イブに、再婚した妻とその子供たちにせがまれて、若い頃の恐ろしい体験談を披露する仕掛けである。それに対して映画のキップスは、子持ちの若きやもめとして登場するが、原作とは違って、中年になるまで生きられないようである。これも女の怨念のためかもしれない。

ラドクリフ版は、2度目の映画化であるが、視覚的に恐怖美を表現しえたという点で第一作目を大きく上回る。一般的に映画化はすぐれた原作に劣るとされるが、この映画は原作よりも強いインパクトを与え、より多くのファンを満足させる。映画版の成功は、この映画が「見えない恐怖の視覚化」に挑戦して勝利したからである。幽霊ものは、怨みのために成仏できない死者が、生者の恐怖心につけいり、超自然的力によって悪意を行使して復讐する恐怖の物語である。原作者は、子供を奪われ、殺された「黒衣の女」のたたりという「見えない恐怖」を活字によってじわじわと呼び覚まし、忍び寄らせ、這いずりまわらせ、読者の心臓を徐々に締め上げる。ハマー・フィルムは、ヒルの文体を不気味な自然と人工的装置によって見事に視覚化する。ラドクリフと並ぶ立役者は、自然現象の「霧」「沼」「夜の闇」、そして「館」である。「黒衣の女」の悲劇は、婚外子の息子を姉夫婦ドラブロウ家に奪われた後、「霧」で視界を遮られて馬車ごと「うなぎ沼」に落ちて失ったことによる。精神を病

『ウーマン・イン・ブラック』より

『ウーマン・イン・ブラック』より

むこの女は、姉が息子を故意に見捨てたと思いこみ、復讐のために死後もこの館に住みつく。「黒衣の女」を一目でも見た者は、子供に死なれると信じられていた。映画は、暗闇に代表される見えないものへの恐怖を、視界を遮る霧、黒ずんで中味を見せない妖しい沼、魑魅魍魎《ちみもうりょう》の潜む暗がりを内包する不気味な館、その内部できしむドア、突然もくもくと持ち上がるベッドのシーツ、邪悪な眼差しが突然動いて威嚇する人形たち、亡霊の顔を映し出す鏡やガラス窓などを映像化することによって、恐怖の視覚化を図る。アーサーの恐怖と不安を象徴するかのような

『ウーマン・イン・ブラック』より

暗い蒼緑色の木々や背景は幻想的であり、原作の意図する「もう一つの世界」に対する恐怖と好奇心の眼差しを妖しげな美しさで表現する。

原作とは異なり、「黒衣の女」の息子の遺体を沼から引き揚げて埋葬し終えた勇敢なアーサーは、幼い息子と共にロンドン行きの駅に安心して立つ。その時突然、アーサーはあの「黒衣の女」を見る、次の場面でアーサーは、息子を抱いて白い婚礼衣装の亡き妻と共に微笑む。アーサーが「黒衣の女」に興味を持ったのは、亡き妻があの世の「白衣の女」だったからである。

小説の映画化は難しいとされるが、ジャパニーズ・ホラー映画も参考にした『ウーマン・イン・ブラック――亡霊の館』は、すぐれた原作をも凌駕する。

（清水純子）

＊スーザン・ヒル（1942〜）は、ノース・ヨークシャーのスカーバラ生まれの女性作家。大学在学中から作家活動を始め、2012年に「大英帝国勲章」を受賞。

59

ノーベル賞作家の第二の故郷
――カズオ・イシグロ

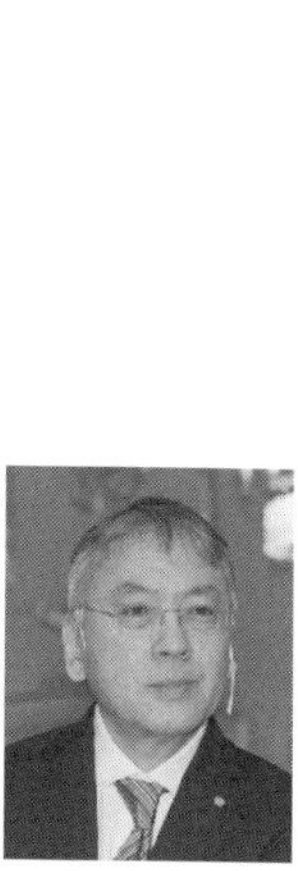

Kazuo Ishiguro（1954‐）小説家。長崎で生れ、5歳で渡英、1983年に帰化した。ブッカー賞をはじめ国内外の文学賞を数多く受賞。1995年大英帝国勲章、1998年仏芸術文化勲章を叙勲。2017年にはノーベル文学賞を受賞。

サリー、ギルフォード

ロンドンのウォータールー駅からイングランド南西部に向かう急行列車は、ウィンブルドンを抜け、隣町のウォーキングを過ぎて35分、人口14万人の町ギルフォードに到着する。ロンドンへの通勤圏にあって朝夕はにぎわう駅も、昼間はひっそりとして人影もまばらである。サリーの西部に広がるこの町は、中世にはカンタベリー巡礼の道筋に当たっていたため、今もわずかながら古都らしい面影を残している。カースル・ヒルの高台には『不思議の国のアリス』の作者ルイス・キャロル終焉の家があり、ギルフォード博物館には遺品が収蔵され、墓もこの町にある。サリーと聞けば、『ハリー・ポッター』の主人公が幼い頃養われていた叔父のダーズリー家も、その瀟洒な住宅地の一角にあったことを思い出す人も多いことだろう。

1954年に長崎市新中川町で石黒家の長男として生まれた一雄少年は、5歳の春に、父鎮雄と母静子、そして3つ違いの姉とともに（渡英後、妹が誕生）イギリスにやってきた。長崎気象台に勤務し、高潮の研究が欧米で高く評価されていた父が、国立海洋研究所に1年間の契約で招聘されたためであった。

当時就航したばかりの南回りのジェット機に乗り、一日半をかけて疲労困憊の末にようやくたどりついた4月のギルフォードは、春とは名ばかり、ひょうが降るほどの凍てつく寒さであったとは、両親の回想である。その頃は暖をとるためにどこの家でも使っていた石炭の香りと、耳を疑うほどの静寂に包まれていたという。祖父母と暮らしていた長崎の家の表通りには路面電車が行き交い、小高い丘の東斜面に張りつくように開けた町の石段には下駄の音が響き、ひしめくように肩を寄せ合う日本家屋からは生活のざわめきがこぼれ出ていた。だがそんな環境の変化も、5歳のカズオ少年には、たいして問題ではなかったようだ。近所の子どもたちとすぐに打ち解け、言葉の壁も抵抗なく乗り越えた。

赤レンガ造りのギルフォード駅は、さほど大きくはないが風格のある佇まいである。正面の入り口には1887年と刻まれた碑が建っている。駅の周辺にはロンドンで働く中産階級の人々が暮らす住宅地が開け、ハイ・ストリートには商店の立ち並ぶにぎやかな通りがあるものの、まわりには美しい水辺やなだらかな起伏の丘陵が連なり、いかにもイングランドの田園らしい風景が広がっている。

イシグロ一家が暮らしたグレンジ・ロードは、ギルフォード駅から北の方角に走る長

01ギルフォード駅

い道路である。周辺にはよく手入れされた小さな前庭と赤レンガの煙突のある瀟洒な住宅が並んでいる。そのなかのセミ・ディタッチト・ハウスのひとつが、1973年にイシグロが高校を卒業するまで両親や姉妹と暮らした家である。一家は当初、二軒長屋の右半分をアフリカの大学に招聘されて留守中の友人から借りて暮らしていたが、3年後に売りに出た左側の住居に移り住んだ。左右対象の家で味わったという不思議な既視感や錯覚が、イシグロの作品に大きな影響を与えた。

02

　グレンジという通りの名からもわかるように、かつてこの一帯には農家の大きな穀物倉《グレンジ》や耕作地があったのだろう。昼間の通りを歩いても人影はほとんどなく、時おり車が静かに行き過ぎるだけで、息をひそめたような静寂に包まれている。曲がりくねった狭隘な石坂と小高い山の姿を幼い脳裏に刻みつけて育ったイシグロに、広漠とつづくギルフォードの空はどのような思いを抱かせただろうか。住宅の小さな窓を眺めていると、長編デビュー作の『遠い山なみの光』[*1]（1982年）で、イギリスで独り暮らす主人公のエツコが、窓辺にたたずみながら遠く長崎に思いをはせる姿が、浮かんでくるような気がする。

＊1　*A Pale View of Hills* 王立文芸協会ウィニフレッド・ホルトビー賞受賞。

02 グレンジ・ロードの住宅

生家近くの高台にあった桜が丘幼稚園を1年で中退したイシグロは、渡英した年に、グレンジ・ロードを南に少し下ってストウトン・ロードと交わるところにある、ストウトン・プライマリー・スクールの一年生となった。当時はまだ日本人が珍しかったこともあって、たちまち注目を浴び人気者となったイシグロ少年は、楽しい6年間の小学校生活を送った。小学校からさらに300メートルほど西に進むと、ストウトン・ロードは南北に走るワープルズドン・ロードと交差し、そこから道はシェパーズ・レーンと名を変えるが、この通りの角に立つ、ストウトンの教区教会であるエマニュエル教会の聖歌隊にも入隊し、歌唱力に優れていたイシグロは独唱を任せられたこともあった。音楽好きでいつもピアノを弾いていたという父親の影響もあったかもしれない。

　1966年、小学校を卒業したイシグロは、隣町のウォーキング・カウンティ・グラマー・スクールという名門男子校に入学した。1914年に創設された、イギリスでは比較的新しい学

03

04

03 ストウトン小学校
04 エマニュエル教会

校だったが、1982年に閉校となった。ウォーキング駅に近い校舎の跡地は今、ウォーキング・ポリス・ステーションとなり、グラマー・スクールの歴史を示す碑がクライスト・チャーチの敷地内に建っている。グレンジ・ロードからギルフォード駅まではバスが通っているが、真面目で遅刻を嫌ったイシグロは、3マイルほどの道のりを歩くこともあったという。

当初1年だけの予定であったイギリス滞在が、父親の仕事の都合で長引き、やがて渡英から11年目の1971年、イシグロが16歳を迎えた年に、日本から祖父の訃報が届いた。留学のために不在がちであった父親に代わって愛情を注ぎ、渡英後も日本語の雑誌や漫画を送り続けてくれた祖父との永訣は、この時まで抱きつづけてきた帰郷への思いを払拭する辛い出来事であった。やがて、日本とイングランド両国を舞台にした『遠い山なみの光』で作家デビューを果たすイシグロにとってギルフォードは、魂の故郷である長崎の記憶を文学へと醸成させた大切な場所であり、いつしか第二の故郷とも呼べる場所になっていたのである。『遠い山なみの光』の出版の翌年にイギリスへの帰化を果たしたイシグロは、「心は日本に残しながらも」というコメントを残している。日本を舞台にした第二作『浮世の画家』[*2]（1986年）で、新進の日系人作家としてさらに確かな地歩を固めたイシグロは、三作目の『日の名残り』[*3]（1989年）でブッカー賞を受賞、一躍イギリス人作家として世界の舞台に躍り出ることになったのである。[*4] 2017年、ノーベル文学賞を受賞し、世界中を驚かせた。日本では店頭から在庫がなくなるなどの大反響があった。

（平井杏子）

＊2　*An Artist of the Floating World* ウィッツトブレッド賞。ブッカー賞最終候補。

＊3　*The Remains of the Day* ブッカー賞受賞。

＊4　これ以後の主な作品に『充たされざる者』（1995）チェルトナム賞受賞、『わたしたちが孤児だったころ』（2000）ブッカー賞最終候補、『わたしを離さないで』（2005）ブッカー賞最終候補、『忘れられた巨人』（2015）などがある。

60

『ハリー・ポッター』の生みの親

――J・K・ローリング

魔法使いの少年が主人公の冒険ファンタジー小説『ハリー・ポッター』第1巻が世に出たのは1997年のことであった。全7巻のこのシリーズは2007年、全世界で同時発売された最終巻『ハリー・ポッターと死の秘宝』をもって完結したが、その間、世界中に爆発的なブームを巻き起こした。当時シングル・マザーで失意のどん底にいたローリングが、いくつもの出版社に断られた末、ようやく刊行された初版部数はごくわずかであった。しかし、出版されると瞬く間に部数をのばしてベストセラー・リストのトップに登りつめ、2002年半ばまでには総売り上げ部数、1億5000万部を超え、約50の言語に翻訳されるほどの世界的な超ベストセラーとなった。名立たる文学賞を総なめにし、数々の名誉と巨万の富を手にしたローリングにとって、その輝かしい成功は衝撃的でさえあったが、そこに至るまでに彼女が辿った人生の道のりは決して平坦なものではなかった。

J. K. Rowling（1965- ）1987年エクセター大学卒業。ロンドンやマンチェスター等で働いた後、1991年ポルトガルのオポルトへ渡り、92年に結婚。翌年、長女ジェシカが誕生するが、95年に離婚。その後、失意の中で書いた作品が大ベストセラーに。2001年に再婚した医師との間には一男一女が誕生。最近は脚本や探偵小説執筆等でも活躍。

J・K・ローリングは1965年、イングランド西部地方のイェートで生まれた。2歳下の妹が一人いる。両親の出会いの場は、主人公、ハリー・ポッターがホグワーツ魔法魔術学校へと旅立った、あのロンドンのキングズ・クロス駅であった。二人はスコットランドへ行く列車の中で語り合い、ともに20歳で新生活に踏み出した。

父ピーターは当時、航空機エンジンを製造していたブリストル・シダリー（1971年にロールスロイス社と合併）の工場で働いており、両親ともに読書好きであった。家にはいつも多くの本が溢れ、彼女は読書家の母が読み聞かせてくれる数々の童話に親しみながら育った。そして5～6歳の頃には「ウサギ」を主人公にした物語を創って妹ダイアンに話して聞かせるなど、幼い頃から既にファンタジー作家の片鱗を見せていた。

やがて、ローリング9歳の頃、一家はウェールズの小さな村、タッツヒルへと引っ越す。そこは風光明媚なワイ渓谷にあり、もと王室御料林であった広大なディーンの森に隣接していた。彼女はよく妹と連れ立って、

01 タッツヒルのチャーチ・コテッジ

その鬱蒼とした深い森やワイ川の周辺を探索したという。少し足をのばした所には有名なティンターン修道院の神秘的な廃墟やチェプストー城などもあり、その地域一帯は自然だけでなく神話と伝説の宝庫でもあった。そうした環境は彼女の想像力を育み、小説に描かれた「禁じられた森」や妖精たちを生み出す豊かな源泉になっていたかもしれない。

ハリーの親友、才媛ハーマイオニーのモデルはローリング自身だが、彼女も意欲的な勉強家であった。また、幅広い読書家でもあり、ワイディーンの公立中等学校卒業時には、首席のヘッドガールにも選ばれている。そして、この頃、彼女の人生に大きな影響を与える人々との出会いもあった。一人は教育熱心で高潔なフェミニストの英語教師、ルーシー・シェパード先生。彼女が唯一尊敬している恩師で、先生からの手紙は今も宝物として大切にしているという。もう一人はローリングの人生を決定づけた『令嬢ジェシカの反逆』（1960）の著者、ジェシカ・ミットフォード（1917~96）であった。14歳の時、この自伝を読んだローリングはジェシカの生き方に感動し、著作を読了、自分の娘にもジェシカと名付けた。

ジェシカ・ミットフォードはイギリス貴族出身で、チャーチルの甥と駆け落ちをしてスペイン市民戦争に身を投じた活動家であった。夫は第二次世界大戦で戦死。彼女は後に再婚し、アメリカで社会の不正や腐敗、業界の醜聞等を暴くジャーナリストとして活躍した。マッカーシズムに反対し、公民権運動にも加わった。ローリングは彼女の社会主義的な政治理念や、幾多の困難にもめげない強い意志と自立した生き方を心から尊敬していた。ローリングがフェミニズムや人権思想に目覚めるきっかけは、こうした人々との出会いにあったと思われる。彼女が大学卒業後に就職した先が、人権擁護団体のアムネスティ・インターナショナルであったこと、また第4巻で、ハーマイオニーが親友ハリーとロンを巻き込んで、権利擁護のため、しもべ妖精福祉振興協会を発足させるなどの背景にも、ミットフォードへの共感が窺えよう。ちなみに、ハーマイオニー・グレンジャーの「ハーマイオニー」とは、シェイクスピアの『冬物語』に登場する最後に蘇る悲劇の王妃の名で、季節神話のデメテルになぞらえられるなど、象徴的解釈をされることが多いが、デメテルとは女性支配の時代を象徴する神でもある。また、「グレンジャー」は、アメリカ19世紀末の農民による「グレンジャー運動」から採られたようである。

ローリングの学校時代は、ロンのモデルとなる親友、ショーン・ハリスとの出会いもあったが、一方、母アンの難病による闘病生活が始まった時期でもあった。彼女が15歳の時、母は多発性硬化症と診断され、10年間の闘病の末、45歳で亡くなった。彼女にとって母の死は耐え難いものであったが、挫折と苦悩の日々は続いた。

目指したオックスフォード大学受験で不合格となり（背景には、女性や階級による差別等が取り沙汰され、２０００年にはイギリスの新聞各紙が

02

02ポルトガルのオポルト（ポルト）

こうした問題を報じた）、エクセター大学に進学。卒業後、ロンドン等で働いた後、１９９１年、英語を教えるためにポルトガルへ渡り、翌年ジャーナリストの男性と結婚した。1年後に長女ジェシカが誕生するが、夫のＤＶもあり、結婚は破綻。母の死後、父は早々と再婚し、彼女の孤独感は深まった。その後、娘と共にエディンバラに住む妹の近くに身を寄せ、一時、生活保護を受けながら執筆生活を送った。この頃、精神的に追いつめられた彼女はうつ病にかかり、自殺を考えたこともあるという。

ローリングはその後２００１年に再婚し、現在3児の母となって、シングル・ペアレントや難病患者のための慈善活動にも積極的に取り組んでいる。２０１６年、19年後の8番目の物語として発表された舞台脚本『ハリー・ポッターと呪いの子』では、ハーマイオニーは2児の母で、魔法大臣となって登場する。王が不在と思われる魔法界では、事実上、魔法省という政府のもとで、魔法大臣、ハーマイオニーが何らかの元首とも解釈される。非魔法族《マグル》で、且つ女性という二重に不安定な存在として生きてきたハーマイオニーには、逆境を乗り越えたローリングの熱い思いと希望が託されているのかもしれない。

（倉崎祥子）

◎『イギリス文学を旅する60章』参考文献

※主な和書の参考文献

【全体的な参考文献】

石原孝哉・市川仁・内田武彦著『イギリス文学の旅』丸善、1995年。

石原孝哉・市川仁・内田武彦著『イギリス文学の旅Ⅱ』丸善、1996年。

定松正・虎岩正純・蛭川久雄・松村健一編『イギリス文学地名事典』研究社出版、1992年。

ディヴィッド・デイシャス著、早乙女忠訳『イギリス文学散歩』朝日イブニングニュース社、1980年。

ピーター・ミルワード著、折登訳『イギリス文学巡礼』英友社、1991年。


【第Ⅰ部 古代・中世】

第1・2章 アーサー王
青山吉信著『グラストンベリー修道院 歴史と伝説』山川出版社、1992年。

井村君江著『コーンウオール 妖精とアーサー王伝説の国』東京書籍、1997年。

ディヴィッド・ディ著、山本史郎訳『アーサー王の世界』原書房、1997年。

ディヴィッド・ディ著、山本史郎訳『アーサー王 伝説物語』原書房、2003年。

リチャード・バーバー著、高宮利行訳『アーサー王 その歴史と伝説』東京書籍、1983年。

C・スコット・リトルトン、リンダ・A・マルカー著、辺見葉子・吉田瑞穂訳『アーサー王伝説の起源』青土社、1998年。

第3章 ジョン・ガワー
石原孝哉・市川仁・内田武彦著『イギリス大聖堂・歴史の旅』丸善、2007年。

ジョン・ガワー著、伊藤正義訳『ガワー恋する男の告解』篠崎書林、1980年。

第4章 ジェフリー・チョーサー
斎藤勇著『カンタベリー物語——中世人の滑稽・卑俗・悔悛』中公新書、1984年。

ジェフリー・チョーサー著、桝井廸夫著『カンタベリー物語』岩波新書、1976年。

ジェフリー・チョーサー著、西脇順三郎訳『カンタベリー物語』(上・下)ちくま文庫、1987年。

ジェフリー・チョーサー著、桝井廸夫訳『カンタベリー物語』

（上・中・下）岩波文庫、1995年。

ジェフリー・チョーサー著、笹本長敬訳『カンタベリー物語』英宝社、2002年。

【第Ⅱ部　ルネサンス期】

第5章　トマス・モア

澤田昭夫・田村秀夫・ピーター・ミルワード編『トマス・モアとその時代』研究社出版、1978年。

澤田昭夫監修『ユートピアと権力と死』荒武出版、1987年。

トマス・モア著、澤田昭夫訳『ユートピア』中公文庫、1978年。

第6章　エドマンド・スペンサー

福田昇八・川西進編『詩人の王スペンサー』九州大学出版会、1997年。

『詩人の詩人スペンサー　日本スペンサー協会20周年論集』九州大学出版会、2006年。

エドモンド・スペンサー著、和田勇一・福田昇八訳『妖精の女王』（1〜4）ちくま文庫、2005年。

エドモンド・スペンサー著、和田勇一・吉田正憲他訳『スペンサー詩集』九州大学出版会、2007年。

第7章　クリストファー・マーロウ

玉泉八州男著『シェイクスピアとイギリス民衆演劇の成立』研究社、2004年。

シーザー・L・バーバー著、三盃隆一訳『エリザベス朝悲劇の創造』而立書房、1995年。

クリストファー・マーロー著、小田島雄志訳『マルタ島のユダヤ人』『フォースタス博士』白水社、1995年。

第8・9・10章　ウィリアム・シェイクスピア

荒井良雄他編『シェイクスピア大事典』日本図書センター、2002年。

大場建治著『シェイクスピアの贋作』岩波書店、1995年。

川成洋・石原孝哉編著『ロンドンを旅する60章』明石書店、2012年。

高橋康也編『シェイクスピア・ハンドブック』新書館、2004年。

玉泉八州男著『女王陛下の興行師たち――エリザベス朝演劇の光と影』芸立出版、1984年。

中野春夫著『恋のメランコリー』研究社、2008年。

日本シェイクスピア協会編『新編シェイクスピア案内』研究社、2007年。

スティーヴン・グリーブラット著、河合祥一郎訳『シェイクスピアの驚異の成功物語』白水社、2006年。

S・シェーンボーム著、小津次郎他訳『シェイクスピアの生涯』紀伊國屋書店、1982年。

第11章　ジョン・ミルトン

今関恒夫・永岡薫編『イギリス革命におけるミルトンとバニヤン』御茶の水書房、1991年。

才野重雄著『ミルトンの生涯』研究社、1982年。

ジョン・ミルトン著、新井明訳『楽園喪失』大修館書店、1

978年。

第12章　ジョン・バニヤン
栗栖ひろみ著『信仰に生きた人たち5――バンヤン』ニューライフ出版社、1982年。

山本俊樹著『バニヤンとその周辺――英文学とキリスト教』待晨堂、1992年。

ロジャー・シャロック著、バニヤン研究会訳『ジョン・バニヤン』ヨルダン社、1997年。

第13章　ジョン・ドライデン
小林章夫著『コーヒー・ハウス』講談社学術文庫、2000年。

佐藤豊著訳『ドライデン『平信徒の宗教』と『メダル』』彩流社、2012年。

サミュエル・ジョンソン著、武田将明他訳『イギリス詩人伝』筑摩書房、2009年。

【第Ⅲ部　18世紀】

第14章　ダニエル・デフォー
ジェームズ・サザランド著、織田稔・藤原浩一訳『「ロビンソン・クルーソー」を書いた男の物語――ダニエル・デフォー伝』ユニオンプレス、2008年。

ダニエル・デフォー著、平井正穂訳『ロビンソン・クルーソー』岩波文庫、1967年。

ダニエル・デフォー著、伊澤龍雄訳『モル・フランダーズ』岩波文庫、1968年。

第15章　ジョナサン・スウィフト
『オックスフォード――ピトキン・シティ・ガイド』ピトキン出版、2001年。

第16章　ヘンリー・フィールディング
ヘンリー・フィールディング著、朱牟田夏雄訳『トム・ジョウンズ』岩波文庫、1975年。

ヘンリー・フィールディング著、朱牟田夏雄訳『ジョウゼフ・アンドリューズ』岩波文庫、2009年。

イアン・ワット著、藤田永祐訳『小説の勃興』南雲堂、1999年。

第17・18章　サミュエル・ジョンソン
伊丹レイ子監修『ジョンソン博士語録』PARADE BOOKS、2007年。

永嶋大典著『ドクター・ジョンソンの名言集』大修館書店、1984年。

サミュエル・ジョンソン著、原田範行・圓月勝博・武田将明・仙葉豊・小林章夫・渡邉礼二・吉野由利訳『イギリス詩人伝』筑摩書房、2009年。

ボズウェル著、神吉三郎訳『サミュエル・ヂョンスン伝』岩波書店、1941年。

ボズウェル著、中野好之訳『サミュエル・ジョンソン伝　1――3』みすず書房、1981年。

ボズウェル著、中野好之編訳『ジョンソン博士の言葉』みすず書房、2002年。

第19章　ロバート・バーンズ

岡地嶺著『ロバート・バーンズ――人・思想・時代』開文社出版、1989年。

木村正俊・照山顕人編『ロバート・バーンズ――スコットランドの国民詩人』晶文社、2008年。

ロバート・バーンズ研究会編訳『増補改訂版　ロバート・バーンズ詩集』国文社、2009年。

【第Ⅳ部　19世紀前半・ロマン派の時代】

第20章　ウィリアム・ブレイク

松島正一著『孤高の芸術家』北星堂、1984年。

P・アクロイド著、池田雅之監訳『ブレイク伝』みすず書房、2002年。

ウィリアム・ブレイク著、梅津濟美訳『ブレイク全著作』全2巻、名古屋大学出版会、1989年。

ウィリアム・ブレイク著、松島正一編『対訳ブレイク詩集』岩波文庫、2004年。

ウィリアム・ブレイク著、寿岳文章訳『ブレイク詩集』岩波文庫、2013年。

第21章　ウィリアム・ワーズワス

加納秀夫著『ワーズワス』新英米文学評伝叢書、研究社出版、1955年。

山内久明編『対訳　ワーズワス詩集』岩波文庫、1998年。

山田豊著『ワーズワスと紀行文学』音羽書房鶴見書店、2018年。

第22章　サミュエル・テイラー・コウルリッジ

上島建吉編『対訳　コウルリッジ詩集』岩波文庫、2002年。

岡本昌夫著『コールリッジ評伝と研究』あぽろん社、2001年。

山田豊著『詩人コールリッジ』山田書店、1991年。

第23章　ウォルター・スコット

樋口欣三著『ウォルター・スコットの歴史小説――スコットランドの歴史・伝承・物語』英宝社、2006年。

松井優子著『スコット――人と文学』勉誠出版、2008年。

J・G・ロックハート著、佐藤猛郎他訳『ウォルター・スコット伝』彩流社、2001年。

第24章　チャールズ・ラム

中島関爾著『シェイクスピア論考』（随筆文学について、Smithfield のおごそかな夕食会）世界書院、1966年。

福原麟太郎著『福原麟太郎著作集4』（評伝チャールズ・ラム）研究社、1968年。

チャールズ・ラム著、藤巻明注釈、南條竹則訳『完訳・エリア随筆Ⅰ』国書刊行会、2014年。

第25章　ジェイン・オースティン

新井潤美著『ジェイン・オースティンの手紙』岩波書店、2004年。

内田能嗣・惣谷美智子編『ジェイン・オースティンの小説』大阪教育出版、2012年。

大島一彦著『ジェイン・オースティン』中央公論社、199

7年。
久守和子著『イギリス小説のヒロインたち』ミネルヴァ書房、1998年。
久守和子・窪田憲子編『たのしく読める英米女流作家』ミネルヴァ書房、1998年。

第26章　ジョージ・ゴードン・バイロン
上杉文世著『バイロン研究』研究社出版、1978年。
楠本晢夫著『永遠の巡礼詩人バイロン』三省堂、1991年。
ジョージ・ゴードン・バイロン著、阿部知二訳『バイロン詩集』新潮文庫、1967年。

第27章　パーシー・ビッシュ・シェリー
伊澤東一「牧歌と哀歌」『拓殖大学論集』192号。
鈴木弘著『シェリーと英詩の傳統』北星堂書店、2007年。
P・B・シェリー著、上田和夫訳『シェリー詩集』新潮社、1980年。

第28章　ジョン・キーツ
出口保夫著『キーツとその時代』（上・下）中央公論社、1997年。

【第V部　19世紀後半・ヴィクトリア女王の時代】

第29章　トマス・カーライル
トマス・カーライル著、土居光知編註『衣裳哲学』（研究社小英文叢書8）研究社、1929年。

第30章　アルフレッド・テニソン
西前美巳著『テニスンの詩想――ヴィクトリア朝期・時代代弁者としての詩人論』桐原書店、1992年。
アルフレッド・テニスン著、入江直祐訳『イン・メモリアム』岩波文庫、1934年。
アルフレッド・テニスン著、入江直祐訳『イノック・アーデン』岩波文庫、1938年。
アルフレッド・テニスン著、西前美巳編『対訳テニソン詩集』岩波文庫、2003年。

第31章　チャールズ・ディケンズ
中西敏一著『チャールズ・ディケンズの英国』開文社、1976年。
松村昌家編『ディケンズ小事典』研究社、1994年。
マイケル・パターソン著、山本史郎監訳『図説ディケンズのロンドン案内』原書房、2010年。

第32・33章　ブロンテ姉妹
内田能嗣編著『ブロンテ姉妹の世界』ミネルヴァ書房、2010年。
中岡洋著『エミリ・ブロンテ論――荒野へ　荒野へ』国文社、1975年。
中岡洋著『ブロンテ姉妹――その知られざる実像を求めて』NHK出版、2008年。
廣野由美子著『謎解き「嵐が丘」』松籟社、2015年。
柳五郎編著『エミリ・ブロンテ論』開文社出版、1998年。
パトリシャ・インガム著、白井義昭訳『ブロンテ姉妹』彩流社、2010年。

第34章　ジョージ・エリオット

高野秀夫著『ジョージ・エリオットの異文化世界』春風社、2003年。

福永信哲著『ジョージ・エリオットの後期小説を読む』栄宝社、2016年。

ナンシー・ヘンリー著、内田能嗣・小野ゆき子・会田瑞枝訳『評伝ジョージ・エリオット』栄宝社、2014年。

第35章　ルイス・キャロル

舟崎克彦・笠井勝子著『不思議の国の〝アリス〟――ルイス・キャロルとふたりのアリス』求龍堂、2004年。

ロジャー・ランスリーン・グリーン著、門馬義幸・門馬尚子訳『ルイス・キャロル物語』法政大学出版局、1997年。

ステファニー・ラヴェット・ストッフル著、笠井勝子監修、高橋宏訳『「不思議の国のアリス」の誕生』創元社、2014年。

第36章　ウィリアム・モリス

小野二郎著『ウィリアム・モリス――ラディカル・デザインの思想』中央公論社、1992年。

リンダ・パリー編、多田稔監修『ウィリアム・モリス』河出書房新社、1998年。

ダーリング・ブルース、ダーリング・常田益代著『図説ウィリアム・モリス――ヴィクトリア朝を越えた巨人』河出書房新社、2008年。

【第Ⅵ部　世紀末から20世紀初頭】

第37章　トマス・ハーディ

深澤俊編『ハーディ小辞典』研究社出版、1993年。

パトリシャ・インガム著、鮎澤乗光訳『トマス・ハーディ』彩流社、2012年。

フローレンス・エミリー・ハーディ編著、井出弘之・清水伊津代・永松京子・並木幸充共訳『トマス・ハーディの生涯』大阪教育図書、2011年。

第38章　オスカー・ワイルド

富士川義之他編『オスカー・ワイルドの世界』開文社出版、2013年。

山田勝編『オスカー・ワイルド事典　イギリス世紀末大百科』北星堂、1997年。

山田勝著『オスカー・ワイルドの生涯　愛と美の殉教者』NHKブックス、1999年。

第39章　ロバート・ルイス・スティーヴンソン

クリストファー・フレイリング著、荒木正純・田口孝夫訳『悪夢の世界――ホラー小説誕生』東洋書林、1998年。

G・K・チェスタトン著、ピーター・ミルワード編、別宮貞徳・柴田裕之訳『ロバート・ルイス・スティーヴンソン』春秋社、1991年。
W. P. Chalmers著、岩崎民平訳『スティーヴンソンの文体』研究社、1960年。

第40章　ジョージ・バーナード・ショー

清水義和著『ドラマの誕生――バーナード・ショー』文化書房博文社、2003年。

日本バーナード・ショー協会編『生誕150周年記念出版

バーナード・ショーへのいざない』文化書房博文社、2006年。

ジョージ・バーナード・ショー著、鳴海四郎他訳『バーナード・ショー名作集』(新装復刊板)白水社、2012年。

第41章　ジョウゼフ・コンラッド

武田ちあき著『コンラッド――人と文学』勉誠出版、2005年。

中野好夫編『コンラッド』研究社、1966年。

ジョウゼフ・コンラッド著、土岐恒二訳『密偵』岩波文庫、1990年。

第42章　アーサー・コナン＝ドイル

小池滋著『英国鉄道物語』晶文社、1979年。

長沼弘毅著『シャーロック・ホームズの知恵』他シリーズ8冊、朝日新聞社、1961〜76年。

W・ベアリング＝グールド著、小池滋監訳『シャーロック・ホームズ全集』全21巻、東京図書、1982〜83年。

第43章　ウィリアム・バトラー・イェイツ

大浦幸男著『イェイツをめぐる女性たち』山口書店、1986年。

ジョージ・サンプソン著、平井正穂監訳『ケンブリッジ版イギリス文学史』研究社、1978年。

第44章　ビアトリクス・ポター

北野佐久子著『ビアトリクス・ポターを訪ねるイギリス湖水地方の旅』大修館書店、2013年。

辻丸純一著、河野芳英解説『ビアトリクス・ポターが残した風景』メディア・ファクトリー、2010年。

エリーニ・ヴァシリカ著、河野芳美・森静花訳『ビアトリクス・ポター生誕150周年ピーター・ラビット展』東映映画社、2016年。

ジュディ・テイラー著、吉田新一訳『ビアトリクス・ポター――描き、語り、田園をいつくしんだ人』福音館書店、2001年。

リンダ・リア著、黒川由美訳『ビアトリクス・ポター――ピーター・ラビットと大自然への愛』ランダムハウスジャパン、2007年。

マーガレット・レイン著、猪俣葉子訳『ビアトリクス・ポターの生涯――ピーター・ラビットを生んだ魔法の歳月』福音館書店、1992年。

第45章　サマセット・モーム

川成洋著『紳士の国のインテリジェンス』集英社新書、2007年。

田中一郎著『秘密諜報員サマセット・モーム』河出書房新社、1996年。

ナイジェル・ウエスト著、篠原成子訳『スパイ伝説――出来すぎた証言』原書房、1986年。

アンソニー・マスターズ著、永井淳訳『スパイだったスパイ小説家たち』新潮社、1990年。

サマセット・モーム著、河野一郎訳『アシェンデン――英国秘密情報部員の手記』ちくま文庫、1994年。

ロビン・モーム著、朱牟田夏雄・竹内正夫訳『モーム私生活

——甥の見たその生涯と家系』英宝社、1968年。

第46章　ヴァージニア・ウルフ
窪田憲子編著『シリーズもっと読みたい名作の世界・ダロウェイ夫人』ミネルヴァ書房、2006年。

ヴァージニア・ウルフ著、御輿哲也訳『灯台へ』岩波書店、2004年。

ヴァージニア・ウルフ著、丹治愛訳『ダロウェイ夫人』集英社、2007年。

ヴァージニア・ウルフ著、片山亜紀訳『自分ひとりの部屋』平凡社、2015年。

マイケル・ウィットワース著、窪田憲子訳『ヴァージニア・ウルフ』彩流社、2011年。

第47章　ジェイムズ・ジョイス
結城英雄著『「ユリシーズ」の謎を歩く』集英社、1999年。

ジェイムズ・ジョイス著、丸谷才一・永川玲二・高松雄一訳『ユリシーズ』（全4巻、集英社ヘリテージシリーズ）集英社、2003年。

第48章　デイヴィッド・ハーバート・ロレンス
井上義夫著『評伝D・H・ロレンス』（全3巻）小沢書店、1992~94年。

キース・セイガー著、岩田昇・吉村宏一訳『D・H・ロレンスの生涯』研究社出版、1989年。

第49章　ルパート・ブルック
大平真理子著『英国戦争詩人たち——第1次大戦に加わった詩人たちの生涯』荒武出版、2002年。

草光俊雄著『明け方のホルン——西部戦線と英国詩人』みすず書房、2002年。

第50章　トマス・スターンズ・エリオット
池田雅之著『猫たちの舞踏会——エリオットとミュージカル「キャッツ」』角川ソフィア文庫、2013年。

徳永暢三『T・S・エリオット——人と思想102』清水書院、2014年。

ピーター・アクロイド著、武谷紀久雄訳『T・S・エリオット』みすず書房、1988年。

T・S・エリオット著、岩崎宗治訳『四つの四重奏』岩波文庫、2011年。

T・S・エリオット著、岩崎宗治訳『荒地』岩波文庫、2014年。

T・S・マシューズ著、八代中他訳『評伝T・S・エリオット』英宝社、1979年。

第51章　ジョージ・オーウェル
川成洋著『スペイン　未完の現代史（増補版）』彩流社、1990年。

オードリィ・コパード、バーナード・クリック編、オーウェル会訳『思い出のオーウェル』晶文社、1988年。

ジュリアン・シモンズ著、中島時哉・川成洋訳『彷徨と混迷の時代——1930年代の政治と文化』朝日出版社、1977年。

第52章　ディラン・トマス

木村正俊・太田直也編『ディラン・トマス――海のように歌ったウェールズの詩人』彩流社、2015年。

羽矢謙一著『ディラン・トマス』研究社出版、1983年。

ディラン・トマス著、松田幸雄訳『ディラン・トマス全詩集』青土社、2005年。

【第Ⅶ部　20世紀後半・現代】

第53章　アガサ・クリスティ

坂本康子著『NHKアガサ・クリスティ――紀行ミステリーの生まれたところ』NHK出版、2004年。

平井杏子著『アガサ・クリスティを訪ねる旅』大修館書店、2010年。

ヒラリー・マカスキル著、青木久恵訳『愛しのアガサ・クリスティ――ミステリーの女王への道』清流出版、2010年。

ジャネット・モーガン著、深町眞理子・宇佐川晶子訳『アガサ・クリスティの生涯』（上・下）早川書房、1987年。

第54章　エドマンド・ブランデン

岡田純枝著『ブランデンの愛の手紙――ひとつの日英文化交流史』平凡社、1995年。

草光俊雄著『明け方のホルン――西部戦線と英国詩人』みすず書房、2006年。

水之江有一著『Ego dominus tuus：現代アイルランド・イギリス詩学』多賀出版、1997年。

第55章　エリザベス・ボウエン

山根木加名子著『エリザベス・ボウエン研究』旺史社、1991年。

エリザベス・ボウエン著、太田良子訳『最後の9月』而立書房、2016年。

エリザベス・ボウエン研究会編『エリザベス・ボウエンを読む』音羽書房鶴見書店、2016年。

第56章　イアン・フレミング

川成洋著『紳士の国のインテリジェンス』集英社新書、2007年。

アラステア・ダゴール著、川成洋訳『ジェームズ・ボンド007シークレットファイル』東邦出版、2006年。

ジェームズ・チャップマン著、戸根由紀恵訳、中山義久監修『ジェームズ・ボンドへの招待』徳間書店、2000年。

第57章　フィリップ・ラーキン

高野正夫著『フィリップ・ラーキンの世界――「言葉よりも」愛を』国文社、2008年。

高野正夫著『フィリップ・ラーキン――愛と死の生涯』春風社、2016年。

フィリップ・ラーキン著、児玉実用・村田辰夫・薬師川虹一・坂本完春・杉野撤訳『フィリップ・ラーキン詩集』国文社、1989年。

第58章　グレアム・グリーン

鏡味國彦・川成洋・齊藤昇著『英米文学の風景』文化書房博文社、2012年。

川成洋著『紳士の国のインテリジェンス』集英社新書、20

07年。

アンソニー・マスターズ著、永井淳訳『スパイだったスパイ小説家たち』新潮選書、1990年。

第59章　カズオ・イシグロ

荘中孝之著『カズオ・イシグロ――〈日本〉と〈イギリス〉の間から』春風社、2011年。

平井杏子著『カズオ・イシグロ――境界のない世界』水声社、2011年。

『水声通信26――特集カズオ・イシグロ』水声社、2008年。

第60章　J・K・ローリング

コニー・アン・カーク著、小梨直訳『ハリー・ポッター誕生』新潮文庫、2004年。

チャールズ・J・シールズ、水谷阿紀子訳『「ハリー・ポッター」の奇跡』文溪堂、2008年。

ショーン・スミス著、鈴木彩織訳『J・K・ローリング――その魔法と真実』メディアファクトリー、2001年

メアリー・S・ラベル著、栗野真紀子・大城光子訳『ミットフォード家の娘たち』講談社、2005年。

J・K・ローリング、リンゼイ・フレイザー著、松岡佑子訳『ハリー・ポッター裏話』静山社、2001年。

❺❹ 335 Public Domain ／ 336 01 Arnaud Malon/ Flickr ／ 338 02 edmundblunden.org ／ 339 03石原孝哉撮影
❺❺ 340 Public Domain ／ 341 01 David Sleator/ The Irish Times ／ 342 02 eamonn.com ／ 343 03 literaryvisuality.wordpress.com
❺❻ 345 Public Domain ／ 346 01 Spudgun67/ Wikimedia Commons ／ 348 02 Tim Gage/ Flickr ／ 349 03 Banjoman1/ Wikimedia Commons
❺❼ 351 高野正夫所蔵／ 352 01高野正夫撮影
❺❽ 357 Public Domain ／ 358 01 Public Domain ／ 359 02 telegraph.co.uk ／ 360 03 english-heritage.org.uk
コラム11 362：©2011, SQUID DISTRIBUTION LLC, THE BRITISH FILM INSTITUTE. ／ 363-1：©2011, SQUID DISTRIBUTION LLC, THE BRITISH FILM INSTITUTE. ／ 363-2：©2011, SQUID DISTRIBUTION LLC, THE BRITISH FILM INSTITUTE. ／ 364：©2011, SQUID DISTRIBUTION LLC, THE BRITISH FILM INSTITUTE.
❺❾ 365 Frankie Fouganthin/ Wikimedia Commons ／ 366 01平井杏子撮影／ 367 02平井杏子撮影／ 368 03平井杏子撮影／ 368 04平井杏子撮影
❻⓿ 370 Daniel Ogren/ Flickr ／ 371 01 Ghmyrtle/ Wikimedia Commons ／ 373 02市川仁撮影

㉘ 180 Public Domain ／ 182 01 市川 仁撮影 ／ 183 02 石原孝哉撮影 ／ 184 03 石原孝哉撮影

㉙ 188 Public Domain ／ 189 01 市川 仁撮影 ／ 190 02 市川 仁撮影 ／ 191 03 Public Domain ／ 193 04 市川 仁撮影

㉚ 194 Public Domain ／ 195 01 市川 仁撮影 ／ 197 02 内田武彦撮影

㉛ 199 Public Domain ／ 200 01 市川 仁撮影 02 Public Domain ／ 202 03 Public Domain

コラム 7　205-1: 安藤 聡撮影／ 205-2: 安藤 聡撮影

㉜ 206 Public Domain ／ 207 01 橋本清一撮影／ 208 02 橋本清一撮影／ 211 03 橋本清一撮影

㉝ 212 橋本清一撮影／ 213 01 橋本清一撮影 ／ 214 02 橋本清一撮影／ 215 03 橋本清一撮影／ 216 04 橋本清一撮影／ 217 05 橋本清一撮影

㉞ 218 Public Domain ／ 219 01 高野秀夫撮影 ／ 220 02 Public Domain ／ 221 03 Eliot, George. *Impressions of Theophrastus Such: Essays and Poems*. New York: A. L. Burt, 1900. ／ 222 04 Pierre-Yves Beaudouin/ Wikimedia Commons

㉟ 223 Public Domain ／ 225 01 榎本眞理子撮影

㊱ 228 Public Domain ／ 230 01 Ethan Doyle White/ Wikimedia Commons ／ 232 02 石原孝哉撮影

コラム 8　234: 中村哲子撮影

㊲ 238 橋本清一撮影／ 239 01 橋本清一撮影 ／ 240 02 橋本清一撮影／ 241 03 橋本清一撮影／ 242 04 橋本清一撮影

㊳ 244 Public Domain ／ 245 01 Spudgun67/Wikimedia Commons ／ 246 02 forbes.com ／ 247 03 thelondon helicopter.com

コラム 9　249: 安藤 聡撮影／ 250: 安藤 聡撮影

㊴ 251 Public Domain ／ 253 01 榎本眞理子撮影／ 254 02 榎本眞理子撮影

㊵ 256 Nobleprize.org ／ 257 01 J.-H. Janßen/ Wikimedia Commons ／ 259 02 Shaw's Corner / National Trust

㊶ 261 Public Domain ／ 262 01 Sludge G/ Flickr ／ 263 02 Indusfoto/ The Royal Parks ／ 264 03 pam fray (geograph.org.uk)

㊷ 266 Public Domain ／ 267 01 平賀三郎撮影／ 268 02 平賀三郎撮影／ 270 03 平賀三郎撮影

㊸ 272 Public Domain ／ 275 01 JohnArmagh/ Wikimedia Commons

㊹ 277 Public Domain ／ 278 01 Simon Harriyott/ Flickr ／ 279 02 Public Domain ／ 280 03 Chris Brown/ Wikimedia Commons

㊺ 282 Public Domain ／ 283 01 Nick Harrison/ Flickr ／ 285 02 canterbury-archaeology.org.uk

㊻ 287 Public Domain ／ 289 01 橋本清一撮影／ 291 02 市川 仁撮影

㊼ 292 Public Domain ／ 293 01 中村哲子撮影／ 294 02 中村哲子撮影／ 295 03 中村哲子撮影

㊽ 297 Public Domain ／ 298 01 市川 仁撮影 ／ 301 02 市川 仁撮影

㊾ 303 Public Domain ／ 304 01 石原孝哉撮影／ 305 02 石原孝哉撮影／ 306 03 石原孝哉撮影／ 307 04 石原孝哉撮影

コラム 10　309:Public Domain ／ 311-1: 立野正裕撮影／ 311-2: 立野正裕撮影

㊿ 312 Public Domain ／ 314 01 Public Domain ／ 315 02 Public Domain ／ 317 03 Public Domain

51 318 Public Domain ／ 319 01 Motmit/ Wikimedia Commons ／ 321 02 Dennis3333/ Wikimedia Commons ／ 322 03 Brian Robert Marshall (geograph.org.uk)

52 323 Public Domain ／ 324 01 Hywel Williams (geograph.org.uk) ／ 326 02 市川 仁撮影

53 330 平井杏子撮影／ 331 01 平井杏子撮影 ／ 331 02 平井杏子撮影／ 332 03 平井杏子撮影／ 333 04 平井杏子撮影

図版出典

※章番号（●付き数字）、ノンブル、図版番号（■付き数字）の順

❶ 16 01 Public Domain／18 02石原千登世撮影／19 03石原千登世撮影／20 04石原千登世撮影
❷ 24 01 Google Earth／25 02石原千登世撮影 26 03石原千登世撮影／26 04石原千登世撮影／27 05石原千登世撮影
❸ 28 NPG／29 01福田一貴撮影／30 02福田一貴撮影
❹ 33 Public Domain／35 01 BH2008/Wikimedia Commons／36 02石原孝哉撮影／37 03 Public Domain
❺ 42 Public Domain／43 01石原孝哉撮影／44 02石原孝哉撮影／45 03石原孝哉撮影
❻ 47 Public Domain／48 01 Steve Cadman/Wikimedia Commons／49 02 Public Domain
❼ 52 Public Domain／53 01 ABrocke/Wikimedia Commons／56 02 Ianerc/Wikimedia Commons
❽ 58 Public Domain／59 01今野史昭撮影／61 02今野史昭撮影
❾ 64 01今野史昭撮影／65 02今野史昭撮影／66 03今野史昭撮影／67 04今野史昭撮影
❿ 69 01今野史昭撮影／71 02今野史昭撮影／72 03今野史昭撮影
コラム 2　75-1: 石原孝哉撮影／75-2: 石原孝哉撮影
⓫ 76 Public Domain／77 01石原孝哉撮影／79 02石原孝哉撮影／80 03石原孝哉撮影
⓬ 81 橋本清一撮影／82 01橋本清一撮影／83 02橋本清一撮影／84 03橋本清一撮影／85 04橋本清一撮影
⓭ 86 Public Domain／87 01 Richard Croft (geograph.org.uk)
コラム 3　92-1: Public Domain／92-2: Public Domain
⓮ 96 Public Domain／97 01 swamp dragon/Wikimedia Commons／98 02 Public Domain
コラム 4　102: 石原孝哉撮影／103: Public Domain
⓯ 104 Public Domain／105 01市川仁撮影／107 02市川 仁撮影／108 03 Wknight94/Wikimedia Commons
⓰ 109 Public Domain／111 01 Philip Halling (geograph.org.uk)／113 02 Bennydigital/Wikimedia Commons
⓱ 114 Public Domain／117 01宇野 毅撮影
⓲ 120 01宇野 毅撮影／122 02宇野 毅撮影／123 03宇野 毅撮影
コラム 5　124: Public Domain／125: Public Domain
⓳ 127 Public Domain／128 01英国政府観光庁提供／129 02市川 仁撮影
⓴ 134 Public Domain／135 01松島正一撮影／137 02松島正一撮影／138 03松島正一撮影
㉑ 139 Public Domain／140 01高山信雄撮影／141 02高山信雄撮影／141 03高山信雄撮影／143 04市川 仁撮影／144 05市川 仁撮影
㉒ 145 Public Domain／146 01高山信雄撮影／147 02高山信雄撮影／148 03高山信雄撮影／149 04高山信雄撮影
㉓ 151 Public Domain／152 01木村正俊撮影／154 02木村正俊撮影／155 03 Kath Hardie, *Sir Walter Scott*, Jarrold Publishing, 2001.
㉔ 156 Public Domain／157 01石原孝哉撮影／157 02石原孝哉撮影／159 03 Public Domain／161 04石原孝哉撮影
㉕ 162 Public Domain／164 01市川 仁撮影／166 02市川 仁撮影
㉖ 167 Public Domain／169 01高野正夫撮影／170 02高野正夫撮影
コラム 6　172: 滝 珠子撮影／173: Public Domain
㉗ 174 Public Domain／177 01伊澤東一撮影／177 02伊澤東一撮影／178 03伊澤東一撮影

主要著書：『孤高の芸術家ウィリアム・ブレイク』（北星堂）、『イギリス・ロマン主義事典』（北星堂）、『対訳ブレイク詩集』（岩波文庫）。

山口晴美（やまぐち・はるみ）［36、44］
エッセイスト　イギリス文化論専攻
主要著書：『子連れママ　イギリス滞在ふんせん記』（光人社）、『イギリス文化事典』（共著、丸善出版）、『イギリスの歴史を知るための50章』（共著、明石書店）。

横森正彦（よこもり・まさひこ）［コラム2］
元淑徳大学教授、文芸評論家　イギリス16世紀文学演劇専攻
主要著書：『シェイクスピア悲劇の家族』（旺史社）、『シェイクスピア劇中の人間像』（旺史社）、『シェィクスピア言葉と人生』（旺史社）。

吉岡栄一（よしおか・えいいち）［41］
東京情報大学名誉教授　文芸評論家　イギリス現代文学専攻
主要著書：『亡命者ジョウゼフ・コンラッドの世界』（南雲堂フェニックス）、『村上春樹とイギリス』（彩流社）、『開高健の文学世界――交錯するオーウェルの影』（アルファベータブックス）。

渡辺福實（わたなべ・ふくみ）［50］
中央大学名誉教授　イギリス詩専攻
主要著書：『イギリス文化事典』（共編著、丸善出版）、ジョゼフ・ジュッファ『ベーラ・バラージュ　人と芸術家』（共訳、創樹社）、論文「ワーズワスと宮澤賢治――記憶の風景と心象風景」（中央大学英米文学会）。

著、慶應義塾大学出版会)、*Literature and Language Learning in the EFL Classroom*(共著、Palgrave Macmillan)。

橋本清一(はしもと・せいいち)[12、32、33、37]
青山学院大学名誉教授　イギリス文学専攻
主要著書:『ロレンス文学鑑賞事典』(共編著、彩流社)、『自然とヴィジョン——イギリス・アメリカ・アイルランドの文学』(共著、北星堂書店)、『英米文学に見る男女の出会い』(共著、北星堂書店)。

濱口真木(はまぐち・まさき)[28]
駒澤大学非常勤講師　ジョン・キーツ専攻
主要著書:『イギリスの歴史を知るための50章』(共著、明石書店)、『栴檀の光』(共著、金星堂)、『北米文化事典』(共著、日本英語文化学会)。

平井杏子(ひらい・きょうこ)[53、59]
昭和女子大学名誉教授　イギリス現代文学
主要著書:『アイリス・マードック』(彩流社)、『カズオ・イシグロ——境界のない世界』(水声社)、『アガサ・クリスティを訪ねる旅』(大修館書店)、『ゴーストを訪ねるロンドンの旅』(大修館書店)。

平賀三郎(ひらが・さぶろう)[42]
日本シャーロック・ホームズクラブ関西支部代表・関西ホームズ協会主宰者。教育行政、シャーロック・ホームズ研究
主要著書:『私立大学事務運営要綱』(私立大学協会)、『シャーロック・ホームズ学への招待』(丸善ライブラリー)、『ホームズ聖地巡礼の旅』(青弓社)。

福田一貴(ふくだ・かずたか)[3]
駒澤大学教授　中世英語英文学専攻
主要著書:『イギリスの歴史を知るための50章』(共著、明石書店)、『英語学:現代英語をより深く知るために——世界共通語の諸相と未来』(共著、春風社)、『ロンドンを旅する60章』(共著、明石書店)。

藤本昌司(ふじもと・まさし)[4]
東海大学名誉教授　中世イギリス文学専攻
主要著書:『チョーサー「カンタベリー物語」論考』(鳳書房)、『英米文学序説——技法と物語性を中心として』(松柏社)、『文学と文化の研究——英米文学からの視座』(鳳書房)、『チョーサーと中世をながめて』(『チョーサー研究会20周年記念論文集』)(麻生書店)。

松島正一(まつしま・しょういち)[6、20、30]
学習院大学名誉教授　イギリスロマン主義文学

主要著書：『18 世紀イギリス文学研究　第 5 号』（共著、開拓社)、『イギリスの歴史を知るための 50 章』（共著、明石書店)、『イギリス文学に描かれた時代と社会』（共著、悠光堂)。

須田篤也（すだ・あつや）［7］
湘南医療大学薬学部准教授　イギリス文学専攻
主要著書：『英米文学にみる仮想と現実』（共著、彩流社)、『英米文学に描かれた時代と社会』（共著、悠光堂)、『イギリスの歴史を知るための 50 章』（共著、明石書店)。

高野秀夫（たかの・ひでお）［34］
駒澤大学名誉教授　英文学専攻
主要著書：『文学と人間　中島関爾教授追悼倫文集』（金星堂)、*Cross-Cultural Reading of George Eliot*（北星堂)、『ジョージ・エリオットの異文化世界』（春風社)。

高野正夫（たかの・まさお）［26、57］
駒澤大学名誉教授　英文学専攻
主要著書：『感性の宴――キーツ、ワーズワス、ブレイク』（篠崎書林)、『フィリップ・ラーキンの世界――「言葉よりも愛を」』（国文社)、『フィリップ・ラーキン――愛と詩の生涯』（春風社)。

高山信雄（たかやま・のぶお）［21、22］
大正大学名誉教授　イギリス・ロマン派とくにコウルリッジ研究、イギリス文化論研究
主要著書：『コウルリッジ研究』（こびあん書房)、『イギリス文化論序説』（こびあん書房)、『イギリスの生活と文化』（文芸広場社)。

滝　珠子（たき・たまこ）［コラム 6］
ケンブリッジ日本人会会長
主要著書：「花恋鳥のモノローグ」（THE IRIS PRESS）

立野正裕（たての・まさひろ）［コラム 10］
明治大学名誉教授　英米文学専攻
主要著書：『精神のたたかい』（スペース伽耶)、『黄金の枝を求めて』（スペース伽耶)、『根源への旅』（彩流社）等多数。

塚本倫久（つかもと・みちひさ）［コラム 1］
愛知大学教授　英語学専攻
主要著書：『プログレッシブ英語コロケーション辞典』（小学館)、『プログレッシブ英語コロケーション練習帳』（小学館)、『英語辞書をつくる』（共著、大修館書店)。

中村哲子（なかむら・てつこ）［47、コラム 8］
駒澤大学教授　イギリス・アイルランド文学専攻
主要著書：『ジェイン・オースティン研究の今』（共著、彩流社)、『身体医文化論』（共

版部)、『イギリス文化事典』(共編著、丸善出版)、『イギリスの歴史を知るための 50 章』(共著、明石書店)。

小林直樹(こばやし・なおき)[40]
法政大学兼任講師 イギリス文学専攻
主要著書:『英文学のディスコース』(共著、北星堂書店)、『イギリス検定』(共著、南雲堂フェニックス)、『イギリス文化事典』(共著、丸善出版)。

今野史昭(こんの・ふみあき)[8、9、10]
明治大学准教授 イギリス文学専攻
主要著書:*Re-imagining Shakespeare in Contemporary Japan: A Selection of Japanese Theatrical Adaptations of Shakespeare*(共編著、The Arden Shakespeare)、*William Shakespeare and 21st-Century Culture, Politics, and Leadership: Bard Bites*(共著、Edward Elgar)、『食文化からイギリスを知るための 55 章』(共著、彩流社)、『田園のイングランド—歴史と文学でめぐる四八景』(共著、彩流社)。

佐藤アヤ子(さとう・あやこ)[15]
明治学院大学名誉教授 カナダ文学専攻
主要著書:『カナダを旅する 37 章』(共著、明石書店)、『負債と報い——豊かさの影』(翻訳、岩波書店)、『またの名をグレイス』(翻訳、岩波書店)。

佐藤郁子(さとう・いくこ)[25]
苫小牧駒澤大学教授 18、19 世紀イギリス文学・文学専攻
主要著書:『ブロンテと芸術——実生活の視点から』(共著、大阪教育図書)、『イギリス文学と文化のエートスとコンストラクション』(共著、大阪教育図書)、『文藝禮讃——イアスとロゴス』(共著、大阪教育図書)。

佐藤 豊(さとう・ゆたか)[13]
青森大学名誉教授 17・18 世紀イギリス文学(古典詩)専攻
主要著書:『ドライデン『平信徒の宗教』と『メダル』——近代イギリス史の中の詩と政治』(彩流社)、『ウォルター・スコット伝』(共訳、彩流社)、マーク・トウェイン『ミステリアス・ストレンジャー 44 号』(共訳、彩流社)、名誉教授『食文化からイギリスを知るための 55 章』(共著、明石書店)。

清水純子(しみず・じゅんこ)[コラム 11]
法政大学兼任講師 欧米文化専攻
主要著書:『様々なる欲望——フロイト理論で読むユージン・オニール』(彩流社)、『アメリカン・リビドー・シアター——蹂躙された欲望』(彩流社)、『イギリス文化事典』(共著、丸善出版)。

白鳥義博(しらとり・よしひろ)[14、16]
駒澤大学准教授 イギリス小説専攻

宇野　毅（うの・たけし）［17、18、コラム 5］
明治大学教授　イギリス社会学、現代イギリス論専攻
主要著書：『田園のイングランド――歴史と文学でめぐる 48 景』（共編著、彩流社）、『【増補版】現代イギリスの社会と文化――ゆとりと思いやりの国』（彩流社）、『ロンドンを旅する 60 章』（共著、明石書店）、『イギリスの四季――ケンブリッジの暮らしと想い出』（共編著、彩流社）。

榎本眞理子（えのもと・まりこ）［35、39］
恵泉女学園大学名誉教授　イギリス 19、20 世紀小説専攻
主要著書：『イギリス小説のモンスターたち』（彩流社）、翻訳『震える山』（法政大学出版局）、「世界文学としての『苦海浄土』――石牟礼とウルフ」（『恵泉女学園大学紀要』）。

太田直也（おおた・なおや）［52］
高知学園大学教授　19 ～ 20 世紀イギリス詩専攻
主要著書：『イギリス文化事典』（共編著、丸善出版）、『異文化への道標』（共著、大空社）、『ディラン・トマス書簡集』（共訳、東洋書林）。

大渕利春（おおふち・としはる）［31、38］
駒澤大学准教授　イギリス小説専攻
主要著書：『亡霊のイギリス文学』（共著、金星堂）、『チョーサーと英文学』（共著、金星堂）。

川成　洋（かわなり・よう）［45、51、56］
法政大学名誉教授　イギリス現代史専攻
主要著書：『英国スパイ物語』（中公選書）、『青春のスペイン戦争――ケンブリッジ大学の義勇兵たち』（中公新書）、『紳士の国のインテリジェンス』（集英社新書）。

木村正俊（きむら・まさとし）［19、23］
神奈川県立外語短期大学名誉教授　スコットランド文学専攻
主要著書：『文学都市エディンバラ』（編著、あるば書房）、『スコットランド文学――その流れと本質』（編著、開文社出版）、『スコットランドを知るための 65 章』（編著、明石書店）、『ケルトを知るための 65 章』（編著、明石書店）。

倉崎祥子（くらさき・しょうこ）［60］
松蔭大学客員教授　アメリカ文学・女性学専攻
主要著書：『現代アメリカ小説Ⅱ』（共訳、彩流社）、『アメリカ 1920 年代――ローリング・トウエンティーズの光と影』（共著、金星堂）、『イギリス文化事典』（共著、丸善出版）。

小林清衛（こばやし・せいえい）［54］
中央大学名誉教授　イギリス文学専攻
主要著書：『近代劇の変貌――「モダン」から「ポストモダン」へ』（共著、中央大学出

〈執筆者紹介（＊編者）および担当章〉（50音順）

阿久根利具（あくね・としとも）[58、コラム4]
評論家　ヨーロッパ現代史専攻
主要著書：『スペイン戦争とイギリス人義勇兵』（れんが書房新社）、『イギリスの歴史を知るための50章』（共著、明石書店）、『イギリス文化事典』（共著、丸善出版）。

麻生えりか（あそう・えりか）[46]
青山学院大学教授　イギリス現代小説専攻
主要著書：*Japanese Perspectives on Kazuo Ishiguro*（共著、Palgrave Macmillan）、『書くことはレジスタンス― 第二次世界大戦とイギリス女性作家たち』（共著、音羽書房鶴見書店）、『終わらないフェミニズム―「働く」女たちの言葉と欲望』（共著、研究社）。

安藤　聡（あんどう・さとし）[コラム7、コラム9]
大妻女子大学教授　英国小説・児童文学・英国文化史専攻
主要著書：『ウィリアム・ゴールディング――痛みの問題』（成美堂）、『ファンタジーと歴史的危機』（彩流社）、『ナルニア国物語解読』（彩流社）、『英国庭園を読む』（彩流社）。

伊澤　東一（いざわ・とういち）[27]
拓殖大学名誉教授　英文学専攻
主要著書：「飛び入り」『英米文学に描かれた時代と社会』（共著、悠光堂）、'Do You Know Anything of Shelley? '『文芸研究』（明治大学文学部紀要）103号、「リンマス村のシェリー」『文芸研究』（明治大学文学部紀要）99号。

＊石原孝哉（いしはら・こうさい）[5、11、24、49、コラム3]
編著者紹介を参照。

石原千登世（いしはら・ちとせ）[1、2]
エッセイスト　イギリス文学文化専攻
主要著書：『ロンドンを旅する60章』（共著、明石書店）、『イギリス検定』（共著、南雲堂フェニックス）、『イギリスの四季』（共著、彩流社）。

＊市川　仁（いちかわ・ひとし）[29、43、48]
編著者紹介を参照。

伊藤　節（いとう・せつ）[55]
東京家政大学名誉教授　イギリス19、20世紀小説専攻
主要著書：『終わらないフェミニズム――「働く」女たちの言葉と欲望』（共著、研究社）、『エリザベス・ボウエンを読む』（共著、音羽書房鶴見書店）、イギリス女性作家の半世紀4『80年代・女が語る』（編著、勁草書房）。

〈編著者紹介〉

石原孝哉（いしはら・こうさい）

駒澤大学名誉教授　イギリス文学　日本ペンクラブ会員

著書：『食文化からイギリスを知るための55章』（共編著、明石書店）、『ヘンリー五世——万人に愛された王か、冷酷な侵略者か』（明石書店）、『田園のイングランド——歴史と文学でめぐる四八景』（共編著、彩流社）、『悪王リチャード三世の素顔』（丸善プラネット）、『ロンドンを旅する60章』（共編著、明石書店）、『イギリスの四季——ケンブリッジの暮らしと想い出』（共編著、彩流社）、『イギリス検定——あなたが知っている、知らないイギリスの四択・百問』（共編著、南雲堂フェニックス）、『イギリス大聖堂・歴史の旅』（共編著、丸善ブックス）、『幽霊のいる英国史』（集英社）、『イギリス田園物語——田舎を巡る旅の楽しみ』（共編著、丸善ライブラリー）、『ミステリーの都ロンドン——ゴーストツアーへの誘い』（共編著、丸善ライブラリー）、『ロンドン・パブ物語』（共編著、丸善ライブラリー）、『イギリス文学の旅——作家の故郷をたずねてII』（共編著、丸善）、『イギリス文学の旅——作家の故郷をたずねて』（共編著、丸善）、『ロンドン歴史物語』（共編著、丸善ライブラリー）、『シェイクスピアと超自然』（南雲堂）。

訳書：『ノースロップ・フライのシェイクスピア 講義』（共訳、三修社）、『シェイクスピア喜劇とロマンスの発展』（共訳、三修社）、『煉獄の火輪——シェイクスピア悲劇の解釈』（共訳、オセアニア出版）

市川　仁（いちかわ・ひとし）

元中央学院大学法学部教授　イギリス文学専攻

著書：『食文化からイギリスを知るための55章』（共編著、明石書店）、『イギリス文学を旅する60章』（共編著、明石書店）、『田園のイングランド——歴史と文学でめぐる四八景』（共編著、彩流社）、『ケルトを知るための65章』（共著、明石書店）、『イギリスの四季——ケンブリッジの暮らしと想い出』（共編著、彩流社）、『英米文学にみる検閲と発禁』（共著、彩流社）、『スコットランド文学—その流れと本質』（共著、開文社）、『イギリス検定——あなたが知っている、知らないイギリスの四択・百問』（共編著、南雲堂フェニックス）、『スコットランド文化事典』（共著、原書房）、『イギリス大聖堂・歴史の旅』（共編著、丸善ブックス）、『ミステリーの都ロンドン——ゴーストツアーへの誘い』（共編著、丸善ライブラリー）、『ロンドン・パブ物語』（共編著、丸善ライブラリー）、『イギリス文学の旅——作家の故郷をたずねてII』（共編著、丸善）、『イギリス文学の旅——作家の故郷をたずねて』（共編著、丸善）。

訳書：『D.H. ロレンス全詩集（完全版）』（共訳、彩流社）、『ノースロップ・フライのシェイクスピア 講義』（共訳、三修社）、『シェイクスピア喜劇とロマンスの発展』（共訳、三修社）、『王冠』（文化書房博文社）

石原孝哉・市川仁の共編著書

『イギリス文学の旅』（丸善）、『イギリス文学の旅II』（丸善）、『ミステリーの都——ロンドン』（丸善）、『ロンドン・パブ物語』（丸善）、『イギリス大聖堂・歴史の旅』（丸善）、『イギリスの四季』（彩流社）、『イギリス検定』（南雲堂フェニックス）。

共訳書：『シェイクスピア喜劇の世界』（三修社）、『ノースロップフライのシェイクスピア講義』（三修社）。

エリア・スタディーズ　167
イギリス文学を旅する 60 章

2018 年 8 月 10 日　初版第 1 刷発行
2024 年 6 月 30 日　初版第 2 刷発行

編著者　石　原　孝　哉
市　川　　　仁
発行者　大　江　道　雅
発行所　株式会社 明石書店
〒 101-0021 東京都千代田区外神田 6-9-5
電話　03（5818）1171
FAX　03（5818）1174
振替　00100-7-24505
http://www.akashi.co.jp
組　版　有限会社秋耕社
装　丁　明石書店デザイン室
印刷・製本　日経印刷株式会社

（定価はカバーに表示してあります）　ISBN 978-4-7503-4701-1

エリア・スタディーズ

1 現代アメリカ社会を知るための60章
明石紀雄、川島浩平 編著

2 イタリアを知るための62章【第2版】
村上義和 編著

3 イギリスを旅する35章
辻野功 編著

4 モンゴルを知るための65章【第2版】
金岡秀郎 著

5 パリ・フランスを知るための44章
梅本洋一、大里俊晴、木下長宏 編著

6 現代韓国を知るための61章【第3版】
石坂浩一、福島みのり 編著

7 オーストラリアを知るための58章【第3版】
越智道雄 著

8 現代中国を知るための54章【第7版】
藤野彰 編著

9 ネパールを知るための60章
日本ネパール協会 編

10 アメリカの歴史を知るための65章【第4版】
富田虎男、鵜月裕典、佐藤円 編著

11 現代フィリピンを知るための61章【第2版】
大野拓司、寺田勇文 編著

12 ポルトガルを知るための55章【第2版】
村上義和、池俊介 編著

13 北欧を知るための43章
武田龍夫 著

14 ブラジルを知るための56章【第2版】
アンジェロ・イシ 著

15 ドイツを知るための60章
早川東三、工藤幹巳 編著

16 ポーランドを知るための60章
渡辺克義 編著

17 シンガポールを知るための65章【第5版】
田村慶子 編著

18 現代ドイツを知るための67章【第3版】
浜本隆志、高橋憲 編著

19 ウィーン・オーストリアを知るための57章【第2版】
広瀬佳一、今井顕 編著

20 ハンガリーを知るための60章【第2版】 ドナウの宝石
羽場久美子 編著

21 現代ロシアを知るための60章【第2版】
下斗米伸夫、島田博 編著

22 21世紀アメリカ社会を知るための67章
明石紀雄 監修　赤尾千波、大類久恵、小塩和人、落合明子、川島浩平、高野泰 編

23 スペインを知るための60章
野々山真輝帆 著

24 キューバを知るための52章
後藤政子、樋口聡 編著

25 カナダを知るための60章
綾部恒雄、飯野正子 編著

26 中央アジアを知るための60章【第2版】
宇山智彦 編著

27 チェコとスロヴァキアを知るための56章【第2版】
薩摩秀登 編著

28 現代ドイツの社会・文化を知るための48章
田村光彰、村上和光、岩淵正明 編著

29 インドを知るための50章
重松伸司、三田昌彦 編著

30 タイを知るための72章【第2版】
綾部真雄 編著

31 パキスタンを知るための60章
広瀬崇子、山根聡、小田尚也 編著

32 バングラデシュを知るための66章【第3版】
大橋正明、村山真弓、日下部尚徳、安達淳哉 編著

33 イギリスを知るための65章【第2版】
近藤久雄、細川祐子、阿部美春 編著

34 現代台湾を知るための60章【第2版】
亜洲奈みづほ 著

35 ペルーを知るための66章【第2版】
細谷広美 編著

36 マラウィを知るための45章【第2版】
栗田和明 著

37 コスタリカを知るための60章【第2版】
国本伊代 編著

38 チベットを知るための50章
石濱裕美子 編著

39 現代ベトナムを知るための63章【第3版】
岩井美佐紀 編著

40 インドネシアを知るための50章
村井吉敬、佐伯奈津子 編著

41 エルサルバドル、ホンジュラス、ニカラグアを知るための45章
田中高 編著

エリア・スタディーズ

42 パナマを知るための70章【第2版】
国本伊代 編著

43 イランを知るための65章
岡田恵美子、北原圭一、鈴木珠里 編著

44 アイルランドを知るための70章【第3版】
海老島均、山下理恵子 編著

45 メキシコを知るための60章
吉田栄人 編著

46 中国の暮らしと文化を知るための40章
東洋文化研究会 編

47 現代ブータンを知るための60章【第2版】
平山修一 著

48 バルカンを知るための66章【第2版】
柴宜弘 編著

49 現代イタリアを知るための44章
村上義和 編著

50 アルゼンチンを知るための54章
アルベルト松本 著

51 ミクロネシアを知るための60章【第2版】
印東道子 編著

52 アメリカのヒスパニック＝ラティーノ社会を知るための55章
大泉光一、牛島万 編著

53 北朝鮮を知るための55章【第2版】
石坂浩一 編著

54 ボリビアを知るための73章【第2版】
真鍋周三 編著

55 コーカサスを知るための60章
北川誠一、前田弘毅、廣瀬陽子、吉村貴之 編著

56 カンボジアを知るための60章【第3版】
上田広美、岡田知子、福富友子 編著

57 エクアドルを知るための60章【第2版】
新木秀和 編著

58 タンザニアを知るための60章【第2版】
栗田和明、根本利通 編著

59 リビアを知るための60章【第2版】
塩尻和子 編著

60 東ティモールを知るための50章
山田満 編著

61 グアテマラを知るための67章【第2版】
桜井三枝子 編著

62 オランダを知るための60章
長坂寿久 著

63 モロッコを知るための65章
私市正年、佐藤健太郎 編著

64 サウジアラビアを知るための63章【第2版】
中村覚 編著

65 韓国の歴史を知るための66章
金両基 編著

66 ルーマニアを知るための60章
六鹿茂夫 編著

67 現代インドを知るための60章
広瀬崇子、近藤正規、井上恭子、南埜猛 編著

68 エチオピアを知るための50章
岡倉登志 編著

69 フィンランドを知るための44章
百瀬宏、石野裕子 編著

70 ニュージーランドを知るための63章
青柳まちこ 編著

71 ベルギーを知るための52章
小川秀樹 編著

72 ケベックを知るための56章【第2版】
日本ケベック学会 編

73 アルジェリアを知るための62章
私市正年 編著

74 アルメニアを知るための65章
中島偉晴、メラニア・バグダサリヤン 編著

75 スウェーデンを知るための64章【第2版】
村井誠人 編著

76 デンマークを知るための70章【第2版】
村井誠人 編著

77 最新ドイツ事情を知るための50章
浜本隆志、柳原初樹 著

78 セネガルとカーボベルデを知るための60章
小川了 編著

79 南アフリカを知るための60章
峯陽一 編著

80 エルサルバドルを知るための66章【第2版】
細野昭雄、田中高 編著

81 チュニジアを知るための60章
鷹木恵子 編著

82 南太平洋を知るための58章 メラネシア ポリネシア
吉岡政德、石森大知 編著

83 現代カナダを知るための60章【第2版】
飯野正子、竹中豊 総監修 日本カナダ学会 編

エリア・スタディーズ

84 **現代フランス社会を知るための62章**
三浦信孝、西山教行 編著

85 **ラオスを知るための60章**
菊池陽子、鈴木玲子、阿部健一 編著

86 **パラグアイを知るための50章**
田島久歳、武田和久 編著

87 **中国の歴史を知るための60章**
並木頼壽、杉山文彦 編著

88 **スペインのガリシアを知るための50章**
坂東省次、桑原真夫、浅香武和 編著

89 **アラブ首長国連邦（UAE）を知るための60章**
細井長 編著

90 **コロンビアを知るための60章**
二村久則 編著

91 **現代メキシコを知るための70章【第2版】**
国本伊代 編著

92 **ガーナを知るための47章**
高根務、山田肖子 編著

93 **ウガンダを知るための53章**
吉田昌夫、白石壮一郎 編著

94 **ケルトを旅する52章** イギリス・アイルランド
永田喜文 著

95 **トルコを知るための53章**
大村幸弘、永田雄三、内藤正典 編著

96 **イタリアを旅する24章**
内田俊秀 編著

97 **大統領選からアメリカを知るための57章**
越智道雄 著

98 **現代バスクを知るための60章【第2版】**
萩尾生、吉田浩美 編著

99 **ボツワナを知るための52章**
池谷和信 編著

100 **ロンドンを旅する60章**
川成洋、石原孝哉 編著

101 **ケニアを知るための55章**
松田素二、津田みわ 編著

102 **ニューヨークからアメリカを知るための76章**
越智道雄 編著

103 **カリフォルニアからアメリカを知るための54章**
越智道雄 著

104 **イスラエルを知るための62章【第2版】**
立山良司 編著

105 **グアム・サイパン・マリアナ諸島を知るための54章**
中山京子 編著

106 **中国のムスリムを知るための60章**
中国ムスリム研究会 編

107 **現代エジプトを知るための60章**
鈴木恵美 編著

108 **カーストから現代インドを知るための30章**
金基淑 編著

109 **カナダを旅する37章**
飯野正子、竹中豊 編著

110 **アンダルシアを知るための53章**
立石博高、塩見千加子 編著

111 **エストニアを知るための59章**
小森宏美 編著

112 **韓国の暮らしと文化を知るための70章**
舘野晳 編著

113 **現代インドネシアを知るための60章**
村井吉敬、佐伯奈津子、間瀬朋子 編著

114 **ハワイを知るための60章**
山本真鳥、山田亨 編著

115 **現代イラクを知るための60章**
酒井啓子、吉岡明子、山尾大 編著

116 **現代スペインを知るための60章**
坂東省次 編著

117 **スリランカを知るための58章**
杉本良男、高桑史子、鈴木晋介 編著

118 **マダガスカルを知るための62章**
飯田卓、深澤秀夫、森山工 編著

119 **新時代アメリカ社会を知るための60章**
明石紀雄 監修 大類久恵、落合明子、赤尾千波 編著

120 **現代アラブを知るための56章**
松本弘 編著

121 **クロアチアを知るための60章**
柴宜弘、石田信一 編著

122 **ドミニカ共和国を知るための60章**
国本伊代 編著

123 **シリア・レバノンを知るための64章**
黒木英充 編著

124 **EU（欧州連合）を知るための63章**
羽場久美子 編著

125 **ミャンマーを知るための60章**
田村克己、松田正彦 編著

エリア・スタディーズ

126 **カタルーニャを知るための50章**
立石博高、奥野良知 編著

127 **ホンジュラスを知るための60章**
桜井三枝子、中原篤史 編著

128 **スイスを知るための60章**
スイス文学研究会 編

129 **東南アジアを知るための50章**
今井昭夫 編集代表 東京外国語大学東南アジア課程 編

130 **メソアメリカを知るための58章**
井上幸孝 編著

131 **マドリードとカスティーリャを知るための60章**
川成洋、下山静香 編著

132 **ノルウェーを知るための60章**
大島美穂、岡本健志 編著

133 **現代モンゴルを知るための50章**
小長谷有紀、前川愛 編著

134 **カザフスタンを知るための60章**
宇山智彦、藤本透子 編著

135 **内モンゴルを知るための60章**
ボルジギン・ブレンサイン 編著 赤坂恒明 編集協力

136 **スコットランドを知るための65章**
木村正俊 編著

137 **セルビアを知るための60章**
柴宜弘、山崎信一 編著

138 **マリを知るための58章**
竹沢尚一郎 編著

139 **ASEANを知るための50章**
黒柳米司、金子芳樹、吉野文雄 編著

140 **アイスランド・グリーンランド・北極を知るための65章**
小澤実、中丸禎子、高橋美野梨 編著

141 **ナミビアを知るための53章**
水野一晴、永原陽子 編著

142 **香港を知るための60章**
吉川雅之、倉田徹 編著

143 **タスマニアを旅する60章**
宮本忠 著

144 **パレスチナを知るための60章**
臼杵陽、鈴木啓之 編著

145 **ラトヴィアを知るための47章**
志摩園子 編著

146 **ニカラグアを知るための55章**
田中高 編著

147 **台湾を知るための72章【第2版】**
赤松美和子、若松大祐 編著

148 **テュルクを知るための61章**
小松久男 編著

149 **アメリカ先住民を知るための62章**
阿部珠理 編著

150 **イギリスの歴史を知るための50章**
川成洋 編著

151 **ドイツの歴史を知るための50章**
森井裕一 編著

152 **ロシアの歴史を知るための50章**
下斗米伸夫 編著

153 **スペインの歴史を知るための50章**
立石博高、内村俊太 編著

154 **フィリピンを知るための64章**
大野拓司、鈴木伸隆、日下渉 編著

155 **バルト海を旅する40章** 7つの島の物語
小柏葉子 著

156 **カナダの歴史を知るための50章**
細川道久 編著

157 **カリブ海世界を知るための70章**
国本伊代 編著

158 **ベラルーシを知るための50章**
服部倫卓、越野剛 編著

159 **スロヴェニアを知るための60章**
柴宜弘、アンドレイ・ベケシュ、山崎信一 編著

160 **北京を知るための52章**
櫻井澄夫、人見豊、森田憲司 編著

161 **イタリアの歴史を知るための50章**
高橋進、村上義和 編著

162 **ケルトを知るための65章**
木村正俊 編著

163 **オマーンを知るための55章**
松尾昌樹 編著

164 **ウズベキスタンを知るための60章**
帯谷知可 編著

165 **アゼルバイジャンを知るための67章**
廣瀬陽子 編著

166 **済州島を知るための55章**
梁聖宗、金良淑、伊地知紀子 編著

167 **イギリス文学を旅する60章**
石原孝哉、市川仁 編著

エリア・スタディーズ

――以下続刊

◎各巻2000円（一部1800円）

〈価格は本体価格です〉